新中国散文典藏

新中国
散文典藏

第八卷

主编　王景科

山东友谊出版社

策　划：丁建元

主　编：王景科

编委会：王兆胜　张清华　王光东　王剑冰　王景科　丁建元

姚文瑞　李登建　马瑞芳　谭好哲　刘烨园　杨守森

孙书文　张丽军　王　谦　张亚欣　石耿立

目录

杨闻宇

白云深处留侯祠

关中原野上的春色是蓬勃、浩荡的。

清明节刚过，绿茵茵的漫无涯际的麦浪烘托着一坨坨土坟顶上祭奠亡灵的白纸，被土块压定的纸儿抖抖烁烁，像低旋的海鸥逗戏着水波。我们的小车如一条破浪之鲸，直扑向兀然而起的秦岭——特殊的历史名人最能逗人遐想，想象其业绩、际遇，怀恋他滞留过的地方。自宝鸡直投张良庙，正出于这样个心思。

岭高气寒，绿意淡漠，可喜的是，山愈深而溪水愈清，溪水愈清而山花愈艳，破晓时分经了一帘霏霏细雨的一树树花蕾忍俊不禁，纷纷绽眉展眼，素白似雪，绛红胜火，车拐一个弯儿便闪出一幅亮丽鲜活的画面，仿佛是春天将最迷人的好景秀色尽都藏掖到深山里来了。

山高水细，松树却渐渐密集起来，山麓的矮嫩枝干随着山势的上升也增高变粗，似乎是山上的老松统率着四下里的新松在登高，在攀缘。山巅竖一巨碑，刻着“酒奠梁”。小车掠碑而过，便左一拐右一弯地掉头下山了。“飒飒飒”，侧旁响起枝叶拂车的窸窣声，山林边上歪斜出簇簇青竹，枝竿细细，叶片则宽润润的，司机说这是“松花竹”，也闹不清是形近松花呢，还是坠落的松花为竹丛洒进了别有的馨香？

山陡车急，耳畔生风，谷底松林上方倏地擎出一座檐牙四翘的阁楼，这是留侯祠北花园里的“授书楼”，是张良当年研读“天书”的所在。岭大谷深，挤挤攘攘的松柏、枫树、槭树、青竹连同不知名的杂木尽都笔直地挺了起来，交织成撑空的屏障，连那正在竞朵怒放的三几株杏花、玉兰也不甘居下，以圣洁的粉白、清俏的嫣红升起在早春新屏的正中央，瑰丽、大气、典雅、庄重，这是大手笔式的锦上添花，是别成气韵的天然构图。

这里是褒水上游，二水环绕，五山抱持，形成一个隐伏在磅礴崔嵬的大山里的荫色成趣的小天地。宝鸡至汉中 260 公里，留侯祠至宝鸡 160 公里，貌似南北交界，实际是越秦岭而偏南麓，粗巍的松柏碧里透紫，含有北国的气息，簇拥的修竹含春滴翠，挟带着南地风韵。另外，此地距古长安不下 800 里，间隔“难于上青天”之蜀道，京都万一有紧要事需请教张良，无异于上天求神，也不那么容易。

“居移体，养移气”，作为从封建的古老脊椎里流出的一滴精液，张良能选择这么个地方安顿自身，造诣可说是很高深了。

祠内青竹流水、楼亭殿阁之外，到处是历代文官、武将、墨客留下的匾额、楹联、题咏，雕柱刻石，碑碣纵横，称颂张良前半生的英雄事业，也景仰他后半世的神仙姿影。

“收秦关百二山河，奇谋独运”：烧绝栈道以荧惑项羽，暗度陈仓而重取关中，东出函谷关争雄天下，划鸿沟为界以避实击虚，直至垓下覆楚，统一天下，刘邦的每一着妙棋无不是在张良的指点下押出去的。张良本是韩国后裔，韩灭于秦，为了复仇，张良曾结交大力士用120斤重的大铁椎图始皇于搏浪沙，“博浪一声震天地”，不幸误中副车，张良遭到搜捕。自从辅佐刘邦，张良则以楚汉千军万马为“铁椎”而重椎暴秦，巧妙地实现了“报秦一椎”的终极目的。

作为夙愿已偿、功成名遂的“英雄”，张良急流勇退，退出了繁花似锦的京都朝廷，隐入了这个云遮雾绕、修篁蔽日的山谷里。耐人寻味的是，这里距岭上那个有名的“酒奠梁”才40公里。汉元年四月，项羽在咸阳分封天下，诸王纷纷前往封地，张良陪同刘邦就都汉中，率兵从斜谷口踏上了通向汉中的栈道。逶迤递进，行至山巅，张良忽然建议刘邦烧绝部队刚刚踩踏过的“褒斜栈道”，刘邦不解其意，反问一声：“这岂不断我归路?”

张良沉静地说：“烧了它，向项羽表示你无东归之意，消除了他的疑心，你才可以在汉中屯粮练兵，养精蓄锐，待机还定三秦。不烧，你还没顾上出去，人家就打进来了。”

刘邦聪明，点头会意。于是，他俩在岭巅上眺望着连云栈道刹那间在峻崖险壑里化成了随风抖动的千里火龙，火龙时暗时明，渐渐隐灭于白云之中。君臣二人跨着骏马，把酒临风，躬下身祭奠山灵，预祝来日更辉煌的胜利——落日大旗，三军欢呼，地北天南酒香幽微，这就是“酒奠梁”的来历。

择近隐居，张良是否还有点恋旧的情绪呢？天下英雄最陶醉自己的辉煌战绩，人间勇士最欣赏自己挫败过强敌的阵地，后来的诸葛亮下世时，特意留下遗嘱，申明要葬身于定军山，不也是这样个心理吗?!

“英雄”,“神仙”,本是相距无极的两大领域。古往今来的志士豪杰,有幸完成“英雄”二字的,能有几个呢?至于从“英雄”强劲的抗争意识转入淡化生命意志的另一境界,辞离富贵,揖别妻子,“蝉蜕于浊秽,以浮游尘埃之外”者,就更是海天片羽、凤毛麟角了。于右任老先生留在这里的一块石刻是“送秦一椎,辞汉万户”,后边一句,正暗示了张良不寻常的后半世。

刘邦立汉,大封群臣,告曰:

“运筹策帷幄中,决胜千里外,子房功也,自择齐三万户。”——这是了不得的恩典。

张良谦恭自让:“臣以三寸舌为帝王师,封万户,位列侯,此布衣之极……臣愿封留足矣,不敢当三万户。”先为小邑之侯,继而辞出朝阁,与众多的宿将重臣恃功索封、较量名位的情景,形成极度强烈的比照。

庙门左侧的石碑是“汉张留侯辟谷处”。“辟谷”者,静居行气,不食浑熟饭食,仅采山果野味为餐。传说张良庙所在的柴关岭上下的松树全不结果,尽让张良给吃掉了。我留神看了看,新松正爆青芽,而去年的干果仍三三两两悬挂在枝柯梢头——事情过去多少个春秋了,松树早应当结籽了。云山迢遥,岁月苍茫,张良修行到晚年,动向不明,不知所终。有人说他以辟谷术导引轻身,与造物同游,共风雨上下;有人却说他死了,死后留下两处墓葬:一是江苏沛县微山湖东畔,一是湘西张家界水绕四门的石山垴上,虚实真伪,无从考证。

人啊人！少年得志时是垂涎英雄，蹭蹬失意时则羡慕神仙。张良是入世为雄，出尘为仙，一身而兼具双奇，于是大殿里的香火就很盛。塑像前的香案上献有许多红布，面上的一张写有“敬献张良爷爷”的字样，叩拜者之虔诚，如在目前。

佛道两派，也竭力争夺这位蝉蜕成功的神仙。从东汉末年起，这里一直是道家的领地；康熙年间，僧人驱逐了道人，这里一度成为佛家阵地；礼部尚书于成龙出京巡视，又将僧人逐革，募道人看守香火。佛家道家你拉我扯，谁都想挑起张良这面旗帜张扬自家的宗旨。

庙侧两股溪流汇入褒水，沿峡谷径投汉中。湍流漫过石门坎行将出山时，河心巨石上突然现出横列的两个隶体大字“衮雪”。这是横槊天下的曹操公元217年乘舟溯峪而上时，为锦绣山屏里滚滚扑来的银波雪浪所陶醉，为张良选了这样个环境退隐而亢奋，站在船头，用战矛在河面上刻画的。“衮”字的最后一笔矫健有力地蹬了出去，似乎踹动着滔滔的流水，水珠激溅，吼声若雷，簇拥起一排排一叠叠的雪浪，这浪花又何止是“三滴”呢？于是“滚”字旁的那“三滴水”也就跳进湍流里飞走了，注汉水，入长江，赴东海……清代罗秀书对这“衮雪”二字有过评论：“昔人比魏武为狮子，言其性之好动也。今见其书如此，如见其人矣！”浪花并作笔花舞，英雄魄力自超群，可这二字处于褒水下游，与高踞于上游的张良相比，曹操这个“狮子”式的人物，最终也只是占定了张良的一半生涯：不愧是个“英雄”，却与“神仙”无缘。

返回时，山路上是别一样景致。

“江边旋入旁来水，山豁犹藏向后峰”，那溪涧不时蜿蜒于路侧，流水上方动不动横架一柱人腰粗的柳树主干，树干形状不甚规则，难付绳墨，朝天的一面被刨平了，白木如案，微余斧痕，朝水的下部柳皮仍旧，残疤处又冒出青芽。人、牛去那边坡上耕种，就从这桥上往复，因地制宜，朴雅无敌。桥头小木屋简陋矮旧，倚墙斜起的桃、杏，花色艳丽，照人眼明，大自然正以它鲜洌、盎然的青春呈示出对贫穷山民的钟情与厚爱。女儿家从柴门进出，红衫绿袄，姿影婀娜，梳妆上似乎正取了与天地自然和谐的意思。面对着娴静的山景，我总在思量：融“英雄神仙”于一体的张良，会是怎样个长相呢？殿里那一尊塑像，远不合我的心意。

“英雄”们强悍奋发，胸有城府，多具男性的进取素质。司马迁正是这样猜想张良的，以为是一个健壮魁梧的伟丈夫，及见其图，才颖悟自己大错特错，错在他忽略了“神仙”的那个方面。神仙者，文雅、慈和，洞悉前因后果，善以天下为怀，以静伏动，以柔克刚，却脱不出“气清者魄恒弱”的框架，于是就不能不含有女性的色彩。这一点上，苏东坡就比司马迁高明多了：“太史公疑子房以为魁梧奇伟，而其状貌乃如妇人女子，不称其志气。呜呼！此其之所以为子房欤！”

倘是依照苏东坡的观点为张良塑像，在而今的人情上势必会引起另一类弊端。我觉得，祠里不必塑像，张良的形象反而会益发的逼真。南北交汇，高下适度，雾岚出没，山水呈秀，满地幽草淌着蓝，天空的白云载着绿，虬龙式的松姿蕴蓄着“男儿”气概，修竹袅袅的翠袖自然是“女儿家”的韵致了。临其境而音容宛在，览史书而张良自现，要什么塑像，要什么图形？在这里，磊落刚正的林则徐早就留下话了："漫将巾帼拟须眉，仙骨姗姗世岂知？"

弯急路窄，车如疾箭。同车伙伴忽然发出一声感慨："唉！说来说去，还是帝王家厉害：子房功成不居，自行引退，还不是要回避那一股势焰嘛！"

这一句话，引得我忽发奇想：下一世我若是个国君，上得王座，将会干些什么？

第一天登基，我第二天必率群臣到留侯祠来。鼓乐声中，烧起鸡骨拐杖粗的高香，隆重参拜张良爷爷的神像。礼毕，我要领着各位臣僚在几个花园里转悠，转到明代赵贞吉留在这里的一块碑刻面前，要指示他们认真读一读："君不见，京洛红尘多更深，英雄着地皆平沉。"尔后，我要郑重地问问群臣："你们是要吃山珍海味做大官、腰缠万贯住高楼呢？还是要仿效张先生，辟谷深山，羽化登仙？你们现在就可以自择进退，自行取舍，愿留的留在这里；不愿留的，随本御还朝，论功封赏。"御辇折回时，用不着回头清点，我深信，随辇返回的是绝大多数，真正留下的，百不一二。

我的经验是，当"英雄"首先得抛掷鲜血或者生命，那往往是环境逼迫出来的，俗谓"遇上梁山"；当神仙则要舍弃七情六欲和一切生趣，这却全凭的是"自觉"。而人生正苦于不能"自觉"。不能"自觉"，当然得随着本御还朝。

"我若为帝"的黄粱梦做得正香，身子打个仄歪，小车已倏地闪过"酒奠梁"，朝着宝鸡方向俯冲了。松树矮小了，竹丛也疏落了，一辆辆"东风"卡车却急急地按响喇叭，驮着高高垛起的竹扫帚，簸荡着一股股浓烈的山地清香，匆匆地奔向关中。有些卡车，竟是从陇南地区折过来的。我认出来了，车上驮的正是《创业史》里那个梁生宝和他的村民们用山地细竹扎成的挺硬实的扫帚。

秦川的更忙季节很快要来了，这些扫帚要在800里平原上绰去麦糠麦芒，扫出金灿灿的麦粒儿，拥起小山堆一样的粮食……

不肯过江东

“生当作人杰，死亦为鬼雄。至今思项羽，不肯过江东。”这是李清照在金兵入据中原而流寓南方时吟下的一首诗。此诗之所以传诵千秋，是能启发人们对项羽“不肯过江东”这一行为的深刻思索。思而难得其旨，反复吟诵，深长思之，便益发显示出不同凡响的生命力。

乌江亭长要摆渡项羽过江，项羽仰天长叹曰：“天之亡我，我何渡为？且籍与江东子弟八千人渡江而西，今无一人还；纵江东父兄怜而王我，我何面目见之？纵彼不言，籍独不愧于心乎！”无颜见江东父老，明显的原因有三条：

始皇帝游会稽渡浙江，项羽挤在人群里看热闹时，对季父说道：“彼可取而代也！”秦王朝是被他击垮了，所梦寐以求的那顶皇冠却要落在政敌刘邦的头上。衣锦还乡化泡影，理想破碎，壮志难酬。此其一愧。

“力拔山兮气盖世”，身经大小70余战，所当者破，所击者服，未尝败北，而今在垓下却一败涂地，蹉跌惨重，铸成奇耻大辱，此其二愧。

八千江东子弟是项羽纵横天下的钢铁羽翼，而眼下却枕藉荒草，无法收拾。东山再起卷土重来的希望彻底破灭，折返江东已失去意义，此其三愧。

上述几条，是从项羽一贯的感情、理智方面归纳的。仔细忖度他当时所处的具体环境，拒绝过江东，还有着另外一条人所共睹却容易忽略不计的心理因素：楚军被困数重，夜闻汉军四面皆楚联，军帐中项王惊悸不安，夜起饮酒，悲歌慷慨，“歌数阕，美人和之，项王泣数行下，左右皆泣，莫能仰视”。他身边这个美人，就是虞姬。虞姬和歌于先而突然自裁于后，这一惊心动魄的举动，将项羽趋于绝望的心态疾速推上极限、顶峰，精神上没有了任何徘徊的余地。

长期以来，《霸王别姬》的戏剧演而不衰，赞叹这一事件的诗作连篇累牍，一幕历史残梦，魅力如此诱人，其间显然藏有更隐秘的消息。

刀兵乱世里的军旅生涯，使得项羽这样剽悍勇猛的汉子，白日里奔走厮杀、呼啸冲突，每当夜幕降临时，越是需要一顶温馨的、平静的、含有水汽的帐篷，“有美人名虞常幸从”，这个虞姬，自然是这顶帐篷里的精灵。这帐篷像是漂浮在战云里的一朵鲜活精致的花房，是黑熊式的项王安憩的窝巢。

夜阑酒酣，虞姬歌罢，猛然展袖自刎，勇敢、决绝、冷静，那眸子清澈而美丽，无奈又凄凉。虞姬喋血军帐，主要是为着项羽。当时的形势是“四面皆楚歌”，随风播扬的阵阵歌声唤起了长期转战于异乡的江东子弟对土地和家园的无限依恋，这瓦解斗志的感情式的“箭镞”，雨一样覆盖垓下,也纷纷然射向项羽。虞姬一剑,血溅军帐,力图从项羽身畔拦截这包抄,砍开这氛围。她知道,这一剑会彻底砍断项羽那一脉缠绵的家园之恋,能够急遽升华项羽的报复情绪、灭裂心态,从相反角度将他的桀骜性格绝对化。

四面楚歌之袭入军帐,当先凋零的是虞姬。面对十面埋伏,主将马背上驮一个鲜花样的女人,分力分心,怎么去冲锋陷阵呢?女人主动自觉伏刃自刎,移柔情于黄泉,毁秀色于战尘,正像项羽在巨鹿之战中激励他的士卒那样,虞姬面对着灯下的酒杯,重演了一场“破釜沉舟”。项羽曾使用这一手段,写下过非常光彩的一页,聪明的虞姬在最后关口,将“置之死地而后生”这一手段果决地移用于项羽的身上,好一个有胆有识的奇女子!

一个年轻女子尚且无颜苟活,项羽能觍着脸“过江东”吗?虞姬此举,确是出于对项王的至情至爱。个人存殁早已置之度外,她唯一希望的是自己美丽的生命能够在项羽惆怅无奈的躯体里化为突击性、撕裂性的火炬,掷向阴霾,要么杀开一条血路,再现神威,重建辉煌;要么以血性豪气作最后一泼,血溅大江,也是好的。这一青春的生命没有浪掷,战争以生冷的足音成全了她近似于“残酷”的愿望。

步着虞姬的后尘,项羽后来是掣开同一条利剑自刎于乌江岸边。二人并毁,在身后竖起的又何止是忠贞不渝、生死与共的一尊爱情之碑呢?在那个成者王、败者贼的历史转轮下,单是这一等宁折不弯、九死而无悔的抗争气质,便充分展示了人生的刚毅魂魄。虞姬、项羽骑着乌骓马超尘而上,脱胎于凡俗,净化了、也神化了鲜血、生命的含义与旨归。一代枭雄,必含有一以贯之的王者之气;而真正的“王气”，很可能是一块以真纯、奇绝、短暂所铸成的“合璧”，天地间绝无仅有。

有人说爱情是美人鱼在刀尖上赤足舞蹈的情景——惨痛然而美丽。虞姬正是这样一条美人鱼。而在垓下，她的爱情与项王所角逐的宏图大业休戚与共、同舟倾覆，不是更添了一层刚柔互济、阴阳合符的圣洁光晕吗！

有味的是，文字山积，诗手如林，自汉迄宋，历史中潜伏着的这一人生命题，才在千多年后由女词人李清照自辟蹊径、独吟成诗。历史先行，文学后随，随进的脚步也太慢了些吧。

中年丧夫，家国俱破，不得不随着宋王朝飘零南移，这遭际使李清照对流离失所颇多感触，有切肤之痛。漂泊于乱世的女人，本能使她渴望现实土壤里滋生出郁勃的血性，本性使之企慕项羽式的男儿气概，希图以此抖落开那个衰暮沉沦的时代氛围。谙悉中国历史的李清照，既存这样的向往追求，无形之中便会与 1300 年前的虞姬那绝望式的心态（“大王意气尽，贱妾何聊生”）自然接通，构成一种“生当作人杰，死亦为鬼雄”的共识。苟且存世，“凄凄惨惨戚戚”，远不如去做个痛快淋漓的鬼中之雄。这是怎样沉重的感喟噢！

《乌江》诗对虞姬只字未提，字行间对项羽也看不出同情与惋惜，这并不妨碍我们将李清照视为虞姬的一位风尘知己，远年知音。

刚烈、贞柔之气，在这个世界上永为罕稀之珍品。能够在极限上、绝境里顽强闪光的，为真美，为大美。“不肯过江东”，这一意念形成时的剑光，使得整个楚汉之争都显得有声有色，在精神长河之上空无疑是一道耀眼的闪电，在美学范畴里更属至境。

背景过于辽阔,闪光实在刺眼。对此,常人是只能远眺,难于接近,更无缘占有的。唯其这样,《乌江》诗也才历久弥新,总是在人生的前锋闪光,又总是发人深思,引人回味。

寂寞南郭寺

乾元二年（公元759年），杜甫流寓秦州，留有如此诗句：“此邦俯要冲”。“此邦”即“天水”。

天水俯临通往西北的交通要道，为陇右首要城市。这地方我来过多次，只是暗暗诧异它景幽地灵，古时竟出现过那么多照耀史册的优秀人物。

团土造人的女娲，其故里在秦安陇城镇；

炎黄二帝的先祖伏羲，降生于天水；

秦始皇祖上在天水，麦积山对面的阳坡，是秦文公墓；

西汉名将纪信、飞将军李广、壮侯赵充国、西域都护段会宗，东汉的隗嚣，三国的姜维，前秦时期织回文丝帕的才女苏惠，唐高祖李渊，诗人李白的先祖……俱属天水人。

像是历史长河涌起的一个浪头，这都是千多年前的人物。也就是说，自唐迄今，人事消歇，天水突然一下又岑寂了千多个春秋。地域不生伟人，等于天上不出星辰。因为岑寂，天水郡渐渐冷落了，萧条了。几度行经天水，留给我的印象是默无声息，尘封已久，文物、遗址、市井、风情，没有什么引人注目之处。

这次在天水办完公事，当地的朋友知道我麦积石窟、石门山、伏羲庙、诸葛军垒、玉泉观都去过了，便怂恿我去看看距城不远的“南郭寺”。当今商潮澎湃，假货充斥，滥竽充数的南郭先生比比皆是，南郭寺，兴许和南郭先生有什么瓜葛，便很想看看。

天水市依山傍水，为川陕咽喉，从闹市中心过耤水河，缘南山山道盘旋而上，行将抵达山巅时，一片蓊郁平旷的园林突然堵截于眼前，便是南郭寺。因为形势陡峭，山路周折，寺院显得雅静、安谧。

大佛殿为诵经之地，蒲团有序，钟磬俨然，早祷已过，僧人们各自坐禅去了，经堂里不见人影。庭院正中，生于同一根座的三株古柏，便分外惹眼。

这是二千五百年前的春秋古柏，苍干如铁似铜。北倾的两株一枯一荣，枯干被截，留下丈许长的一段仿佛化石；南斜的一株，顶冠如碧罗巨伞，生机盎然。这两干活着的古柏南北分张，宛若天地间冻结住的两柱时针，倾斜度均约四十五度。顺治十五年（1658 年），天水官员竖起一人高的青石碑刻，支架住下倾的躯干；又过了五十年，碑前丈把远复植一槐；时至当代，槐树前方又焊一铁架。石碑、古槐、铁架像“三部曲”似的逐次升高，稳稳擎住下倾的躯干。那古槐，长至齐于柏干的高度，便特地横出茁壮的身躯扛定柏干，在争夺阳光雨露、对同类趋避或者捂杀的树木里，这槐树抵身负重，几近于神品。古柏厚重而顽强，那二尺宽一拃厚的石碑坚卓有棱，其顶部业已深深嵌进了春气内蕴的古柏的躯体里，这嵌入的深度，死死地咬住了三百四十年里泛涨开的年轮。

为我们讲解的周法天先生，对砖砌花墙里的春秋柏津津乐道，认为是南郭寺的骄傲。

在海拔一千一百九十七米的荒山上，古柏生长二千五百余年，也算"饮水思源"吧，我们急于去看看东院里的"北流泉"。名重古今的北流泉被砌成一井，井上有亭，井口至水面二米五，水深四米，饮之清醇微甘，内含十七种微量元素。大旱之年，天水市井水尽涸，人们排队上山取水，泉水旺势不减，而且益发得清湛甘洌。每年农历四月八日寺院逢会，万人朝山礼佛，竟饮北流泉之"神水"。古柏距泉不远，哺育之德，一目了然。

泉与柏之间的空园里，从前坐落着杜甫草堂，今已翻修成小庙，杜甫塑像因彩饰过于富态而失真。杜甫一生，何曾"发福"到这个程度。

那年七月，关中饥馑，安史叛军再度猖獗，四十八岁的杜甫无法存活，只好前往秦州投奔弟弟。"满目悲生事，因人作远游。"想不到家弟病殁，只有侄儿杜佐，住在麦积山附近的东柯谷。从至德元年开始逃难，流寓到秦州，已连续三年了（"三年饥走荒山道"），杜甫陷为难民，白头乱发，为了果腹，不得不"岁拾橡栗随狙公，天寒日暮山谷里"……在寒冷的荒山里，他仰面呼天："我生何为在穷谷？中夜起坐万感集！"三年以前，杜甫吟下了天地暗相垂泪的"朱门酒肉臭，路有冻死骨"，谁能料想，他自己很快被抛到与"冻死骨"紧相为邻的绝境。难得的是，诗人的忧患意识并没有因为秦州的困境而萎缩，而潦倒，相反，忧国忧民之际，他又那么深情地为别人着想——思念着自己的朋友李白。

李白自谓“陇西布衣”，曾被永王李璘罗致于幕中，唐肃宗猜忌李璘，永王败而被杀，李白受到牵连，乾元元年被流放夜郎（贵州桐梓）。杜甫来到天水，李白已在流徙途中遇赦，而杜甫尚未得到消息，于是在李白这一“故乡”忧思如焚，多次成梦，写下了《梦李白二首》；之后不久，听到遇赦的李白正游湖南，又写下《天末怀李白》。

唐诗的分量，也体现在这两位顶峰诗人契合如水乳、圣洁似雪山的友谊方面。物质第一，人穷志短。历朝历代，人世间穷困二字挫磨、压拆了多少贤者！而杜甫的贫穷，不是那等对文学田地含有幸运因子的轻度贫困，而是生死线上最凄怆的挣扎；这挣扎中的感情，不让于清湛的北流泉，这努力的风骨，不亚于磊落的春秋柏；杜甫此时此际，吟下的百余篇诗作，是艰难时世里的典型华章；确是步入了炉火纯青的艺术境界。

杜甫穷困到拾橡栗以充饥。橡栗即橡树之果实，本是猴子的食物。这情景，使我联想到小叶朴的果实了。

春秋柏南北分倾，其根部之正中直直长起一株新翠盎然的小叶朴，荫凉遮掩了古柏巨大的根系；这小叶朴花繁籽稠，其籽由青绿而泛乌，乌熟时节，群鸟麇集于树，啄食乌籽；众鸟欢跃，那鸟粪在下边铺垫成厚厚一层，默默地滋养着古柏。倘若没有这小叶朴与古柏盘根错节，纠扭成一团，古柏在兀立的山顶迎风斗雪，两千多年的生命大约也岌岌可危。

后世尊杜甫为“诗圣”，天水郡将他与佛祖供于一堂，这是合乎天道的。在南郭寺，树、鸟、山、水互为照拂，彼此扶持，这本身就是天意，也是神旨。尘世间唯有真神，才能在窘境里如此深刻地体念天地之艰难，恤悯劳苦的百姓，襟怀里同时又燃烧着最真挚的友情。

春秋柏为什么南北分倾？周先生讲了个传说：唐朝的秦琼、尉迟恭景慕飞将军李广。在李广墓祭拜之后，策马上山，准备游寺，分别将坐骑拴在两干古柏上，战马性烈，嘶咬踢腾，硬是将古柏南北拽斜。李广墓就在山底朝西不远处的石马坪，前几年我去过，凋零之极。

李广墓只是衣冠冢，墓前立一尖峭砖塔，上刻蒋介石的题字："汉将军李广之墓"。1946年秋天，蒋介石视察天水的骑兵学校，他知道此地是李广故里，城里至今还有个"飞将巷"。国事不宁，蒋介石决心要发动内战，不知怎么想的，一路上便对李广念叨不已。视察完毕，小雨绵绵，蒋介石想看看李广墓，同行的白崇禧、蒋经国都不感兴趣。侍从里有一位天水人舒国华向蒋进言："伏羲人祖，李广一将。石马坪路又滑。建议委员长去看看伏羲庙吧。"众口一词，就这样搪塞了蒋介石。说到这儿，年逾古稀的周先生叹了一声："身为领袖，人品不善。正由于老蒋为李广墓题了字，弄得李广墓更冷落了。"

天水郡的成功者，一个一个走出去了，打出去了，这里仿佛就剩下个魂归故里的李广和流寓过半载的杜甫。杜甫是诗坛圣手，李广是军旅名将，一文一武，又皆生逢盛世，命运与结局又为什么如此坎壈、如此残酷呢？天生秀才，总是被权术所利用，用过之后，弃之如敝屣，倾之似药渣，这是什么力量支使的，又是什么规律铸就的呢？"文章憎命达，魑魅喜人过"是杜甫吟于泰州的名句；而李广用弓刀与鲜血所写下的"文章"，似乎也可以用这等诗句去解读。山上有小庙，置良知于高山兮，诗圣孤落；山根有小墓，葬衣冠于土包兮，飞将冷凄！李广的灵魂是绝望的，杜甫的身影是苍凉的。千百年后，他们的人格形象，却是巍峨而壮丽的。这样的形象，分明是从痛苦与血泪中奋力升华起来的。我怀着这样的感触步出寺外。

寺门旁对植着一千三百余岁的两株唐槐，粗于碾盘，高过寺门。那位周先生衣着整洁，早就伫立在唐槐之下。山下耤河水细瘦如线，傍河的闹市商店标牌缤纷，那一带显得浮躁而混沌。

周先生指着城市对面的山梁告诉我们：这里是慧音山，对面那北山叫仁寿山。唐代之前仁寿山上有座北屏寺，规模宏大，僧众数百。那寺扼控着武山通甘谷的要道。僧众里杂有恶徒，暗中杀人越货，掳淫少女，后被官方扫荡，芟去寺院。寺院也是相比较而存在，仁寿山恶寺被取缔，使这南郭寺独树一帜，出于尘表，更含些雅意。又因为北屏寺、南郭寺同皈佛门，当今偶尔有人问及北屏寺，这里出家人只说是焚于兵火而已——这是为佛门讳。

我们下山时，半道上几辆高级小轿车飞驰而上，其速似箭，旁若无人，尘黄如烟，拖于车尾。看那车牌的色与号，很可能是相当级别的干部去南郭寺“抽签”……周先生守候于槐荫之下，大约是接到通知，预为迎接。

旷　达

——人活一口气

厚墩墩一部《辞海》，对“旷达”的解释很简单：放任达观。衣食住行、生老病死、功名利禄、家国大事，人一生太忙，营竞中顾不得什么旷达不旷达，实在烦得要死，朋友过来疏导几句：“想开些，混一天算一天，人又结不到世上。”也就算是向着旷达进行努力了。显然，旷达是多数人不很留神、也不易进入的一层精神境界，历来只有文人蜂儿采花那样喜欢纠缠。工具书不多解释，也合乎情理。

什么样的人是天下最旷达的人呢？

如果认为和尚、尼姑、道士、道姑窥破红尘，心如古井，是旷达的楷模，那就错了。他们正是为俗所累，畏怯人生烦恼才躲出世外的。缩进僻静崖角的企鹅，隐藏于港湾里的小船，怎能算旷达呢？

也有人视醉生梦死、纵适一时为旷达。现代化的年轻人得乐且乐、放荡不羁，街上时见醺醺酒鬼滚地作呕、哭哭笑笑、痰涕沾衣、肮脏奇臭，使行者纷纷掩鼻。这种生死不明、是非含混的昏头，与旷达何涉？旷达是既定的精神范畴，有严格的文化分野，与旁门左道是两码事。

旷达珍贵，是因为其间含有相当的野气。“何当摆俗累，浩荡乘沧溟”（杜甫）；“九江秀色可揽结，吾将此地巢云松”（李白）；“尘世难逢开口笑，菊花须插满头归”（杜牧）；“水枕能令山俯仰，风船解与月徘徊”（苏轼）；“酒酣喝月使倒行”（李贺）；“笑拍洪崖，问千丈、翠岩谁削”（辛弃疾）……宇宙天地空阔开朗，历时长远，与旷达有相通之处，文人亲近它，攫得些大自然的本旨，引野气以入诗文，返璞归真，活力勃然，所成诗文易臻于妙境。

伟大的政治家、军事家，马背上角逐日月，刀火里锻炼成败，自然而然襟怀云水，旷达气质似乎更高出一筹。“大风起兮云飞扬，威加海内兮归故乡，安得猛士兮守四方”（刘邦）；“秋风萧瑟，洪波涌起；日月之行，若出其中；星汉灿烂，若出其里”（曹操）；“三十功名尘与土，八千里路云和月”（岳飞）；“先天下之忧而忧，后天下之乐而乐”（范仲淹）；“苍山如海，残阳如血”（毛泽东）……这是另一种旷达，丰沛的野气里熔铸着人生种种，独特的感情灯盏在历史风云中起伏明灭，形成文人们可望而不可即的旷达层次。俗常的庸夫，更无从望其项背。

旷达精神在人生紧要关口的表现方式常常是豪爽、勇迈。非旷达而硬充旷达，不豪迈而强作豪迈，那是很可笑的。十年动乱中有人大喊：“天下者，我们的天下！”“问天下谁主沉浮？我们！我们！我们!”当时声浪汹汹,现在看来,与无知小儿来一通胡喊乱叫有多少区别呢?是时光的波浪淘尽了尘俗与浮嚣。

雾失楼台,月迷津渡。那时节,有一位妇孺皆知的姓陈的理论家,炮制大块的理论文章,自一而九,抨击邻邦及本土的“修正主义”。每成一文,声播全国,山摇地动,草木偃伏。晚岁塌了台,他身陷囹圄,当预感到来日不多时,提出要组织上开恩,放他下到偏僻山乡去教娃娃们念书认字,终老残年。这时才起落叶归根之念,惜已晚矣。回首得势之时,那等吞吐日月、气韵如虹的形象,只是个自我膨胀了的、就势腾达于空际的一个肥皂泡,足可证明虚假的旷达沾染在文人身上,易与癫狂为邻;政治上的伪君子佯为豪迈,到头来总是笑柄。

相比较之下,视死如归的革命英烈才是人世间真正的旷达之士。吉鸿昌临刑前,用树枝在雪地上从容写道:“恨不抗日死,留作今日羞;国破尚如此,我何惜此头!”手执大义之旗,打破了生死迷关,这才是漫无涯际的旷达汪洋里沉淀下来的一块光芒四射的真金子。金子终归是稀世之物。人啊!太容易被虚荣的彩色大气球拽离自己所赖以立身的土地了。

仿佛是西天真有个极乐世界似的,历来的旷达境界也只容许少数人涉足。

年轻辈姑且不论,就是许多老年人终于也跨不过旷达之门槛。有的老干部在位之日,被人前呼后拥,炙手可热,谁个见了都颔首微笑,亲昵之至。一旦交权离位,回家来门可罗雀,外出则如入陌途,连以往的大熟人也一下子“相见不相识”了。于是,这老同志就心情沉郁,睡觉、生病、住院,容颜日见衰颓,须发急遽斑白,还真应了“政治是灵魂”的五字诀了，一下子失落了三魂七魄。今人眼中只认权，固然可恶，而老同志这样个迷失了本性的心胸，也就很不旷达。

有几位挺好的老同志，离休后不愿进住干休所。干休所老人居多，昨日给那个开追悼会，明天送这个去火葬场，哀乐阵阵，恸哭时起，动不动就是“告别仪式”，所告别的往往又是低头不见抬头见的“我有迷魂招不得”的熟人。这对桑榆晚景的老者来说，无疑是些纠缠在身边的阴影。“居移体，养移气”，我不能说这些老同志就不旷达，但它可以挑明，旷达精神与所处环境及个人体魄是息息相关的，而不是孤立的。

旷达精神对事业、对人生有益，对提高民族文化素质有利，这是不言而喻的。旷达不是天生的，失败挫折、人生磨难往往倒砌成了进入旷达境界的垫脚石。不怕困苦的人，读书渐多，阅历日深，视野逐层扩张，脚步又坚韧有力，这样的强者，眼前渐渐会升起旷达境界的曙光，红霞一样瑰丽的曙光。

“黎明即起，洒扫庭除”，东天破晓时的自然曙光可以期待，而精神境界里“旷达”的曙光则是永远也等不来的——人活一口气，此气可通天，我们只有大步朝前！

六骏踪迹

折戟沉沙铁未销
自将磨洗认前朝
——杜牧

秦皇汉武，唐宗宋祖，开国之君常常是厉害的。在帝王的序列里，他们是最亮的星辰。

公元六世纪末，延宕千余岁的封建制度在中国孕育成熟。天赐盛世，降其英才，是李世民这位具有“龙凤之姿”的人物将空前繁荣的“黄金时代”推向了富丽堂皇的最高潮。

怀着敬慕的心情，我们来到了浑厚坦荡的渭北高原。朝北眺望，青峦环护之中，有一峰孤耸回绝，昂然崛起，泔水流其前，泾水绕其后，山脉水系命意不俗，这便是李世民狩猎时为自己择定的墓地：昭陵。“因山为陵”，方圆三十万亩，形成东方最大的王者陵寝。一千三百多年的风风雨雨掠了过去，仿佛海潮退跌了似的，眼下是斜阳带雁，夕霞如焚，碑残石裂，繁华消歇，只剩下默仰晴空的九峻山峰峦了。登峰纵目，眼前一亮，我忽然惊异南畔还残留着零零落落的陪葬的功臣坟墓（传说一百六十七座）。臣墓矮伏而王陵巍然，尊卑有位，错落分布，仿佛臣僚们仍然罗拜在唐王膝下。

草创天下，戎马倥偬，李世民与将佐臣僚们出生入死，戮力共进；下世以后，依然是荣辱与共，不昧初衷。“义深舟楫”的珍重情谊能在一代君臣之间一以贯之，这在漫长、黑暗、以背叛滥杀为常规的封建史上是难能可贵的一页。望着眼前依然保持着仪卫之制的一片墓陵，我正为“庶敦追远之义，以申罔极之怀”的君臣之交暗自叹息，陪游的友人秋田忽然说道：“唐王寝宫旁从前镌立过六匹战马的青石浮雕，这就是驰名中外的‘昭陵六骏’。”

和平岁月里，马在坦荡田野上是勤奋的化身，跃进战争的烟尘，它则纯然是勇士的形象。“唐家创业扫群雄，马上得之为太宗”，“昭陵六骏”仿佛是隋朝末年黄河流域一连串决定性战役的真实投影，是四方豪俊叱咤啸进中形成的另一幅风云画图。

唐军初取关中，薛仁杲父子迅速进据陇右，觊觎长安。初战，唐军失利。618年冬，双方重新结阵。李世民避其锐气，两月不出，直待其粮草殆尽而狂躁如狼时，才以少许兵卒诱之于浅水原，亲率劲旅从后突袭，薛军崩溃，四散如流。李世民不容这些陇外骁悍之徒作丝毫喘息，不听舅父窦轨的阻拦，催动四蹄蘸雪的“白蹄乌”，衔尾进击，穷追三百余里。石刻白蹄乌怒目腾空，鬃鬣迎风，空旷的黄土高原上仿佛闪烁着四蹄交递所拉开的一道道雪练，蹄击大地，响动着雨点似的鼓声。李世民题赠的赞语是："倚天长剑，追风骏足，耸辔平陇，回鞍定蜀。"

趁着西线有战争，晋南的刘武周迫胁关中。李世民挥戈东进，趋龙门，渡黄河，在鼠雀谷与刘军连打八场硬仗，脍炙人口的秦琼、敬德大战美良川的故事，就产生在这里。李世民二日不食，三日不解甲，跨着黄里沁白的"特勒骠"，杀得刘军失魂落魄，向北逃窜。

李世民清楚：河南、河北的王世充、窦建德才是最狠最辣的两大敌手。621年，与王世充会战北邙山。彼此刚刚列阵对峙，一道紫色的闪电掣动数十精骑直透敌营，王世充愣怔过来，才发觉一匹纯紫色的马背上伏的正是李世民。满营惊骇，戈矛四合，慌忙围追堵截。李世民神威抖擞，挥刃酣战，坐骑突然中箭，哀嘶晃摇，危急万状；大将军丘行恭飞骑冲阵，把自己的坐骑让给李世民，他一手挽住紫马，一手挥刃和李世民一起巨跃大呼，砍开一条血路，突阵而出。这紫马就是"飒露紫"。李世民赞它是"紫燕超跃，骨腾神骏，气訾三川，威凌八阵"。六骏雕刻里唯附一人，仿丘行恭拔箭状，颤抖的紫马以头相偎，湿眸沉沉。箭镞拔出，马也就"噗"地跌倒在尘埃之中。

鏖兵八个月，王世充不支，窦建德忙率十万大军奔赴救援。李世民临机转戈，围洛打援，派骁将抢占虎牢关，生擒了窦建德。王世充无望，只好投降。一战而克二敌，胜则胜矣，不幸又倒下"青骓""什伐赤"两匹坐骑。"青骓"是前体一箭后体四箭，"什伐赤"是臀插五箭，马往前突，迎飞的利镞斜扎体后，显示着马驰的神速与争斗的惨烈。

末后对窦建德之故将刘黑闼的战事，使李世民十分棘手。这次战争中丧失了黄皮黑嘴、身布连环旋毛的“拳毛䯄”,一马身带九箭,其筋力的坚韧不言自明。“月精按辔,天马行空,弧矢载戢,氛埃廓清。”李世民盛赞骏马以它的生命集拢住飞蝗式的箭镞,天地间自然就清平了,安宁了。

马的力气在所有动物中属于上乘。一进入血火并作的厮杀氛围,一听到诸般兵器铿锵搏击的金属声响,它立即化成了慷慨以赴的英物,熔龙虎雄姿、壮夫意气于一躯,不桀骜,不凶悍,不声张,所有动作同时凝成了勇敢与豪迈、狂野与轻捷,以敏锐、准确的纵跃起伏执行着主人萌动在心里的每一闪念,每一企图。此时此景,让人想到暴风雨里翻飞于汪洋巨浪间的翩然海燕,想到纵舒于万仞陡崖间的自由阔大的瀑布……古代战争里倘是没有最富于创造性的、最擅长默契的骏马,一切孔武剽悍的魂魄和膂力将无所凭依,无从施展,那该是多么笨拙、多么枯燥无聊的一种战争。

李世民是当之无愧的一代天骄。马背上唯有驮起了他,也才是鲜花着锦,相映生色,无上地俊逸。六骏马彼此递进着将李世民送上了帝王交椅,它们也很自然地化作了古朴雄浑的浮雕,以各自的神态被供奉于昭陵,与主人共享尊荣,同受儿孙辈的香火。

好马逢英主,这才真正是良骥遇伯乐。历史上有过那么多重大的朝代更迭,其间夹杂着多少霜浓马滑、策马破阵、马革裹尸的生动场面呢?唯有李世民,自战争中提炼出了六匹神骏,镌于昭陵,拟传千古。明主襟怀如镜,眼角含情,由此可见一斑。

浮雕多矣,这不是寻常的浮雕!“森然风云姿,飒爽毛骨开”,即使负伤带箭,仍然是通体洋溢着从万里阵云里提摄出来地向着盛唐迈进的煌煌气象。战争先行，艺术后进，善于将气冲斗牛的征战之风化作继往开来的精神意象，这只有当时的大画家阎立本足以胜任。那样个时代，必然有那样的骏马，也势必出现那样的艺术家，也才足以与慎终追远、不弃本基的王者风范和谐统一。

文武重臣六骏骑，魂兮魄兮长相依——作为王朝创业史上别开生面的一笔，李世民这个美丽的心愿能保持多久呢？下世前，这个聪明过人的帝王便似乎察觉出了什么：贞观10年下诏建造石宫时，特别指明日后的殉葬品不须金珠宝玉，仅以陶人木棺为之，此等明器“不为世用”，可使“奸盗息心”。可他无论如何也料想不到，石雕六骏在漫长的岁月里会渐渐升级为艺术品，而且是足以压倒金珠宝玉的稀世罕有的艺术品。既为珍品，奸盗必窥。1914年，“飒露紫”“拳毛骒”被洋人窃去（今存费城宾夕法尼亚大学博物馆）；又隔四年，其余四碑也被破成数块，窃运至西安附近，好在被老百姓拦截住了（现存陕西博物馆）。如今的昭陵，你只能看到宋代的一尊“昭陵六骏碑”，碑体略矮于人，素画青底，以线刻刀法缩小了六骏的形象。“擒充戮窦西复东，飞镞溅血鬃毛红”，手抚凉凉的碑刻，益发让人生慨。

也许是不甘心吧，下了昭陵，我又去寻访茂陵南坡下的一眼“马刨泉”。二十多年前，那儿泉水汩汩，清流依依，传说那是黄巢与唐军角逐时，喉咙渴得冒火，可附近却无井无水，胯下的战马忽然直立咆哮，前蹄扣下时就地乱刨，所刨处遂涌出一眼清泉。重寻故泉，什么也没有了，一位整菜畦的老农对我说：“垫了，早就垫了。”关中土语，“垫”就是埋得不露痕迹的意思。旁边的公路上是来去生风的小轿车，老农哂笑我：“你这人也怪，现在啥年月了，连马也不多啦，你还寻什么‘马刨泉’哩。”

是噢是噢;马的时代是过去了,“足轻电影,神发天机”,它是无可挽留地过去了。毛主席当年创天下,整天还骑马哩——自马上得了天下,得天下之人也骑着马似的很快就过去了。无论多么轰轰烈烈的时代,无论什么品种的天赐神骏,联辔齐步,不能不迅速地走过去。在历史的屏幕上,巨人们是一个接一个地走过去,而马,是成群结队地奔过去,是排山倒海地压过去。今岁恰是“马”年,到了下一个马年,尘世间还能看到几匹真马、活马呢?!

西欧一位史学家说得好:考察中国封建社会的历史,不进潼关算没入门,不到昭陵不算登堂入室。现在的昭陵呢?“众山忽破碎,突兀一青峰”,就连那石雕们也是“秋风石动昭陵马”了——六骏那翻动的二十四蹄似乎组成了不以任何人意志为转移的历史车轮,生生驮走了一个个辉煌的、壮丽的时代。

在这块岑寂冷落的土地上,眼前是麦浪一层层地起伏着,后浪推前浪,渐渐地远了,远了,低下去了……

雷达

乘沙漠车记

沿沙漠石油公路疾驰四小时，便从轮台抵达塔中。时近黄昏，塔中宛如一只孤独的舰艇，淀泊在塔克拉玛干大沙漠的腹心，让人惊异于它的浪漫的存在。所谓“塔中”，乃是塔里木石油局中部指挥所的简称，石油人喜欢叫它塔中市，说它是全中国最小的一个市，方圆不足一平方公里。老远就望见两支并排高举的天然气火炬在燃烧，据说它们以每秒烧掉一张一百元钞票的速度烧了好几年了。下了车向火炬走去，在这万古岑寂的沙海窝里，头顶是高旷无极的蓝天，它们倒像从外星飘来的两团火球，悬空浮摇，使人恍然进入充满魔幻气息的天国。只有正中一杆国旗，才把人拉回现实。快沉下去的太阳，硕大而圆，鲜红欲滴血，周遭沙海茫茫，夕照勾出的轮廓，或如无边的波涛涌来，或如侧卧的女人曲线起伏，沙纹清晰可辨，幻化着五颜六色的光晕，委实迷离。

奇怪的是，热而无汗，浑身干爽，好像根本用不着洗澡。在车厢式的工区食堂吃自助餐，虽然简单，色味颇佳。住进对面的塔中宾馆，其设备之全竟不亚于内地的一般宾馆。我甚至看见一二姑娘的裙子从眼前飘过。刹那间，那些有关沙漠的种种诡异可怖的说法，全都没了踪影。斜倚在火炬的反光闪动着的窗台，我忍不住对石油作家王世伟说，这里并不怎么艰苦嘛。世伟用大眼睛异样地瞅了我一会儿，似有深意地说，明天你就知道了。

第二天的安排是乘“沙漠车”，为的是让我们“体验体验”。我早就注意到路边蹲伏着的一群庞然大物，方鼻子后缩，长身子耸起，轮子至少有两米多高，模样像吓人的巨兽，细看又觉憨态可掬。这肯定是赫赫有名的“沙漠车”了，它能在无路的沙幔中行走，是沙漠石油钻探的开路先锋。准备让我们乘坐的两辆是小型的，叫尤迪摩克，后轮却也有一人多高，属奔驰公司产品，有沙漠小卧车之称。上车时，我们作家团的团长，已六十出头的陈昌本，一手拿采访本，一手扳住扶手，一个腾跃就上去了。他拒不坐较为安全的后排，显得很无畏。自进入塔里木油田以来，他几乎夜夜安排我们采访，我困得直打盹，又不便走开，只好忍着，他倒好像有使不完的精力，记录起来没完。作家张平自恃年轻力壮，也非要坐前排，一副当仁不让的样子。我们这辆车的人由石油报社的老李带头，倒比较听话，让坐哪儿就坐哪儿。

坐沙漠车有种骑骆驼似的居高感，开头还好，微醺似的颠簸着，让人想起小时候骑毛驴的感觉，颇为潇洒。大家均嫌坡不够陡，要求再生猛些。待进入真正的沙海，发觉情况不对了，远看平缓的沙丘，置身其中才知陡峻得很，斜射的朝阳拉出长影子，好像掉进了群山万壑的迷阵。只见前面的车，或作壁虎爬升状，或作猛虎下山状；我们这辆,则反复作托马斯旋转。遇到高坎,须怒吼多声才能攀上,遇到深谷,如瀑布入涧,叫人两眼发黑。大家全傻眼了,谁还敢出声?心儿狂跳,攥横梁的手满把出汗,乘石景山游乐园的过山车怕也没这么紧张。不幸终于发生:前面的车在一次俯冲时栽进沙窝不能动了,我们这辆也陷进流沙,呜呜地干嚎着。我跳下车不由分说立即用双手猛刨轮下的沙子,惹得大伙全笑了,陈新增适时地为我抢拍下这一“历史性镜头”。此时才知前面的车中,昌本的头磕了一个大包,张平膝盖碰破,血流如注。赶忙去慰问伤员,经紧急处理,血止住了,不知从哪儿弄来大宗卫生纸,把张平的腿包了个严实。他们那辆车真是抛锚了,须等待总部的大型车来拖,负责陪同的工长含笑道歉,说两个司机都是新手,转过脸却狠狠剜了小司机一眼。小司机顽皮地吐了吐舌头,说这下可得写检讨了。

伫足沙原等候援救。此时顿觉,周身似有几十个火炉烘烤着,脸上似有几十条火舌狂舔着,人一张口就有一团团火吞进肺里,太阳如惨白的火盆悬在头顶,好像上帝徐徐放出白焰,正得意于他烹调的烧烤。有人惊呼塑料鞋底变形了,有人仰脖痛饮矿泉水。至此我始信白昼地表温度七十多度能煮熟鸡蛋的话。我原先想,流沙不是满温顺的吗?只要有足够的脚力,徒步穿越未必不可能,现在看来近乎玄想。石油报的小路见多识广,他说,也不是绝对不可能,有个逃犯,抱了个西瓜,白天躲在沙坡背阴的坑里保存水分,夜里靠北斗星辨认方向赶路,渴了啃一口西瓜皮,熬了六七天,真给他小子跑成了,到头还是给抓了回来,但他的经验对我们很有用。也不知这是他编的,还是真事。

这次进新疆,我随身带了斯文·赫定的《亚洲腹地八年探险》和斯坦因的《沙埋和阗废墟记》，有空就读几页。怎么评价他们的功过是一回事，单看到他们冒险精神，吃苦精神，你却没法不佩服。不过，他们那时进塔克拉玛干，主要靠当地的骆驼队。想想骆驼，也着实伟大，不负“戈壁之舟”的美称，倘若世无骆驼，人类面对广袤无垠的沙漠，就只能发苦海无舟之叹。丝路文明作为人类伟大的文化奇迹，少了骆驼的功劳恐怕不能成立。记得大画家吴作人四十年代到西部，首先选中了画骆驼，他是被骆驼在困境中的韧性震撼了，至于画熊猫之类那是后来的事。现在好了，现代化的戈壁舟沙漠车出现了，且不断换代，比之骆驼，不知先锋了多少，实为科技文明对于征服沙漠的一大贡献。看啊，飞机在蓝天翱翔，潜艇在海底游弋，沙漠车在沙原奔驰，科学技术真也威力无边，物质文明的成就多么值得自豪！

乘沙漠车的当夜，我做了一个梦，梦见我开着沙漠车，有点像乘坐“探路者号”在火星上行走，又像乘阿波罗号登上月球，因失去了地心引力，漂浮着，晃荡着，惬意极了，转眼车速变得极快，神秘浩瀚的死亡之海，在我的胯下服服帖帖地掠过，我一会儿发现了比尼雅古城大得多的无名古城遗址，一会儿找到了比克孜尔千佛洞更加瑰丽的无名万佛洞，可是突然，我和沙漠车被一巨大黑洞吸了进去，我觉得自己在急速地坠落，向黑暗幽邃的地心栽下去……惊醒时大汗淋漓，我想我一定大声呼救来着。

梦境终究是梦境，但地心的吸力似乎含有某种神秘的暗示，接下来我在油田耳濡目染的事实，不断把生活中严酷的一面展露出来，逼我思索诸如人的作用，灵魂的净化，科技与人的关系之类的问题。我在这里决非矫情地故作高深，对过去那种鄙薄科学技术，空喊人的因素第一的老调，我也大不以为然，但在更深刻的意义上，我却在想，究竟是谁在征服沙漠，是沙漠车还是驾驶沙漠车的人？究竟人是车的附庸，抑或车是人的仆役？即使全面进入了信息时代，人的智能达于巅峰，脏活累活全交给机器人干了，人之为人的高贵，是否仍在于他并没有失却宝贵的道德激情、宽广的仁爱胸怀和坚忍不拔的毅力？

一位中年司机对我说，在没有路的沙窝里运器材，一天能走几十公里就算快的，那时从轮台到塔中，要走一个多月，哪像现在有了沙漠公路，脚一踩油门，呜地就到了。在沙海里开车经常遇上沙暴，天地失色，状如黑絮，能见度不到一米，沙粒把鼻眼全塞严了，气都喘不过来，渗进眼窝鼻孔的沙，一个月也洗不干净。噢，怪不得我在沿途的油田招待所发现，洗脸池边总备有大量棉球，不知何用，敢情是给石油工人清理鼻孔眼圈用的。我还注意到，沙漠车里放有不少卫生纸和空纸箱之类，甚感奇怪。问这位司机，他一个劲地笑，就是不说。问急了才说，在沙地开车最难熬的是酷热，最热时，空调根本不起作用，驾驶室都快烤红了，座位烫得沾不得，只好蹲着操作，有时干脆赤身裸体——沙漠缺水，被汗水浸透的衣服到哪儿去洗啊。可人身上有的部位出汗特多，时间长了会溃烂，这就需要夹着卫生纸了，用量还不小。但屁股还是烂，烂了只好用土法恶治，就是曝晒，有时他们会一齐冲着太阳晒屁股，反正沙漠里没有人。他还说，装矿泉水的空纸箱不能丢，沙漠里蚊子很毒，大便时把纸箱掏个洞坐进去，可以防蚊；就是矿泉水的空瓶子也别乱扔，沙漠容易迷路，用空瓶子装了尿给后面的人做路标，风还吹不动哩。听了这些，我先是大笑，笑出了泪，过后却是说不出的沉重。我想象着，那是怎样一种滑稽而又悲壮，野性又豪放，令人发笑又令人感伤的情景啊！它肮脏吗？粗鄙吗？不，一点也不，我看到的恰恰是洁净。

是的，我很愿意用“洁净”这个词。沙漠多么荒远，沙子何其粗粝，但在某种意义上，它们又是最干净的，最能澡雪精神，恢复自然人式的纯真感。记得那次乘沙漠车回来，一只苍蝇不知从哪儿钻了出来，我们连连扑打。一直沉默的司机忽然说，别打它了，就让它免费坐一段空调车吧，它能在这儿冒出来还真不容易呢，没准儿跟我们有缘分。车到塔中，司机似乎有意又似无意地拉开车窗，待苍蝇哄出去了，他才慢慢地合上窗户。我注意到了这个细节，我觉得别人也注意到了这个细节，一时间车厢里静极了，大家好像全忘了下车。

沙暴、酷热、焦渴固然难熬，更严重的是还会遇到生命威胁。发生过这么一件事，一位师傅和他的徒弟碰上沙暴，大半个车身被埋，怎么也开不动了，他们明知道飞机和救援者难于发现他们，可还是等待着。沙暴停了，水喝光了，东西也吃光了，每个白天都没有任何消息，于是他们盼着夜的来临，到时他们就一件件地脱下衣服，拧成火把，蘸上柴油点燃，高挑着，摇晃着，希望被发现，但等来的总是失望。徒弟奄奄一息了，挖开沙把脸埋进去，僵仆着；师傅只有冒险出走，连爬带滚地摸索，终于在摸到沙漠飞机场的钢铁轨道时昏厥了。第二天早晨，有人看见轨道上趴着个什么动物，怪怪的，走近才发现是人。那个徒弟后来也找到了，苏醒了，他一口气喝了七瓶矿泉水。我还听说，一个脱险后回库尔勒休假的青年司机，姓肖，约好与女友在孔雀河畔会面，当他一眼看到女友身后清冽冽的河水时，竟不顾一切地一个猛子扎下去，再也没能上来。有人说，这是出现幻觉所致，也有人说，他的精神错乱了。

这年轻生命的夭折，使我想了很久。我倒宁可认为，有了水才有了生命，生命的第一需要是水，他太想亲近水了，以至对水的渴望超过了对异性的渴望。这是怎样令人震惊的悲剧啊。我想起一位姓顾的钻井队长十分坦率的话，他说，你们到这里来，也就是看看，假如有个人什么也不要他干，能在这里呆够两个月，就是了不起的人了。我们每天干活十几个小时，然后回车厢式的排子房睡觉，单身男人全住在一起，天天说，也没什么可说的。这里本不会有女性，近年因增加了服务设施，才有了一点，但谈恋爱的有，乱来的没有，谁乱来就把自己搞臭了。这里人的道德观念就是如此，你们听了也许觉得好笑。有人说我们待遇高，其实也不是；除了工资，没有别的来源，要有就是放弃探亲假把钱加上去，有的家里太穷的已好几年没回过家了。所以，在这里呆久了会有“三躁”：枯燥、急躁、烦躁。脾气再好的人也难逃这三躁。他最后重重地说，我厌烦黄色。

我想，在这个世界上，有的人在找油，大多数人在用油。我知道煤是古森林经海陆变迁形成的，那石油呢，我猜想它可能是古动物——软体动物，鱼类，两栖类，以至爬行类如恐龙的肌体层层淤积衍化的，不然就不会那么加倍的炽烈。石油如血液般珍贵，现代文明社会须臾离不开它，今天海湾密布的战云里，不就有一股浓浓的油腥味吗？石油这东西也怪，可能它知道自己身价颇高，就总是藏匿在人迹罕至的地方，深隐在荒原、海洋、沙漠的幽邃的底层。这就增加了开采的难度，也注定了石油开采者们生存境遇的悲壮。一个人生而为石油工人，要比常人承受更多的苦难，他总是远离人群，不停地到没有人没有路也没有起码物质条件的地方去，同时，他还要舍弃享乐，而所舍弃的正是普通人最看重的东西，比如家园、性爱、天伦之乐、繁华胜景之类，于是，他的宿命就像塔中的那两簇火炬，日夜不息地燃烧，直到烧尽。每念及此，我便感慨万端。

春节期间的一个晚上，我路过一家歌舞厅，里面传出了歌声，那歌词好像是：

风沙吹老了岁月，吹不老我的思念。曾经多少个今夜，梦回秦关……

也许因为歌者的嗓音沙哑而苍凉，我猛然想起了塔里木油田，想起了我采访过的沙漠车司机和钻井工人们，我固执地认为，这歌像是他们在唱，唱的是他们的心情。本来，回北京后，塔里木已变得非常遥远，我甚至感应不到它的一点回声了，可是此刻，我这都市的漂泊者似乎与沙漠漂泊者的心又交融到一起了。我知道，倘若没有石油，城市会彻底瘫痪，我们会变成城里的沙漠人，然而，石油人献给我们的难道仅仅是石油吗？沙漠是冷寂的，但它的下面有火焰；都市是热狂的，但它未必不会使人变得像货币般冷漠。地球的沙化令人不安，但灵魂的沙化更让人忧思。这么想着，我被一种广大无边的杞天之忧所笼罩，怔怔地立在街头，泪水悄悄地爬上了脸颊。

冬 泳

我本没有资格谈冬泳，因为我的冬泳史只有一年，能谈出什么呢？然而，冬泳给我的刺激和体验委实太新鲜、太强烈了，我还是忍不住想把切肤感受向人诉说。

“日记”载，我是去年二月二十八日下午下水的。在此之前，我对冬泳茫无所知，从未亲见，更无丝毫精神准备、理论准备和身体准备。我之蓦然下水，完全出于我的喜欢冲动冒险的性格。那段时间，我的生活发生了一个转折，由相对清静的单位调到一家文学刊物做副主编，生活节奏忽然打乱，继而由平衡而失重，除了每日坐班、看稿，还有各种人事周旋，其中的奥秘既难一下子谙熟，“花面逢迎”的本事又天生不会，遂产生某种心态上的紧张感。有几天我真是烦恼透了，不知怎样才能摆脱物化的或心造的樊笼。这时，心底升腾起一个声音：若不通过某种极端的行为，精神的闷局断难打破；至于这种行为应该是什么，却并不明白。总之，我有种隐秘的渴望。

记得那天是在《电影艺术》编辑部参加座谈会，碰到该刊热情而诙谐的编辑陈宝光。他说，他正在坚持冬泳，为此，他的脸变白了，头发根儿变硬且不掉发了，每天似有双倍的精力云云。我不明白脸何以会变白，看他歪着脑袋抖动头发，将信将疑。我虽不奢望宝光式的奇效出现，但对冬泳忽然心向往之，当即决定，当天就下水。宝光瞠目，倒吸一口气，骇住了。他劝我还是循序渐进，从秋冬过渡，来年再说。然而，我意已决，不可动摇。宝光无奈，只得依了我的任性，陪我来到什刹海湖边。

其时，湖中尚结着未融尽的残冰。所谓冬泳，是在临岸一方十多米的冰水中进行；只见萧索的湖边，集聚着一些冬泳者和围观者。冬泳者赤身露体，咬牙切齿，蹦跳驱寒，围观者则厚裘加身，包裹严实，岿然不动，阵阵寒风扫过，冬泳者咝咝吸气，围观者缩颈弓背，对比煞是鲜明有趣。宝光是这里的常客，为人又随和可亲，他一冒头，人群中便爆发一串嬉笑调侃的吆喝，他一面打招呼，一面侧身打着滑溜趋前，我随其后，有些腼腆。宝光一来，就把我的情况和下水的决定介绍给他的众哥们儿，群情于是哗然，好奇地围上前来。有几个老成持重的劝诫我，还是回去先从擦冷水澡练起；有好几个好事者则极力怂恿，催我“快下快下”。事已至此，骑虎难下，只得横下心来，迅即脱光，扑通一声就跳将下去了。

脑后传来依稀的喝彩声、煽动声，水中的我则只觉浑身如针刺，如鞭抽，尤其下体某个部位抽着疼，疼得僵木，真要命。下去一分多钟光景，就爬上来了。低头一看，呀，浑身像刚出油锅的鲜炸虾，艳红艳红的，大腿根部红得发紫。有一人（邮电部的老韩，后来成为我的

“泳友”）走近前来大声说：“好样儿的，还真不赖，明天若不感冒，你再来，加大运动量。”在穿衣的过程中，顿感全身发烫，犹如火烤火燎，又像无数小烙铁在后背上烙，舒服异常。奇怪，牙根并未打颤。归途上，先是推车一路小跑，精神果然健旺，仿佛卸下千斤重担般轻松。夜幕已下垂，我骑车极快，睥睨街灯和行人，险些出事。都四十五岁的人了，忽然有种小伙子的狂傲在心头冲撞。进家门，亢奋未消，饥肠辘辘，竟等不得了，伸手去抓盘中食物。晚饭后，仍然兴奋，想到某些事真是无聊，在时间面前根本不屑一顾，又感到有一气写许多文章的底气。此时方知，一个人精神上的强健与否，固然取决于思想、心理之素质，却也不可小觑生理、身体之状态。那天，还有种想戒烟的念头，惜乎至今终未实现。一笑。

从那一天起，我开始了业余冬泳活动，继而是春泳，夏泳，秋泳，直到最近——冰封雪盖又一个严冬。我成了什刹海边哥们儿中的一员，我也混迹其间“侃大山”。平时，我是喜欢把瞬间感受写一点哲理式随笔的，翻检起来，居然有几则是关于冬泳的，不妨摘录如下。

一则是：

人是个感觉动物，似乎总为寻求某种感觉而存在，一切皆虚，唯感觉是实。坚持了一个月的冬泳，每次跃入水中，冰凉之感袭裹全身，特殊感觉无以言传。老杨说，为这一刹那的感觉，“给个神仙也不换”，妙语足可解颐。上岸后，通身像擦了清凉油，外凉内热，这感觉确乎很美。我在岸边跳呀，跑呀，笑呀，闹呀，世间一切烦恼全忘光了，好像一盘被洗过的录音带，仿佛进了圣境，放松而空灵，恬静而喜悦。然而，瞬间的感觉转瞬消失，消失以后，我又变成了一个世俗人，一个凡夫俗子，又会想起种种不快来。

另一则是：

人最初与大自然混沌不可分，后来进化了，拿起工具，蜕去兽毛，与大自然变成主体与客体、对立又依存的关系。然而，自然无时无刻不在竭力同化人，企图把人同化为自然物，而人又无时无刻不在抗拒这种同化，试图完全摆脱动物性。不过，挣脱与回归的悖论永远不会终结。人为了强化自身，净化自身，在某种意义上又需要回归自然，冬泳即是一例。它貌似反自然，其实正与远古的自然和人认同。在这一活动中，人最能唤醒自身关于原始的御寒、适寒的本能记忆，也最能体验天人合一的境界，返璞归真的妙谛。

还翻出一则：

全脱光了，无所挂碍，才会自由；跳进水中，自然的怀抱，才会使童心复萌。

我杂入了冬泳者的人群，这里三教九流无不糜集，人人平等，人与人的关系简化为一个“泳”字。“泳”字之外皆无须问，无可说，无价值。可惜，我的感觉不比宝光好，不如老韩和楚师傅，也不及小史和小庞。因为我感到了我不易察觉的窘态、忧郁和自尊。虽然我也在说在笑，总不如他们那般放纵和洒脱。此时，谁管你是什么或者你有什么，谁的感觉最充实，谁的体能和活力发挥得最充分，谁就最强，最值得羡慕。

什么是幸福，什么是自强，什么是力量，内容丰富，一语难以说清。可以肯定的是，它们不是某些身外之物。某些身外之物其实是最大的虚幻。可是，有多少人却在追踪着这虚幻之影啊……我又何曾全然免俗呢！

不再摘引下去了。请读者原谅我的袒露：这些话或不宜掬以示人。一时的灵感，经不起推敲的，但既要谈冬泳，就没法不说这些。我早就意识到，无论在生活中或文字中，我始终不会隐藏自我。那些既能巧妙绕开自我，又能写出花团锦簇文章者，我羡慕，却学不会。命运注定我只能是个本色演员，而非性格演员。

于是，我的生存环境除具体单位，又多了一个不确定的人群。两个环境判然不同。在冬泳者的环境，谁也不问各人的历史、职务之类，只要记住姓什么和在哪儿干活就足够了，奇怪的是，每天一小时的邂逅，不附加任何功利目的和尊卑之分的相处，却使人们的感情日臻深挚，几日不见，如三秋兮，互相打听来否。时间一长，各人的个性渐露行迹，“本真的我”赤诚相向。老韩开朗而老练；老楚是幽默大师，满腹笑料随口抛洒；小史粗豪，顽皮，大大咧咧；小庞一团和气，不露锋芒;老杨独立意识强,即使换衣也与人保持适当距离,颇有“举酒白眼望春天,皎若玉树临风前”之概……真可谓五色杂陈,不拘一格降人才。不过,在对冬泳的需要上,我暗忖与他们略有差异:冬泳是否有益于呼吸道、消化道、心肺肾功能之类,我实不甚在意,我之日益离它不开,更倾心于它对意志的磨炼,勇气的生发,精神和心态的调整。我不是那种能久久浸泡在冰水中的“勇敢分子”,但我明显感到掌握适度的话,它决非自虐自伤的无益之举。

去年,我的游泳史上的另一桩大事,是学会了高档次的“蝶泳”。夏天,高洪波、刘齐跟我游过几回泳,后来他们就懒得动弹,找借口不去了。近日高听说我学会“蝶泳”,表示不信,更可恶者,是他时常讪笑,又不肯亲到现场一顾。这使我有些愤愤然。转思,世事往往如此,何必要向别人证明自己呢?证明得过来吗?重要的是你在这一活动中是否享受到自我实现和强化意志的感觉;快乐不在活动之外,更不在虚幻的炫耀中。嘲弄和讪笑只能促我加紧训练,我埋头,打水,再打水,跃起,舒臂,再埋头,再打水……自由终于来临,连严苛的业余教练楚师傅都首肯我的“蝶泳”已经过关。书痴者文必工,艺痴者技必良,信非虚语。

今年,什刹海的冰结得特别厚,每天清晨都有热心的冬泳者用冰镐、铁棍敲开冰层,为一天的后来者开辟场地。他们不约而来,乐此不疲。放眼冰湖,滑冰的红男绿女如燕子般穿梭,嬉闹的儿童们跌倒又爬起,耐寒的情侣们相挽相扶,好奇的“老外”胡子上已结冰花,却举着摄像机拍个没完,就在他们的近旁,冬泳者在水中时隐时现。噫,这真是一个五彩缤纷、生机盎然的生命世界!我想起“人在冰上走，水在冰下流”的诗句，又想起“鸢飞戾天，鱼跃于渊”的古语。

我又一次跃入冰水。生命的形式多种多样，生命活力的表现也千姿百态，每一个精神个体都该展露他的风格，既然瑰丽的大自然不止一种色彩，我们的生活和生命难道不该多样些，更多样些么？

皋兰夜语

久居兰州的人都知道，深夜出门，不用抬头，即能感到，或身后，或眼前，定有一庞然大物在瞑色中谛视着你，那就是皋兰山了；也不必引颈四顾，定能听到一种哈气似的嘀嘀声在空气中鼓荡，那就是黄河的涛声了。

记得一九八六年前后，有位兰州的故交到了北京，闲谈中顺便说起："皋兰山上建公园了。"兴许他的语调太平淡，兴许当时我未及细想，反正我没当回事。我估计，那无非是在皋兰山腰的某处修了个凉亭罢了。我的想象力再丰富，也是断乎达不到山巅的——在我少年的记忆里，皋兰山仰不可攀，直薄云汉，如壁立的屏障守护着兰州，兰州则是偎在它脚下的羊群。实难想象，在这陡峭的几乎寸草不生的皋兰山之巅，能建个什么公园？

终于，在一秋日傍晚，我回到了阔别二十多年的兰州。下火车后猛一抬头，竟惊讶得说不出话来：皋兰山还是那副熟悉的静卧了千万年的姿势，老熟人似的对我歉然一笑，但仰观山顶，却全然陌生了，著名的“一棵树”没了踪影，只见原先最高处烽火台的位置上，隐约飞起层层亭台楼阁，与秋夜的星斗混成一团，细辨则有角翼然，在雾霭里明灭，如神话里的蓬莱仙境一般，好像一阵风来，那缥缈的楼阁随时有升入霄汉的可能。这就是友人所言“兰山公园”了吧，果然奇幻至极。由于地面是万家灯火的闹市，山顶是星光灼灼的亭台，而中间部分的大荒山完全融入了沉默的夜色，所谓山顶公园，便有了天上宫阙、琼楼玉宇似的飘游感。我盯视片刻，觉得眼睛发酸，真不知是天宫在轻摇，还是夜气在浮动。

我也算是到过一些地方，见过一些世面的人了，就说夜景吧，曾登上国际饭店看上海（听说现在该去登东方明珠电视塔了），也曾登上枇杷山看重庆，还在飞机上看过夜的法兰克福和罗马，但我敢说，它们尽可以其富丽或壮丽炫人，却都不如夜的皋兰山那么富于梦幻之感。我早就觉得，兰州含有某种说不清的神秘和幽邃，暗藏着许多西部的历史文化秘密，凡只到过西安没到过兰州的人，绝对不能算到了大西北；只有到了兰州，而且流连黄河滩，驻足皋兰山者，才有可能摸索到进入大西北堂奥的门径。

我从来都固执地认为，王之涣的《凉州词》，只能作于兰州，而且描写的也只能是襟山带河的兰州。“凉州词”乃古乐府惯用的诗题，并非只能写凉州或只有亲临凉州者才能用它，这就犹如唐人写“出塞”、“入塞”的诗很不少，并非每个人都非要出一回塞一样。可是，单就这首诗的意境观之，恐怕诗人不亲自来到一个高山、长河、古城三者奇绝地扭结在一起的地方，是断难杜撰得出来的。

我想像,王之涣是在一个早春的正午,一个假阴天,来到兰州雷坛一带的河谷的,他极目西眺,觉得黄河上接白云,仿佛是从云端挂下来的,就有了“黄河远上白云间”的句子出唇;再侧目一看,发现身边的孤城兰州紧贴着崔嵬的皋兰山,四围群山如簇,使山愈大而城愈小,便生出了“一片孤城万仞山”之概。当时天气乍暖还寒,兰州一带的杨柳还没有吐芽,王之涣打了一个寒噤,猛听得有羌笛声若断若续飘来,心里想,兰州尚且如此,那凉州以西的古战场,还不知道会怎样的苦寒呢,遂叹息道:“羌笛何须怨杨柳,春风不度玉门关”啊。我这样解,唐诗专家可能要引经据典地起来反驳,但据我所知,只有兰州才具备诗中所写的特殊地貌,往西去,甘、凉、肃、瓜四州不是这样,沿黄河上下逡巡,济南、郑州、西宁、银川等地,也都不是这样。

兰州这地方确乎有这种非凡气象,黄河穿城而过,环城则是山的波涛,好似一座天然的古堡,外面的东西不易进来,里面的东西也难出去,铁桶也似的封闭。要是在西安,你会感到关中大平原的坦荡与敞开,而身在兰州,你就没法不体验一种与世隔绝的疏离感、禁锢感,连走路的步子都会放慢。从地图上看,兰州才是中国真正的中心。老人们常说,环绕兰州盆地的群山是一条逶迤的巨龙,皋兰山是龙头,九州台是龙尾,确实越看越像。小时候,我就经常好奇地久久凝视着它,盼望着又惧怕着它会抖动头颅。及长,渐渐知道了龙的传说,就想,这里是否才是中华民族真正的发祥地?惜乎只是猜想,并无如“黄陵”之类的有史可征。但凭着直觉,我相信这是一块神秘的土地,以前必发生过或不见史籍却惊天泣地的事,以后也必会弄出震撼神州大地的响动。

考证起来，兰州的历史甚为悠久，秦置陇右郡，汉置金城郡，隋置兰州，皆为兵家必争之险要，到了今天，它更是西北重镇，交通枢纽：陇海、兰新、兰青、兰包诸线，均奔凑兰州而来，交汇之后又各奔西东。川陕及沿海的货物要进入青海新疆西藏，或青海新疆西藏的产物要运到内地，大都须经兰州这个“瓶颈”。兰州的得名，一说来自于夹峙着它的一山一河，即皋兰山（兰）和黄河之滨（洲）；一说古时的兰州四季如春，盛产兰花，故有此名。对后一说，我有些怀疑。古兰州府或古金城郡，其实是一个小文化圈的别称，它还应包括河州、湟州、临洮、循化、榆中、皋兰等一大片青海与甘肃接壤的地面。新石器时代著名的马家窑文化和稍后的齐家文化，老窝都在这里，前者因临洮的马家窑而得名，后者因广河县的齐家坪而得名，你想找最地道的三足鬲和鱼纹盆，恐非此地莫属。曾使举世惊愕，众学者争执不休的“舞蹈纹彩陶盆”，即出土在这个文化地带。此盆也确实奇特得很，盆沿上的舞者，咱们的老祖宗们，头上之饰物似为发辫，披于脑后，而下体之物，就很像男性生殖器，舞者裸体而踏跳，奔放恣肆，性器官非常之突出，这就不能不使学人们大费猜详，一定要破译它的意义了。列祖列宗，你们何以豪放如此？它的笔势、动感、构图、线条均出奇的成熟，却出自五千年前的先民之手，怎不令人惊异！

所以，兰州是封闭的、沉滞的，但又是雄浑的、放肆的。不信，你往黄河老铁桥上一站，南望皋兰山，北望北塔山，下望黄河那并不张扬却又深不可测的浑浊漩流，会感到一种山与河暗中较劲的张力，或蒙克绘画中才有的紧张感，据说现在的黄河冬天也不结冰了，于是不存在解冻问题，但在我小时候，看春天的“开河”，那刺激不亚于惊雷奔电，若是一个人独立河边，或会被它骇人的气势吓得战栗。看啊，一块块硕大的排冰，像一个个满怀仇怨、冲锋陷阵的生灵，互相追逐着、撞击着，那高扬着手臂的冰块杀过来了，那低头冲刺的冰块迎上去了，时而是惊天动地的轰鸣，时而是粉身碎骨的呻吟，有的冰块狂暴得简直要扑到岸边来捉你，于是冰水都溅湿了你的棉鞋。四野岑寂，整条大河犹如低吼着的、厮杀不断、尸横遍野的战场。夜幕降临，就益发骇人心目。这不由让人想起《吊古战场文》里河水萦带、群山纠纷、声析江河、势崩雷电一类的句子，遥想发生在著名的兰州河谷里的无数部落之间、宗教之间、民族之间、政治集团之间、阶级之间的征战和杀伐……

翌日，天一放亮，我便急于寻觅登皋兰山的途径，想弄明白夜气中仙山琼阁的来由。我虽在兰州长大，却从未登上过皋兰山，在过去，那几近妄想，这回该偿还宿愿了。此时，王作人先生来了。王是我当年在兰州大学的同窗密友，现为该校教授、新闻系主任，他约我同去拜访另一同学杨临春女士。杨的寓所恰在皋兰山脚下，窗明几净，我们就坐看通往山顶的缆车缓缓上下，以及游客们的嬉笑状。杨说，千万不要白天坐缆车游山，那太没想象力了，一定要夜里上去，你才能看到一个真正的神秘的兰州。

饭后，三个老同学散步在通往五泉山（皋兰山脚下的一处名胜）的路上，互相打量一番，感慨油然而生。作人是当年班上的英俊小生兼饱学之士，如今业已头顶微谢，一脸沧桑，他那曾经俊逸的脸庞，平添了不少岁月的沟壑。临春是著名的“校花”。当年我在班上年龄最小，虽不明内情，倒也听说，她的追求者就有十八罗汉之多。那可能是夸张，肯定有冤枉，比如可能包括仅写了一张小纸条者之类。现今的她已是五十出头的人，正遇上私人生活的坎坎坷坷，脸色就颇显憔悴，明亮的眸子流露着呆滞，只有秋风中依然苗条的背影，还能想见昔日的丰韵。按老话说，她的出身不好，解放后家境败落，举家作为移民被遣到河西走廊某县。上高中时，寒暑假没钱回家，她就住在学校里，三九天还穿着一双球鞋。她后来的境况时好时坏，似乎一直摆不脱出身的阴影。她是在外面闯荡多年后回到兰州的，我们开玩笑地说，这叫归正果。看着她背影，心头忽然升起一种苍凉感：我们这代人的青春真像小鸟一样不回来了么。

他俩都说我不见老，我唯有苦笑，我说，这可能因为咱们西北人的皮肤。“厚黑”，少不显少，老不显老吧。临春忽然向我提了个严肃问题，她说，当年咱们班分配到北京的十几个人，为什么除了一两个，不出几年全都纷纷回来了？有的是老婆拖后腿，有的是生活不习惯，一个个直到回到老家的热炕上方觉安妥，你说，这仅仅是甘肃人家乡观念太重，畏惧交往，习性保守的缘故吗？我想了想说，这问题太复杂了，几句话何能说清，直到今天，在北京的甘肃人仍颇为寥落，牛肉拉面的打遍全国并不证明实质上有多大改变，比如，中直系统的全国作协会员近千人，而多年来其中的甘肃人竟只我一个，陕西人则多得多，你说怪不怪？也许，这些都与眼前的这座大山有关系吧。

我小时候就觉得，兰州这座城市有种诡异而神秘的气息，当地俗谚云：“兰州地方邪，说龟就是鳖。”比如，过日子禁忌特别多，一言一动，甚至吃什么不吃什么，都能引起大人们的一番指责或恫吓，而大人们自己，也似乎个个寡言罕语，说出话来神龙见首不见尾，叫你摸不着头脑。他们之所以如此，是出于害怕，因为在他们的经验里，希望的事总是落空，担忧的事总要发生。后来渐渐明白，兰州地面，哪方人氏都有，汉藏蒙回无不糜集，而且教派繁多，关系复杂。从老人那里，偶然能听到血脖子教与关里爷、苏四十三血战华林坪，马五哥与尕豆妹、新兴教、随教汉人、西路军、民国十六年大地震、民国十八年大旱、血洗邱宅一类的传说，无不染着血腥气，而这些传说反过来就更增加了这座城市的神秘。范长江在《中国的西北角》中有一段话说："汉代以后，汉族对于西北各民族之征伐或抗拒，多以兰州为极西之支撑点，即到现在，兰州仍然成为汉族在西北与回蒙藏各族交往之中心，自政治方面言之，中国现在政治力量西部之极限，仍以兰州为止。北过黄河，西过洮河以后，军政权力，尽在回族手中。"范公这番话虽说在一九三六年，对揭开兰州历史上的文化密码却具有高度价值。

但兰州人也并不缺乏幽默感，有一首年代久远的谣曲，俏皮而无奈地表达了劳动者对苦难的反讽，是我迄今为止看到的最绝妙的中国式的黑色幽默，倘用沙哑的嗓子哼唱起来，定叫人鼻酸而笑：

走了个阿干县哪，买了个破砂锅。
试着去吃饭哪，倒把那嘴划破，
哎，世上的穷人多呀，哪一个就像我。
（末句感叹，以下每段最后都重复一遍）

买了个破皮袄啊，虱子虮子多，
穿在了我身上啊，雀儿它来作窝。

娶了个大老婆啊，脸上的窝窝多，
买了一升面啊，倒搽去了一半多。

盖了个破房房啊，窟窿眼眼多，
鸽子来踩蛋啊，倒把那梁踏折（读舍），
哎，世上的穷人多呀，哪一个就像我……

我觉得，兰州城的性格，就像它那典型的大陆性气候一样，晨与昏，夜与昼，骄阳与大雪，旋风与暴雨，反差十分强烈，又像皋兰山与黄河的对峙一样，干旱与滋润，静与狂躁，父亲与母亲，对比极其分明。这里既有最坚韧、最具叛逆性、最撼天动地的精神，也有最保守、最愚昧、最狡诈、最麻木、最凶残的表现。马化龙、马明心、苏四十三们的伟大的殉道精神，已在张承志沉郁苍凉的笔下复活，虽然我早在几十年前就听过这些回族英雄的传说，却无力写出。作为西北人，我感谢张承志和他的《心灵史》。但我认为，哲合忍耶诚然是一种宗教精神，但它的根须却是深扎在西北的大漠中的，这里的人民不论信教与否，都曾表现出同样万死不辞的血性，这就不单单是哲合忍耶所能囊括的了。广为流传的长诗马五哥与尕豆妹，是民间艺人根据真人真事编唱的，老兰州人都会哼哼几句“马五阿哥的好心肠呀，羊肚子手巾者包冰糖”之类。这故事叙述一对受封建宗法和门阀观念压制的男女青年，婚姻不幸，就不顾一切地“通奸”，向着阴沉而凶残的宗族势力挑战，遂招致杀身之祸，终以“血脖子精神”喋血刑场。使我奇异的是，这故事中“性”的描写极为大胆野气，其反叛性的异乎寻常的决绝，中原文化恐不可能有此胆魄。但我又觉得，它的反叛精神是非理性的，自在的，原始的，带有一种可悲的封闭色彩。

大概就因为这一切，我十分看重皋兰山顶上建公园这件事，觉得它似乎是一个象征：象征着兰州要超越，要登攀，要与山外世界对话，要升高立足点，打破万年的闭锁，汇入大时代的冲动。传说霍去病西征到兰州，正赶上黄河冰封，战士喝不上水，真是欲渡黄河冰塞川，将登皋兰雪满山啊，他一怒之下跨上红鬃烈马，要冲到皋兰山外去，却没能上去，只在山根下用马蹄踩出了五眼清泉，遂有了名胜五泉山。这自然是传说而已。但民族英雄苏四十三反抗乾隆暴政，坚守在皋兰支脉华林坪，被切断了水源，他欲翻山突围而不可得，终于悲壮就义，可就不再是传说，而是史实了。传说也好，史实也罢，似乎都在证明，皋兰山不是那么好超越的。

到兰州第三天的深夜十二点左右，机缘来了。我们看完秦腔回来，司机小马忽然说，你不是想上皋兰山吗，走。我以为小马在开玩笑，半夜三更的，找死啊。然而，说话间车已窜出闹市，箭镞一般沿伏龙坪逶迤直上了。此时，不见有下山的车，夜在前方展现出一个庞大黑影，黑影的顶端有点点灯火在夜气里浮游，极为缈远。我们的汽车便向着这黑絮般的夜和星星似的灯奋不顾身地扑去，我想它远看一定像一粒萤火虫罢。虽然疾驰的车子左面不断闪出闹市灯海，我哪里顾得上细看，只是屏住气，死死攥住扶手，直到攥出满手的汗。我绝不是一个胆小鬼，走过很多夜路，但我要说，像这样紧偎着绝壁，下望着夜市，一边是命如悬丝，一边是赏心悦目，将死亡与闲适奇妙糅合的地方，在任何一个都市也难觅到。

蓦然间，一九四九年八月的皋兰山重现在眼前，我又看见马步芳的骑兵沿山上临时公路昼夜转移。从山下仰望，可以清楚看见山腰间黄尘滚滚，万马攒动，每隔五分钟光景，必有一匹马同骑兵一起被挤翻下来，那只能是当场摔死。那时，不及六岁的我，就专门痴痴地清点着摔死者的人数。兰州战役是著名的恶仗，皋兰山支脉狗娃山战役，在战史上也很有名。我在一份材料上看到，当马家军一败如水，土崩瓦解时，马步芳神情黯然地对其子马继援说过，我们由当初的十几个人，发展到现在的十几万人，又由现在的十几万人，回到原来的十几个人，真是天意难测啊。他好像怀着一种对自身命运和地域文化的秘密无力索解的遗恨。

的确，在西部，有些事是很邪乎、很不可思议的，譬如，河州有个叫而摩尼沟的荒远村落，你可能连听都没听说过，它竟然培育并输送了近代以来统治西北的一大串政治首脑，尤其是主宰青、宁的所谓“西北五马”，除马鸿逵系河州另一村庄人，其余的皆出其里，而耀武扬威了几十年的“马步芳军事集团”，最早也从这里起家。不过，这一切都与一个名叫马占鳌的人联系在一起。此人名声并不特别彰显，但所起作用极大，他实在是西北的一个幽灵，少数几个改变过西北史的人之一。由于张承志的《心灵史》，人们爱谈哲合忍耶，其实更应注意的也许是马占鳌。如果说，哲合忍耶的领袖马明心作为一种精神

冷山

朱贤巍

2015 年

80cm × 100cm

布面油画

象征是伟大的，不可企及的，那么，叛变者马占鳌作为一种精神象征则是无节操的、投机的、阴郁的。然而，可怕的是，历史在很长的时期里，竟然选择了、肯定了、袒护了马占鳌式的自全之策。这就不能不令人深长思之。

马占鳌原是河州摩尼沟的一位回民领袖，又是一位道行颇高的阿訇，主要活动在清同治年间。由于他抑富济贫，敢作敢为，曾在民众中享有很高威信。面对左宗棠的血腥镇压，他曾高张义旗，在新路坡一役中，巧施“黑虎掏心”战法，打得左宗棠部损兵折将鬼哭狼嚎，溃不成军。他的军事奇才，使左宗棠惊骇万分。就在他的反清事业如日中天，人望几达顶峰之际，他突然提出降清的主张，不免惊呆了他的战友。他先是派遣本族的十公子到左营投诚，继而他自己披戴枷锁亲到左营请罪，并为清政府的征剿和屠杀出谋划策，于是深得左氏的器重与赏识，那丑态很像洪承畴、钱谦益之流。但历史好像并没有惩罚这个叛徒，反而由此奠定了他的家族基业，开创了一个马氏家族统治甘、青、宁的漫长时代。有篇文章说得好：“惟河州的马占鳌不但无灾无害地善终，而且由于他的青云直上，形成了此后七八十年军阀割据的局面，这种离奇的情况，一方面表现出马占鳌投机取巧、工于心计，另一方面也说明了清朝以回制回政策的毒辣。”[1]我感到，马占鳌其人虽已湮没无闻，但他那保守与狡黠、愚昧与精明相结合的消极的智慧，他的家族门阀利益至上的顽固意识，作为一种具体化的地域文化精神，是否并未完全散尽，至今还想在暗中挽住历史的脚

〔1〕 马培清《马占鳌的反清与降清》。

步呢。

过去常说陕甘不分家，又说青甘不分家，它们其实代表着两种不同的传统。陕甘传统中含有较多开放的、向内地文明靠拢的因素，但它却柔弱、苍白，青甘传统带有更为封闭、蒙昧、保守的游牧文化色彩，但它犷悍、蛮勇，更富于生命强力。青甘传统的实质是封建化、家族化、门阀化，当年马步芳、马鸿逵们的用人，就曾有“甘、马、回、河”之说，必须是同教门、同地域、同家族之三同者，方可信用。近代以来到建国之前，兰州似经历了从陕甘传统向青甘传统的倒退，直到解放后，这一倒退的态势才被遏制了。但这种封闭性，作为一种惰性的地域文化心态，一旦成形，要改造就恐非一夕之功。

十五公里提心吊胆的险路总算跑完，这辆无畏的汽车也终于在山顶的平坝上歇了脚，车里的几个人全都汗津津的，气咻咻的，好似狂奔的不是车而是人，大家相视而笑，笑意中藏着历险后的庆幸和宽慰。“看哪！”谁向山下遥指，紧张立刻转化为兴奋，发出一片惊呼。就在我们眼底，呈现出一片狭长的、璀璨的、深邃的灯光之海，宛若颠倒了的银河。灯光有白的、黄的、蓝的、橙的、红的，各个闪动着慧眼，于是，它们涌动着、呼吸着，如同有生命的潮汐。兰州并未睡着，愈是暗夜，它愈是光彩射目。黄河呢，这白昼奔腾不息的长龙莫非躲起来了？不，在两岸长串灯光的夹峙下，明显地有一条“黑河”，那就是她。我推想，在她的深渊，一定奔涌着黑色的、凶险的波涛吧。这时，我才留意到，天上的星宿离我们极近，大有“扪参历井仰胁息”之感，再转身向南望去，好不吓人，但见夜暗里蹲伏着无数弓起脊梁的巨兽。同行的甘肃作家王家达告诉我，那是比皋兰山更高的马含山峰群，要在黄昏时看，别是一种阔大气象。

夜深沉，寒气袭人，我却伫立山顶不愿离去。我在想，对兰州来说，皋兰山无疑是它的见证。四十六年前，马家军企图凭借天险负隅顽抗，终究不敌，兰州遂告解放，现在，古龙要彻底翻身了，古城要跨进现代化的门槛了，人们干脆在皋兰山顶建起公园，这太有挑战性和想象力了，一条龙紧锁兰州的历史结束了，人们已擒住了龙头，真正的驯化自然的时代开始了。我猛然觉得，此刻我登上的何止是山的峰顶，实乃一种精神境界的峰峦。回头一瞥，心头一惊，更高的马含山在黑暗中默默注视着兰州呢！

听秦腔

我的一大爱好是听秦腔，爱听到了酷爱、入魔、自唱自叹、手舞足蹈的程度。到北京都二十五年了，这癖好居然有日甚一日之势，不免搔首自叹，这是否一种遗老心态？我曾宣称“秦腔是中国戏曲中最伟大、最深厚的剧种”，招来过一片讪笑和讥诮，却无愧无悔。内子是北京土著，小儿女都在北京长大，我每播放秦腔，便遭到他们的顽强抵抗，小女捂着耳朵跺脚尖叫，小儿涨红了脸摔门而去——破坏了他们要听流行歌曲的雅兴，那一刻他们甚至是仇视我的。然而，我的秦腔癖有如钢筋般坚固，最终还是我征服了他们。于今，妻子和女儿不但默认了秦腔的合法，有时还跟着节拍轻轻附和，只有小儿冥顽不灵，始终对秦腔不屑一顾，或暗暗冷笑。

我积有三十多盘秦腔磁带，北京固然大，无奇不有，我深信在拥有秦腔上我必在“首富”之列。这些磁带来之不易，每到西安、兰州便广为搜求，有时索性到朋友家里巧取豪夺。在西安，王愚、张素文夫妇是我的兄长辈，为我翻录、选录秦腔废寝忘食。有一回，王愚直录到鼻尖冒汗，脖梗上青筋噗噗地跳，他一面捶着腰背，一面说，达弟啊，也就是你，换谁我也不卖这个牛劲。李星和我年纪仿佛，又同好秦腔，对他我就不客气了，进剧场，跑商店，选磁带，每回必得陪同到底。我的那套《百名演员集锦》，就是花七十元托他搞到手的。在兰州，我和作家王家达一见面，话题马上就转入秦腔。在大学读书时，他是我研习秦腔的引路人。谈起名老演员如刘毓中、田德年、苏育民，我们感慨唏嘘，无限神往；谈起早夭的一代名伶苏蕊娥，《花亭相会》的婉转多情，我们轻轻叹息，不胜其情。我发现，我俩对秦腔名角都有种“生不愿封万户侯，但愿一识韩荆州”的崇拜心理。尽管谁都知道秦腔演员的文化水平一般不高，有的还不乏俗气，但我们谁也不提这些，唯恐破坏了心造的圣像。等到我要检阅一下王兄装磁带的柜子时，融融乐乐的气氛就突变了。他局促不安，支吾其词。毕竟是远道客来了，最后他还是慷慨解囊，送我一两盘市面已脱销的磁带。

说起来，某些西北人对秦腔的痴迷也着实叫人错愕。我有个侄子，比我还大两岁，是个八级钳工。记得小时候，他的床头就总有一摞戏本，至今他已四十六七岁，胡茬子都白了，多年不见，我偶翻他的床头，居然还是一摞戏本，令人怅然。听说“文革”前国务院有位主任叫贾拓夫，是陕西人，每天下班一进家门，双手把帽子往茶几上一放，咳嗽一声，便只说“秦腔”二字，家人便用老式留声机为他放秦腔唱片，日日如此，年年如此。又听说，西北某大学学生宿舍，全是本地农村学生，只有一个南来的学子。这位江南秀士对秦腔深恶痛绝，秦腔声一起，他便溜出宿舍，到校园里胡转，殊不知他已获罪于众同窗，终有一天，为秦腔争论起来，有人逼问他的看法，他直言不讳，尖酸刻薄，众人大怒，挥动老拳，把这位秀逸之士打得鼻青脸肿。他爬起后到校方告状，校方唯苦笑规劝而已。这些传闻或有所夸张，但多年前在扬陵镇我倒是亲见，几个赶车的脚户哥儿，因春节期间电台的秦腔节目太少，蹲踞在车头上，朝着路旁的大喇叭吼骂。

有时候，连我自己也觉得奇怪，都八十年代了，我对秦腔的流连何以始终不渝？而整个西北高原上，陕甘宁青新的市镇，虽然已是影视业发达，迪斯科风靡，西部摇滚沸反盈天，可“古调”秦腔居然还能“独弹”，还能存活，真也是一大奇观。它的生命力何以那么顽健？在我倒是犹可理解：从小就在乡下戏台边上厮磨，村中男女谁能演戏，村人心悦诚服的青眼至今记得；及长，又在城里的戏园子买一毛钱的站票看，台上台下同悲共喜，实为我的心灵社会化的重要途径。说秦腔已渗进血液，并不为过。可是，对一个古老剧种的活力，就值得研究了。贾平凹写过名篇《秦腔》，说是秦川的地理构造与秦腔的旋律惟妙惟肖，秦腔又与西凤白酒、长线辣子、大叶卷烟、羊肉泡馍共为秦川人的五大生命要素，故而秦腔是秦川的天籁、地籁、人籁。他的说法当然不无道理，却杂有浓厚的“陕西沙文主义”倾向，视野未免窄狭了。其实，陕西而外，青宁甘新，哪里没有高亢激越的秦腔回荡，哪里不是大大小小的“秦剧团”星罗棋布，何独八百里秦川然？要揭开秦腔的生存之谜，必须站在整个西部的高度，不能光在西安城墙周围打转。依我之见，地理结构重要，历史结构更重要，浑茫的历史感才是秦腔的魂灵。说穿了，秦腔迷人，乃在“苍凉”和“悲慨”二大特色上。它善悲剧，不善喜剧；善伦理戏，悲欢离合的苦情戏，不善政治戏和理性戏。看《放饭》，谁不感到命运之飘忽？看《探窑》，谁不赞乱世男女之爱情坚贞？看《火焰驹》，谁不恨奸佞之陷害忠良？看《周仁回府》，谁不敬友情之高洁？……西部这块地方，秦汉威仪自不必说，“十六国”时烽烟不绝，什么前秦后秦前凉后凉南凉北凉的，世事如转蓬，更有大唐的“初、盛、中、晚”的无尽纷争，留下多少悲欢，该唱出多少慨叹？它是人命危浅之地，苦役流放之所，慷慨悲歌之疆。它的历史和生活本身就有“苍凉悲慨”的韵味。寻根是人类固有的情结，历史意识是现代人直观自身的表现，秦腔便是满足着这种欲求。可以说，秦腔是西部人思维方式、情感方式、伦理方式的艺术化、抽象化、程式化，只是人们不自知罢了。当今研究西部文学，倘不知秦腔为何物，便无从研究，只能隔靴搔痒耳。

不过，话说回来，一个剧种要在今天站住脚，没有深厚的群众基础可不行。光是一些演员唱，大家不跟着唱，就会越唱越萎缩。现代西部青年对秦腔厌烦者日多，秦腔演员“走穴”的，改唱通俗歌曲的，争上电视剧的，也不鲜见。我对秦腔前途不免担心。直到去年春天在兰州的茶园听了一回秦腔，才算放下心来。

那天，王家达兄约秦腔著名新秀窦凤琴给我们唱几段，却苦于无人伴奏，他便建议一起到茶园去，说那里有现成的乐队。窦凤琴名气很大，磁带行销西北各地，一见面，竟一点架子也没有，宛然一位朴实俊俏的甘肃农村姑娘，颀长身材，清秀面庞，话不多，只微微地笑。她是从生产队、公社、县城直到省城，一级一级唱出来的，尤其受到家乡农民的崇奉。

一进茶园，我和小窦都被眼前的散漫场面吓住了，小窦红着脸，摇头悄声说:“不唱不唱!”那场面也确实让胆小的唱不出口。兰州的茶园历史悠久,风味独具,这我知道,但见,半露天的席棚下,密密麻麻全是围桌而坐的茶客。与南方茶园不同,这里是一色的篷布躺椅,放脑袋处油渍斑斑,证明着茶园的古老。喝的盖碗茶也别致,叫“三炮台”——茶、冰糖、桂圆合成,喝茶人一面用碗盖刮撩,一面品茗。整个茶园人声鼎沸,花生瓜子壳遍地,跑堂的个体户提壶穿梭如织;打麻将的,玩扑克的,看书的,下棋的,应有尽有,好不热闹。怪就怪在你热闹你的,我热闹我的,相安无事。在茶园中间,民间秦腔班子吹拉弹唱正在兴酣处。一位七十多岁的尕老汉,正在仰天长啸,唱《辕门斩子》呢。打板的,拉板胡的,弹三弦的,全戴茶镜,微眯着眼,下巴一伸一缩的,沉醉其中。那老汉唱到“手捶胸,足顿地,怎不心伤”一句时,突然猛跺地面,底气十足。几个时髦女青年被惊得哈哈大笑。看来,那老汉不是为了表演,完全是自娱。更可怪的,一位女服务员,在戏唱到需要女角时,放下铁壶,款款走上前去,接唱一段,然后平静如常,又提壶续水去了。再一看,戏班子近旁,还有好几位在清嗓子,跃跃欲试,准备上场呢。这种茶园戏班,是业余爱好者自动凑集的,唱家也自告奋勇,不时会从茶座上站起一位。不过,并非谁想唱就可以唱的,这组织也有规矩,需事先串联,听说有人要唱还得赞助,犹如时下自费发表著作一般。秦腔的流传,与这种民间形式关系密切,仅兰州就有几十家茶园。因属业余,这里更多保留了秦腔的野味、野趣。

在王兄和我的怂恿下,窦凤琴有点坐不住了,却又畏惧这阵势。试想,一个蜚声西北的名演员,要在这种土场子上亮相,该得有多大勇气呀。最终，小窦还是被王兄硬拉到台前，与乐队小声协商，决定唱《斩秦英》。只听小窦一声高腔出唇，拉板胡的老先生立刻暗暗点头首肯，待唱到“骂一声，小奴才，不死的冤家”，全场忽然静得骇人，下棋的、打牌的全翘首环望，总觉今天的唱家有些异样。小窦那高、亮、甜、脆，具有透明感的声音在旋舞，那气势昂扬、一波三折的腔调在回荡，那融汇了歌曲发声方法的甜美和流畅在尽情扩张着。一曲终了，全场如地震，如沸锅，“美气”，“好！好”的粗嗓门满场乱吼。这时，一向不善当众讲话的王兄忽然一脸激动，一脸严肃，说：“刚才唱戏的女同志，就是咱省的窦凤琴。”“啊？窦凤琴！她咋跑这儿来了？”“什么？窦凤琴！放着大剧场不捞外快，到这来了，啧啧。”于是，躺椅乱响，人群骚动，全挤到我们桌前。茶园的个体户乐坏了，捧来大把花生瓜子糖堆满桌面。窦凤琴不习惯这种场面，飞红了脸，频频点头，冲出重围，一溜烟出了茶园，喊也喊不住。

要问秦腔会绝灭吗？我说不会；秦腔会大兴旺吗？颇难；秦腔能打出潼关去吗？答曰：更难。

谢大光

鼎湖山听泉

江轮挟着细雨，送我到肇庆。冒雨游了一遭七星岩，走得匆匆，看得蒙蒙。赶到鼎湖山时，已近黄昏。雨倒是歇住了，雾漫得更开。山只露出窄窄的一段绿脚，齐腰以上，宛如轻纱遮面，看不真切。眼不见，耳则愈灵。过了寒翠桥，还没踏上进山的石径，泠泠淙淙的泉声就扑面而来。泉声极清朗，闻声如见山泉活脱迸跳的姿影，引人顿生雀跃之心。身不由己，循声而去，不觉渐高渐幽，已入山中。

进山方知泉水非止一脉，前后左右，草丛石缝，几乎无处不涌，无处不鸣。山间林密，泉隐其中，有时，泉水在林木疏朗处闪过亮亮的一泓，再向前寻，已不可得。那半合半露，欲近故远的娇态，使我想起在家散步时，常常绕我膝下的爱女。每见我伸手欲揽其近前，她必远远地跑开，仰起笑脸逗我；待我佯作冷淡而不顾，她却又悄悄跑近，偎我腰间。好一个调皮的孩子！

山泉作娇儿之态，泉声则是孩子如铃的笑语。受泉声的感染，鼎湖山年轻了许多,山径之幽曲,竹木之青翠,都透着一股童稚的生气,使进山之人如入清澈透明的境界,身心了无杂尘,陡觉轻快。行至半山,有一补山亭。亭已破旧,无可瞩目之处,唯亭内一楹联:“到此已无尘半点,上来更有碧千寻”,深得此中精神,令人点头会意。

站在亭前望去,满眼确是一片浓碧。远近高低,树木缠藤绕,密不分株,沉甸甸的湿绿,犹如大海的波浪,一层一层,直向山顶推去。就连脚下盘旋曲折的石径,也印满苔痕,点点鲜绿。踩着潮润柔滑的石阶,小心翼翼,拾级而上。越向高处,树越密,绿意越浓,泉影越不可寻,而泉声越发悦耳。怅惘间,忽闻云中传来钟声,顿时,山鸣谷应,悠悠扬扬。安详厚重的钟声和欢快清亮的泉声,在雨后宁静的暮色中,相互应答着,像是老人扶杖立于门前,召唤着嬉戏忘返的孩子。

钟声来自半山上的庆云寺。寺院依山而造,嵌于千峰碧翠之中。由补山亭登四百余阶,即可达。庆云寺是岭南著名的佛教第十七福地,始建于明崇祯年间,已有三百多年历史。寺内现存一口“千人锅”,直径近二米,可容一千一百升,颇为引人注目。古刹当年的盛况,于此可见一斑。

晚饭后,绕寺前庭园漫步。园中繁花似锦,蜂蝶翩飞,生意盎然,与大殿上的肃穆气氛迥然相异。花丛中,两棵高大的古树,枝繁叶茂,绿荫如盖,根部护以石栏,显得与众不同。原来,这是二百多年前,引自锡兰国(今名斯里兰卡)的两棵菩提树。相传佛祖释迦牟尼得道于菩提树下,因而,佛门视菩提为圣树,自然受到特殊的礼遇。其实,菩提本身并没有什么高贵之处,将其置于鼎湖山万木丛中,恐怕没有多少人能够分辨得出。

鼎湖山的树,种类实在太多。据说,在地球的同一纬度线上,鼎湖山是现存植物品种最多的一个点,现已辟为自然保护区,并被联合国教科文组织选作生态观测站。当地的同志告诉我,鼎湖山的森林,虽经历代变迁而未遭大的破坏,还有赖于庆云寺的保护。而如今,大约是佛法失灵的缘故吧,同一个庆云寺,却由于引来大批旅游者,反给自然保护区带来潜在的威胁。

入夜,山中万籁俱寂。借宿寺旁客房,如枕泉而眠。深夜听泉,另有一番滋味。泉声浸着月光,听来格外清晰。白日里浑然一片的泉鸣,此时却能分出许多层次:那柔曼如提琴者,是草丛中淌过的小溪;那清脆如弹拨者,是石缝间漏下的滴泉;那厚重如贝斯轰响着,应为万道细流汇于空谷;那雄浑如铜管齐鸣着,定是激流直下陡壁,飞瀑落入深潭。至于泉水绕过树根,清流拍打着卵石,则轻重缓急,远近高低,各自发出互不相同的音响。这万般泉声,被一支看不见的指挥棒编织到一起,汇成一曲奇妙的交响乐。在这泉水的交响之中,仿佛能够听到岁月的流逝,历史的变迁,生命在诞生、成长、繁衍、死亡,新陈代谢的声部,由弱到强,渐渐展开,升腾而成为主旋律。我俯身倾听着,分辨着,心神犹如融于水中,随泉而流,游遍鼎湖,又好像泉水汩汩滤过心田,冲走污垢,留下深情,任我品味,引我遐想。啊,我完全陶醉在泉水的歌唱之中。说什么“山不在高,有仙则名”,我却道,“山不在名,有泉则灵”。孕育生机,滋润万木,泉水就是鼎湖山的灵魂。

这一夜,只觉泉鸣不绝于耳,不知是梦?是醒?

梦也罢。醒也罢。我愿清泉永在。我愿清泉常鸣。

回　家

前几年，肯尼基的萨克斯风刚在中国走红，许多店铺几乎同时在门前反复播放《回家》，大大小小的音箱竞相发出高高低低却同样缠绵的曲调，像伸出无数只手，恨不得把路人统统拉进商店。以《回家》招徕顾客，使人想起传统生意经中"宾至如归"的信条，倒也不失为应时之举。有一次，大约只是在商店门口闲逛，《回家》的旋律碰巧撞上了我的脚步，我下意识地顺着乐曲的节奏走了几步，不由得哑然失笑了——那乐曲开头作为主题出现的两组切分音，若断若续，不断反复，流露的分明是一种欲行又止、犹豫彷徨的情态。这可正是老板们最忌讳看到的情景。

世纪之交，报刊上充满了关于新世纪人类生活的种种预测。有文章谈到，随着网络经济、电子商务的发展，进商店购物将成为历史。用一位专家的话说，叫作"传统的采购已经死亡"。人们坐在家里打开电脑，各种商品的说明和价格便会一览无余，只要轻轻一点鼠标，你所选定的商品就会送到家中。当然，与此同时，你在银行的存款也相应地被切掉一块，转入商家的账户。这真是再方便不过。遗憾的是，如果商店统统关门，那些爱逛商场的女同胞们又该如何？预测者说，不用担心，到那时，大商场会保留，只是展示商品，它的主要功能转为提供娱乐、休闲服务。环境的舒适，情调的怡和，会使人如同在家里一样。这倒是一个有趣的错位：家成了“商场”，商场成了“家”。

我相信，未来的商场会越来越舒适、怡人、自在，这些也都是“家”中应有之意。然而，商场真的能够和家一样吗？除了舒适等等，家的含义中还应有一些纯属私人的、其他任何地方都无法代替的情感魅力。比如说：牵挂。牵挂，可算是汉字中最动情的组合。古人怀乡思家之作，着笔于此，多有佳句。“来日绮窗前，寒梅著花未？”是牵挂；“雪声偏傍竹，寒梦不离家”，亦是牵挂。状牵挂之情不着痕迹，堪称绝妙者，当属宋之问的“近乡情更怯，不敢问来人”，诗人贬居岭南，多年与家人音讯隔绝，久远的牵挂已是挫磨成了一个“怯”字，唯恐家中有变故，以至逃回家乡时，不敢向乡人打探消息。怀着这样的心情，诗人脚下的步履必然踯躅迟疑，这和肯尼基的《回家》中所表现的情态何其相似！难怪我在商店门前哑然失笑时，最先想到的就是这几句古诗。

音乐艺术较之文学，是更加虚幻自由的世界。据此比照，未免牵强。现代通信技术的发展，使空间距离不再成为信息交流的障碍，一只“全球通”在手，淡化了多少离情别绪。我还是宁肯相信自己的感觉。科学越千年，人情通古今，有家在，就会有牵挂。试看路边行人的步态，回家的和逛街的，永远不会相同。

一次饭后闲谈,说起如今电话的便利,即使远隔重洋,想念谁了,随时可以通话。座中一位朋友遽然告诫:没有急事,千万不要在夜里打电话。一年前,他母亲去世的噩耗,就是深夜里的电话传来的。从此,每当电话铃在夜间响起,都令他心惊,迟迟不敢去接。

朗桑师傅

——西行散记之一

直到坐进朗桑师傅的越野车，我的心才算是落到了肚子里。

从尼泊尔过境友谊桥回到樟木镇，是个星期一。我去西藏、走尼泊尔，全凭一时兴致，心里长草了，一个人且行且停，没有确切的行程，不知怎的回程偏偏赶上了周一，此后的故事大约都是因这阴差阳错的周一才凑到了一起。

樟木镇背靠群山，俯视着中尼边境，小镇靠口岸的往来兴盛起来，镇上只有一条依山而立的小街，像一道瀑布挂在半山腰，这也是318国道通向边境的最后一段，街名就叫迎宾路，坡上的一头，街两厢挤着些旅馆、超市、小饭店，店面都不大，对街的老板闲下来，可以倚着自家的门脸儿聊天，如果不是树木遮蔽，站在街上能望到山谷对面的尼泊尔林地。沿街经过一些挂着货运公司牌子的大门，三拐两拐下到河谷，远远看见中尼友谊桥横在界河上，海关就设在桥头。从镇上到海关，不到十里路。九天前，两位拉萨的朋友开车送我到樟木，安排住进刚坚宾馆，怕我人生地不熟，特地带我把通关的路径勘察了一遍，才依依不舍返回。第二天准备过境时，心里还是有些忐忑，毕竟剩下一个人了，不知前面会遇到什么。在街边店吃早饭，开面包车的司机进来揽客，一搭话，就餐的几位都是要过境到尼泊尔去，正好凑了一车。搭车，通关，穿过友谊桥，顺当得超乎想象，直到踏上异国土地，挤进开往加德满都的塔塔车，感觉还像做梦一样。有了这次经验，回程就很放松。从加德满都出发时，天刚擦亮，酒店订的车准时来接，车上连我只有两个人，赶了个早集，却要满城转着圈子接客人，一直到把车填满。司机好脾气，车子开得很有耐心，途中遇到两次边警的盘查，又要加油停车吃早点，三停两拖，总算是中午前赶到了海关。过关自是轻车熟路，眼看着一顿可口的午餐已经等在樟木街上的小饭馆，心里念着阿弥陀佛。不曾想，周一的口岸全然不是来时的井然，走出海关，就像闯进了喧腾的乡村集市，等候过境的人流、车流把原本就不宽敞的双向车道拥成了单行道，所有的车辆，无论大小，车头一律冲着出关的方向，有个把想掉头的司机，裹挟在车流里只能无可奈何地叹气，连摁喇叭的脾气都没有了。明知没有希望搭上车，还是一一和他们打着招呼，回应的都是摊开手摇头。

七月的亚热带气候，无雨便炎热，挤出人群已是满头大汗，候在路边，过往的车连个影子都看不到，想想路也不远，走起来总比干等着强，索性鼓起一股劲向坡上爬，迎面不断遇到肩扛着硕大货包的尼泊尔妇女，排着队向海关蹒跚走去，有的怀里还兜着孩子。通往镇上的路,用脚量起来可不算短了,何况两手都拖着行李。拖着走着,又忍不住回头张望,心里好生奇怪,刚才一起办理出关手续的那些人,怎么突然都消失了?好像是一个旅游团,操着粤语口音,在尼泊尔海关和办事员还争执了几句。这样想着,更觉落寞,似乎一个人被丢在了陌生的星球上。正午的阳光没有遮挡地直射下来,汗水一会儿就腌了眼睛,脚步挪起来格外吃力,好不容易拐上一个大坡,再回头已经看不见界河,嗓子在冒烟,也实在走不动了,恰好路边有一片树荫,靠在水泥墩子上歇歇,真好,相邻的墩子上也靠了一个黑胖的汉子,呼呼喘着粗气,不住用手巾擦汗。这种时候,只要碰到人就是朋友,我拿天气和他招呼了一声,想起一早从酒店出来时,随手往包里塞了两瓶矿泉水,忙拿出来递给那汉子一瓶,自己也一通猛灌。说话间,知道他是康巴藏人,早些年在北京经营藏餐厅,也曾红火过一段,近年生意看淡,这才转回藏区跑边贸,怪不得普通话说得这么流利,听不出什么口音。这汉子看起来中等年纪,挺结实,脸上油黑油黑,泛着一层巧克力色的光泽,只是上腹部高高凸起,显得不大匀称。我俩就这样靠坐在水泥墩子上聊天,竟不觉是陌路初识。说着话,忽见坡上一辆面包车远远开过来,我想跑上去拦车,被那汉子笑着劝住,你拦他也不会停,放心歇会儿吧,下去的车我打过招呼,包了一辆,回来能捎上我们。果然,一瓶水刚喝完,车就来了,乘车转上山坡才发现,我们离樟木镇的边防检查站已经不远。站上的军人看来和这汉子相熟,不住地向他打听着什么,我想道个别都插不上嘴,眼光已经越过边检迫不及待地搜巡着街上的餐馆。

这家四川餐馆来时吃过两次,不想老板娘还记得我,招呼着问起尼泊尔好不好要，写过菜，特地向灶上加了一句：莫放辣椒。我笑了。大约来这里的顾客很少不吃辣的。掌勺的应该是她男人，腿有些跛，看年纪不相当，说起话，是家里人才有的口气，炒好菜也出来和我搭话。我已没力气和他们说笑，两菜一汤一饭，没容尝出什么味道，已经扫进了肚子。吃饭时，门外响起马达声，有司机在门边吆喝着，去拉萨的有吗？马上就开车。望过去还像是个孩子，猜不出具体年龄，瘦瘦小小的，头发蓬乱，急急惶惶地踅摸着，怎么看也不像是长年在高原跑车的师傅。一想起来时的路途，在山路崎岖的藏西高原上驱车十几个小时，把自己这一百多斤完全交给个“孩子”，多少有些放心不下。原不想在樟木多待，还是动了心，问什么时候能到拉萨？忙答说夜里好开车，现在出发，后半夜肯定到，反正空车，拉你一个人只收三百元。听他这样一讲，心里更犹豫了，又不知还有别的什么车可坐，推说吃过饭再说吧。谁知推开碗筷，浑身上下乏得没有一点力气，这小司机估摸着又到别处招呼了一阵儿，没有揽到客人，见我要出门，就过来帮忙拿行李，催着马上去公安验边防通行证，不然就来不及了。他这一着急，反而让我下了决心：不走了。那孩子一脸失望，嘟囔着悻悻而去。我顾不上说什么，好在对门就是刚坚宾馆，柜台上还是那个睡眼惺忪的小伙计，一拿钥匙，巧了，开的就是二楼顶头住过的房间，门锁依然要稍稍抬起一点才能打开，进门见到熟悉的床，一头倒下就起不来了。

樟木镇是典型的山区小气候，雨水像定时光顾的客人，每天午后必到，黏黏的，一直会淅淅沥沥直到天明。一觉醒来，已是下午四点多，躺在床上一时不知身在何处。窗外雨声时疏时密，簌簌哗哗，卫生间里漏水的淋浴器也不时滴答几声凑热闹。疲困已经消退，望着天花板上灰片脱落留下的瘢痕，心里有莫名的烦躁。这熟悉而陌生的房间里，在我离去的几天可有人住过？他或她是怎样的人，是否像我一样孤身游荡，是否也在想象中打发着无聊？人真是很奇怪的动物，总是不知自己到底需要什么。平静、熟悉、惯性的生活常常滋生着悖反之心，想离群索居，想外出闯荡，想争取一个新的开始；一旦在动荡、陌生的环境待久了，又会怀念起以往的熟悉，急于返回曾经厌倦的一切。此刻的我，心里想的就是马上回到拉萨，回到熟悉的人中间。冒雨去办好验证手续，年轻的女民警指点着出门右拐的超市，那里发售长途汽车票，谁知在超市得到的回答是，到拉萨的大巴隔天一班，今天一早刚发车，下一班要等到后天。我反复叮问今天或者明天还有没有其他的车到拉萨，那姑娘不耐烦了，甩了一句，其他的车你到其他的地方去问吧，不再搭理我。走在雨水荡来荡去的小街上，鞋很快就湿透了，一股恼人的黏腻感从脚底升上来，缠得浑身没脾气。多么怀念拉萨那响晴的阳光。突然就有些后悔，也许中午该跟那小司机走呢，想起来愧对人家了，年纪轻轻的出来讨生活都不容易。

小镇就是小，雨伞下一抬头，看见街对面一张熟悉面孔，上午同车从加德满都回来，也是跑边贸的，名字并不知道，过来打着招呼，你还没走呢，刚才有几个熟悉的司机返回拉萨，现在恐怕已经到聂拉木了。见我一脸懊丧，宽慰着说，不用着急，明天到拉萨的车多呢，说着指了指路边一拉溜停靠的越野车。我不甘心，也不放心，上上下下来回踅了几趟，满街的车就是看不见司机，竟也没遇到一个像我这样游来荡去找车的散客。生怕明天再错过，心里想着一定要找到司机当面把车定下来，否则今晚别想睡觉了。

小镇的生活节奏完全随着山下边贸口岸的开合而起伏，上午还是熙熙攘攘的街市，随着海关闭关，一下子悄无声息。几番打听，我走进了藏茶厅，据说这是跑长途的司机歇息的地方。在这条线上开旅游车的师傅清一色的藏族。房间里有些暗，随着酥油茶的气味，扑面一阵哄笑声。我有些不知所措，定下神来才看清，屋里七八个壮汉，围坐在三排矮矮的餐台前，正在和门边的老板娘说笑，见有陌生人进门，笑声戛然而止，眼光齐刷刷扫过来。我忙问，哪位师傅明天一早跑拉萨？大约没有过像我这样直接闯到藏茶厅来找车的，屋里静了一下，对面有个头发黑黑的汉子慢慢起来应着，是要搭车吗？我说，是啊，您明早肯定走吗？这时，旁边几个人也转过神来，纷纷说着都要到拉萨的。我认准了这黑头发的汉子，像找到了救星一样盯住他："只要您明早走，我就跟您走。"那汉子走过来，迟疑着说："那就八点钟出发吧。"又问我住在哪里，我说出酒店的名字，汉子笑了："我也住刚坚呢，这么巧。那好，明天八点在酒店门口碰头。"这藏族汉子，有一口白白的牙，笑起来真好看。我忙问："师傅您贵姓？""你就叫我朗桑吧。"周围的人也哄嚷起来："他叫朗——桑。""朗桑，朗桑。"我在心里重复着，牢牢记下了这个名字。

这一夜的雨水已经干扰不了我的睡梦。凌晨，还是雨声叫醒了我，看看表不到六点。不好，夜里的雨，越下越大了。檐流和着坡上的水溜，哗哗的，像平添了无数个小瀑布。人踏实了，天又不踏实了。从樟木到聂拉木的几十里盘山路，沿途山体经常年雨水冲刷，石质酥脆，极易滑坡，来时朋友送我，几次停下车来搬掉路上的乱石，想起来还有些心惊，像这样的雨势，路会不会被冲断？会不会限制通行？路上有没有危险？只好听天由命了。眼下唯一能做的，就是隔一会儿把头探出窗外，恨不得耳朵有些特异功能，分辨得出雨势变化的一点点征兆。好在这里的雨似也通情，七点一过终于渐渐弱下来。我两次上到四楼，想敲朗桑的房门又止住，直到快八点，实在按捺不住心急，上楼轻轻敲了两下，没人应，推开门，屋内空空的。

有谁经历过内心如此的焦躁，用坐立不安来形容再恰当不过。心里叨念着朗桑啊朗桑，你到底靠不靠谱？已经上下跑了几趟，大门口也张望了几回。八点已过，还没见到朗桑的影子，人等在大门口，心里六神无主，不住演绎着各种戏剧性变化。樟木和内地有两个多小时的时差，八点多天还没大亮，蒙蒙中街对面晃过一个人，贴近了脸打量着问，是您吗？我一时没反应过来，下意识地答着，是我，是我呀。昨天藏茶厅里昏暗，我们相互都没看清，眼前的朗桑似乎变了一个人，理过发，换了白衬衣，显得年轻、精神了许多，我这才注意到他有个特征：嘴唇上翘着两撇漂亮的胡子。朗桑说，我在那边商店里算账，怕你着急，招呼一声，结完账咱们就走。说着，他钻进对面一家小杂货铺。谢天谢地！

朗桑的车是丰田4500，西藏跑长途的，这种车最多。车已经不新了，拾掇得干净舒适，和主人一样。离开樟木镇时，雨已停歇，空气中蒸腾着湿涩的草木气息，随着车的加速，这气息越来越淡。别了，樟木！

几乎没有任何过渡，车就驶入了盘山道。朗桑车开得又快又稳，路况的细微变化，都在他的掌控之中，每一个弯道，每一处险坡，车速减提恰到好处，前些天提心吊胆闯过的路段，仍有多处山石滚落，还没容我回味，已经轻松甩在身后。我不再紧紧直视前方，手也松了下来，转眼打量起这位新伙伴，从旁看去，朗桑驾车的姿势很潇洒，像草原上人马合一的赛马骑手。他很少说话，眼睛眯着，嘴角紧抿，专注得令人敬畏，只在绕过掩住半边路的一堆石头时，用嘴努努："呶，就是这儿，路断了一个星期，白天修，夜里一下雨又冲坏了。我们算幸运。"很快到了聂拉木，绕过县城边沿，山坡上一溜小商店，朗桑减了车速，冲着一处藏式院落招呼了两声，见没有动静，放大了声音喊道："还赖着床啊，太阳晒到屁股喽！"仿佛呼应着朗桑的召唤，太阳迎面冲出了云层，阳光照在挡风玻璃前，有个小小的不锈钢狮子通身闪着亮光。

此行在海拔四千米以上的高原穿越，将迎着太阳一路向东，虽然攀山越谷并不平顺，毕竟不再有樟木到聂拉木那一段盘陀路的险境。过了聂拉木，像一个小青年陡地跨入中年，周遭地貌顿显峻厉，苍青的山林不见了，沙土地和石头裸露着，草皮斑驳得连不成片，绿色像交响乐中的鼓点，偶尔探出几声，又缩了回去，大地的主旋律让位给了大提琴的棕褐色原调。聆听西藏可不必担心大自然的乐曲会平淡下去，很快，雪山出现了，最先奏响的是希夏邦马峰，尖峭的峰顶银闪闪如小号声扶摇直上，紧接着一对对一簇簇，冰峰相互搀扶着，在蓝得醉人的天际镶起一圈雪白的花环，沉稳的雪山和飘忽的云朵逗引着，管乐、弦乐和着阳光跃起来交相呼应，天地间浑然而磅礴。我们都不想说话。朗桑脸上有神秘的光，慢慢把车停下，路边有一小片草地，走近才发现，细草间竟汩汩着一脉清泉："这儿的水有灵性呢。洗洗眼睛吧，能祛病。”我学着朗桑的样子掬起水洒进眼睑，一股清凉的气息顿时爽遍全身。朗桑又捧着喝了几口，舒舒服服地伸了个懒腰，对着太阳眯起眼睛，双手合十，口中念念有词。回到车上，我好奇地问：“朗桑师傅，刚才您念叨什么呢？”“这么好的水，谢老天的恩赐。”沉了一会儿，朗桑张了张嘴，想问什么，话到嘴边又换成这样一句：“你们呐，很少有一个人上我们的车。”我知道他话里的意思，也许他早就在好奇，只是没好意思问出口。从昨天到今天心里经过的波折，我一时不知从何说起，只是由衷地感慨：“能坐上朗桑师傅的车是缘分呢。”“可不是吗，真的是缘分。”朗桑很快应和着，“以往跑樟木我不会这么早就返回拉萨，如果不是因为女儿。”说到女儿，朗桑打开了话匣子，女儿在上海理工大学读书，学的是城市管理，还是双学士，今年刚毕业回来，分到林芝上班，报到那天他在外跑车，没顾上，回到家女儿好一顿抱怨，其他人都是父母开着车送去报到，就她一个单蹦儿。“爸爸还是开车的呢！”女儿噘起了嘴。女儿最小，本来就娇，学习一直很争气，班里就她一个藏族，年年考第二名，孤身一人在外，从没让家里操过心，嗨，这次真是受委屈了。这不，过两天女儿就该正式上班，说什么也要赶回去送送。念起家事，朗桑很健谈，汉话说得慢一些，满够用了。我想多听他说话，接着问，家里还有什么人？老婆可工作？跑车多少年了？刚提个话头，他就顺着说开了。

朗桑是个幸运的家伙，岁数不大，已经有三个孩子，大儿子参军四年，之前就会开车，到部队又是汽车兵，复员回来在市里工作，已经结婚生子；老二也是男孩儿，本地上的大学，毕业后分到山南，也快成家了；老婆呢，大专毕业，县医院的主治医生，还是高级职称呢。朗桑掩不住一脸得意，我有心打趣，笑着问他：“在家里，老婆有没有看不起你？”朗桑连连摇头。又问：“老婆漂亮吗？”朗桑使劲点点头：“漂亮，很漂亮。”再问：“是父母包办，还是自己恋上的？”“自己追的。我们是一个村，早就看上了。”朗桑小学毕业家境困难，开始帮大人做农活，二十岁上跟哥哥学开拖拉机，后来开上了汽车。那个年代拖拉机很少，开拖拉机在村里也是个人物，朗桑长得帅，惹女孩子喜欢，他早早相中了最漂亮的一个。人家中学毕业上了医专，仍旧和他好，工作不久又被送去武汉进修，朗桑心里有些打鼓，没想到人家隔几天就是一封信，外地的见闻、学习的琐事、心里的烦恼，一股脑儿端给对方。女孩子的心就是细密，她猜到了朗桑的不安。一年进修期过去，两人的关系瓜熟蒂落。“我今年四十八岁了，女儿一上班，总算完成任务，再干两年，该退休享享清福，光是老婆的退休金就够我们俩养老了。”朗桑无忧无虑的样子很有感染力，我心里一片安宁。

聊天不觉过得快，看看路标，已是三百多公里过去，车到白坝，这是定日县的一个镇，沿公路一排小饭馆和食品店，来时我们曾在这里打过尖，饭菜很马虎。是在白坝吃午饭还是往前赶路，朗桑停下车征求我的意见。看看表还不到十二点，问他早饭吃过没有，说是吃过。我和他商量，还是往前赶吧，到日喀则吃饭心里踏实些。朗桑答应着，车启动了又停下来，跑去买来几罐“红牛”，几个餐包，让我先垫垫肚子。我在心里骂自己呆，也就没客气，先打开一罐饮料，递给朗桑，自己也边吃边喝欣赏起窗外的景色。雪山渐渐退向远方，眼前汪起一片难得的湿地，镜子一样倒映着蓝天和变幻的白云，三三两两的牦牛散落在草地上，光的阴影把大地切成层次分明的灰褐黄绿，上下天光和合一体，寥廓而澄明。朗桑见我拿起相机拍照，便说："赶上运气好，或许可以看到珠峰，你想在哪儿照相招呼一声，咱们随时可以停车。"不知不觉间，朗桑和我已成了"咱们"。

珠峰并不好客，浓厚的云雾长年封裹着，轻易不肯示人真面目。朗桑眼尖，远远的，珠峰的峭顶刚刚在两团云隙间显现，马上指给我看，连说今天有运气，可惜只一刹那，车开过去，云团又死死遮住了。朗桑心有不甘，熄了火："咱们等它。"说着，端起水壶下车。我知道朗桑是在为我争取机会，对于我这也许是此生唯一的机会。苍天不负有心人，也就一根烟的工夫，云的盖头竟知趣地向西滑动了一下，珠峰渐渐露出半个脸来。仔细望去，远列天边的一队雪山之中，珠峰终究不同，拱卫周遭的雪山，云朵大多飘在山顶，珠峰的云却如飘带缠在腰间，卓尔不群的气象巍然自明。

看过不少拍摄西藏的照片，美则美矣，都是经过精心选择的镜头，按照人的审美切割下来的，无法完整地传达西藏的气度。要想认识西藏，哪怕是粗浅的了解，也必须身处其中。眼前的天地山水是一个保持着自然演化状态的生态体系，除了脚下的路，没有多少人的活动痕迹。自然的造物和人的创作不同，总是浑然一体，相互熔融，枯荣交替，和而不同，没有分明的好恶，一路走来，地貌的壮美和险恶相连，山势的柔和与狞厉衔接，风雨的刻蚀，冰川的擦痕，干旱的劫掠，委委曲曲，一一坦然在目，造物不会刻意取媚于人的欣赏，也就舒展得恣肆无忌。天地有大美无与人言，这种美无法复制，我们只有倍加珍敬。人类既然有幸生存于自然中，就该善待天然存在的大千世界，切忌贪欲无度地过分攫取，更不要自作聪明，滥施科技，把山水当作养在自家的宠物，该缩手处且缩手，于世于己，善莫大焉。

汽车驶近日喀则，人的痕迹越来越稠密，青稞绿、菜花黄，水渠横平竖直，大地呈现另一番景象。四月间，曾到江西婺源看油菜花，晚了几天，花季不等人，满地黄花零落成泥，一片狼藉，心里惋惜着，只盼来年再有机会。没想到一季之后，在婺源错失的油菜花恍若转世般开放在藏地与我相会，一片灿黄浮如梦幻，时空流转的奇妙让人只有感叹，无以言说。

日喀则城市不大，傍山依江，很是齐整，街道大多以援建地方命名。已是下午三点多，我们的第一要务是解决肚子问题。朗桑问吃汉餐还是藏餐，我说当然是藏餐，于是来到扎什伦布寺旁边一家吉祥餐馆。已过了午饭时间，餐馆里很清静，十多围餐台，只有两对年轻人在吃甜茶低声聊天。藏餐馆的长座位铺设着扎有吉祥图案的毡毯，坐着舒服，先要了一壶酥油茶，慢慢看菜单。依我的经验，每到一地，适应新环境先从饮食开始，各地食俗出自当地的风土，自有养人的道理，入藏后离不开酥油茶，有机会就讨着喝，比较下来，最香醇的是端午节那天，拉萨友人次仁罗布自家熬的，这家餐馆自然比不上，我和朗桑还是把一暖瓶酥油茶喝了大半。朗桑点了红焖羊肉和馒头，我点了鸡蛋炒饭、烩土豆和青菜，朗桑不好意思了，问不吃羊肉吗？我说上了年纪牙不好，您尽管吃。真羡慕朗桑的胃口，看他吃饭也是一种享受，一大碗羊肉、四个馒头仔仔细细吃干净，捎带把半盘土豆也消灭掉。岁月不饶人，三十多年前在小靳庄劳动时，我也有过这样的战绩呢。又怕朗桑没吃饱，还要加点什么，他连说够了，咱们赶路吧。

出了日喀则，通往拉萨的公路开始傍着雅鲁藏布江走，江对岸可以看见拉日铁路的工地，高高的塔吊随着架起的桥墩升降，繁忙的机械出出进进，映衬着江水缓缓流淌。朗桑有些忧郁，喃喃自语着，路越修越好，来是方便了，能看的东西可少了。说起十多年前，开车从日喀则往西走，离城三十公里，就是冰川雪山的世界，可现在，你看到了，还剩下什么？又指点着江对岸岩层上留下的水线痕迹，原来江水能到那儿，今年只有这么高了。目测过去，水位落差足有五六米。水都到哪儿去了呢？朗桑的忧虑和他的无忧无虑一样实在。沿途经过旱象严重的地方，看到草枯树萎，他心痛得像自家地里遭了灾，连声叹气，完了完了，农牧的人家今年不好过了。我和他念叨起喜马拉雅山另一边的尼泊尔，满山葱绿，雨水多得让人生烦，还有樟木镇那湿涩的感觉，不由抱怨道，旱的旱死，涝的涝死，该下雨的地方偏偏没雨，老天爷太不公平。朗桑若有所思地纠正着，那是老天爷打盹了。

公路前方，远远闪出一脉大山，青钢色的岩峰在群山中脱颖而出，显得格外庄严。朗桑特意停了一下："看，念青唐古拉，这可是著名的雪山，现在……"他不再往下说了。我的相机镜头已经把念青唐古拉主峰从远景拉过来，看得越来越清楚，大山通体裸露，一色儿的大青石，山的峰顶像牛角一样翘起两端，只在山尖背阴处，残留一点点白，好似海水退潮后留在沙滩上的一只贝壳，孤零零的，看着心里不是滋味儿。

入夜时分，终于抵达拉萨，街上看到出租车了。朗桑停下车表示抱歉，他家在城南县里，车要赶回去检修，明早还要陪女儿，不能送我到酒店了，说着，他拦了一辆出租，把行李搬过去，飞速塞给我十元钱。这一切来得太快，我还没反应过来，想说的话都来不及说出口，朗桑的车已经消失在夜色里。我扬起脸，望着拉萨的夜空，星星近得像俯视的眼睛，我知道，今天，它没有打盹儿。

济南的泉

都知道济南有三大名胜，千佛山、大明湖、趵突泉，和山比起来，和湖比起来，泉最不起眼，终究济南还是叫了“泉城”。刘鹗写《老残游记》时，尚未见到“泉城”的称呼，留下“家家泉水，户户垂杨”的名句，“泉城”已是呼之欲出了。日本人德富苏峰（就是那个写《自然与人生》出名的德富芦花的哥哥）1917 年来到济南，游记中记述：“济南是一座水都，号称七十二泉，到处都有泉水喷涌而出。其中最有名的是趵突泉。”苏峰在济南停留三天，对济南的山、湖、泉水都有美赞，他给予济南“水都”的称呼却有些不够确切。威尼斯被称为水都，苏州也被称为水都，都好。而“到处都有泉水喷涌而出”，注意，是泉水哦！这样的城市，世界上恐怕没有第二个，只有咱济南。济南的泉比济南的城古老多了，史载，两千七百年前，齐鲁会盟于泺水，就是今天的趵突泉。大人物会见谈大事，常要郑重地勒石为记，殊不知石边的泉水已默默地在那里流淌了亿万斯年。那时，历史在意的是诸侯霸业，不起眼的泉水只有和霸业连在一起，才得以载入史册。到了今天，你再看，当年那些大人物的千秋霸业都哪儿去了？泉水依旧冒得欢。

据说，济南城区的泉，单是有名的就有二百多，没名的呢，无计其数。也怪，泉水到了济南格外恣肆，大泉小泉自由自在流淌，你呀我呀碰到一起汇成了河渠，汇成河渠的泉水更得意了，成群结队，走街串巷，闪过树丛，溜进人家，挟着满城的活力聚到城北，就成了大明湖。济南城啊，坐落在澄明清冷的泉群中间，分明是个幸运的婴儿，在泉水的簇拥呵护下慢慢长大。泉水生来和人最亲，冬暖夏凉，可着人心，家常过日子添上一口泉水作伴，有多幸运。泉水又不势利，你对她好，她就对你好，越是身处下层，她越视为知己。泉水的好济南人最感念，“泉城”的美称就该在百姓中间口口相传叫起来。泉城，泉城，泉和城在了一起，不就是泉和人在一起嘛。

有位朋友准备出国访学，去年冬天来济南办赴英签证，递交资料时，才被告知证件没带全，郁闷中拐到护城河一带散心，蓦然发现，“轰轰下泄，澎湃万状”的黑虎泉就在眼前，周围的九女、玛瑙、琵琶、白石、对波诸泉，虽没有黑虎泉的气势，单是那些娇俏玲珑的泉名就妙不可言，只见一串串小水泡从池底泛出，在水面上形成一圈圈涟漪，不由使人浮想联翩，刚才满心的沮丧一扫而光。更妙的是，每个泉眼周围，都有成群结队的市民在取水，手里拿着各式各样的容器，茶壶、水桶、塑料壶、矿泉水瓶……五花八门，都是家常过日子用的家伙什儿，嘿，人和泉像家人一样亲密，真正的泉城一景。她后悔自己没有带相机，转而一想，如被拒签，也非坏事，可以借机再跑一趟济南，尽情拍摄护城河边这温馨壮观的画面。

如今已是初夏，护城河边，黑虎泉畔，朋友的旧游之地，泉水和打水的人群依旧那么旺，人多却不躁，排着队，聊着天，不紧不慢，边说边笑着就把水打好了。泉边专门为中老年人设了取水点，备有取水的吊桶，过日子细致的人不怕麻烦，把吊桶顺着池边系下，特意到黑虎的口边取水，图个鲜灵吧。一位老大娘，用小行李车拖着刚打上来的四大瓶水，前边还有一只小狗也在使劲，问起来，就住在附近，每天风雨无阻来两趟，打的泉水够一家人吃了，说着，乐呵呵地走了。顺着大娘的背影隔河望去，水岸参差，柳荫成烟，对面解放阁下，又添了一道风景：九女、白石两泉相邻，雪白的天然石拢在护城河内，将泉眼隔成一道水湾，大白石上或蹲或坐或立，满是乘凉的人。这么多的人聚在一起，若是在商场早就闹得个沸反盈天，这里却是一派安宁。一对小夫妻带着孩子赤脚戏水，一家三口望着水中的影子笑，直笑到了心里去；三三两两的女学生歪着头摆弄手机，心思不知漫游到了哪里，长发垂下来拂着水面。传说中，这九女泉每天破晓前有仙女飘来沐浴梳妆，泉边的女孩子就多。人多泉愈静，泉静人自静，泉水的气息陶冶着性子，人在泉边怡然成一株柳，萧散，自适，看着舒服。乘凉的人闲望对岸打水的人，好过看风景，没承想自己也成了风景。两岸合成一幅人泉偕乐图。

若是想看街巷里的泉水，就跟着半大小子跑吧。男孩子坐不住，泉水跑，他也跑，泉水和孩子比着赛跑，看谁先到大明湖。一路跑，一路加入新的泉友，跑到芙蓉街，就有芙蓉泉，跑到王府池子，就有濯缨泉，这里地势开阔，泉水戏得欢，天然聚成一处游泳池，曲巷藏幽，杨柳叠翠，好一个休闲去处。下去扑腾一阵儿，孩子累了，泉水还要接着跑,过了起凤桥,悠然荡出一条水巷,水巷边的起凤桥街,窄窄的,却养着一处起凤泉,泉在街边人家院子里,起凤桥街九号,主人姓张。张先生抱着孙子讲述起凤泉的沧桑,像历数家人的悲欢离合。这起凤泉至少是前清时先祖留下的,张先生从小就和泉水戏耍在一起,泉水人家珍惜这上天的恩赐,泉池四周围有精致的护栏,护栏上雕刻着八仙手中的八件法器,称为隐八仙。就因这隐八仙,“破四旧”时石栏被砸烂,泉眼遭填埋,家也被抄得七零八落,泉和人一起落难。总是念着有重见泉水的一天,张先生和家人偷偷把护栏的底座挖出藏了起来。这不,重修好的泉池,石栏的材质上下呈新旧两种颜色,当中一道线清晰地标出历史的断痕。

知道我来济南,已在剑桥的朋友发邮件叮嘱:“济南的泉水确实值得一看再看呢。”是了,济南的泉水,我最想一看再看的,还是趵突泉。说来惭愧,几次到趵突泉都来去匆匆,白天人多景也杂,眼在心不在的,辜负了这人间难得的奇葩。夜晚的趵突泉该是另一番景象吧。趁月色好,约两位年轻朋友闯了去,正赶上园子要关门,好说歹说蹭了进去,园子里倒像另一个世界,小径上空空落落,两旁高大的槐树柳树黑魆魆像庙里的护法神,白日里火焰般耀眼的石榴花只留着星星点点,这园子原有很多名堂,沧园,白雪楼,尚志堂……在暗夜中隐隐约约退成了背景,此刻,满园的光彩,满园的生气,都拢聚在三股晶莹的泉水上。只见波光粼粼的泉池中,三朵泉头齐齐涌起尺把高,在空中翻卷成巨大的水轮,落下,涌起,落下,涌起,一刻不停,活像一群小精灵嬉闹着从水下钻出。我们站在来鹤桥上看呆了,久久没有言语。茶室的人过来问,廊下的茶围已满,要喝茶,在这桥上安张桌子可好？我们大喜。落座喝茶说着闲话，孩子的功课呀，老人的起居啊，话题有一搭没一搭越说越疏，目光不由得又转向了泉。月光透过树梢照在水面上，漫起一层雾气，两廊的茶客陆续散去了，夜已深，万籁俱寂，泉的勃起声这时才听得真切，哱——噗，哱——噗，轻轻地，缓缓地，从容不迫，也许只有花开、日出、生命降临人间的一刹那，才会迸出这样的天籁吧。静静凝望，久久倾听，听着听着，人会感觉灵魂出窍，心随泉的魂魄游走，仿佛看见泉水在山间诞生，地下成长，黑暗中奔突、寻找，积蓄着力量，石隙间挫磨、淘滤，砥砺着品行，一旦遇到些微光亮，便全力突出地面，奔向光明。人们看到喷涌而出的泉花，赞美泉水的高洁，可曾知道，在人所不见的地方，泉水有过怎样的隐忍、委曲？有道是百炼成钢，对于泉水，应该是百折成泉吧，身处低微不改凌云之志，泉水堪为人师。

先哲有言："上善若水。水善利万物而不争。"善有上下，水岂能无？雨雪泉瀑，水有百态，江河湖海，水有百性，依我看，这济南的泉，夏盈不溢，冬瘦不枯，远可观，近可饮，众宜欢，独宜思，动静有度，冷暖怡人，不正是水的上上之品吗。

上善若水。上水唯泉。济南的泉水，当得这八个字。

贾宝泉

残雪

近年来北国冬天雪少，沙尘便常来肆虐，蓝净净的天空给涂抹得灰灰蒙蒙，病菌得不到冷雪的扑杀，传染病就恣意害人。庚午元日破晓，算盘珠大的雪团就满世界飘，飘，莫非天上人也开了弹棉厂，门墙倾圮，败絮纷扬作雪飞？雪落在地上，树上，落在结队壁立的冬青上，也滋润着我心的原野。望着流动的雪，好像看到久别的情人娉娉婷婷走来……

到初五，“鸟雀呼晴，侵晓窥檐语”。走上阳台，见天已放晴，新丽的阳光又开始温暖地照耀。毗连的屋顶上，积雪散射着橘黄的光芒。此刻的世界，如同一枚大橘，熟透了，又给谁掰开，任你横看竖看都是望不断的橘黄色。这时候，我却忽然害怕起来：雪，就要辞世了。这边下边化的春雪，来之不易，去之也疾，越是让人珍惜的事物，在世上停留的时间也越短暂。记得元日初夜我曾经去过离家不远的广场上的，那时候世上除了雪再无他物，那时候雪是世界真正的主宰，那时候地球真该改名叫雪球。而今，在艳阳照耀的时候，雪还无恙么？宋代词人辛弃疾说他自己“惜春常怕花开早”，在我，也是有点儿“惜春常怕雪落早”的。我顾不上洗漱，又到广场上去了。

广场中间的雪已经零落成泥了，留着深深浅浅的辙印、脚印。在广场周围，背阴的树杈上，还有雪的残留，像是谁晾晒着皮毛外翻的大衣，而这时候的树，就有点儿像披着破棉絮的叫花子。树下的小公园里，花树之间的空地上，也还留着片片鳞鳞的雪，好像北方春季河滩上，泛着一片片白碱。我不知这时候的树们和花们，可曾因为残雪的并不美丽，而希望它快点儿化去，尽管雪因为它们才成了这般邋遢模样。

太阳高些了，泼下的温暖也多了。太阳催生也催死，雪落雪化，缘由皆在它。太阳也如人中的智者，把世事的变化看成自然的事，既无大喜，也无深忧，看似表情漠然，其实是执着一种法则，一条规律。凡是阳光照到的地方，树荫下，冬青旁，雪就羸弱、消瘦；凡是积雪的地方，树荫下，冬青旁，就有一缕缕冷冽的烟雾冉冉升起，升到空际，丝丝缕缕，蒙蒙络络，弥漫充盈在无边无际的蔚蓝色长天里，变成云。我想，当罡风吹来时候，云还会散为气，挟裹海滨、大森林上空的负离子和绿色的屑末，降下来，降下来，降到人类的鼻孔呼吸到的地方，于是，在我们的肺叶里，血液里，眼瞳、毛发、骨骼里，就都注满了雪的英华，注满海滨和大森林的气息，雪就铸成我们身体的一部分。所有的生灵，马、狗、豕、鸟、树、花、草、苔……都将感受到雪气的甘凉清爽，都有了雪的聪灵气质，都有了海的襟怀和大森林的青春风华。从融雪那里传来“滋滋”的声音，这声音是造物的一组密码，给我破译为古乐曲《阳春白雪》，我想给《阳春白雪》加个副标题，那就是：《雪之悼》。

世上既然不曾有过只落不化的雪，也就不会有只生不死的人。对于雪，要紧的是下过，滋润过树木花草，然后化为气，聚成云，值得。人呢，被父母接引到世间已是一件幸事，能给世界做些什么便是双倍的机遇。世界为每一个人提供了表演的舞台，每一个人也必定要表演一番，盖棺论定的时候，就知道表演得怎么样了；雪只管落，却不曾勒石树碑，而世上所有的生灵，所有感受到雪的清灵之气的物什，都是它的碑。人呢，不是有人遗嘱将骨灰抛向大地、海洋上么？那么，礁石和峰岳都是他的碑，他将与大海和山岳共守岁月。

雪落是一条河，人生也是一条河，雪粒和人分别是这两条河的水分子，一旦参加进水流的队伍，它就既推动前浪也被后浪推涌，沿河床规定的路奔向河的终点大海。对于某一粒水分子来说，它随时会被阳光烘干，被渗入沙石，被鸥翅掠走，被野鹿吮吸，被调皮的风儿带上九重霄，被预料的和出乎意料的变故中止行程，瞬息间走完生命的全程，而河水却始终浩浩荡荡，摧枯拉朽，奔流向前。河水随时都在抛掉离队者，纳进新来者，组织起越来越庞大的家族，完成波澜壮阔、有始有终的一生。

雪有良心。雪的良心对雪说："你必须死。"雪默然。雪想："地平线外有沙漠，那里的驼队快要倒毙了，正等我去救命呢；高原的河床空荡荡，两岸的麦苗矮如侏儒，正等我帮助拔节呢！可我粘在地上怎么能去呢！我只有死，化作精灵，升到云空，借长风飞到我该去的地方。"因为雪做好了赴死的准备，当云破日出的时候，雪就微笑着坐化了。雪感谢阳光，雪以百倍的谢忱祝福阳光，是阳光帮助它实现了夙愿。

就这样，雪去了，但也不是永远地去了。它不过是执行特殊任务的使者，在完成任务之后，它还会在阳光下化烟化气，重新飞升天上，驾万里长风，回到故园故土来，笼罩在自己熟悉的大地、山峦、田园和森林上空。在春夏时节，它就化作雨，在晚秋，它是霜露，在冬天，又重生为雪，降下来，降下来，把故国故园装扮成皓光万道、瑞气氤氲的晶莹世界。雪是从故土上飞起的风筝，飞得再高，也有一根情丝联结着故土。雪一万次、一亿次化烟为气，又一万次、一亿次变雨变霜，一万次、一亿次重生为雪，亿万年中忠贞地执守在三山五岳、四海九州的地下天上。它不曾忘记自己生命的根，它嘲笑那些不要根本的虚浮之物。“连浮萍也有根本，不然它何以漂浮？”雪说。面对残雪，我好像站在披荆斩棘的祖先跟前一样，觉得人生是那么神圣，那么正气凛然，当我呼吸雪的清灵之气的时候，我好像听到周口店的“北京人”磨制骨针的声音；当我站在雪地上的时候，好像儿时站在母亲胸膛上踢蹬小腿一样。雪默默让人站立，是因为它强大，越是强大的事物看起来越柔弱。我们的血液中应该注入雪的品性。我们和雪同属大地的儿女。

太阳步步高，雪晴后的日子真凉真好。残雪化得更快了，到处雾气腾腾，在日光下折射出美丽的虹；这越来越浓的烟岚，托着美丽的虹升上空际；与雪气上升的景象相伴生，地上响起越来越热烈的“滋滋”声。从这化雪声中，我听到蛰虫伸腿扭腰的声音，蜜蜂整装待飞的声音，花瓣在花苞里向外探头探脑的声音，水中唼喋的小鱼儿硬着小脑瓜撞击冰层的声音，远方的大漠呼唤降雪的声音……正是这无数的繁响，汇成弥漫太空、响彻三山五岳的大音，汇成壮丽生命永世不灭的跫音。这热烈的繁响似乎在提醒我：《阳春白雪》不是白雪的挽歌，而是它的壮行曲，是白雪化育万物的《青春颂》。你听么，那一声声节拍分明呼唤着：向远方——向远方——

雪没有白来一趟。

残雪去了它该去的地方，我不伤悲。

长城秋雨多

雨中登长城,秋风萧瑟无限意。

雨是今天的雨,长城是昨日的长城。

北国深秋的雨,点点滴滴,点点滴滴,温柔缠绵亦如南国梅子黄时雨。雨催开伞的花,红的,绿的,黄的,叫不上颜色,八达岭的长城之上、长城之下,便蔚成伞的花圃;伞下面是人,黄皮肤的,白皮肤的,黑皮肤的,棕色皮肤的,满世界各色皮肤的,都来了,都来到这长城之上、长城之下,一起笑着,嚷着,用手指点着,谁也不肯让心神稍歇。十月的潇潇雨不曾邀来雷声,人们的欢声笑语便是轻奏的雷鸣。

长城又称紫塞,长城外又是塞外。幼时夜读古典诗词,“塞外”的字眼时常让我惊心触目,拖两行细长的清泪,点点滴滴,点点滴滴,落在线装书上,洇湿一片宣纸的黄土地,为筑长城的流民,为哭倒长城的孟姜,更为去国怀乡的戍边将士。微风轻摇豆油灯焰,把亡故的帝王后妃、才子词人、离人思妇一起投影到我的心幕,这几千年的电视连续剧得播映多个时辰？像我这样读长城哭长城的少年一定不少，从古以今到未来，泪水积少成多，就连绵成代代秋雨，打湿秦时天空，汉时天空，元明的天空，直到中山服牛仔裤的天空，直到几千年以后红男绿女们美丽的天空，远古的气息就这样给代代秋雨闪回，闪回到长城还在入世的时候。

不再是“风萧萧兮易水寒”，不再是“沙场白骨兮刀痕箭瘢”，不再是“将军白发征夫泪”，不再是“胡儿眼泪双双落”。如今一统了，紫塞内外飘扬的是同一面旗子。远近的烽火台还在，东一座西一座结成抗风林。长城上依然有“汉家兵将”，头载金盔身着铠甲，不过并不出征，而是笑容可掬地为中外游客导游。

秋雨越来越浓，转眼间就密似珠帘了，而游人并不减少，反倒越来越多。

一朵又一朵的浓云依恋在长城垛口上，随着长城追随到目力不到的远处。雨中看不远，但我推断得出，浓云下面一定是人，黄皮肤的，白皮肤的，黑皮肤的，棕色皮肤的，满世界各色皮肤的；而云朵外，依旧是长城，长城的前方，还是云……

长城外边是花是草是树，塞外的花、草、树。高挑的白桦挺起胸脯做着雨中浴，绰约的美人松虽然给秋雨淋湿了头发，依旧练着舞功，柿和枫执拗地持守霜重色愈浓的性子，分别着一身淡黄、轻红；特别是枫，岁岁年年云鬓样，秋雨不改旧时妆，云雾重了它是轻红，云消雾散它是深红，我行我素地自甘寂寞地守在立着长城的山上，年年的云雾没有漂白了它，倒是它把云雾染红了。

树间安谧地饮食的牛羊，有牧童吹着竹笛来往。他不用鞭，笛声依稀是他流动的鞭。人和牛羊都做着雨中浴；牛蹄下的草，绿得深，绿得重，发射翡翠的冷光，俯俯仰仰送旅人；草间的野花，虞美人们，波斯菊们，蓝鸽子花们，静静地编织一片云，翌晨挂在天上就是朝霞了；花下的蘑菇一柄柄都是白绸伞，我想，这些伞下一定有许多小甲虫躲雨，那些年长的甲虫们，一定会展开薄翼遮在小儿女们头上的。

树外的古道两旁，小桥流水隐约，竹篱人家宛然画图。古道上有汽车竞赛长跑，在山腰写着一个又一个“之”字。古道用它久历风雨的肩膀扛起现代文明。

当年筑造长城的流民和兵卒，未必想得到他们给后世留下珍宝，更不会想到几千年以后有个农民的儿子叫毛泽东的，说了句“不到长城非好汉”的话，给人勒于碑上，竖在长城边侧；也不会想到还有个尼克松，有个撒切尔夫人，有个伊丽莎白女王，还有无以计数的海内外游人，万里迢迢来看他们的杰作；他们当初想的无非是尽快造好长城省去一些战事，然后回家与亲人团聚，一起饮陶罐里的低度酒。

往往，举世瞩目的古迹，就是在深重的苦难中建造的。它要求建造者准备几百吨的血，几千吨的泪，几万吨的汗，不计其数的生命。它的挺立，意味着一些人要倒下；往往，古迹的设计者和建造者只是出于一个并不繁复的设想，却在无意间为后世留下珍宝，进而为一个民族制作了图腾。

秋雨渐渐地停了，云隙间透出蔚蓝的天光，湿重的云团躲进山谷里养神，轻纱似的云缕还留在长城上擦拭游人的履痕。夕阳已走到山村，它的光芒并不离开，依旧穿过云阵照着八达岭的群山，以及我足下、头上的长城。长城两侧的山峦上，最美的是枫，是柿树，一株枫就是一个红火把，一株柿树就是一个黄火把，这千千万万的火把，把紫塞内外的长城烧得黄中透紫，有如一簇簇温度不等的火焰。长城是伸向云天的旗，枫是它的红缨；长城是万里关山上的万里路，云是它的驿站。

游人前方是云朵，云朵下面是人，黄皮肤的，白皮肤的，黑皮肤的，棕色皮肤的，满世界各色皮肤的；而云朵外，依旧是长城；长城的前方，还是云；云下，又是人……

长城望不断。长城的前方是长城。

长城赖以存身的，是我的——我们的黄土地。

故乡，我的序

客居异乡的人，都爱萦念自己的故乡，离开故乡愈久，思乡之情愈重。我也是。

在华北大平原的南端，有一个小小的曲周县，那条又细又薄的滏阳河在这里踅了个弯儿，就急忙忙扑向子牙河恋爱去了。河拐弯的地方，静立着一座不知从哪个朝代就有的小村子，寥落十数人家。这个小村子，便是我人生的发端，写作生涯的序。

县志上说，晋设此县。然而设县以来，竟然没有养育出几个能长生在人们心中的大名人，历史白在这里活过了千余年。虽然也出过几个进士，大抵他们生时没有做过多少有益家国的盛事，故而只配在发霉泛黄的县志里注个名字。据说明朝时城里倒是出了个王三官，中过状元，官至八府巡按，当属风水有虎龙之气的望族了。偏偏他的后代不准别人说起他们祖上的荣华，后来问明了原委，才知道那王三官就是王景隆，又名王金龙，与名妓玉堂春你恩我爱，在当时就被视为下贱不肖，他的后代自然也以此为耻。解放前有一年县里唱《苏三起解》，风传当夜王姓族人与剧团动了干戈。“文革”中好事者掘开了王三官和苏三的墓，据说那苏三依然衣被锦绣，面若傅粉，风流秀丽，美艳如生，引得数十里外的男女老幼箪食壶浆，相携前往，如看外星人一样新鲜。这事只热闹了不长时间，便归于寂寞。其实，那墓里长睡的果真是谁，城里的王三官人是不是与苏三相好过，也没见哪位行家一语定乾坤。

而我那小村里，名气最大的要数我的爷爷了。他年轻时在城里教私塾，出息过几个成气候的弟子，学董们便集资制作了刻有“统著精勤”四个草体大字的木匾挂到我家门上。从此，爷爷就成了方圆十来里路的小名人。正当他继续用竹板沉重地拍击弟子们的手心，发誓再“拍”出几名得意门生，再挣来一两块木匾时，卢沟桥的炮声终于淹没了他抑扬有致的讲读声，滴血的太阳旗覆蒙了写着“人之初，性本善”的黑板。他果决地揖别了年轻情笃的奶奶，只身负笈远游，企图寻到一方能实施他教育救国宏愿的角落。但是他终于失望了，灰心了。在邯郸以北的黄粱梦，老人家想起了当年卢生凭借吕洞宾的宝贝枕头，梦见自己位极人臣，享了四十年荣华富贵，醒来一钵黄粱尚未煮熟的故事，也期盼在人生的长途中得遇一场好梦。他哼哼唧唧摆起了斯文：“四十年间公与侯，虽然是梦亦风流。如今落魄邯郸道，来向先生借枕头。”

这诗，可怜，可笑，更多的却是可悲，可叹。斯时庙宇残败，荆莽摇瑟，狐兔出没，吕洞宾泥塑缺鼻少眼，燕雀缘耳筑窠，老神仙自己尚且冷对蛛丝蓬窗，独守凄凉，连一记好梦都不能留给自己，如何会有宝枕借给他人！那时候，亡国奴的羞辱卑下，国破家亡的万般憾恨，惶惶然躲枪避炮的颠沛流离，使爷爷心寒得如结严霜。待到全国解放后华旸出谷，云开天朗，他终因年迈而退休了。大半生的文字生涯，对“子曰诗云”神物样的崇拜，使他发了疯一样要找个“垫背的”。我才八九岁，他就像对待拉磨的老牛一样，要我走他圈定的路，背什么《三字经》《千家诗》。当我被那“紫陌红尘”、“水流花谢”、“怨女征夫”糊弄得不辨上下左右的时候，他却倒背着手，眯眼仰头，光秃秃的大脑袋亮亮地泛红，兀自志满意得地半吟半唱：“兰叶——春——葳蕤，桂花——秋——皎洁。”“采菊——东篱——下，悠然——见——南山。”后来，在一个李花流银、桃花飞火的暮春时节，他把我带到了寥廓寂远的大野。这里，一波波碧绿的麦浪乖孩子打滚样地起伏着，大片大片的油菜花辉煌得宛如炽燃着的油海，一条九曲盘弯的小路东一趄西一歪地颠儿到了天尽头，挨住了远天的云，借着云的明暗掩映的纹路，又像向云空伸去了。爷爷要试试我的本事，如同决战前的大将军，将手向下一切，命我赋诗。唐诗宋词背得多了，诌几句顺口溜还是容易的。我头一歪，佯作沉思，很快又正过来：“绿遍山原黄满海，小径如丝天上来。”这两句话一溜出口，他便叫起来：“神，神啊！”他那副一本正经的虔诚样儿，既可怜又可笑。由于他的吹捧，父母从此高看了我。既然背诗能受到表扬，吃炒鸡蛋，我何不多背几首呢？却原来，我走上文学生涯的路，序，就从这时开始了。

村子很穷，但乡亲们的精神世界并不匮乏，他们以戏谑、诙谐、笑骂等种种“乐子”与命运抗争，但绝不是游戏人间。解放前，有人过大年借钱买纸贴对联，自己编词请人写：“拆东墙补西墙窟窿还在，还旧账欠新账账账不清。”这联语对仗，恰切，凄婉，苍凉，不知道被收到哪本集子里没有。解放初那几年，人们虽然得以小有，但不宽绰，有人就在对联上写：“上半年来指土地，下半年来靠副业。”这也是那时候人们谋生手段的真实写照。家乡距河南省近，豫剧很流行，还有什么平调落子，人们奚落它“落子腔，凄凉凉，破锣破鼓破衣裳”，是“说大鼓书的成了精”，专唱《刘二姐拴娃娃》《秦雪梅吊孝》《姜太公卖面》那一类小戏。演唱起来最便当的要数大鼓书，往往是两个瞎子，一个拉琴，一个说唱，彼此看不见，却默契得跟一个人一样，一本《黄天霸》，三天三夜说不完。我最爱听这玩艺儿，往往听到三星沉落，耳朵被我那温柔的小姐姐拧着往家蹭，还不时回过头瞅一眼又唱又舞的老瞎子。

我极爱听俚语小调。一到冬天，庄稼进门了，麦子种上了，大闺女小媳妇就要凑在一块纺棉花。夜里不点灯，可一个个都能把柔长的细棉线准确无误地缠绕到飞旋的铁锭上，决无脱线落锭之虞。小媳妇嘴快脸皮厚，更热烈更大胆，往往以身作则先唱起来。一个唱道：“小小子儿，坐门墩儿，哭哭啼啼想媳妇儿。”又一个唱着问道：“要媳妇干啥？”原先那个接唱道：“点灯——说话儿；吹灯——作伴儿。”一个大闺女停下纺车问：“说，昨天夜里你们说什么了？”“嘻嘻嘻，”那个小媳妇笑开了，“回家问你哥哥去。”原来，问话的是小姑，答话的是亲嫂子。我姑姑唱的《娶依歌》，是那么有板有眼，凄凄凉凉，能叫那些挨了丈夫鞋底的小媳妇扯出两串子老也不断的泪，却不知道又是哪个多嘴的猛然来一句：“还没过门子，就啥都懂啦？”于是，正哭的逗笑了，正笑的岔了气，一个劲地揉胸脯叫娘。时缓时急时重时轻的纺车声，伴着她们的说唱念白，我想，这大概是最古老的戏曲吧。

我惊叹于乡亲们知道得那么多，好像这一带的盐碱地不长粮食，专门长故事。《封神榜》《三国演义》几乎人人都能讲一段。他们说起话来很会比喻、形容。浓雾的天气，太阳朦朦胧胧的看不分明，他们说："太阳是发霉的玉米面饼子，长毛了。"有人办事靠不住，他们说："谁也别指望用泡沫子量水深。"遇有远行的倦客要求借宿，他们说："人又不是蜗牛，谁还能背着房子走路！"形容走得快，他们说："不多不少整十里，脚还没沾地，就到了。"我最佩服的是母亲，冬天大雪封门，冷得身上的血快要变成血豆腐，她燃旺玉米棒子骨取暖，我说："娘，不冷了。"娘却说："生火能让屋里不冷，可不能让冬天不来。"她是说人只能部分地改变环境，却不能遏止四时交替，改变客观规律。她或许并没有想这么深，只是随口道来。而我却被惊呆了，至今记得很清楚，就跟刚刚听到一样。

应该说，这些故事、民歌、俚词、警语，就是乡亲们集体写给我的"序"。

不知是什么原因，我爱沉思和忧伤，爱一个人想这看那。西院的大姑出阁了，少了个唱小曲儿的，我惆怅；东邻的老爷爷死了，少了个讲故事的，我惆怅。春秋的晨昏，我能一个人躺在庄稼地里好久，静静地看星驰云飞，霞起霞落，征鸿去来。我爱看蒲公英的带绒毛的种子是怎样连绵成一天晴雪，看柳絮怎样织成大野的棉被。我忧郁地看河边的垂柳是怎样给暴风雨摧残成披头散发的病姑娘，看顶尖带露的节节草是怎样拂落掉无数个皎洁的月轮。我祈愿每一头耕牛都能驮来一位俊美的七仙女，祈愿每一个老的新的光棍汉都能遇上一位田螺姑娘。我谛听地球深沉的自转声，谛听外星系中的生灵们快乐的呐喊。我隐约闻到了流星与大气层摩擦时发出的焦煳的气味儿，闻到了田鼠忙碌地打洞时发出的汗腥味，渐渐地，日复一日，年复一年，我开始把田间的阡陌看成作品的经纬，把地势的起伏看成作品的跌宕，把金黄的麦穗、碧绿的菜蔬、殷红的柿果看成作品的不同色彩，而把往来游走的和风、爽风、疾风、信风，看成贯通于不同作品中的“文气”——这时，我已经开始自己为自己的文学远程作序了。

我常常一个人外出割草，这绝不是为着寻到了好草自己独吞，而是因为寂静中更便于驰骋神思。我也常到一些荒坟上砍柴。我不怕神鬼，因为坟里的人有不少我都认识，他们活着的时候给我讲过故事，给予我爱抚。就是他们突然从那些土包包里钻出来，我也不怕。我会请他们继续讲那些没有来得及讲完的《三国》《水浒》，继续唱那些没有来得及唱完的民歌小调。而现在，轮到我为他们编故事了。他们都走到了路的尽头，睡在自己圆圆的“跋”里，没有一句话的无字的“跋”。这一个个圆圆的“跋”，整齐地排成一排删节号。下一个“跋”该是谁呢?

星移斗转，天回地游。我长大了，父母老了，爷爷死了。六十年代初，我沿着村头的小路，走出了我的“序”，走进了广阔而庄严的大世界。既然故乡和亲人把我推上了文学生涯，既然我在这条路上已经有了一个“序”，我就要走下去了。有一种责任感驱使着，不走下去觉得亏心。在诸多的文学式样里，我主要选择了散文。这种文学式样能够更轻灵、更便当、更直接地去写我的故乡，我的乡亲，和我自己的性灵。散文更适合于我的气质。我要写下去,为那些正在创造丰硕未来的人们,为那些渴望看到二十一世纪的人们,也为故乡村野里的那一排排“跋”。我清楚地知道,我自己将也有一个“跋”,这个“跋”只能由自己去写。以后如果人们谈到我,说:“这个人没有羞辱他的家乡,写过一些有益无害的作品”,我就很满足了。

啊,故乡,我的序,我的发端,我深深地、深深地把你记怀,直到我这片落叶归依在你的老根……

鹤舞水云

浩浩荡荡的乌苏里江正酿造北中国色彩丰富的黄昏。

站在高筑于山顶的士兵瞭望塔上，我通过高倍望远镜向四野观看，眼睛朝目镜上只一瞥，身子即刻如插上双翅，飞临在北中国苍茫寥廓的上空，心里却空空落落，好像乘直升飞机未束安全带便向外探身，因脚下无根、气流挤压而惊悸，瞭望塔也如阿拉伯神话中的飞毯，在空际漂流升沉。江水、白桦、沼泽、岛屿、树木、云影、水汽……这些我平素熟悉的物什，好似一概去银河沐浴过又返回地球，变得新鲜陌生了；而此岸的珍奇乔木，彼岸的红房子，这些我从未目睹过的物什，居然似曾相识。临到一处新景致，我往往产生熟悉的变陌生、陌生的变熟悉的感觉。头脑好似给人换过了，需要重新思考的事物也多起来，而大脑好比一台新置的计算机，必须细心调理过才能使用。

江面上散布着星星点点岛屿。岛上林木葳蕤，将一个个岛子染得葱绿。林木上面是银白的水汽，笼盖得岛子仅剩下葱绿的边缘，这样，晴蓝色的乌苏里江上就显现一个个葱绿的圈子，好像深蓝的天宇上无数精灵同时表演藤圈舞。岛子和岛子之间，可见水下已有泥沙淤积，如浑黄的链条，要把一个个圈子系住；而一旦被系住，江心就会出现新的岸。这些“链条”仿佛一个个震天撼地的历史事件之间的野史，将正史存载的事件和不堪纳进正史的野闻组合起来，零散的历史车厢才得以整体列车的形式驶向明天。

我饶有趣味地欣赏江面上的“圈子”，感谢造物主以圆圈的符号给我启示。全封闭的圈子没有头尾，圈子上任何一点便都是头尾。年轻学人往往喜欢线性思维，老到的哲学家却崇尚圆融通达。圈子的直接观感是哲人必得打破的全封闭，但物到极大时便以圈子的形式示人，譬如我们看到的地平线、月球、太阳、星星，以至包罗万汇的总星系——天球。物大到无穷便是圆的。西方也有对圈子感兴趣的学者，或许圆圈是通行于世界的语言？

在一个“圈子”的上方，跳藤圈舞的精灵终于现身了。起始为针尖大的晶莹一点，如夜空里映着月光倏然下落的露珠；继而它掠过一个个“圈子”，掠过这些历劫的古大陆废墟，将岛屿联结成整体，一个臆想中的新大陆就这么在古大陆的废墟上崛起了，水汽或许是古大陆倾毁时未曾散尽的烟尘？当它飞到我跟前时，看得清是只独飞的银鹤，它银亮的翼尖几乎拍到瞭望塔的栏杆，它以瞭望塔为中心，盘旋、上升、俯冲、拔高，又重新飞回原先的圈子附近，再飞到瞭望塔上空，寻寻觅觅，不知为了什么。因为在同类中寻不见同道才向人类寻找友伴？或许只是为着练翅？或许什么都不为，仅是自在生命的散漫形式？

披襟揽胜，俯仰银羽丹霞，我由云水之间自在飞舞的白鹤感觉到苍茫寥廓的大气氛：是登临庐山含鄱口俯视下方生界的感觉，乘喷气客机向长城、天坛行注目礼的感觉，是默诵"一旦乘风来月中，还看大地似月明"的感觉，幻想中亲睹女娲抟土造人的感觉。再深入地想，又仿佛说不出具体的喻体，打个比方吧，是世界新旧名画一股脑显现目前，复又撕碎，胡乱拼贴，再拉洋片似的迅速从眼前掠过的感觉。被混沌思绪包围、拉扯着，为要澄澈内心，我极力让精神提升，超越地表，不意间自己仿佛也变成白鹤，追随在正在飞翔的那只身后，以它的翼尖为向导，向着群山和云水之上，向着白云和青鸟不度的纯蓝天空飞去，寻求关于永恒和命运的某种暗示。

"我们这是要飞到哪里去？"我问银鹤。因为临到完全陌生的所在，只好紧紧追随它。

"到我们该去的地方。"并未见它开口，却十分清晰地听到从它那里发出的声音；又好似是从自己记忆深处垂钓上来的往事，比如数年前我游览过姑苏寒山寺，那深沉的夜半钟声给我私藏腋下带走，而在这非常时刻变成智慧，无师自通地回答自己的疑问，这样，我便是在自问自答了。它仿佛早就预见到我要追随它，因而对于我的紧跟丝毫不感到吃惊。

"请问哪里是该去的地方？"我又问。

"适合于自己的地方，一生中适合于自己的地方不过一两个。"

它善于飞翔，翅膀一次拍举就上升十多公里的高度，它的头、颈、背上的羽毛被纯白的阳光照耀，发出纯洁透明的橘黄色光焰，像宇宙深处自在往来的飞碟；其腹下阳光不照的地方，是最纯净的漆黑。它的身体是昼与夜的复合体,是黑白两条鱼合二为一的太极。

“您见过永恒吗?”我问。

“见过,谁都见过。人提升到一定高度不再探讨永恒方面的事情,就像数学家对四则运算没有兴趣。”

“不过,我还是要请您叙说何谓永恒,您能帮助我吗?”

“好吧,不过只能长话短说,现在不是高谈阔论的时候。”依旧不见它动嘴,却听到真切的声音,“我亲历过两种永恒:一是喧哗的人间,这你也亲历过。人间万物,其个体皆不能永恒,但个体新陈代谢的接力赛跑构成永恒,如同不息的大河一般,永是奋发生动,永是风华绝代,浪激波涌;一是静谧的天国,一切事物都取固定姿态,笑的永笑,哭的永哭,举起的手永不放下,下垂的手永不举起,接吻的唇永不分离,分离的唇永不接吻,开放的花永不凋谢,凋谢的花永不开放。那里的时钟无论多么精美都是坏的,这是时间冷凝的地方。”

“这个地方你以前来过吗?”我环顾四边空域,问道。

“来过。从不停留。”它不东张西望,一脸司空见惯的漠然。

“为什么呢?”我回望大地,只见平原都埋入云层下面了,沙漠无非巴掌大小的黄手帕而已,江河邈若餐桌上的汤渍,但泰山极顶还在挥手向我们作着告别的姿势。大地已开始显露球体形状,缓慢地从西向东转着,星星愈发多起来,太阳稳固的恒星属性也愈发鲜明了,并且,发现了太阳之外的太阳。

“因为这里不适合我,没有别的。”它悠然闭上眼睛,仅凭身体对于温暖的感觉,向上,不,向着太阳飞翔,这里已经不分上下。“这里很高,对于地球芸芸众生当是登高的极致,但是,就在常人羡慕我的时候,我倒是称赞他们立足于地表的稳定。处在极致境地的生命并不潇洒,他为要超越前人、独步一时,专拣没有脚印的地方走,势必每走一步都如履薄冰。”

“既然如此,为何还要高飞呢?”

“为了获取常人没有的经历。衡估壮丽生命的一个重要尺度便是经历丰富。”这次,它开口了,像开屏前的孔雀一样欢娱地开口,发出类似流星情不自禁地舞蹈进而相互碰撞时发出的脆亮的鸣声。

接着,它又宣示了一番道理:“只有生命的高翔,才有对低处的洞察。只有在高处,你才知道,太阳从不理会表针快慢,只管自在走路;从不理睬公鸡啼叫,只管自在巡天,因为它从来没有下落,也就无所谓升起。所谓黑夜,无非阳光不度的地方。鸡说,太阳是我们啼来的。何等荒唐可笑!第一次身居高处,俯临下界,会藐视低处,再向上飞,又看高了低处,发现低处和高处同样重要,甚至不分彼此,就跟东和西、南和北同样重要一样。曾经高翔的生命决不鄙薄低处,而个别大智者更乐于由低处体会高翔的明澈。”

我表示明悟,点头,又问:“我们这是飞到什么地方了?”

它说:“这里?我们早已到了真空界。我听到银心——银河中心的问候。”

“那你是怎么飞的呢?”我当然知道,飞翔要依凭空气的。它不语,原来它的翅膀早就抿在一起了,只是表示快活时才偶尔张一下,好像它借助空间舒张力将身体托起。宇宙的巨大秘密近在身边,而我的思维速度过慢,无力进入高维度空间。

“在这没有空气的真空带,平凡如我凭什么飞呢?”这个意念一闪，我就急速下落，犹如飞机进入螺旋状态，头颅忽而平忽而下忽而上，身体翻转着，抽搐着，接着大脑一片空茫，待到睁开眼睛，仍站在瞭望塔上，双手扶栏，大约是飞累的缘故，后背汗津津的。

思想的上升和下落是在很短时间完成的，写下来却要这许多文字。那只银白的鹤，还在圆圈似的岛屿上空飞来飞去兜圈子，为什么又不为什么；它已经不是方才引我上天的那只，那只是我对这只的重新制作，已经永驻于我的灵府中。

我希望自己生活在“低处”的人间，在花香与汗臭间散步，在书香与微尘共处的桌上写作，通过参与个体间的新陈代谢体悟永恒。有一首歌唱道：“我来自何方，没有人知道；我要去的地方，未必都能去……”我也喜欢形而上的世界，希望在那个纯净的地方建筑水晶宫殿，而后据守一隅，将余下的生命滋润散文与诗歌的花草。然而形而上的世界没有衣食，也因为没有“俗”而排除了“雅”，精神无论飞多远，更无论如何超然达观，最终都要重返红尘。只有这有爱有恨的红尘，只有这称得上“根”的红尘，才肯托举我大汗淋漓的双足，而随处的大地都能留下我的投影，这使我验证到生命的真实，同时感受到世界和我两不辜负的衷心喜悦。热爱大地，是生命成熟的重要标志。

北大三老

一位昔日的北大同窗说："现在有些老先生，越老越值钱。"他指的是季羡林、金克木、张中行。

与张中老从未碰过头，在任何场合，蒹葭秋水，始终缘悭一面。照片么，似乎看过一张，忘了在哪本书，印象是一位慈眉善目的长者，有金山万丈、玉海千寻之色，而无剑戟森森、鳞甲铮铮之态。但不容细想，因为越想下去，就越像了表演艺术家于是之，或是于是之在哪出戏中的扮演。不能不承认传言的魅力，都说他年轻时曾充当过一部著名长篇小说中谁谁谁的原型，而于是老又正好扮演过那个谁谁谁。

早几年还没注意这位老先生，忽然有一天，连着读到两篇对他的记述，一篇称颂他是当代难得的高人、逸人、至人、超人，不啻是龙蟠凤逸之士，仙风道格之客；又说读他的文章，只需读上几段，便知作者是谁。在当代，有这种功力的，自是凤毛麟角，鲁迅算一个，沈从文算一个，如是而已。另一篇说他像是窖藏了数百年的老酒，一旦拔了塞，香气溢出城郭；又说起他新搬的三居室，家具依然是六七十年代的老相好，地面依然是水泥的灰土色；且说起一位后生如何慷慨解囊，为他出书。心下一愣，想这样的老先生好生面熟，不是见过面的面熟，是没见过面的面熟。此话并非搬弄玄虚，生活中的确有这一熟。

于是开始留心他的书。一点不难找，在随便碰到的第一家书铺就见着一大批，明摆着尚在流行。书有《负暄琐话》、《负暄续话》、《负暄三话》、《顺生论》、《留梦集》、《横议集》、《月旦集》、《桑榆自语》多种。我拿起一本《顺生论》，是专讲怎样怎样才能活出滋味的，据其后记，该书酝酿于五十年代中期，成稿于九十年代前期，迁延跌宕达四十年之久，作者的命运，于此也可窥见一斑的了。把书轻轻合上，掂了掂，不假思索地又插回书架，不是说不好，年轻二十岁，不，三十岁，我肯定买，现在么，年老尽识愁滋味，横竖顺逆，谲云诡波，于我，反正也无所谓了。插回书架的瞬间手一抖，突然又想起一位已故的诗人。此公一生备极坎坷，却爱拿《封神演义》中的散宜生作笔名。散宜生啊散宜生！真正能做到散——散文中之所谓形散神不散的散，肯定是能乐尽天年的。遗憾的是这位自诩为散宜生的诗人，一生都没能承受轻松，也许这就是定数，也许。

我还是买了本老先生的《月旦集》，因为其中写到的许多人物，都跟老北大有关，吾虽驽钝，毕竟也是从未名湖畔的塔影下走出的，窃想再过三十年，兴许就会轮到我来理论顺生，月旦人物。

想着要跟老先生联系，不知电话号码，问了几位同行，也都没能说个明确，只好存此一念，留待将来。

金克老是老熟人。不是相熟，是单向熟。我认识老先生，很久很久的了，他哩，却完全可能不认识我。六十年代的第五个秋天，我有幸成为老先生广义上的弟子，那时他在北大东语系，教梵文或印度文，我修的是日文。老先生引起我的注意，一是特异的名字，显出摧枯拉朽，锋利犀刻；二是桀骜或诙谐的气质，虽然没有对过话，扑面总能领略；三是袖珍的身材结构，予人无孔不入般的玲珑感，涉猎广泛，专而多能。这印象，恐怕多半来自当年的大批判。在北大的后三年，我们动不动就拿老先生这样的学术权威当靶子，斗争来斗争去的，包括后面将要谈到的季羡老，也在射程之内。

既然有了这层因缘，我查找金克老的电话就比较容易。电话挂通的时候，是上午九点。老先生说："哎呀，我正病着呐。你是想来？你想什么时候来？"我说："马上。"老先生停得一停，说："那好，我十点钟还要看聂卫平下围棋。"

半小时后敲开金老的门，仿佛又踏进了六十年代，目之所及，茶几，书案，床铺，窗帘，帘外的阳台，阳台上的杂物……无物不是上了一把年纪。——想象中他人眼里的张中老新居，大概也就是如此的吧。非但陈旧，还凌乱，乱的祸首是随意堆放的书和报。主人蜷缩在沙发里，头上扎了一条毛巾，正在接听电话。

这回相熟了。眼前的金老，依然精瘦，依然英锐逼人。老人指示我坐沙发，然后搬来一把椅子，搁在对面，几乎是促膝而谈。话题是老北大，老人谈锋甚健，他从京师大学堂，侃到沙滩红楼，马神庙，西南联大。趁他意兴淋漓，我悄悄掏出了笔记本，老人立刻绷了脸：

“别,别,你这是要干啥？那我不讲了。”我只好赔笑,赶忙合上笔记本,洗耳恭听。

看看快到十点,老人说:“我还没问,你今天找我有什么事?”

“后年是北大建校一百周年,我想写点东西。”

“那我建议你去找一个人,邓广铭,九十岁了,他知道的多。”

“您能不能给我介绍一下,贸然不好去找。”

“你是怎么找我的,就怎样找他好了。他有病,我不能介绍。”金老边说,边转身去开电视机。左开,右开,就是不亮。机器实在老旧了,一如这屋中的摆设,但还不至于不亮。我提醒金老,刚才上楼,看到工人在修走廊的电路,是关电闸了。

金老于是继续同我聊天,一说又说到北大一百周年,他晶亮了脸,目光盯着我的鼻尖:“这怎么好写？你不要在人事上惹麻烦,我建议你写小说,那样谁也抓不住。”

我说当记者当出了纪实病,不喜欢虚构。他用极快的速度挡了回来:“谁说的？张恨水不是报人？萧乾不是报人？不都照样写小说。”我没有拜读过金老的专著,刊发在报刊的随笔倒是读过多篇,文皆精悍,辞多犀利,且有大的波澜回旋、鼓动其间。拿游泳比喻,先生擅长的是蝶泳,一波一波鼓浪而前。

季羡老和金克老住同一栋公寓,金老住西侧,三楼,季老住东侧,一楼。季老拥有相邻的两套三居室,六间房组成了一座幽香飘逸的书城。每间都设有书案,通常是写一篇文章,换一个地方,为的便于使用资料。朝南的阳台,也被老先生砌作了书房。我这次来,时值下午,温煦的阳光照耀得阳台的窗玻璃一片灿烂,季老就正伏在阳台内的书案上用功。

在这之前，我已经拜访过一次，知道老人平素是在凌晨和上午读书、写作，今天也许活儿太多，歇不下来。远远地，我看着老人，像看一幅跨世纪的风景。

老人俯身在摊开的稿纸上，行云流水地驰骋着圆珠笔。

他不肯用电脑。

那天拜访，我无意中说及电脑。老人说，周有光先生曾向他鼎力推荐，并且包他五分钟就学会。“包我一分钟会，也不学。”老人显得很倔。

老人举出若干例子，以证明他的固执有理。譬如一位外国诗人，非要闻着烂苹果味，才有灵泉喷发；又譬如一位外国作家，非要看着窗外远处的一棵树梢，才会有妙语流淌。他哩，几十年养成的习惯，只有面对稿纸，才能进入写作的佳境。

老人对稿纸的质地、格式倒不苛求，只要是纸就行。他说，有一次在人民大会堂开会，灵感忽然袭来，急切间找不到稿纸，就在请柬上写起来。写满了正面，再写反面。反面也写满了，跟着有人又递过一份请柬。抬头一看，不认识，遂报之一笑，继续埋头写自己的。

“季老，为什么您不想想自己太保守了呢？”李玉洁秘书在一旁插话。

老人得意地一仰脖子：“老家伙有些顽固是正常的。”

那天，老人送我五本他自己的著作，且在扉页上恭恭正正地题着：“毓方兄留念……”这是老一辈的风范，也是大家之风范。

回家我就认真拜读，旬日后，拟出了访问记的提纲。下笔之前，觉得有些地方还不够清楚，譬如，老人从“糖”这个词汇在英、法、俄、德、梵等语发音的类似，想到了要写一部阐述古代科技文化交流的《糖史》，然而，若干发音类似的“糖”，究竟以哪一种语言为本体呢？

我在电话中向季老请教，随口把“词”说成了“词根”。

“你说错了。”季老立刻予以纠正。“动词才有词根，糖是名词，没有词根。”

我又问了几个问题，回答都是十分简短，像老人的文章一样，可有可无的字，一个不上。

于是，我再回头读先生的书，自认为有把握了，才援笔成文。

今日，我就是带着写好了的《一轮满月挂燕园》一文，来请先生过目的。然而，看到先生专心致志的样子，又不忍上前打扰，便在门外悄悄地伫立。其间，先生有几次抬起头来，望了望我，但没有任何反应。我想，许是由于白内障，先生的视力呈现模糊，错把我当成窗外的一棵树了吧。

有一会儿，我又但愿化作先生窗外的一棵树。

煌煌上庠

一

这就是蔡元培(孑民)的塑像,坐落在未名湖南岸的春风中;大理石奠基,汉白玉砌座,青铜铸身——说是身,只是自腰而上,端肃凝重的一尊胸像;先生背倚土山,坐北朝南;左临六角钟亭,当初选址的时候,应是考虑到了他黄钟大吕般的人格气韵;前面是一方草坪,柔柔的,嫩嫩的,空气般清新,晨梦般飘逸,铺出一行行的绿诗、绿歌、青波、青浪,即使在冬季;右侧是挺拔健美蓬勃向上的杂木林,那该是风华正茂的莘莘学子,在承领先生的耳提面训。记不清已有多少次了,从去年金秋开始,为了明年北大百年校庆这个挥之不去却之复来的情意结,我打老远老远的城里跑来,一个小时又一个小时地,在这方净土穿梭寻觅,缅怀俯仰:偶尔停下脚步来瞻仰塑像,先生之于我,是永远不变的温柔敦厚，慈祥恺悌；诚如罗家伦的赞语："汪汪若万顷之波，一片清光，远接天际……"

今天情形略微有异，也许因为今天是"五四"，恰值北京大学九十九周年校庆，它使我想起了先生当年眼底的烟云，所以，不管如何变了角度端详，总觉得先生的目光微含忧郁，抑或是期待；淡淡的，淡淡的，像是壮士闻鸡，又像是英雄凭栏……

想想也是，蔡元培诞生于一八六八年一月十一日，按农历，属兔，到他一九一六年十二月二十六日被任命为北京大学校长，满打满算正好五十岁，站在五十岁的高度上倚风长啸，苍茫四顾，自他的双眸中射出的，是一股凛凛的心灵之光，它犀利似剑，泠然有声，凝聚了无穷的历史感悟。先觉者总是超前的，超前者总是孤独的，孤独者总是忧郁的，在忧郁中抉择，在期待中觅路前行，这是古往今来一切大智者生命的基本造型。

二

蔡元培投身教育，始于他三十二岁，也就是一八九八年。在那之前，他是十七岁的秀才，二十三岁的举人，二十六岁的翰林，仕途可谓一帆风顺。中国文人历来最看重官运，他们生命的冲动大都是围绕着一官半职转，转上去就意味着飞黄腾达，转不上去就只有落魄潦倒；即使落魄潦倒如《儒林外史》中的老童生周进，一丝痴念，也仍旧围着考场悠悠地打转。"去到考场放个屁，也替祖宗争口气。"流传在陈独秀家乡安庆一带的这句俗谚，勾勒了一代又一代读书人悲哀的

闲情偶寄

田忠泉

2014 年

100cm × 80cm

布面油画

然而又是无可逾越的价值取向。但是，在一八九八年，中国出了一件大事：戊戌变法，百日维新。变法维新是以知识分子富国强民的善良愿望为基础的，结果，却以顽固派复辟、六君子喋血、康梁狼狈远逃告终。“徒将金戈挽落晖”，变法的失败像一声警钟，敲碎了许多士人的迷梦，也使蔡元培猛然惊醒。就在这一年的秋冬之交，他突然解缆南去，头也不回地驶出了宦海——先是就职于绍兴中西学堂，继而改教上海南洋公学；从此开涯轻舟，愈驶愈远。

一九一六年底，蔡元培旅欧归来，飘然出任北京大学的校长。众所周知，辛亥革命后，蔡元培担任过南北两京政府的教育总长，因此，比较起他的前任内阁大员的身份，北大校长自然算不上一个显赫的位置。何况，这所结胎于戊戌维新的大学堂，在清政府和北洋军阀的摧残下，已是一片乌烟瘴气，北大校长的座椅，也就成了一块烧红的烙铁，谁坐了都要烫得跳。举例说，一九一二、一九一三两年，校长就走马灯似的换了五个，依次是：严复、章士钊、马良、何燏时、胡仁源；其中，章士钊根本就没有到位。现在，蔡元培来了。蔡元培对这个新职位显然情有独钟，尽管同党中有很多人反对，包括汪精卫、吴稚晖、马君武，他还是决意就任，蔡元培的抉择得到了孙中山的支持，孙中山理解蔡元培，我们说，有这一票，就足够了。追究蔡元培的生命曲线，他多年来外搜内求、梦寐以寻的，其实也正是像北京大学这样一个舞台。人是离不开舞台的，和他先后挂冠南下的张謇、张元济，如果不是分别抓住实业和出版业，又岂能在民国的地平线上再树起一道瑰丽的风景！蔡元培瞩望于北京大学，就像阿基米德眼中那个撬动地球的支点，它的价值，不在于多么抢眼，也不在于多么崇闳，而在于顺天承势,得心应手,把一己的才情抱负,淋漓尽致地发挥到最大限度。

三

蔡元培是带着“思想自由,兼容并包”的八字方针进入北大的。不要小看了这八个字的分量,它上承着诸子百家纵横捭阖的春秋战国,外映着欧洲大陆飙发电举的文艺复兴,下启了四十年后的“百花齐放,百家争鸣”。这后一点是我的姑妄之论。我总觉得,毛泽东在一九五六年提出的上述口号,多少有蔡元培振兴北大的影子;考虑到毛泽东一九一八年十月到一九一九年三月,曾在北大图书馆工作,对当日龙腾虎踔、万马奔腾的景观有过直接的感受,这猜测至少也有一点历史的依据吧。言归正传,前面说到,北大在清政府和北洋军阀的摧残下,已成了旧思想旧文化的营垒。蔡元培如今要来拨乱反正,“思想自由”也好,“兼容并包”也罢,当务之急,就是物色一位新学的领军人物,给北大一阵狂飙,给文化一道闪电,给社会一个震撼。环顾天下,谁能当此大任呢?

蔡元培把目光投向正在上海编辑《新青年》杂志的陈独秀。

陈独秀,安徽安庆人。生于一八七九年十月九日,小蔡元培整整十二岁,也属兔。若以年龄划分,他是蔡元培的晚辈,若以功名计算,他在科举的台阶上只走到秀才这一级,比蔡元培要低得多,但在民主革命的资历上,却堪与蔡元培媲美。陈独秀在二十刚出头的年纪,就以《国民日报》《安徽俗话报》为阵地,宣传反帝爱国,启迪民智;三十出头，便出任民国政府安徽都督府秘书长；一九一五年九月，他在上海创办《新青年》，高举科学与民主的大旗，为新文化运动的兴起擂鼓助威。二十世纪早期，陈独秀的大名是带有电闪雷鸣的，那个时期青年人对他的崇拜，远远胜过近来的追逐港台歌星，因为，那不仅仅是一种青春的骚动，更是一种灵魂的苏醒，人性的张扬，生命的呐喊。

云从龙，风从虎，历史上一些重要人物的遇合，常常给人适逢其时的美感。蔡元培这里正要找陈独秀，陈独秀那边厢已在北京等候了。一九一六年十二月二十二日，蔡元培从上海进京，二十六日被任命为北京大学校长。其时，陈独秀为了上海亚东图书馆的业务，也到了北京，住在前门外一家旅馆。蔡元培得到消息，就效刘备三顾茅庐的故事，再三再四地前往拜访，礼聘他出任北大文科学长。那时电话没有普及，不能预先通知，为了确保抓住对象，蔡元培每次总是很早就从家里动身。有一回，蔡元培到了旅馆，独秀先生犹自作“卧龙”，酣睡未起。茶房欲上前叫醒，蔡元培不让，兀自掇了一张小凳子，坐在房门外苦等。如此诚心诚意地邀请，陈独秀显然被感动了。但他仍有犹豫：“我来北京，《新青年》怎么办?”他问。陈独秀对《新青年》是相当看好的，他自信，“只要十年八年的工夫”，这个杂志“一定会发生很大的影响”，他当然要抓住刊物不放。对这一点，蔡元培予以充分理解，爽快地说：“那没有关系，把杂志带到学校里办好了。”一件在近代思想文化史上举足轻重的大事，就这样一锤定音。人们看到，蔡元培把陈独秀和他的《新青年》从上海接到北京大学这个煌煌上庠，等于是把他从草莽状态推到时代舞台的前沿。历史再一次提供了生动的案例：一个人或一个刊物的生命被激活，是如何最终影响了一个时代。

陈独秀一入最高学府，注定了另一位新文化运动的健将也即将循踪而至——他就是胡适。

胡适这时候正在美国留学。他生于一八九一年十二月十七日，小陈独秀十二岁，小蔡元培二十四岁，巧得很，也属兔。若以年龄划分，他该是未来北大“兔子党”的第三梯队了（除蔡元培、陈独秀外，朱希祖、刘半农、刘文典等名教授也都属兔）。这也是一只不安分的小兔。他属于庚子赔款的第二批留美生，先后在康奈尔大学、哥伦比亚大学研读农科、文科，主修哲学，兼修英国文学、经济还有政治理论等等，研究来研究去，此君突然越出专业，对故国的“白话文”问题产生强烈的兴趣。胡适认为中国古文是一种“半死或全死”的文字，已经失去了生长前进的力，要创造出新文学，必须采用新鲜活泼的白话语言。一九一五年九月，他在赠友人梅光迪的诗里写道：

梅生梅生毋自鄙，神州文学久枯馁，百年未有健者起。新潮之来不可止，文学革命其时矣。吾辈势不容坐视，且复号召二三子，革命军前杖马棰，鞭笞驱除一车鬼，再拜迎入新世纪！

请注意，胡适在这儿率先提出了“文学革命”的口号。但在异域，在华人留学生这个小小的圈子里，引来的几乎都是讥讽。胡适被激怒了，自尊与自傲迫使他奋起反击。一九一六年四月十二日，他作了一首《沁园春》自励，并在词的下半阕大声疾呼：“文学革命何疑！且准备搴旗作健儿。要前空千古，下开百世，收他臭腐，还我神奇。为大中华，造新文学，此业吾曹欲让谁?”

说是“文学革命何疑”，气壮得很，然而，毕竟是书生间的斗狠，沙龙里的清谈，真的拿到社会上去检验，效果怎样，心里还没有底。这年十一月，胡适把他的主张加以小心翼翼地改制，归纳为一篇《文学改良刍议》。其要点是:(一)须言之有物;(二)不摹仿古人;(三)须讲求文法;(四)不作无病之呻吟;(五)务去滥调套语;(六)不用典;(七)不讲对仗;(八)不避俗字俗语。这个调门，比起他的“前空千古，下开百世”的宣言，要低了几个八度。文章写成后，胡适用复写纸抄了两份，一份给了《留美学生季刊》，另一份呢，他壮着胆子，寄给了远在上海的《新青年》。胡适万万没有想到，这篇试探性的“刍议”，正搔着老牌革命家陈独秀的痒处。他一眼就看出了它“今日中国文界之雷音”的革命实质，很快就予以发表。陈独秀的老谋深算，还在于他不容许胡适有丝毫犹豫或退缩，更不容许“反对者有讨论之余地”，随即作了一篇《文学革命论》为之推波助澜。他称赞胡适是文学革命的“急先锋”，说自己“甘冒全国学究之敌”，“以为吾友之声援”;并放言，天下凡有像胡适这般勇于向封建文学宣战的，“予愿拖四十二声的大炮，为之前驱”!

机遇，是百尺楼头的欢呼，胡适一觉醒来，已经是名播九州的新进思想领袖。还得继续感谢陈独秀，此公不仅巨眼识人，更兼有举贤让贤的雅量，他大度地把胡适推荐给蔡元培，欲以代替自己的文科学长地位，蔡元培呢，自然不会轻易放过老资格的陈独秀，但他对胡适也颇为欣赏，是年九月，他聘任这位年仅二十七岁的留美学子为北大文科教授。

北大何幸，沙滩红楼何幸，胡适身后，又迎来了李大钊（守常）。李大钊，河北乐亭人，大胡适两岁。早年留学日本，锐志揽辔澄清，与同在那里留学的陈独秀夙有交往，意气颇为相投。他于一九一六年回国，因主编《晨钟报》而声名鹊起。稍后又协助章士钊编辑《甲寅》月刊，深得章氏的激赏。章士钊、蔡元培、陈独秀，这都是一条道上的志士，彼此相知有素，相得益彰。蔡元培主事北大不久，就聘请章士钊为图书馆主任。章士钊在这个任上没有待多少天便辞职，转向蔡元培推荐李大钊。“以吾萦心于政治之故，虽拥有此好环境，实未能充分利用。”章氏日后回忆说，“以谓约守常来，当远较吾为优，于是有请守常代替吾职之动议。时校长为蔡孑民，学长为陈独秀，两君皆推重守常，当然一说即行。”如此这般，李大钊就于一九一七年十一月到北大上任了。

十月革命后，李大钊是北大、也是全国第一个接受和传播马克思主义的共产主义知识分子。他以北大图书馆、《新青年》、《每周评论》等为阵地，影响和带动了一大批寻路的热血青年。在这里，北大这个舞台是弥足珍贵的。那是“黑暗中之灯塔”（李大钊语）。或者说，那里面已经积聚并仍在积聚更多的热力，只待一声引爆便燃起烛天的火光。如果李大钊没有进北大，很可能仍在革命活动的外围徘徊，而一入沙滩红楼，情形就不同了。还是那位章士钊先生，他的观察十分到位：“守常一入北大，比于临淮治军，旌旗变色，自后凡全国趋向民主之一举一动，从五四说起，几无不唯守常之马首是瞻。”那学府，还是书声琅琅的学府，那气韵，却已是雷霆万钧的气韵。

仿佛历史感到以上三员战将还不足以构成方阵，于是派遣鲁迅出场。鲁迅是蔡元培的老部下，他当初进入教育部，就是蔡引用的。蔡元培当上北大校长，鲁迅免不了要来帮忙。比如，一九一七年八月，鲁迅就为北大设计了校徽图样，这也是北大历史上的一件盛事。但鲁迅那时已经三十七岁，还没有开笔写小说。他日常在教育部任职，公余研究古碑。自言“客中少有人来，古碑中也遇不到什么问题与主义，而我的生命却居然暗暗地消失了，这也就是我唯一的愿望”。——这岂不是民族的大悲哀！吃人者自在猖獗，生人者反而沉埋。正好在这时，《新青年》在京城祭起耀眼夺目的光环，胡适因之而一炮打响，李大钊、钱玄同、刘半农也因之而找到了自己的角色地位，鲁迅按捺不住了，他也要凭借《新青年》调整自己的生命状态。这种调整，说到底就是从沉潜走向显扬，从平静走向燃烧。一九一八年一月，鲁迅和李大钊、胡适、钱玄同、刘半农、沈尹默、高一涵联手，加入了《新青年》的编委阵营。同年五月，他那篇讨伐封建“吃人礼教”的战斗檄文《狂人日记》，就在《新青年》呼啸问世。鲁迅借狂人之口愤怒控诉：

> 我翻阅历史一查，这历史没有年代，歪歪斜斜的每页上都写着“仁义道德”几个字。我横竖睡不着，仔细看了半夜，才从字缝里看出字来，满本都写着两个字“吃人”！

鲁迅的笔轻轻一点，历史禁不住为之索索颤抖。

一代文化巨人就这样从幕后走向了前台。紧接着,《孔乙己》自他的笔尖下飞出,《药》自他的笔尖下飞出,《风波》《故乡》等一系列不朽名篇自他的笔尖下飞出;鲁迅在呐喊,《新青年》在呐喊,北大在呐喊。呐喊的世纪,世纪的呐喊。“既然是呐喊,则当然须听将令的了。”在这里,我想起一段公案。一九三三年,鲁迅回忆这一段生活,曾说:我那时做的小说是“‘遵命文学’。不过我所尊奉的,是那时革命的前驱者的命令,也是我自己愿意尊奉的命令,绝不是皇上的圣旨,也不是金元和真的指挥刀”。鲁迅这里所说的“革命的前驱者”,从前有人告诉我们说是毛泽东,也有人称为李大钊,前者当属于特定年代的硬伤,后者多少沾点边,但鲁迅的意中人,无疑是陈独秀。

四

写到这儿,请容许我把笔锋稍稍挪开一点主题,谈谈两位当年虽不是主角,但同样引人入胜的人物。

其一,关于梁漱溟。梁漱溟当初只有二十四岁,中学毕业,在司法部担任秘书。蔡元培主掌北大不久,读了他发表在《东方杂志》的《究疑决元论》,是以近世西洋学说阐扬印度佛家理论的,觉得不失为一家之言,便请他来校开讲印度哲学。梁自谦学浅,不敢应承,蔡元培反问:“你说你教不了印度哲学,那么,你知有谁能教呢?”梁说不知道。蔡元培就说:“还是你来吧！你不是爱好哲学的吗？我此番到北大,定要把许多爱好哲学的朋友都聚拢来,共同研究,互相切磋;你怎可不来呢？你不要当是老师来教人,你当是来合作研究,来学习好了!”话说到这份儿上,梁漱溟还有什么好推脱的呢?他又岂能不为蔡元培的胸襟气度所折服?聘请的全过程,如今听起来,就像是一则童话,而且是一则遥远的无法复制的童话。

其二,关于毛泽东。一九一八年八月,毛泽东、肖瑜、李维汉、罗章龙等一行二十四人由湖南来京,准备赴法勤工俭学。过了一阵儿,毛泽东决定暂时不走了,就留在北京,并且想在北大找点事干,据肖瑜回忆,他们写信给蔡元培,诉说了自己的愿望,并提出,哪怕是当清洁工也行。蔡元培阅信时,一定是有过短暂的沉思。他本人就曾留欧多年,并且是赴法勤工俭学运动的高层发起者之一,自然能体谅这样一个中途不能成行的热血学子的处境。于是,裁纸拔笔,就给李大钊写了一张便条,说:“毛泽东需要在本校求职,使其得以半工半读,请在图书馆内为他安排一职位。”毛泽东就这样进了北大图书馆。当年的详情,现在是无法查考的了。但可以肯定,正是北大,正是李大钊、陈独秀、鲁迅、胡适这一批世纪级人物的风采,开阔了青年毛泽东的视野,勃发了他“指点江山”的豪情,强化了他“到中流击水”的意志。

五

现在再把笔拢回来。除《新青年》编辑同仁外,蔡元培的麾下还聚集了顾孟余、朱希祖、沈士远、沈兼士、刘文典、马裕藻、陈大齐、马寅初、余宝璜、周作人、周鲠生、陈启修、吴虞、陶孟和、李四光、颜任光、朱家骅、李书华等一批新锐人物。在我国最先介绍爱因斯坦相对论的物理学家夏元瑮，得以继续留任理科学长，与文科的陈独秀呼应，奠定了北大在文理两方面的高屋建瓴之势。南金东箭，济济一堂；北大历史上的一个新纪元，就这样军容浩壮地拉开了序幕。

如果认为，蔡元培的“思想自由，兼容并包”，仅仅局限于新派人物，那就错了。蔡元培对一些确有学问的旧派学者，如辜鸿铭、刘师培、黄侃、黄节、崔适、陈汉章、马叙伦等等，也都诚意延揽，给他们提供发抒的讲台。这一点常常为人诟病，认为不可理喻。其实，这正是蔡元培的无与伦比之处。即以辜鸿铭而言，他诚然有着复辟倒退的一面，但在英国文学方面的造诣，却鲜有人及，所以蔡元培请他任英国文学系主任，也是用其所长。站远了看，辜鸿铭的人格精神也自有其可圈可点的地方，对于深谙西方文化背景并洞察西方文明弊端的辜鸿铭，他的卓荦之处就在于：当西方对中国大肆进行文明歧视和文化侵略时，他敢于说：“不！”当民族虚无主义者们把“全盘西化”的口号叫得沸反盈天时，他敢于说：“不！”当国人普遍忽略中西方文化的双向交流与沟通，而无视西方传教士和“汉学家”对中国传统文化的隔膜时，他敢于说：“不！”辜鸿铭的这一个侧面当时并不为世人理解，蔡元培能对他高看一眼，确属难能可贵。再以刘师培而言，他是“筹安会”发起人，帮助过袁世凯鼓吹帝制，大反动也。但他是“年少而负盛名”的国学大师，连另一位鼎鼎大名的国学大家章太炎对他也十分推重，让他讲授擅长的经学，又有什么妨碍？何况穷愁病困中的刘师培这时正急需支持，北大倘不能向他伸出援手，也有失于煌煌上庠的格局、气派。

蔡元培提倡“思想自由，兼容并包”，自有其理论渊源。一九一八年十一月，他在《北京大学月刊》发刊词中，曾用《礼记·中庸》“万物并育而不相害，道并行而不相悖”的老话，阐述他的治校方针，指出：“各国大学，哲学之唯心论与唯物论，文学、美术之理想派与写实派，计学之干涉论与放任论，伦理学之动机论与功利论，宇宙论之乐天观与厌世观，常樊然并峙于其中，此思想自由之通则，而大学之所以为大也。”相隔八十年，如今回过头来看，就更见出蔡元培涵融万汇的泱泱大度。大度也是一种高度，一种浅学者浅薄者绝难企及的人生大境界。蔡元培鄙弃罢黜百家、独崇一己的文化专制，提倡学术自由，百家争鸣。当然自有倾向，但含而不露，相信自己稳操胜券，故从容不迫。这是什么精神？这就是上帝的做派！——假设冥冥中真有上帝，我说，上帝一定总在谦恭地笑。——人们很快看到，蔡元培是如何把一个旧营垒下的北京大学，转变为新思想新道德新文化运动的策源地，为五四运动的兴起和中国共产党的诞生，水到渠成地输送上大批思想、人力资源。你也许抗辩：即将发生的这一切，并不完全出于蔡元培的本意！——是的，蔡元培本人受他世界观的局限，并没有完全预见到未来的走向，但这又怎样？在某种意义上，岂不是恰恰印证了“思想自由，兼容并包”的无限量威力！

文天祥千秋祭

一

怦然令我心跳的，是他已活了七百六十岁。七个多世纪，一个不朽的生命，从南宋跨元、明、清、民国昂昂而来，并将踏着无穷的岁月凛凛而去。他生于公元1236年。当他生时，“直把杭州作汴州”的临安朝廷，已经危在旦夕，人们指望他能挽狂澜于既倒，扶大厦之将倾，然而，毕竟“独柱擎天力弗支”，终其一生，他没能，也无法延续赵宋王朝的社稷。他就在四十七岁那年化作啼鹃去了。当他死时，不，当他走向永生，九州百姓的精神疆域，陡地竖起了又一根立柱，虽共工（古代神话人物。相传共工与颛顼争帝位时，怒而触不周之山，天柱折，地维绝）也触不倒的擎天玉柱。

他是状元出身，笔力当然雄健，生平留下的皇皇笔墨，正不知有凡几。只是，真正配得上他七百六十岁生命的，则首推他在零丁洋上的浩歌。那是公元 1279 年，农历正月，他已兵败被俘，恰值英雄末路，在元军的押解下，云愁雾惨地颠簸在崖山海面。如墨的海浪呵，你倾翻了宋朝的龙廷，你噬碎了孤臣的赤心。此一去，“百年落落生涯尽，万里遥遥行役苦。”“以身殉道不苟生，道在光明用千古。”无一丝一毫的张皇，在这生与死的关头，他坦然选择了与国家民族共存亡。但见，一腔忠烈，由胸中长啸而出，落纸，化作了黄钟大吕的绝响。这就是那首光射千古的七律《过零丁洋》：“辛苦遭逢起一经，干戈寥落四周星。山河破碎风飘絮，身世浮沉雨打萍。惶恐滩头说惶恐，零丁洋里叹零丁。人生自古谁无死？留取丹心照汗青！”

假如文天祥在这时候就死去，结局又会怎样？毫无疑问，他是可以永生的了。南宋遗民清楚这一点。所以，他的战友，庐陵人王炎午，才在他被押往北方的途中，张贴了数十份《生祭文丞相文》，疾呼：“大丞相可死矣！”敦促他舍生取义，保全大节。他自己又何尝不明白这一点？因此，一路上才又是服毒，又是绝食，自谓“惟可死，不可生”。然而，且慢——打量历史，我们只能作这般理解——日月还要从他的生命摄取更多的光华；社会还要从他的精神吸收更多钙质；盘古氏留下的那柄板斧，需要新的磨刀石；长江和黄河，渴求更壮美的音符。一句话，他的使命还没有结束。于是，同年十月，他就在一种求死不得、欲逃又不能的状态下抵达元大都燕京。

二

在北地，考验他的人格的，是比杀头更严峻的诱降。诱降决无刀光剑影，却能戕灭一个人的灵魂。但见，各种身份的说客轮番登门，留梦炎，就是元人打出的第一张“王牌”。

留梦炎是谁？此公不是凡人。想当初，他和文天祥，曾同为南宋的状元宰相。然而，两人位同志不同，就是这个留大宰相，早在公元1275年的临安保卫战中，就伙同内奸陈宜中，暗里策划降元。为此，他极力干扰文天祥率军驰卫，而后又弃城、弃职逃跑。待到临安沦陷，他又拿家乡衢州作献礼，摇身变成元朝的廷臣。

留梦炎一见文天祥，就迫不及待地推销他的不倒翁哲学。他说：“信国公啊，今日大宋已灭，恭帝度，二帝崩，天下已尽归元朝，你一人苦苦坚持，又顶得了什么用呢？那草木，诚然还是赵家的草木，那日月，却已经是忽必烈大汗的日月了。”

天祥转过身去，只给他一个冷背。真的，你让葵藿如何与狗尾巴草对话？你让铁石如何与秽土论坚？留梦炎之流的后人对乃祖的投降哲学又有发挥，最形象、最直白的是“有奶便是娘”。岂知这种“奶”里缺乏钙质，他们的骨头永远不得发育。此辈精神侏儒，哪里识得文天祥的“千年沧海上，精卫是吾魂”！哪里配闻他的“人生自古谁无死？留取丹心照汗青”！

不识相的留梦炎仍然摇唇鼓舌，聒噪不已。天祥不禁怒火中烧，他霍然转身，戟指着留梦炎痛骂：“你今天来，就是给我指这条出路的吗？你这个卖国卖祖卖身的奸贼！你，身为大宋重臣而卖宋，可是卖国？身为衢州百姓而卖衢州，可是卖祖？身为汉人而卖汉节，可是卖身？……”

“你、你、你——，老夫本是一番好意，你不听也罢，凭什么要血口喷人？”留梦炎饶是厚脸昧心，也搁不住文天祥这一番揭底剥皮，当即脸上红白乱窜，低头鼠窜而去。

九岁的赵显，堪称是元人手里那种不带引号的王牌。这位南宋的小恭帝，国隆的日子没有赶上，国破的日子似乎也不觉得太痛苦。同是亡国废帝，南唐后主李煜的依恋：“春花秋月何时了，往事知多少！小楼昨夜又东风，故国不堪回首月明中。雕栏玉砌应犹在，只是朱颜改。问君能有几多愁，恰似一江春水向东流”，只怕他是既不识梦寻，也不懂悲怀。元人想到了杠杆原理，想着废物利用，比如，现在就让他以旧主子的身份，出面劝说文天祥归顺。古话说一物降一物，你文天祥不是最讲忠君吗！那么你看，这会儿是谁来了？

文天祥料到元人会有这一着。因此，思想上早做好了准备。他没等赵显走上会同馆的台阶，赶紧跨出门槛，来个先发制人。但见他抢前数步，挡住赵显，然后南向而跪，口呼“臣文天祥参见圣驾”，随即放声痛哭。小皇帝被这突如其来的哭声闹懵了，傻乎乎地站在那里，说不出一句话。

天祥这一场大哭，本是策略，旨在让故恭帝无从开口。但他哭着哭着，想到今日幼主为人所制，竟不自知，而自己和千万忠臣义士浴血沙场，抵死搏战，还不就是为了保卫赵宋江山！一时心中涌上万般酸楚，不由动了真情，遂跪地不起，长哭不已，并且一迭声地泣呼：“圣驾请回!”

赵显这边慌了手脚,越听哭声心里越发毛,早把元人教给的言语忘了个一干二净。少顷,又搁不住文天祥的一再催促,便乐得说声“拜拜”,转身回头,辚辚绝尘而去。

劝降招安活动并没有就此止步。这就要谈到元世祖忽必烈,——也就是那位一代天骄成吉思汗的孙子了。平心而论,忽必烈也称得上是一代枭雄,他不仅识得弯弓射大雕,还尽懂得治理天下。且说眼前,他就深知接管汉室,光凭蒙古人的力量,是不能畅达无阻的,须得借助汉人,实行“以汉治汉”才行。而在汉人中,最具号召力、影响力,因此也最能帮他巩固统治秩序的,当数文天祥无疑。所以,天祥愈是不屈,他就愈想招安。留梦炎、赵显两番碰壁,这一次,他就转派中书平章政事阿合马上阵。

胜利者多的是淫威。此时不耍威风,更待何时! 阿合马在一干僚臣的簇拥下,趾高气扬地来到会同馆正厅,着人传文天祥。

一会儿,文天祥从容步出。他虽然衣单形瘦,眉宇举止仍不失大国之相的雍容。天祥站在厅内,以宋朝官礼向阿合马行一长揖,随后泰然入座。

阿合马眯缝着眼打量文天祥,恶声问:“姓文的,知道是谁在跟你讲话吗?”

天祥微微一笑:“听人说,来的是宰相。”

“既知我是宰相,为什么不下跪?!”

天祥扬得一扬眉:“我是南朝宰相,南朝宰相见北朝宰相,彼此彼此,哪有下跪之理?”

"嘿嘿！你既是南朝宰相，又怎么到这儿来的呀!?"阿合马抖抖朝服，晃晃珠冠，戏谑地发出一阵嚎笑。

天祥面如闲云，待阿合马笑够了，笑不下去了，才盯住他的眼说道："老实告诉你，南朝要是早用我为宰相，你们一定打不到南方去，我们也不会落到这个地步！"

阿合马先是被天祥盯出一阵寒颤，接着又被他的回答激得恼羞成怒，无奈辞拙，找不出话来反驳。试想，大草原的马背上摔打出来的将军，总共才读过几行书，论说理，哪里是江南士子的对手。何况他今天面临的又是彻底陌生的语言和行为系统！阿合马没了辙，只好抛出撒手锏："老子不跟你斗嘴皮。你要晓得，你的性命，可是捏在老子的掌心！"

这又显出了阿合马的浅陋。像文天祥这样的一代奇男，是杀头所能吓趴的吗?！岂不知"高人名若浼，烈士死如归"！文天祥固然无法预见，七百年后有个叫毛泽东的，把太史公司马迁"人固有一死，或重于泰山，或轻于鸿毛"的箴言，定音为人品人格的最高层次。不过，他在缧绁之中，倒是常拿这几句诗勉励自己："千年成败俱尘土，消得人间说丈夫。""一死鸿毛或泰山，之轻之重安所处！"

天祥听罢阿合马的恫吓，果然昂首挺胸，一脸不屑："要杀便杀，说什么捏在你的掌心不掌心！"

消息反馈给忽必烈。这位元朝的开山始祖，眼见诱导不成，威逼也无效，但他仍不死心。这就见出了他的目力，一代政治家的战略巨眼，同时也折射出一个饶有深意的现象：在人类的发展史上，权力的高地，往往是那些敌对派别的首领，也就是对峙的双峰，才更为了解，更为识得对方的价值。

忽必烈等心生一计，下令将文天祥铐上长枷，送入兵马司囚禁。

为了耗蚀文天祥的锐气，消磨他的精神，还规定不准带一仆一役，日常做饭、烧茶、洗衣，乃至打扫园林，都要他自己动手。

一个月后，他们估计文天祥肯定经受不了这番折辱，想必已经回心转意，于是让丞相孛罗亲自出马，伺机渡文天祥投诚。

历史记载，这一日天寒地冻，漫空飞雪。文天祥随狱卒来到枢密院，他看到孛罗之外，还有平章张弘范，另有院判、签院多人。天祥往厅堂中央一站，草草行了个长揖。通事（翻译）喝道：“跪下！”

天祥略一摆手：“你们北人讲究下跪，我们南人讲究作揖。我是南人，自然只行南礼。”

孛罗听通事译完，气得乱髭倒竖，于是喝令将文天祥强行按跪。几名侍卫一拥而上，又拖又拽又按又压，强迫文天祥屈膝。奈何强按不是真跪，天祥仍奋力抬起头，双目射出凛凛的威光。

孛罗冷笑：“文天祥，你现在还有什么话要说的呀？”

“天下事有兴有废，自古帝王将相，因国破而遭杀身之祸的，哪一代没有？”天祥亢声说，“我今日忠于大宋王朝，沦为阶下囚，只求速死。”

孛罗追问：“就这些，再没别的了吗？”

天祥正色：“我是宋朝宰相，国破，论职务唯有一死；战败被俘，按法律也唯有一死，还有什么其他可讲的！”

“你说天下事有兴有废，我问你，从盘古到咱今天，一共有过多少帝王呀？”孛罗摇晃脑瓜，摆出一副蛮有学问的样子。

“莫名其妙!”天祥露出无限蔑视,“一部煌煌十七史,你让我从哪里说起呀?我今天又不是来赴博学宏词科,哪有工夫陪你闲扯!”

孛罗这才想到有点文不对题。但他是丞相,且负有劝降重任,所以不得不强自镇定。随后又挖空心思,多方诘难,企图从根本上摧毁文天祥的自尊,以便乘隙诱归。也真是,整个江山都已姓元不姓宋了,你一个文天祥,还倔强个什么?这当口,只要文天祥的膝盖稍微那么一弯,立即就可以获得高官厚禄。奈何,奈何他的膝盖天生就不会向敌人弯曲。“亦知戛戛楚囚难,无奈天生一寸丹!”“忠肝义胆不可状,要与人间留好样!”文天祥打定主意就是誓死不降。孛罗忍受不了这种刺激,终于又归于阿合马一路。他站起身,一掌扫落案上的杯盏,歇斯底里地狂吼:“文天祥!你一味想死,我偏不叫你就死!我要囚禁你,让你求死不能,求生不得!”

天祥哈哈一笑,从留梦炎到赵显到阿合马到孛罗,已足以让他看出元朝统治者的黔驴技穷。他仰得一仰头,运气丹田,声震屋瓦:“文某取义而死,死且不惧,你囚禁又能把我怎样?”

漫长的囚禁生涯开始了。

徐刚

夜行笔记

朋友，还记得那个星月闪烁、夜色沉沉的晚上吗？灯光使这个陌生的都市风情万种，我们喝完最后的葡萄酒，告别之时到了。

你问我，要走很远的路吗？

我说，世界已经被水泥占领。

现代人正以脚不沾地作为光荣和梦想。

我只是想回到海边，和涛声沙岸作伴，湿漉漉地消逝于大夜。

水泥电线杆矗立在路旁，冷冷地瞧着我。在这都市，人们须臾离不开的、最昂贵的甚至打上了权柄印记的水泥，是理性的模特、有序的典范、囚室的象征，它坚固钢筋，堵塞裂缝，封闭土地。

此种全面占领的工作母机，其实就是一台混凝土搅拌机。

后来，你如歌的呼叫，在如诉如泣的涛声中，我也曾隐约听见，可是我已经无力回应。

我仰望夜空。

我闭上眼睛，呼唤少小时代的纯净，用我仅剩的天真与想象触摸夜的黑色与深邃。

我听见有声音说："把天堂的门打开，让孩子们进来。"

我咀嚼夜的黑色。海的咸苦。

我感觉着血液中新的激动，黑与红的碰撞，然后是黑色的扩大，我丈量过的沙岸，此刻正在丈量我灵魂的尺寸。

我要穿上新生命。

朋友，对你而言，昨日之我已经消逝。

消逝而不是死亡，我正在用死亡留给我的最后的时间删削行装，但总而言之是在接近，接近平安、喜乐，接近野率与无花果，接近一处没有城堡没有喧嚣的庄园。

是崇明岛的芦苇荡。

是《圣经》上的伊甸园。

有各种草木，有各种生物，或高或矮，或大或小，各从其类。

春天到来的时候，蚯蚓会筑起第一个春之瞭望台——那个松软的小土包里——我们听见摇篮曲了吗?

冬天，海风刺骨，礁石、贝壳以及沙粒，它们也曾感到寒冷吗？荻花飞扬了，那是浓缩了一个秋天的太阳的热烈月亮的温柔，覆盖在沙崖上，明天就要结冰。

枯萎时令，你不要说草木都死了，那是生命的另一种形态，没有枝叶就没有花朵，只有本色本原。这个时令绝不鲜艳绝不浮躁，紧缩着，有饥寒感，不要把风的呼号当作草木的哭泣，任何一根野草都会比任何一个人坚强。

它们绝不诉说苦难。

就连土地也在这星空下显得广大而一无所有。当秋收时遗忘的几根稻草如同金色的尾巴被风雪掩埋,土地便坦荡荡,坦荡在阳光下月光下。只有孩子们才会去问土地爷爷:为什么你能长出五谷杂粮呢?

夜是那样的大。

沙岸外面的大海沙岸坝边的大地,都被笼罩着。

大夜无疆。

我比一粒沙子更重吗?

我比一朵浪花更美吗?

我比一撮泥土更深吗?

我比一只甲虫更富吗?

不妨说,消逝于夜就是消逝于宽阔的平静,人是在喧嚣中膨胀欲望的,那些在宽阔的海洋、宽阔的土地、宽阔的天幕上看见自己渺小并且内心平静的人有福了。

不再去征服,不再去残杀,如同这夜的平静,为万类万物共有,谁都可以闭上眼睛做梦,所有的梦都是不可侵犯而又不设防的。

自由如梦。

狮子有梦吗?

蚯蚓有梦吗?

森林有梦吗?

潮汐有梦吗?

我曾经想记录梦。

人说,他连梦都不会做了。

朋友,我偶然地想起那一次告别,多半却是为了水泥和梦,在无梦或者梦得日益艰难的都市,水泥的冰冷的理性正在把温情驱逐,梦的精灵被阻隔于夜空了,徘徊着,到处碰壁,偶尔从还没有来得及封闭的阳台进入,把地震和别的灾难的预兆闪现。

老鼠在大街上奔驰……

所有被称作大厦或安居工程的水泥板块建筑,都是按照坟墓的样式设计的,因为土地的紧缺便耸入云端,把窗户打开,让酸雨飘进来。

假如凝固的哀乐解体,并且消散于坍塌的水泥墙下,人造的所有有序的骨架部将粉碎,势在必然地歪斜、断裂与破碎之后,原来是什么样的,今后还是什么样。

一颗幼星闪进来。

一颗大星陨没了。

天又何言? 地又何言? 在这天上垂挂到地上的夜里,我不再自比流星,我哪有流星的光彩与疾速呢?

我只是匆匆过客。

假如我的时间还没有用完,那么我的路也就没有走完。

为了孩子和小草,太阳啊,你要准时升起。

李佩芝

古都之恋

我住在城外东北角。人们说,我是居住在“第三世界”里。这虽属戏谑之言,却不无道理。

西安的南郊,集中了省委机关、科研单位和几十所大学,道路纵横平阔,林荫葱郁,高楼大厦掩映在绿树丛中或崛立于田野旷地,透出一股静气。这便是古城第一世界。而东郊与西郊,则是规模宏大的纺织城与电工城。虽相当的热闹繁华,人心中却居第二。我们北郊,却说不清了,小厂小集体、小店小门面,各处都显得拥挤、杂乱,而且城乡交混地居住,使这一带有种特别的气氛,因而为人们称为“第三世界”。

我却极爱我的拥挤、偏僻、落后的世界呢。许是命运的力量,几次生活质的变化,不过略略几步位移,我始终生活在市的东北角。然而,如今我感受到了它无比的益处——天天上下班,像穿行在古城急骤变革的历史途中,它跳动的脉搏、涌动的血流,都渗进我为古城的骄傲中了。

我在城中心区上班。上班路上，首先要经过一大片自建村。这儿大都是解放前从河南逃荒过来的人，落脚生根了。原先颓败的茅屋篷舍，现大都翻修成二层小砖楼，扩建之后，原来就不宽的街道更窄了，弯弯曲曲的，被富裕起来的人们割据得没了规矩。当然，再漂亮的小楼也难神气，彼此拥挤着，高低错落，凹凸参差。不过，这里的人们是满足的。每每经过这些小巷，总不绝于耳地有各种音乐相随。快活的、轻松的小调，深情的、悠扬的歌曲，甚至那痛苦的、呻吟般的倾诉，都有……当然，也有退休的老者捧了收音机听那咿咿呀呀的戏曲的。至于在杂乱的居民区，若碰上吵架的、娶媳妇的、出殡的，抑或来个弹棉花的、爆米花的，就更热闹了，人一下子会涌进一条街，老、中、青、孩子都有，交通堵塞，人声鼎沸，一时半会儿的，不会平静。人们口头上都说移风易俗呢，可红白喜事一年比一年讲究，甚至民间的自乐班都有了，送人去西天时，会热情洋溢地吹奏个通宵达旦。莫非古城的古风又浓了么，我常思索而不得其解。

出了折折绕绕的小街巷，到西安城外南北向第一条大道。这条路，也是近几年才拓宽，但人和车仿佛在激增，路上从不见疏朗的时候。朝南骑车不到五分钟，要过一座旱桥，桥下是东西向的铁道。桥也在拓宽，正施工。这儿最难走，车接着车，人随着人，只能慢慢移动。人在此时，最爱慨叹，自己是这茫茫人海中的一小滴呢！哦，无论什么身份的人，若在这蒸腾的漩流中沉浮一下，我相信他对人生与社会都会有新的感触呢！

我很喜欢在这高桥上伫立。桥下不时有东来西往的列车高鸣驰过，随即从桥身下涌出一团团乳白色的烟雾，桥身振动，人便会有腾云驾雾的感觉。顺铁路朝西望，环城北路的中段，一座现代气派又糅合着古典美的高大建筑物雄伟壮丽。古色古香、黄瓦红墙宫殿似的老火车站一变为碧顶翘檐、通体透明的辉煌大厦，不仅使外地人赞叹，西安人自己更是喜爱异常。悠远的历史感与深沉的典雅美被开放性的、现代派的气势与色彩冲击了，这大概更似古城人的心理，不再拘泥于传统，一切向纵深发展着。

真的，近几年城里城外耸起不少造型新颖，具有时代感的高层建筑，但上百上千年规划出的古城，其方方正正，大街小巷端正笔直，却是不可更改的。以金碧辉煌的钟楼为中心，向东南西北延伸出四条大道，穿四个大城门洞，其划出的区域便像棋盘似的，又有无数小道纵横交错，只要认准一个地方，辨了方向，再陌生的人也不会迷路呢。

钟楼是座雄伟的古典式宫殿建筑。飞檐翘角、雕栏画柱、极为壮观。现在开放了，每天都有人排队登楼参观。绝大多数西安人也没上去过，所以一得到可以登楼的消息，也是奔走相告，欣喜若狂了！好多老年人都去了，想想，生活了一辈子的都市，有一天能站在市中心最高处，凭栏眺望，那是一番怎样的心情！

楼上多是古代文物，人们自然也弄不清它们的价值，只是像看祖传的珍宝般，无限爱怜地赞赏着，感受到了自己城市的骄傲……

我常陪友人登楼。每每依栏凝目，总感叹历代皇帝也难感受今天的气势。城下，涌动着人的河流、车的河流，声响与色彩激励人心的时代的河流……

楼下四个街口处正修地下道。施工紧张，天天围观的人却很多。

我走到那儿，也忍不住想停一停，倒不是听说钟楼镇住了一条地下河，妄图看到泉水涌出。因为自己的城市这般建设着，心不能不狂喜！楼的东北角与西南角盖起两座昂然大厦，它们是邮电大楼与钟楼饭店，都为钟楼闪出了地段，朝后挺立着，与钟楼形成一个和谐又风格迥异的阵势。另外两个角也准备动工了，不知建成后，又会怎样的气派！

不过，我最愿意向人夸耀的，是我骄傲的大墙呢！像北方男子汉般高大、粗犷、雄奇的城墙，大概也是全国仅有的了。城上平阔，如不是青灰的砖石砌了城堞与垛口，极似一条宽畅的空中大道！城下是郁郁的林子，林下是青青的草地，草坡倾斜下去，便是深邃的护城河了。岁月曾破损了它的尊严：有的城楼颓坍了；有的垛口残缺了，城下有逃荒要饭者私挖的洞窑，黑洞洞地向人间张着恐惧的望眼；草坡上倒满了垃圾，抑死了芳草的性命；污水也排进河沟，绿苔般的死水腻腻地映不出天光；古老的墙砖也有人偷去，把历史的碑石砌在他们简陋的茅屋墙角；而最使人伤痛的，是那年动乱，城上城下，炮火隆隆，很是灼伤了大墙的肌体……

我是在城边长大的。小时候，常赤了脚，披散着小辫儿，和小伙伴们在护城林里捉迷藏，也常爬上高高的墙，发了疯似的追逐、嬉闹，把人生的快活与天真都丢在大墙上了……

迄今，但凡有闲暇，就想上城墙去。而每每上下班从城边骑车驰过，总不由得要张望它。缓缓走过旱桥，凝视那巍峨的城墙拐角，心中不禁动情，仿佛面对我苍苍白发的母亲，万般的依恋……去年，城墙、城河都开始修复了，林中用牛毛毡与藤条搭起了一排排工棚，新铸的仿古大砖与从南山开采的青石，堆积在环城公路边，河底挖出的污泥，排出的脏水虽日夜有车运走，路面也常堵塞。每天吃了不少的灰尘，但心里真快乐！眼看着心爱的大墙青春失而复得，我自己也仿佛变得年轻起来，我常想，等城墙全部修好，我一定要放开自己，痛痛快快地在城上跑一圈呢。

在我心中，只有长城，才能与古都的大墙媲美。它在人心中激起的悠远的历史感与民族的尊严，是难以估量的。这就是历史的魅力吧，创造着历史的人，又被历史的丰碑激励，这也是历史的辩证法吧！

四面的城门楼也是巍巍然极有气派。岁月的风刀霜剑销蚀了它的辉煌，宫殿般高耸的瓦脊上茅草在风中抖动。一个个长形的窗棂黯淡地关闭着，似乎重锁了千年。晨雀暮鸦绕飞檐做流线型盘旋，仿佛哀恋着逝去的繁华。如今，重新修葺之后，城楼又都昂扬起他们巨人般的头颅，镇守古都了。原听说西城楼是个书库，藏了许多珍贵书籍，动乱中成了一派的制高点，被另一派攻占许久，书是损失了不少。而东城楼下，则被一家小厂占据，整日机声隆隆，而城楼也是损毁最厉害的了。南城楼上原设有防空指挥部，一条地道由楼下直挖出城外十几里，现在改为历史文物展览了，那防空单位大概也就早撤走了。北城门楼，过去一直没听说曾派它什么用场，现在修复了，听说民政局想在上面搞成革命烈士历史资料展览，并把《革命英烈》编辑部也搬上城楼。说是说，却一直未见动静。我的单位在北大街，于高高的阳台上，可清晰地看见北门，北门城楼则常常在我的视线之内了。

将来，无论从哪一处城楼上去，都可以绕城一周。原先的城墙豁口处都要箍起城洞，护城河不能明通的要挖暗道，游船也会绕城一周，实现这些并不遥远，有几处都已修好，也许在我的墨迹变成铅字之时，人们已经在城上城下地环绕了！

因为工作单位在市中心，中午不回家，使有了空闲，在大街上转悠。其实，我就是出差到外地，也不喜欢逛街的。这只能说是偏爱，像人们偏爱自己的文章般，字字句句都觉得是意味无穷的动人之作。西安在我心中，也是这样了。大街小巷，一个人漫步，也似携着情人般，有滋有味，留连忘反……古城现在开放了，外宾来游览的极多，他们要看临潼的世界第八奇迹——兵马俑；要看灞河附近的原始村——半坡村遗址；要看乾陵，茂陵——看古帝王的幽魂之乡。异国客人们拿了各色的钞票住进西安城内外豪华的宾馆，来观赏我们的大雁塔、小雁塔、钟楼、鼓楼，他们在城墙上恣意漫步，沿护城河随心徜徉；他们沉浸到古城浑厚的文化海洋中，享受着我们伟大民族的艺术文明。

所以，西安的大街上，外宾之多，也成了特色了呢。

我早就发现，随古城的复兴，人们的衣着精神也都变了。街市上五彩缤纷，西服革履，男子有男子的风度，女子有女子的飘逸，一点不比北京、上海或广州逊色。而黄土高原的山水，使男子格外强健、剽悍，使女子又特别的风韵、秀气，这可是其他地方无可比拟的。

我现在不仅喜欢闲散着心在大街上转悠，时不时地被玻璃橱窗中的艺术设计所吸引，而且也极乐意去逛自由市场。专卖衣服的小街由各色小篷车汇成了色彩的河流，人一进去，心便会年轻，种种欲望都涌出来。当然，谁不愿意把自己装扮得更漂亮些呢！农贸市场更为活跃，鸡鸭鱼肉、鲜菜果蛋，应有尽有。我不是个好家庭主妇，每每瞎转一气，什么价钱也不问，只是感受了一种浓郁的生活气息出来，只是买了些解馋的零食出来，吃得高兴。还有几条小街专卖西安各种风味小吃，如羊肉泡馍、葫芦头、荞面饸饹、扯面、涮羊血、柿子面油炸托托、葫芦鸡、千层油饼、腊羊肉、腊牛肉、泡泡油糕、带把肘子、锅贴、肉合……啊，好吃的太多了！反正人只要走进那饭店的集市，不吃得饱饱的是不会离开的。而这些地方到了夜间更有趣，灯火闪闪烁烁的，映着小铺门上蓝色的布帘，穿白衣、戴白帽的店主人进进出出地扬声招呼着客人，晚归的人，成双成对地坐在小桌边，品着一杯酽酽的茶，吃着可心的晚餐，悄悄儿笑，悄悄儿细语，真是百般温柔的情意呢！在这儿，常常能看到金发碧眼的白人或魁伟健美的黑人，也笑意迷醉地坐在小铺里，一副完全忘却了身在何方的样子。

我去年到东北出差，交结了位在黑龙江边工作的西安人。他今年回西安，来看我，并一定要上到我们单位那九层楼的平台上，说要好好看看他的西安。我理解这种乡情，这种思恋，这种难以忘怀的血肉般的萦怀。就是我出差时间久了，都想西安想得揪心呢，何况久居异乡的人！我就特别喜欢伫立在阳台上，向四面眺望。一片片楼的森林，钢筋水泥的巨大雕塑，高低参差，凹凹凸凸，绿荫相衬相映，也极似沉浮于绿海中的棱角分明的岛屿，哦，也像停泊在绿色海湾的轮船，婆娑的树冠托起一艘艘石轮，那景象是异常壮观的。

就在我们楼南边，北大街口的立体桥正在施工。站在阳台上，能清楚地望见工地上的一切。腾腾热浪从地面蒸蒸而上，人能切实地感受到城市正在大踏步前进，一天一个样儿。而无论什么时候，你俯瞰街面，都是人潮如涌。五百万人了，想想，多么不可思议的数字，古城竟有这么多的儿女了！当然，正因为她拥有这么多的忠诚的挚爱她的儿女，她才能以崭新的面貌挺立于中华大地上，成为我的骄傲啊！

山寨

我想，我一定在什么时候来过这里，也许，是在梦中。

通什，这座漂亮的小城，给人梦的感觉。

车从山上下来，已经正午。市场上交易正红火。各种蔬菜，各味海鲜，还有各种不知名不相识的海南山地特产，使集市很热闹。我从中穿过，发现枣儿很贵，想起陕北肉甜的红枣，心里发馋。对于逛集市犹如逛山水般有兴致，我就发现自己是个脱不了俗的大凡人。

一条河水穿城而去，街道整齐，两边新新旧旧的高矮建筑依山势而定，绿中透出红黄灰白的楼厦，十分和谐、雅典。初来乍到的旅人此刻便强烈地感受到灿灿的阳光，清新的空气，和四周山上时时扑涌下来的蓊郁的绿意了。

街头有许多骑摩托的汉子，三三两两，或停或转。我不明白他们为何这般逍遥。南方摩托多，多出了生活水准与风流潇洒，当身边掠过一阵劲风，我常常生出羡慕来。直到一个小伙子凑近身边，问我要不要到那云遮雾绕的度假村时，我才恍然，原来他们都是这“超豪华型”小汽车的司机。

我立时动心。倒不是想看什么度假村，而是想去白云深处。

摩托风驰电掣。我不由得搂住司机的腰大叫：“慢点！慢点！”他竟曰：“不怕！”他说他是城里最好的司机，说他的车也最贵，好几万。我放了点心，手却不敢松开。年轻时，成天梦想着坐在恋人的身后，紧紧偎依着他，让他带我天南地北地游逛，最终不过坐了自行车，到过秦岭的山脚。归来太晚不敢回校，不敢回家，两人骑着一辆车在古城的大街小巷里转悠……想想，不由笑了，如今坐在一个陌生的海南小伙子身后，由他载我到山高云高水高林高处。命运真会捉弄人，你无论如何无法预料生命途中发生的一切，何去何从，何人何事，待我回家，把这事告诉丈夫，他一定会大为吃醋，哈！

问小伙子每天能挣多少钱，他说三十五十不等，旅游旺季，一天二三百也常有。当然，大都是挣港澳台胞的钱，或外国旅人的钱。大陆来的，除穷大学生外，便如我之流，公私兼顾者，全没什么油水可赚的。我呆了。看来他认定我是个假公济私的人。当然，我若凭一点工资，一生休想到海南来旅游，感谢上苍，工作便利，给了我大开眼界的机会。

所谓度假村，不过是座山中豪华宾馆。依山就水修筑了些亭台楼阁。我不大喜欢这被雕琢了的自然，以为这不自然了。当然，有了大款大腕们热闹，也是山中一景。我想爬别个山峰，司机忙说断断不可，无路，草木深处危险，仿佛我会被林莽吞没似的。他说得挺严肃。他建议我去参观黎寨，那倒是我一直向往的，一拍即合，于是，又乘上那豪华小车，坐上雅座，呼呼啸啸间，绕过一个山弯，来到一片山林前。

几间茅草小屋坐落在山坡上。有几个孩子在甩石子玩。一个黑衣黑裙的老年妇女靠在一间屋门口看着我们，司机笑看和她打招呼，听不懂他们说话，看他们微笑的样子，相信他们挺熟悉。司机又转身对我说：“进去看看吧，这儿全是黎族人。”我沿石阶走到老妇人屋前，朝她笑笑，进了屋去。屋里很暗，一时什么也看不清，片刻后，才分出桌椅位置。房中极简陋，除木桌竹椅和一些盆罐铁锅炊具外，几乎没什么了。屋中用竹席隔出一个方阵。探头看去，昏暗中辨认出一张床，悬有蚊帐。进了紧邻的又一家，才发现他们全是屋中套屋，那里边便是卧室了。

出门后，司机又用我听不懂的话和那一直注视着我的老妇人说了些什么，她就踅进屋拿出许多彩带来。明艳的阳光下，那些带子发出奇异的光彩，两寸多宽的带子多半黑色是底，上用红、黄、绿、金、橙等色编织出复杂又雅致的图案，很是不同寻常。我吃了一惊，那么昏暗的房子，那似乎一无所有的家境，女人们竟有这种神思与构想，编织得如许精彩与美妙！

我感到困惑了。我感到自己的浅薄了。望望老妇人，老妇人的目光依旧沉沉的，静静的，并没有期待我的赞赏或购买，仿佛让我看的是一件很普通的东西，我注意到她的手清瘦而暴着筋络，被什么染上一层黑色。这双手充满了辛苦与岁月的风雨，然而，一个活生生女人的梦想，灵魂的诗意，都被彩带飘逸出来……

二十元买了一条。二十元在都市里能买什么呢？一汉族衣着的少妇抱着孩子走来，少妇挺秀气，一双眸子会说话似的瞅着人。若不是她还顶了块绣着图案的彩巾，我不会以为她是黎族人。司机去逗那孩子，孩子白白胖胖的，原来他们并不是天生肤色深沉，十二月的阳光还火辣辣的，谁能不着色呢？司机吻着孩子，又朝少妇轻笑着说了句什么，女人绯红了脸，斜他一眼，笑着扭过身子。

山坡上，大大小小还有一些篷舍，司机告诉我哪是粮仓，哪是牲圈。

驰回市区的途中，我问小伙，离通什这么近，他们为什么不把房子盖得好一些？小伙笑了，“这你就不懂了。他们的房子是不花钱的，山上有的是茅草，有的是竹子和树干，只要你习惯，那房子里是十分舒服的……”他还告诉我，岛上少数民族很多，黎、苗、回等，大都住在山里，他们生活简朴，性情豪爽，且喜歌舞，也能豪饮，和他们交往很有意思。

车后荡着一股灰尘。回首望那山林掩映中黑色的茅草小屋，我心中涌起一股激情。没有时间多停留，没有时间坐下来和他们聊聊天，没有时间看男人在山林里耕作和狩猎，也没有时间在屋里看女人怎样编织和印染。车飞快，飞快闪过了我走马观光的瞬间，只留给我温情的涌动和无边的遐想，我想，我一定要再来……

傍晚，走上街头，灯火寥寥。河水映出两岸的光亮，泛成一串的璀璨，给暗夜增添了许多生趣和妩媚。有次乘船去重庆，到达时正值子夜时分，整个山城宛如一个巨大的晶莹的花篮，在长江水面上下闪闪烁烁，那样奇妙，多少年了，只要一想起那晚的景致，我就心醉，我甚至后悔第二天大太阳下走上重庆街头，不然，一个大都市，一座雾里山城，永远闪烁于我绚丽晶莹，永远投射于我梦的神奇，该是人生旅途多么美妙的事情。

沿河岸走，不见行人，偶见一对恋人躲在粗大的榕树后，吓我一跳。几个卖夜宵的食摊刚开张，炉火正红，几个摊主远远地都朝我招呼，我谢绝了，我不想吃东西，我心里满满的，得意洋洋，姓李的你在通什，在五指山的腹地，你的朋友们知道了，岂不羡慕煞！

随心走着，突然发现前边半山坡上，灯火灼灼处，勾勒出一大建筑的轮廓。兴致顿生，管他什么神仙处所，且走进去瞧瞧。

渐近，一座大厦果然气势不凡地耸立于半山腰上，它俯瞰我，我打量它，借灯火与月色，彼此不过看了个马虎。拾级而上，厅门气魄，厅内辉煌如昼，一些高鼻大眼的洋人主人般在走动，身穿大红国服的小姐与后生在悄然笑语，有拿眼角扫过我的，认出不是投宿者，便依然笑语，无人过问，我便乐得作逍遥游了。

大厅一边有音乐会的广告牌子，还有舞会的消息。过厅穿廊，庭幽院静，飘来一阵草木清香，想起白天进山不愿进度假村，夜晚却跑来看风光，不禁笑出声。再朝一处灯光处走，不意夹在一群日本人中，正想停步，有人问道："你找谁啊？""随便走走！"应答间，看见一位身着黑色西服的英俊男子，正审视着我。"从哪儿来啊？""西安。"我老大不情愿。可现在似乎有点嫌疑，只好回答别人。"西安啊，我还是在那儿上大学的呢！"他笑起来，听说我是出版社的，便极潇洒地递过一张名片，一看，当权派，是某青年旅行社社长，他问我出版社可否出挂历、明信片，我说可以，自然把不能赔钱的条件先说明了。这事很像谈生意，赚钱第一，出版社都承包，编辑压力挺大。他说他理解，他说他有套海南风光的好照片。这时有人叫他，我就告别，他却请我参加晚会，说避暑山庄为日本客人准备了一台歌舞，全由山庄的黎族姑娘小伙自编自演，很不错，我当然答应了，白天去了黎寨，情牵意绕，此机会不可错过。

进一大室，人们早席地围坐，电光交错里，乐鼓震耳。光着脚板，身着彩服的四对少年男女快活起舞，在狩猎，在伐树，在舂米，在织布，在三月三的节日里和情人幽会……

我这才悟出了彩带的魅力。姑娘的头巾上，袖口边，对襟处，衣摆上，全缀着各色花边，尤其那筒裙和腰带，更是用七彩的丝绢编织的，图案变幻复杂，无一件重复，宛如七个音符，能在人心中流出无数韵律与节奏，这不能不说是人的生命的艺术创造了。

彩光流转，音鼓激荡，歌舞声中，观众如醉如痴，消失了国界与民族的差异。我更忘乎所以，忘记自己从哪里来，到哪里去……

告别山庄，静静走在街上，山寨的茅屋与歌舞厅的音响混杂在一起，一种现实与艺术的和谐与矛盾冲击着我，生活真是这样吗？

五指山睡去了。天地静谧，闪闪烁烁的灯光更加寂寥。听河水涓涓在流，知道山夜并不安宁，如同身心的血脉，永在激荡。抬头望望星空，惊异地发现月亮和金星相离很近，又异样明媚，南方的夜总是这样么？几十年在西安看惯了月亮和星辰的位置，仿佛那便是不能更改的自然，这南国山寨，突然发觉一切观念都不适用，甚至天上的月亮，月旁的星星，也以一种未曾见过的样儿出现，我那份惊喜，真如孩童般了。

体验生命

我总爱外出，却又怕去处人多，所以几年了，踏青的日子总犹犹疑疑。不去，冷落了自己冷落了春光；去了，往往失望往往无聊，人挤人，人瞅人，人烦人，遗憾里觉得浪费了时光浪费了情感。

随着改革开放，人们也渐渐开放了心绪。春日里外出游玩的人年年递增。一些风景胜处，熙熙攘攘，人潮汹涌，初一、十五红火的庙会般。险要处，便常听到人命事故发生，平平和和里，也有山上石头滚落了，山腰索桥挣断了，船翻了，岸坍了……虽耸人听闻，外出者依旧外出，因为大自然的诱惑是无法抗拒的，春光明媚里，人们难得有冷静的时刻。

于是早早地，我对儿子与丈夫提议，为什么要凑热闹呢？立了春，便是春天，枝孤独也罢，花无踪也罢，风风雨雨飘雪花也罢，我们尽管春游去，如何？两个男子汉倒痛痛快快地满口称是，顿时我觉得屋里窗外冬季便消失了。

星期天一大早，三辆自行车直奔郊外。儿子说去渭河滩，那里河面开阔，定令人畅快。丈夫说去未央宫遗址，那有高丘处，能观四面来风千古天地。我说无所谓，反正是出门，出了门便高兴，随意骑吧，无目的出游也许还有意外的惊喜。

常常出差在外，都市的繁华与喧嚣总大同小异。也许平时生活中的拥挤，狭窄，嘈杂，中伤，创痛了我哪根敏感的神经，我总觉得无论怎样庄严辉煌的高楼大厦里，总潜伏着纠缠不清欲罢不能令人苦恼令人畏惧的杀机。我常常望着一排排关闭或洞开的窗口发愣，不知道那里面的人们是否像我这样对都市沮丧。

可你若走到一个小地方，在地图上找不到的一个小县小乡停下来，一种奇特的宁静，一种久违了的古朴与温馨，会在一个陌生小店里暖暖地包裹了你的心。无论你寂寥地踏着碎石小巷闲悠，还是在小吃摊一盏闪烁的灯下坐了，吃一碗热面，与摊主聊几句，你立时会感受到那样一种生命的恬淡与安详，诗意般荡漾你的周身。你会深感自己过去生活得太紧张，太苦恼，以至忘却了生活的意义。

我曾在新疆巩乃斯河畔一个无名小镇上住过三天。几年过去，那三天仿佛贯穿了我整个生命历程。我和店老板，老板娘，还有他们才转业的儿子交了朋友，我知道了他们几代人创业的故事。他们也知道了我的快活，我的忧伤，我的追求……我迄今惦记那个山东汉子、山东娘子和那在雪山下长大的小伙子。他们总写信要我再去玩，说他们想我，说窗外雪峰厚了又薄了，说葡萄甜了西瓜圆了，说他们买了辆卡车还有头我会喜欢的灰毛驴，还说一个漂亮的维吾尔族少女以想看看我当借口常到家里串串门儿……

人们说，都市里吃大锅饭的人活得不轻松，我想有道理，我时时想外出，怕就是逃避。丈夫说我小肚鸡肠，不会清静自己，我承认我的脆弱。自婚后一直和婆婆公公一起生活，神经就没有松弛的地方。逢到大姑子小叔子一家家来给爹娘热闹，我更觉无可遁逃般紧张。单位上，佯装的轻松是为掩饰莫名的纠纷莫名的中伤难解难分的人际关系。我又懒得抗争，懒得与领导搞好关系，于是，三十六计选择上策，常想逃跑般外出，因为不能去住院，无法叙清的理由会让人疑心你神经不健全。

儿子以为妈妈像个小孩子。丈夫认为妻子不恋家。可我这解不开的情绪却纯因空间狭小。

春寒料峭。我拼命蹬车子，不一会儿，周身便热起来。两个男子汉还算义气，没有把半边天抛得太远，他们骑一会儿，等一会儿，后来索性一个个轮流推着我骑。我很久没有到郊野，记忆中还是前两年坑坑洼洼的土路，车过尘飞，一阵迷茫。然而，出城愈远，路面愈平坦愈开阔愈笔直向前，有了上下道的标志，似乎并排可行驶四五辆大车，“高级公路！”我喊。“不，一级公路。”丈夫说，“西安到临潼是高级公路，全封闭的，坐车过去，感觉好极了！”“跟着感觉走！”我大笑。不料儿子也大笑，“跟着感觉走！”他一边高叫，一边突然蹬快了车子，而我与丈夫竟也孩子般忘却了一切，都弓下了腰，使足了力气，在宽阔的大道上赛车飞驰般拼命向前骑去。

你忘情地攀过山峰么？你在田野上放纵地欢闹过么？大森林在你绕过一棵树又一棵树时旋转过么？那种由心由性，那种痛快舒畅，便是我在这个还恋着冬季的春日里感受到的喜悦与解脱。生命骤然爆发的热情一扫平日郁积的忧虑，我没有意识过在奔波中生命竟会如此快活，如此热烈，如此昂扬。凉风拂过我发热的面颊，生命贴近了自然，顿时朝气蓬勃，内心充实了，精神焕发了，青春失而复得，两个男子汉在我左右，我自豪无比，我觉得我在拥抱生命，享受生命，感受生命……

去年四月在沙市，长江岸斜风细雨，我撑了红红的小伞望着长江，想洗涤我旅程的倦意。突然，我发现一男子脱了衣服塞进一塑料袋，挥了挥胳臂，便一头扎进大江里。我吃了一惊，只见那汉子于拍岸的疾涛中挥臂拨开浪波，逆流而上，好像拼却生命要去寻觅什么，眼看远去，却又返身随波漂下，复又迎浪而上。我看呆了，直到他上岸，穿上衣服大踏步沐雨走远，我才回过神来。一个人总得有一点精神，显然，风雨中的他不是要人赞叹，更不是表现，生命在他那颗心中，与自然融为一体，拼搏与自我都真真实实……我明白我的生活视角出了误区，扑进大自然并不是一种解脱与遁逃，体味生命没有界限。

欢快地骑车在早春的大道上，蓦地悟出大江边中流击水的异乡汉子人生的潇洒。把自己浩无边际又小如拳头的心窒息在水泥钢筋大厦里苦闷，真是愚蠢。此时，天高地阔，风驰电掣中人有种脱胎换骨的快意与轻松。

我们一直骑到渭河桥头。

平日浩浩的渭河此时空荡荡的，春日还未使之丰润起来。枯草依旧在冬日的梦境里寂寥地摇曳，只是风儿拂过，凛冽里有股田野里萌动的气息，潮潮的，清清的，我甚至怀疑，是否因为我们三人的到来，春神才至，因为我们这样快活，这样神气飞扬，仿佛春的主宰般顶天立地。

一农家老者坐在河边，不知想着什么岁月。一只小山羊和一个小男孩在不远的河滩上悠荡。看见我们，老人只扭了下头又看他的河去了，小孩与小羊却惊奇似的走到我们身边。三个都市人为什么傻乎乎站在河岸沙地里高兴？小羊不以为然又低头吃草去，随意地东西；小孩却只管瞅我们，想探个究竟。“看你的小羊跑了！”我对他说。我总愿意先开口与人说笑。无论是谁，目光对峙，仿佛不开腔就过意不去似的，绝没有那种见人不理不睬的深沉与教养。哪怕明明知道对方刚刚暗算了自己，我仍旧在脸上无法摆出“你算什么东西”的轻蔑。故而人说我软弱怕事委曲求全，也许真有道理。

小小子冲我一笑，跑了，追他的小羊去。只是时不时扭过头来望我，笑嘻嘻的。

休息够了，看看时间，不能过县界去。这时才注意到，天阴得厉害，大有雪意的云层厚厚压了过来，风起了啸音。去年夏天，三个人出游，归来时曾遇大暴雨。我因带了雨披，便为自己英明决策手舞足蹈。不过人家并不在意。两人顶风冒雨，挺有一番英雄气概。倒是我这穿了雨披的雅客，一会儿眼镜模糊了，一会儿跌下水洼里，比他们十分地狼狈。听他们在雨中痛快淋漓地大笑大叫，拼命向前，才意识到生命的愉快绝不在乎什么景地什么装饰什么遮掩。

静静的河水在农家老人眼前流去，在都市人眼前流去，在小孩和小羊眼前流去。我相信生命与时光与万物是同样意义。

我感到了充实。

我感到了轻松。

仿佛冲出了自我的羁绊,冲出了人际间的网络,冲出了世俗的困惑,冲出了对生命的疑虑……春风鼓涨了心帆,仿佛有种诱惑般,我渴望上路,我要让大自然接纳我的灵魂,因为我知道许久许久以来困扰我的原由了……

赵 蘅

重见玛丽

找到玛丽安排的比萨店时,已过了约定的时间。

我是这天下午四点十分准时从波恩回到柏林的,塞吉特立即帮我转告玛丽,当晚七点去拜访她。我的住处在地铁七号线上,从 Berliner 转为九号线,可以到达奥斯陆站,然后再乘 150BUS 去以比才命名的比萨店。这一切都是由我的临时“房东”,一位中国女画家 Q 女士在电话中记录下来的。但是出发后,才发现谈何容易。

到过德国的我从未正经学过德语,现在只剩下小时候熏出来的那一星半点,大白天也和睁眼瞎一样寸步难行。我有次返回住地,怎么也绕不进那条小街,找不见那幢再普通不过的公寓楼房,性急中,只好打电话劳驾主人出来“搭救”。此刻,我独自一人在柏林夜晚的大街上踯躅,又一次陷入了困境。

差错出在哪儿呢?明明我是按纸条上的路线走的啊,可是为什么出了地铁口,却没有 150BUS 站呢?莫非又走错了出口?柏林的地铁出口众多,换一个出口,景观就会风马牛不相及。彷徨中,一位热心肠的女士领我进了一个人行道上的电梯,一摁电钮,铁门关上,电梯下降至地下,原来这正是地铁的又一个通道。穿过通道,再换一个电梯上升到地面,果然方位变了。

但是 BUS 车站呢?眼前茫茫一片灯市。一辆 TEXT 在身边停下,司机探出头问需要车吗?我下意识捏捏口袋决定是否可以打车。纸条已经揉皱,我递给他看,他很礼貌地点点头,嘴里嘀里嘟噜一堆我听不懂的话。

这出租车开了很长一段路,最后拐进一条小街。大写的比萨店标志顿时出现在对街的左前方。我心口怦怦跳起来,使劲瞪大眼搜索着,人行道上没有行人,只见一位盘头的妇人背身站在耀眼的广告灯下。那浅绿色的棉服似乎有些臃肿,我看不清她的脸。现在已不记得当时付车费的细节了,一下车我急匆匆地跑过去,还没来得及张口问。那妇人已经缓缓地转过脸来。她望着我笑了,天呐,柔和美丽的眼神,竟和三十九年前一模一样!

很久以后,每当我回味和玛丽的这次重逢,想起她见到我时,那双毫不迟疑、不带一点瑕疵,完全没有年龄和岁月障碍的大眼睛,常常感动得落泪。人的一生中能遇上几回如此信任,如此坦诚和挚爱呢?这完全是一种灵魂中的沟通,足够我受用一生。

显然,一旦真的见了面,再寒暄什么,或对她解释迟到原因向她道歉什么都是多余的了。我和玛丽一起大踏步地跨越了从 1957 年到 1996 年的时空距离,就像两个昨天才见面的朋友不过刚刚分别了一宿。历史老人时常这么开人的玩笑!这会儿马路边已停着玛丽的汽车(型号记不清了,我是个十足的车盲)。她开车,我挨着她坐,也和童年时一样,想想那回还是在莱比锡城高高的石堤上。

年长于我的玛丽结婚却比我晚,丈夫罗兰德·贝尔(Roland Beer)先生是位印度文教授。他们生有两个孩子,老大是个女孩,苏珊(Susan)这天上男友家去住了。玛丽和大多数西方母亲,比我们开化,况且她很赞扬那个年轻人:“他们很相爱。”她对我说。弟弟小马蒂斯(Matthias)还在上中学,和他父亲一样个头不高,但非常文雅有教养。

这四口人家住在Strasse街103号,二层小楼又使我记起玛丽和双亲住过的莱比锡的那幢花园洋房。现在的陈设和气氛都有过去许多说不清的影子,但是我的第一印象是一切都变得暗淡多了,也清冷多了,彼此间有种对不幸的心照不宣。

我拿出一件件礼物:一幅我的六只苹果的油画复制品,用中国话叫“六六大顺”。一块南京扎染工艺布,巴黎买的印花长围巾是送苏珊娜的。我还带来了父母的几张近照,玛丽又提起当年两家长辈们相聚的愉快时光。她在后来一封致我双亲的信中写道:“去年十月,我和我的家人见到赵蘅,很愉快。我们的会面和她对我述说的你们双方取得的荣誉和成绩,我很高兴。我很痛惜的是我的双亲不能得到这些好消息了,因为它来得有点迟了……”

10月13日这天的晚餐是在客厅对面的一间小餐厅用的,圆桌上没有招待客人的那种自谦为“吃便饭”的酒席。一人一只盘子,中央摆着一盆像土豆肉汁的浓汤,一碟水果,几片面包,桌面显得很大很空。玛丽一家三口都面对着我,听我用生硬的英语东拉西扯,向我射来的目光是那么诚恳，那么关注，又那么饶有兴味。间隙，他们之间也交谈什么，慢声细语的，跟三十九年前上一代家族成员一样。

Mary, Would you like to come with me to Leipzig?

餐毕，我向玛丽提出了一同去莱比锡城的邀请。

开头她好像有些吃惊，这使我很意外，因为柏林距莱比锡只需一个半钟头，比北京到天津还近，难道她有什么为难？瞬间过去，从她的蓝色瞳仁里闪出些兴奋。她小声和丈夫商议了一小会儿，然后对我说，我很乐意，明天早上我们就出发。做饭洗涮都是贝尔一人干，看得出来他们夫妇俩相当恩爱。小马蒂斯向我道了晚安，上楼去了。玛丽把我带到苏珊的小屋里，今晚你睡在这儿，她说，举止表情酷似当年招呼过我的雪莱夫斯坦先生。不过，现在呈现在我眼前的是一个现代女孩的世界，琳琅满目的用品显示着小主人的兴趣审美，墙上挂着大幅男歌星穿猎装的图片，装点现代，色彩斑斓，我住过的那种素净雅致像英国淑女闺房的记忆已荡然无存了。

等我洗漱停当出了卫生间时，整幢小楼变得鸦雀无声。给来客充分的尊重、自由和宽松，玛丽的家族风格一点没有变。

我蹑手蹑脚钻进了“自己”的卧室，在未曾谋面，一定可爱非常的女孩床上，回味着我和玛丽今昔的故事，渐渐地堕入梦乡。

记得父亲曾告诉我，歌德在他的巨著《浮士德》中说：“莱比锡是个小巴黎。”在我童年的印象里，这座城市美丽得像童话一样。

1956 年，我们一家四口到达莱比锡时，玛丽的父亲刚刚出任卡尔·马克思大学副校长，是和父亲在同一所大学。它的前身叫莱比锡大学，1953 年改的校名。这是欧洲最古老的大学之一，十八世纪，这里出了个天才学生，他就是歌德。歌德从小喜爱画画，听过大学绘画课，现有数百幅风景画留存下来。他的处女作《少年维特的烦恼》风靡欧洲，成为德国狂飙突进运动的最强音。然而，它却被封建保守的莱比锡当局定罪为毒草。书禁后，二十六岁的歌德被迫移居魏玛，毕其一生完成了著名的《浮士德》，一百多年过去，莱比锡广场发生了数十万人的星期一聚众演说，参加者有教授和大学生，数月后，东西德统一了。不久，大学也恢复了老校名。

可是据史料记载，十二世纪以来，莱比锡以商埠著称，为南来北往的枢纽，还生产仪器乐器化工原料和机械。五十年代母亲在这里买到过提炼煤炭制成的丝绒套衫和印花台布，非常华贵漂亮。一种叫“老太婆”的塑壳洋娃娃时髦而昂贵。莱比锡的印刷出版业一向很兴旺，以德共创建者和古今杰出人物命名的书店四处林立，书籍精美而便宜，令爱书如命的父亲爱不释手。后来，他写下了诗作《莱比锡书店》。还有在当时，油画复制品就已经能以假乱真，父亲买的几幅至今还挂在南京住宅的客厅里。也是从莱比锡开始，父亲积攒下了个人藏书的丰厚基础。

莱比锡又是座音乐名城，当年巴赫就住这里作曲和指挥，在市中心托马斯教堂大门前高高立着他的雕像。还记得莱比锡的街头随时可见色彩鲜明的剧目海报，它们张贴在柱形筒上。我看过俄罗斯大马戏，来自中国的“荷花舞”，德国人对京剧《贵妃醉酒》《秋江》《三岔口》的喝彩令人感动。在莫扎特的歌剧《魔笛》上演之时，我看到那些身着塔夫绸、中国锦缎晚礼服的观众，其庄重程度如同赴国宴。

莱比锡城还有一奇观吸引了孩子们，这就是以饲养、繁殖和出口狮子著名的莱比锡动物园。1956 年我拍过一张照片，记录下小弟在父亲身边搂抱小狮子玩耍的情景。莱比锡从中世纪起就是欧洲贸易中心之一，后来成为世界著名的博览会城，一年春秋两季举办国际博览会。我记忆深刻的一件事就发生在中国馆内，一天，一个白衬衫红灰格背心裙的红领巾中国女孩在展厅里跑来跑去，非常自豪的样子，正巧威廉·皮克总统来参观，我见到了他的白发和他慈爱的目光……

1996 年 10 月 14 日，当重返莱比锡的梦想即将变成现实之时，我忽然觉得这一切都来得太突然了。

是罗兰德·贝尔开车送我和玛丽去火车站，晨雾中，在小楼外的湿漉漉的草地上，我请求以他们的住宅为背景，与玛丽合影留念。可惜当时不知道尼康傻瓜机出了什么纰漏，害得我连同后来在莱比锡的照片全部报废了。

从未和玛丽单独旅行过，她仍穿着那件淡绿色棉服，袖口和下摆带着松紧边，像是 Made in China（中国制造）。玛丽脸上没有化妆，连口红都不用，这在中国女人中早普及到乡镇了。但我觉得她还是那么美，皮肤白皙，眼睛清澈，依然优雅而亲切。

上车后，玛丽和我面对面坐着，车厢里只有一个倚窗沉思的老妇人，不会打搅我们的聊天。我听不懂的地方，玛丽用纸片写出来，她好像有随身带着一些便条的习惯，像许多西方人一样，在一张洋红色纸片上她写下双亲谢世的年月日。她写道：Father and mother didn't live longer, they passed away all of a sudden!（父亲和母亲突然去世，没有活得更多一些。）关于后代情况，她写道：Matthias 14，Susanne 17/

18。我想苏珊是十七岁半。我们还交换了各自的职业、收入、经济状况，从她的神情中我感到她的家庭目前不很宽裕。“我自己最初想学汉语，我的兴趣逐渐变化，我去莫斯科学习过，后来我成为一名物理专家在半导体研究所工作。在德国统一之后，科学院关闭了，我失业了，之后一直没有工作。现在在残疾人办的一家大药店的小诊所里工作……”

从柏林开出的列车继续往南驶去。窗外是德国的沃野，而我无心欣赏，更不会像旅行各国时那样去数站名。此时，我的心里只有玛丽和我的交谈，多么难得的一次沟通，我等了这么久！

我明白玛丽最关注的是我们一家在“文革”中的遭遇。有一封信是这样描述这家人当年的焦虑：“我和我的双亲经常惦念你们，在‘文化革命’期间你们那儿发生了什么？1976 年后，每见到一个从中国来的人，我们都要问关于你们的消息，但是我们没有成功……”

要使用另一国语言叙述清楚一场令世界震惊的中国式浩劫，实在太难了！“下乡”这个词我还会说，“打派仗”、“文攻武卫”、“忠字舞”、“早请示晚汇报”、“再教育”等等，我怎么解释她也不懂。我们一家人曾分离在七处。不允许画画学外文，教授父亲去放牛，母亲插秧挑塘泥。我连比划带图示，玛丽听了，惊讶得直吐舌头。

其实，她应该懂得每个民族都会发生愚蠢的行为，雪莱夫斯坦先生一定也有“老干部遇到了新问题”的惆怅。同一制度同一主义，一个建了柏林墙，一个搞了文革，建了更高的墙，正是这堵墙把中国和世界隔开。但是一切都过去了。

“我们被戈出卖了。”她坚持说。

玛丽,你何时能走出阴影?

莱比锡到了。我听见了德国小姐硬邦邦的报站声音。

但是出了站该往哪儿走呢,除了玛丽认识自己的故居之外,我脑子里那支离破碎的童年印象怎么可能理清方位呢?这时我灵机一动,出了个妙计:往南京拨电话,让我父亲直接跟玛丽交待地址。这下可好,惹得老人家在电话中激动地大喊大叫:“Mary Mary! My Girl!”快四十年了!女儿又踏上自己曾工作生活过四个年头的土地,居然还能找到玛丽,续上中德两家人中断已久的情缘,这一切的一切,带给八十一岁的老父亲多大的快乐和慰藉啊!我想我这个女儿算没有白当。

玛丽说她也很久没有回莱比锡,1968 年,玛丽和双亲就迁到汉堡去了。现在这两个昔日的女孩手牵手一同去寻故,我的心情正像英国浪漫派诗人济慈的一句名言:A thing of beauty is a joy forever(一件美丽的事物是永远的快乐)。

在市中心,我见到了父亲的第一个住地——国际饭店。

搬到第二个住地的两年后,父亲有了母亲和我们姐弟的陪伴。这是卡尔·马克思大学的科学院之家,它位于季米特洛夫大街三十号,它的对面就是雄伟的季米特洛夫纪念馆。1933 年希特勒上台后,纳粹分子首先大肆逮捕共产党人,玛丽的父亲入狱后,正是和这位著名的保加利亚革命家关在同一监牢里。那一年莱比锡的冬天特别寒冷,帝国法庭对轰动世界的国会大厦纵火案进行了最后判决。作为五名被告中宣告无罪的四名之一,季米特洛夫和敌人面对面愤怒揭穿陷害阴谋,这就是著名的演说——《法庭上的报告》。接着,他被秘密关押在莱比锡牢房，尽管有国际舆论的强烈抗议，但由于戈林、迪尔斯、希姆莱等法西斯头目的插手，最终将他送进了死亡营。这段历史我儿时就熟知，静默的建筑成了见证人。我们一家住过的一幢意大利风格的二层小楼，隔着一片绿荫，我仍能看见楼上右侧的两间屋遮着百叶窗。管家朗太太和拉杰维支太太早相继离世，还有一位女工伊丽莎白·满勃乌斯曾为父亲洗衣做饭，和许多德国妇女的遭遇一样，她不幸也沦为战争寡妇，常常边干活边低声哼唱《罗累莱》(Lorelei)，这是海涅著名的诗，其中一句是："我不知道我为什么这样悲伤?"

马奈大街是我们当年在莱比锡的最后一处住地。搬到这儿是1956年10月18日。四十年后我顺着一幢幢的宅院和长长的围墙，寻找着16号。我信心十足，因为手里有老照片作参照：它有米灰色带栏杆的院墙、同样米灰色的三层楼房，欧式屋顶、院门的两根不算高的水泥柱是很简朴的扁方形结构，16号的蓝色铁门牌就钉在右边一根的上端。

匈牙利事变的那几天，街上乱糟糟的，巡逻的苏联士兵的马靴差点踏破这里的门坎。势态在不断升级，一触即发，难说不会漫延到它的兄弟党邻国。占领军们显然在调兵遣将，红军在增多。一天，我的小弟透过窗帘发现街上出现了坦克，一辆、两辆、三辆……为安全起见，隔壁邻居克鲁耶夫教授和我父亲商议着要把夫人和孩子们送回莫斯科。又一个深夜，一阵"乒乒乓乓"的乱砸门，士兵们说是找顶楼的一位将军，他们走错了门。外面刮狂风又下大雨，吊灯一会儿灭一会儿亮，后来四周都停电了。父亲打电话到处询问，大人们说要去苏军俱乐部买蜡烛,后来沃瓦爸爸抢着去了,回来时湿淋淋的白发贴在额上……再一次急促的叫门声响起来,他叫我们全家躲在里屋别出声儿,这位老布尔什维克要自己去对付,以防不测……

那是怎样的一个个漆黑恐惧的夜晚啊,现在回想起来都会心惊肉跳的。四十年过去了,无论是“揭竿而起”的人,还是指挥镇压者都已赴九泉,眼下的马奈大街是一片宁静,和煦的阳光下,几个着工装的工人在慢悠悠地修整路面。绕过工地,我发现门牌号已接近十位数,却一律变成白房子,不见了印象中的灰色调。

又找了一遍,16 号简直不翼而飞了!玛丽陪着我转来转去,直到我终于发现一个 16 字码被涂写在一面墙上。

很显然,老门牌被摘掉了。童年故居——马奈大街 16 号已告别往昔,粉刷一新!

我呆呆地站在昔日的家门口,不知过了多久。从前蹦蹦跳跳出入的院墙,如今只能礼貌地在此止步。这儿不再是我的家!我忽然好奇地想见见这 16 号的新主人,希望他(她)能出现,听这个中国女人将一个四十年前的中国家庭故事娓娓道来。但我未能如愿。今天是周末,主人兴许外出度假了。东西部边境已开放,现在到哪儿都方便,不再需要什么安全部门的批准。也许,他和家人正在用午餐呢,仍在那间带拉门的餐厅里。

玛丽又一次为我拍照,用我这架倒霉的相机,自然它什么影儿也没留下。

下一步我想去看看红军小学。旧址尚存,这幢古典式白色楼房已易为一家什么公司。我跨上台阶,站回到当年和小弟合影的位置——就在原钉着俄文校名的铜制牌旁。仿佛在耳边又响起一片震耳欲聋却非常清脆的童声，那些穿制服的男孩女孩们纷纷拥到了我的面前，茨维塔、多玛、娜塔莎、伏瓦……那位金发粉脸的班主任操着圆润的俄文点着我的名字："Heng!"镰刀斧头徽的红色队旗升起来了，红领巾小鼓乐手们在行进。这时，个个肥硕的军人家长和他们的同样肥硕的太太们纷纷出现，他们带走了各自的孩子，从此音讯全无……

如果大家现在都还活着，如果有哪位喜好吃偏食的历史学家想采访一下当年驻东德的苏军子弟学校，我和同学们还有相见的一线希望。可是我们毕竟不是伊凡诺夫国际儿童院，没有合影照片，更没有他们的光荣感。

现在我们来到了玛丽的故居。人去楼空，我几乎不忍去细看这幢曾经给玛丽带来多少亲爱多少快乐的地方，我是不敢去触动她的伤痛啊。尽管她依然含笑着对我说这说那，斜对面就是玛丽上过的小学。小院里一位女教师和一群孩子在院子里做户外活动，玛丽主动上前去自我介绍并和老师攀谈，事后她对我讲了一些小时候如何调皮的趣事，我难以想象眼前持重的玛丽在幼年会是这样。之后我提议去吃午饭，跑了这么多路，我俩都早已饥肠辘辘。我要做东，但不能太贵。不知是停业，还是经济萧条，这一带连一家餐馆也找不到，只好去买路边越南人的食品车的盒饭。硬米粒儿浇一勺酱糊糊的土豆肉丁，比西单华天的快餐难吃多了，招牌上却写 China。找了块露天台面，我们就着瑟瑟的秋风立着吃，就像六十年代中国学生吃食堂的那种姿势。我吃惊玛丽能如此将就吃苦和我们中国一样，著名的雪莱夫斯坦先生倘若健在,会不会心疼?

下午的时间匆匆掠过了,动物园,博物馆,名人故居,莱比锡依然古典秀丽,我叫不上名儿但有印象的建筑都没有被拆除,尽管它们经历过重大的历史变迁。只是全城冷清得令我诧异。可惜我的英文不行,不能像说中文这样伶牙俐齿去对亲爱的玛丽表达感受,我们之间全仰仗默契,一种心灵上的默契。

我仍不甘心相机失灵,求玛丽领我去找修理店,又是扑空,名城莱比锡怎么啦,摄影商店里连个暗袋都没法提供。返回火车站的路上,我都忐忑不安,甚至有了回马奈大街 16 号补拍的冲动。

我终究没有退回原路。去柏林的列车就要发车了,我只是立即决定卸掉未用完的胶卷换上新的一卷。

旧貌依存的莱比锡月台让我又回忆起 1957 年的画面:一德国少女捧着大把郁金香跟着列车在奔跑,车上的中国女孩把头够出窗外大声喊着:"玛丽,再见!"

返程中,我为玛丽画了两幅肖像速写,一幅正面一幅侧面,当所有的感觉全都付诸笔端时,我发现自己简直变成了"神笔马良"。太像了! 车厢里的旅客们赞不绝口,我高兴地告诉他们我和玛丽是失散多年的童年朋友,又引起了大家一阵祝贺。

由于我的画展开幕在即,我不得不搭乘日落前的列车赶回巴黎。但是意外发生了。

我去取行李时吃了个闭门羹,Q 女士和另一个"房东"不知去向。偌大的柏林到哪儿去找人啊,玛丽陪着我干等着,直到完全错过了本趟车。

后来想办法给另一位中国画家打电话才弄明白，原来同胞们一起看演出去了，九、十点钟方回，玛丽领我进了这条街上的一家比萨店再次充饥，又是比萨！两杯热咖啡，我们俩再次面对面坐下。我一脸的沮丧，玛丽用手指抹抹眼睛问我会不会哭，我苦笑了。文革都过来了，磨难全经历了，这点困难算不了什么。我的回答未免有些牵强附会，不过她懂了，也就放心了，这个善良的德国姐姐！为打听去巴黎的下一趟列车时间，玛丽几次起身去打电话给她的丈夫。我又画速写，一幅是我们这张桌上的两杯咖啡，另一幅是画邻桌烛光下的一对年轻的恋人。那姑娘肩披金色发卷，粉扑扑的面容，真像雷诺阿笔下的美人儿。

玛丽又回来，兴奋地告诉我比尔已查到了十一点五十分有趟班车开往法兰克福，转车回巴黎没有问题。她安慰我说，Q 女士终于回到居所，玛丽帮我拎箱包下楼去，最后一刻，我用新胶卷请 Q 为我和玛丽再拍合影，就在她的装置作品前。

于是，我和玛丽的这次重逢，才真的印在了胶片上，成为我和她重逢的仅有的印记。

失而复得的纪念册

已过子时，我目送玛丽从月台走回地铁口——那个大写的亮着彩灯的“U”。“U”在柏林处处可见，一种今日德国大城市的象征物.

在微胖缓慢的背影消失在台阶的一瞬间，我又摆摆手企图唤她回过头再看我一眼，像我在国内与好朋友分手总要做藕断丝连状。但是玛丽没有这么做，她径直走下去了，平静得如同上下班。

几分钟前她还坐在我的包厢里，饶有兴致地回忆我小时候那两把令她羡慕的又粗又黑的辫刷。她在脸上画了一个圆儿，是 Apple！我脱口而出这个我再熟悉不过的英文单词。没错儿，玛丽在形容我的脸曾圆得像一只苹果。她的性格一点没变，她在哄我开心，而竭力回避我因颠簸周折带来的衰瘦。我曾想告诉她我的婚姻波折，做了一点暗示，她竟没有在意。她习惯于把人和事往好处想，我刚说到我恋爱的开头，她就“yes，yes”地赞许，你当然会有男人追，你这么美！弄得我哭笑不得，没法再讲下去了，干脆把苦果咽在肚里算了，免得她又要为我担心不已。

玛丽的宽厚善良来源于她已故的双亲，可惜我不能再见到这两位老人慈爱的笑容了，他们相继撒手人寰，撇下独生女，这是我重返欧洲最痛心的一件事。怪不得玛丽原先那么浓密的栗色头发变得这样稀疏而斑白，我在给她画像时就注意到了。但她仍旧认真地将它们梳理得整整齐齐，编成细辫子，再盘在脑后，并且别上了三只暗色的发夹。

再见吧，我可尊敬的德国姐姐！

唯一能够抚平我惜别伤感的是一本书，一本介绍雪莱夫斯坦先生生平的纪念册，这是玛丽送给我的珍贵礼物。我现在懂了，她没有拥抱我就离开了，却给我留下了一部历史，一个关于她亲爱的父亲信仰的故事，她的伟大民族的苦难和骄傲，这一切正是玛丽要对我说的，又无法全部倾诉出来的东西。

列车又一次准点驶出了柏林动物园火车站。

包厢里只剩下我一个人，没有任何干扰，这在欧洲夜行车中不足为怪。我急不可待地打开了纪念册。显然全是难懂的德文，但图片丰富翔实，展现了这位德高望重的革命家的经历瞬间。这本题名为Reale Geschichteals lehrmeister（一位教育家的真实历史）的书，比普通杂志大一圈儿，封面套三色：黑、白、紫红。正中是一幅先生的半身工作照片，穿着格衬衫，一头白发，坐在桌边垂目欲拿电话筒。强烈的版画效果突出了他深凹的大双眼皮，玛丽正是遗传了这一特征。这幅照片的下端写着约瑟夫·雪莱夫斯坦的生辰：1915—1992。出生在鲁德兹的他与我的父亲同龄，父亲过了八十仍很健康，而玛丽的父亲只活了七十七岁。

出版者,德国马克思主义研究所。

第一页我看见了先生在公众中讲演,双目因坚毅自信的神色呈现光彩。第二页中他在书房中聊天,扬眉的笑容又使我想起玛丽。我注意到另外两幅照片。一幅 1983 年摄于伦敦。这一天先生出席了卡尔·马克思逝世一百周年纪念活动。另一幅摄于科隆。六十年代末,先生带着微笑走在一支游行队伍中。他身旁都是些什么人物我不敢妄加评论,唯有玛丽的父亲不失学者风度。

翻到第十页,我见到了幼年的小玛丽,戴着小眼镜正依偎在爸爸妈妈中间,三十一岁的雪莱夫斯坦先生搂着年轻端丽的妻子。他自 1935 年出狱流亡在外十一年,在伦敦的一家中国餐馆里结下了姻缘,如今三口人家从英国归来了。

也是 1946 年,我们一家四口坐船从四川复员去南京。双亲终于结束了战时漂泊离乱的生活。四十九年后,二老荣获中国作协颁发的抗日战争纪念奖牌,他们的名字列在二百余位抗日战争中幸存的并卓有成就的老作家名单当中。

夜更深了,除了稍有晃动之感,我几乎不觉得自己是置身于火车上。无论中国的父亲还是九泉之下的玛丽父亲,此时都离我那么遥远,使我思念倍增。连续几天的神经极度紧张和兴奋,我有种心力交瘁的预兆,我想也该怜惜一下身体了,稍加休息后再去用功。

我小心地将纪念册等书本搁到高处的行李架上,以防备摆在明处会被别的旅客抄走。另一本宝贵的书是关于柏林墙的,我特为父亲从勃兰登堡大门下购来。多年来,他一直十分关注德国的命运,他难以体会今天的人们可以随意从这座具有象征意义的大门下进进出出，和他当年的情形完全不同。商摊琳琅满目，随手可买到列宁像章、红军肩章和德共徽章，两个大声吆喝的年轻商贩索要五十马克书价，我破费却获得了关于柏林墙的真相。它的文字部分用德、英、法三种文字叙述，从二十八年前到二十八年后，一座城市分裂成两半的严重对峙，到了1961年盛夏几乎达到一触即发的地步，8月13日零点起，一道一百七十公里长的铁丝网使东西柏林天各一方，勃兰登堡门最终被关闭了。但架网的当局还不放心，一个月后又砌起了高墙。千年前的中国长城都没能阻止外敌入侵，何况是在电视电脑都发明了的现代！但是这墙却越建越完备越森严，边防哨兵有权射杀越墙进出边境者，六十一名逃亡者遇害，直至推倒它之前，图片上有一个血肉模糊的十八岁东柏林青年爬过去之后在呻吟呼救。我禁不住回想起父亲的一位逃到西德的女学生，当时大家都骂她是叛国者，她在一次舞会上把自己化装成女巫，那张容貌端丽的照片至今还留在父亲的相簿里。我不知道她后来在西方的境遇如何，更不了解玛丽的父亲在柏林墙的问题上，是支持还是无奈？

胡想八想，躺下一会工夫我就迷糊过去了。被惊醒时，包厢里添了一个人。这位自称从华沙来的姑娘正蜷着腿坐在门边，她在织毛活，说是给男友织一件毛衣，还叨叨咕咕说了一堆她和他的故事。姑娘不美也不丑，我无法留下印象，只是她主动向一个陌生的外国人披露自己的隐私，令我不解。我睡意蒙眬，她的英语又不纯正，我只有应付着，讲够了，她叫我接着睡，她还要织下去。

再一觉醒来（多半是给冻醒的），手表上的指针在凌晨三点，那姑娘早不见踪影。列车好像停在了一个什么地方，我趴窗一瞧，糟了，这陌生的月台站牌上分明标着：Frankfurt（法兰克福）！顷刻间脑子里只剩下一个意识——赶紧下车！刻不容缓！

月台外天空黑沉沉，飘飘洒洒的雨丝在灯火的辉映下闪烁着白光，地面已被浇湿了一大片。我拉着箱包刚跑了几步，只见这辆从柏林发出的列车已经启动，朝南开去了。

凉风冷雨中，我急切想去喝杯热牛奶暖暖胃，再打个电话给艺术城2057画室的哥们儿。突然间，我打了一个寒颤儿，顿时要捶胸顿足了，我怎么竟忘记从行李架上取下那两本珍贵的书？慌乱中铸成了大错！

接着，祸不单行。在火车站的礼品店里掏钱给姐姐买洋娃娃时，我发现钱包里仅有的150马克也不翼而飞了！

玛丽，是不是我踏破铁鞋寻到了你才乐极生悲，老天爷非要捉弄一下让我蒙损？没想到十二天的德国之行是在这般懊恼的情绪中结束的，10月15日早上我回到了巴黎。

我决定好好写封信给玛丽向她道歉，请求她的宽恕谅解，并恳求她帮助再找一本纪念册送给我。我要告诉她，我多么珍惜它，我才读了一半！

第二年的春节我到南京探亲，才知道好心肠的玛丽早已寄来一封信和那本《一个教育家的真实历史》。玛丽写道："亲爱的赵教授、亲爱的赵太太、亲爱的赵衡：请原谅我没有及时来写这封信，我忙于我的新职务，并抽一点时间寻找另外一本纪念册送给你们……"

谢谢你，玛丽，现在我可以安安心心读这本册子了，不必颠簸不必慌乱，这是在我自己的家园里。

随着雪莱夫斯坦先生的生平年表展开，我被带入了这位杰出的德国职业革命家和教育家的精神世界。从希特勒上台到希特勒灭亡，玛丽的父亲都走在欧洲抵抗法西斯运动的前列。他曾是德意志自由青年联盟组织者，回国后在党校工作。1947 年伦敦外长会议上，他担任记者。他又在科隆《人民之声》杂志当总编和梅茵西德和平和约会议代表。他出任过会长、马克思大学副校长，成为弗朗茨·梅林研究者。他还代表德共到莫斯科在列宁诞辰一百周年纪念会上讲话等等，这些都说明先生一生都为了信仰在操劳奔波，鞠躬尽瘁，直到 1992 年 5 月的一天中午 12 点 40 分停止心脏跳动。

我注意到他 1985 年 5 月生日时，头发已经雪白！

此外，一批志同道合者写了：《一个伟大的马克思主义者》、《唯一的约瑟夫·雪莱夫斯坦》、《约瑟夫·雪莱夫斯坦和他的时代》。这十多篇纪念文章贯穿了纪念册的始终，足见先生在德国革命史上举足轻重的地位。

在他的外孙女（玛丽的长女）小苏珊娜十二岁生日那天，年迈的雪莱夫斯坦先生赠给她这样一段肺腑之言，印在纪念册的封底：

人是高贵的，是富有助人为乐善良的，伟大的歌德是这么说的，年老的社会主义者和共产主义者补充说，为了能够使自己善良，人们需要有利生存的条件，需要没有战争，没有灾难，没有恐惧的世界，在这个世界上所有的孩子和青年都能够自由地发挥他们的能力和爱好。为了实现这个目标，你的外公外婆始终在追求。

由此，难道你们这一代要停止争取这样一个正义、自由、真正使人过上人的生活的世界吗？我认为不会的。

一个人只考虑自己的幸福工作，能得到满足吗？为了人类的幸福而作出贡献，这样你的生命才有美好的意义。

你的外公

1989.10.18

一年后，东德解体了。

十七岁半的苏珊娜的小屋又一次浮现在眼前，这是我对雪莱夫斯坦先生的这个宝贝外孙女的唯一体验。纪念册收有两张家人合影，都有她天真顽皮的笑容。一张，她坐在外公膝下，一张被父亲搂着，她父亲的另一只手搂着她的弟弟小马蒂斯。两张照片里都没有玛丽，显然她是拍摄人。

我不能断定这个普通又非凡的德国犹太家庭是否能继承雪莱夫斯坦先生的信仰，更无法知道小苏珊娜读懂了外公的心没有。我，一个中国阿姨，她母亲的童年朋友，又能为她们一家做些什么呢？我想无论是歌德所言，还是雪莱夫斯坦先生理想的世界，都是无比美妙的。人总要在希望中生活下去，希望会使人变得纯洁一些，变得坚强。

玛丽，没有希望，我和你又怎能重见？

廉正祥

清清岷江水

下班路过机关里的小花园，蓦然发现玉兰树绽开了第一朵白花，光秃秃的枝丫上，唯有一朵洁白如玉、含苞待放的小花。我心中咯噔一下，说不清是惊喜还是惆怅，竟然绕着这株玉兰徘徊良久，不忍离去。我想起了你，想起不久前，我俩在岷江边的重逢，想起你讲你喜欢玉兰，在学校里你常常独自一人，流连徘徊在校门附近花圃里的玉兰树下。真怪，我也常常去那里欣赏玉兰，可怎么就一次也没遇见你？也许，这就是命运？我俩是在不同轨道上运行的星，命中注定只能遥遥相望？上苍啊，你为何这样不公平，让我和她虚度没有鲜花、没有爱情的青春岁月？

60年代中期，熬过大饥馑，我幸运地跨进大学校园，那有着典雅的大屋顶民族风格的校舍，有着绿色长廊似的法国梧桐林荫道的，让同龄人钦羡不已的高等学府。自从在法国梧桐绿色林荫道里第一次见到你，你就像一颗绿色的种子落在我渴望爱的心田。第一次作文，你那清

晨光熹微

田忠泉

2014 年

54cm × 36cm

布面油画

丽流畅的文字，让我联想到哺育你的扬子江，我这长白山的儿子好羡慕扬子江女儿的灵气。在男生宿舍前的洋槐树下，我们第一次谈心，交换看了作文，并约定以后长期交流写作心得。

看不出来，你这个戴眼镜的娇小的少女，有时也十分勇敢。一次课外活动，我和几个同学在操场上锻炼，在用以训练平衡器官的钢架上做三百六十度大回环。你来了，我约你上钢架，你竟然跟我面对面旋转好半天。你还跟我们几个男生一道，顺消防梯爬上高高的水塔，俯望美丽的校园风景。这时候的你，像调皮的男孩。

你高雅妩媚，热情温柔，小小的个子，白净的圆脸上，一双大眼睛总带着梦幻的神情，浅浅的酒窝，似盛着甜甜的蜜；你像玉兰花一样纯洁可爱。

开学不久，我去了校文工团，你到校广播站。我和你在大礼堂遥遥相对的两头房间里，各自埋头于各自的课余工作。我喜欢你甜美的播音，可不知你是否喜欢我朗诵诗的风采？

一个星期天，在大礼堂旁边的小路上，我遇见了你，你是跟班上唯一的女党员走在一道，你对我嫣然一笑，让我脸红心跳。

在一个周末的晚上，我约你谈心。在碧波粼粼的荷花池畔，我俩沿着法国梧桐林荫道转了一圈又一圈，谈理想，谈学业，我陶醉在幸福之中。临别，我含蓄地告诫你要学会识别人，别以自己的纯真善良去揣度别人，人是复杂的善变的。你像个听话的小妹妹，含笑点头。

后来发生的一切，说明你并没有听懂我的话。

“文化大革命”摧毁了我们的青春幻梦和对理想的憧憬。我们这些昔日的“天之骄子”们，一夜之间，就被姚文元之流打成臭老九。知识分子大难临头。一天，系上开批斗大会，一位腿脚不方便的老教授，这位30年代的名作家，竟然被造反派当众打耳光。我难过又气愤地扭过头，却正与你的目光相对，你那深情又冷静的目光，顿时镇定了我的情绪。

想不到，厄运也降到你的头上。造反派女生在你床头和蚊帐上贴写着人身侮辱字样的标语。你是自尊心极强的人。突然之间，你就恍如变了一个人，甜美的笑窝，甜润的声音仿佛都离你而去，终日低着头走路。我义愤填膺，便摘抄了一段鲁迅先生的话给你，鼓励你要坚强，不要屈服于淫威。可惜，你没有反应。

高年级同学毕业分配了，一个个被充军发配到边远地区，学生物的卖酱油，学物理的敲洋铁皮，文科女生去饭馆当招待员。践踏人的尊严！信息反馈回学校，在校大学生们悲观失望，纷纷求助于丘比特的神箭，都想射中一位夏娃或亚当，想在爱的乐园里忘却现实生活的痛苦。

中文系女生本来就少，才貌出众者更是寥若晨星。于是，你成了众矢之的。许多人把你当成心中的维纳斯。虽然造反派女生侮辱你贬低你，却丝毫无损于你的形象，反倒提高了你的知名度。在小伙子们的眼睛里，你是那样圣洁，那样可爱。

我感到了竞争的威胁，便急急忙忙，笨拙地向你表白倾慕之情。不料你回绝了我。我的自尊心受伤了，默默地躲到一边，舔永远不会愈合的伤口。

我仍然默默地关注你。在那荒谬疯狂的年代，每天清晨都要以班为单位跳忠字舞，祈祷“毛主席万寿无疆，林副主席永远健康”。一天，这种现代宗教仪式刚完，你急急忙忙往女生宿舍跑，却突然跌倒在男生宿舍前空地上，我心一紧！原来天刚蒙蒙亮，你眼睛近视，没看见晾衣服的铁丝，被猛然绊倒。好粗心啊，你！你跟同乡校友去爬峨眉山，回到学校，嗓子哑了，见到我，你比比划划，几乎说不出话来。你怎么这样作践自己，我真担心再也听不见你甜润的声音……好几次谣传，学校要遭包围血洗，我多么想去女生宿舍找你，带你到一个安全的地方，我愿以生命保护你！可是，五年同窗，我却一次也没跨进你们女生宿舍。

那时候的人，活着，好像是按别人的规定，扮演自己并不喜欢的角色。

我有丰富细腻的感情，我渴望诚挚纯洁的爱，可我的爱得不到回报，便以清高和孤独掩饰我深深的痛苦。我常常独自一人，在校园里漫无目的地乱走，默默在心底哼着低回哀怨的乐曲。春天，我最爱去的地方，就是大校门附近的花圃。我喜爱那洁白如玉的玉兰花，在蔚蓝色的天空映衬下，洁白的玉兰花美到了极致。看到玉兰花，我就想起你，心中一阵颤抖，说不出的惆怅。好在，我还有莎士比亚、屠格涅夫、泰戈尔、拜伦陪伴我度过那些漫长难熬的白昼和夜晚。

终于熬到了毕业，我时来运转，分到省报当记者。而你，还留在军垦农场。军代表对我们到报社的大学生讲，有爱人或未婚妻的，可以报上来，分配时可以调到身边。我想给你写信，可受伤的自尊心阻止了我。

后来，你去了岷江上游一个荒僻的小县城。当了广播站的编辑、记者兼播音员。像是命运安排，我的采访范围，也恰是岷江流域。而我在碧波荡漾的岷江边散步时，老是不由自主地怀念你。我不止一次眺望岷江边的大佛，这座建于唐代的驰名世界的大佛，我觉得你就像默默无语的大佛一样神秘。

那年，在岷江中游的一座县城召开记者会，在招待所里，竟意外地看见了你。高原紫外线晒得你像藏族牧羊女，可你笑起来，依然不减当年纯真少女的魅力。这不期然的巧遇，在我心海激起波澜。我们结伴去岷江边散步。望着清清岷江水，你说你一直关注着我的事业，你读了我在报上发表的文章，喜欢我的文章，并且说不署名也能看出是不是我的文章，你说你喜欢我的风格……我好感动，茫茫大千世界，难得有知己啊！

匆匆相逢，匆匆分手。我们没有多谈各自的家庭和生活。

下乡采访，认识了一位女知青，她的眉眼神情酷似你。这是一次奇特的采访，仿佛两位相知数年的朋友的倾心交谈。这位女知青在我心中活了起来，又变成我笔下活脱脱的人物。我的这篇通讯发表后，社里许多人在打听是谁的手笔，都称赞写得好。（那个年代为反对名利思想，文章通统署本报记者，不署真名。）只有我心里明白我的灵感来自哪里，同时，我悲哀地发现，你在我心中的位置，我命中注定这辈子永远要饱尝失去你的痛苦。每当朝日初升或暮色苍茫时，我独自在岷江边的古城墙遗址上散步，脚下，清清岷江水从你工作的小城流来，流过我所在的城市，又向远方流去，最后汇流进你故乡的大江。我的思恋，我的忧伤，一如这清清岷江水，昼夜流不尽。

那年初夏，你带着女儿来蓉出差，住在我家。你看我做饭笨手笨脚的样子，便动手帮我。看着你灵活的切菜动作，我心中涌起莫名的惆怅。你的娇气呢？你的手怎么这样粗糙？你告诉我，你怎样凿开冰河洗被盖，你怎样挺着大肚子劈木柴，你怎样在茫茫雪原上冒着零下30度严寒采访、播音，你怎样摔伤腰椎，躺在结满冰凌花的小屋里思念父母，流着泪写稿……听着你的讲述，我的心一阵阵揪痛。为什么你要受这些磨难？我真想替你分担痛苦，可你却那样自尊要强，我怕伤害你的感情。我知道你酷爱文艺，便领着你三岁的女儿和我三岁的儿子逛街，让你独自去看电影《大浪淘沙》，其实，我多么想跟你一起看电影啊！你回县那天早上，我早早起床，给你母女做蛋炒饭，又请报社的司机开车送你母女到长途汽车站，在我与你道别，看见你牵着女儿孤零零站在车站候车时，我心里酸酸的，满眼泪光……至今我还在后悔，当初，我为什么不鼓起勇气护送你母女回雪山草地？那时，我们都还年轻啊。

玉兰花开了十次，又谢了十次。我离开了报社，改行当了文学编辑。你把最好的青春年华献给了少数民族地区的文化事业，就像当年过雪山草地的红军一样，你也付出了惨痛代价——腰椎等伤病已不允许你在严酷的雪山草地工作。你调回扬子江边的故乡。临别，你送给我一个精致的小竹书架，祝愿我的著作和编的书能盛满书架。你的期望，你的祝福，激起了我在文学上拼搏的信心和勇气，你是我心中的维纳斯，给我创作灵感，我的散文一篇篇问世了，慢慢地开始有了名气。我感激你，怀念你，给你写信，给你寄书。可你难得有回音。从你的只言片语，我已觉察到你并不如意，活得很累，很苦。

八十年代的第八个冬天，突然你出现在我面前，我陪你去岷江边的一座城市采访。这是我俩第二次相逢在岷江边。冷雨霏霏，遍地泥泞。这座被苏东坡赞誉为“嘉州山水冠蜀中”的美丽小城，罩在灰蒙蒙的雨雾中，失去了往日的美丽。你我共在一把伞下，漫步在岷江边新开的大道上。沿江大道和岷江大桥的路灯倒映江水中，仿佛一朵朵洁白的玉兰花绽开在蓝蓝的天幕上。二十三年啦，我似乎一直在期待盼望有这样共同漫步的幸福时刻。有你在身旁，看着你妩媚的眼睛，甜甜的酒窝，人世间的功名利禄，生活中的失意和烦恼，便统统烟消云散了。

我告诉你，为了得到你对我文学才华的承认，我苦苦奋斗，终于有书出版，有作品获奖了，可是，成功之后，心中又是一片渺茫，空落落的难受。失落了爱，生活总是不圆满。

命运亏待了你，你却不向命运低头，终于奋斗成为一个出色的女记者。你说，成功之后你也有失落感，总觉得丢失了什么最宝贵的东西。

我俩失落的是最宝贵的最纯洁的爱情啊。

我问你，当初为何堵死我们的共同幸福之路？

你不无遗憾又负疚地说：“都怪我当初太幼稚，不懂爱情，不会看人。当初不谈恋爱，压抑天性，不敢犯‘戒’，你的表白，我还觉得是小资产阶级情调呢！”

一位女作家说过：“我们所得到的，往往不是自己原来想要的。有时，我们所得到的，说不定比原来想要的还要好，但我们不会满足，只因为它不是我们原来所要的。”

是的，我想寻回别人看不到的本该属于我的幸福。我能如愿以偿吗？我问你，你无言。我们脚下，清清岷江下，静静地流向远方……

医院悲欢曲

人在什么时候最软弱，最需要友情？

我说当一个人在医院里治病或守护亲人时，最软弱，最需要友情。

在北京和上海，我各有一位好朋友，都是编辑、作家，虽然都是上海人，他俩却从未见过面。奇怪的是，一先一后，当他们一个在北京，一个在上海，在医院走廊里心急如焚地守候正在手术中的妻子时，他俩竟都趴在窗台上给我写信，我认为这信是他们作品中最诚挚最高水准的作品，我想，如果他们的妻子读了信，一定会流出幸福的热泪。感谢这两位朋友如此信赖我，我理解他们的心情，此刻他们最需要友情，便写信去安慰和祝福。上海朋友的妻子终于挣脱死神的魔爪，而北京朋友的妻子却被癌夺走了年轻的生命。我去北京出差，见到那位朋友，竟几乎不认得他了，他形销骨立，人走了神。我深深理解失去亲人的痛苦，当我还是一个孤独的少年时，我就体验到了那种难以描述的揪心裂肺的痛苦……

春节前夕,沱江边成渝线一个寂寞的小火车站。重庆开往成都的列车,也是当天最后一班次客车出站了,家属区两排红砖平房之间的空地上扯起银幕。也许太寂寞太孤独了吧,我特别喜欢看电影,有电影看往往兴奋得饭都吃不下。这天的晚饭多了一盘菜,是父亲送爷爷去成都住医院时买回来的金华火腿,从来没吃过,香极啦!我和两个妹妹吃得正香,父亲却叹息道:“这么好吃的东西,你爷爷一辈子也没尝过啊!”

话音刚落,门外有邮递员大叫:“电报!”

父亲接过电报,手颤颤抖抖打开看,脸唰地变白了,顿足哀叹:“完了!完了!”霎时,泪流满面。

我心上像挨了一刀,疼得说不出话来。

只有两个不懂事的小妹还在抢火腿吃。

爷爷病了好几年了,自从来到四川,爷爷就老说不舒服,四川气候潮湿,阴天多,他老感到气闷,他怀念胶东半岛的蓝天大海和东北的大豆小米,吃四川的什么菜他都说不好吃,没滋味。渐渐,爷爷双腿浮肿,去厕所蹲下去,往往就站不起来。我在家时陪他去厕所扶他一把,我不在时,不知爷爷是怎么挣扎站起来的。父亲是独生子,奶奶早早过世,父子俩相依为命,可是父亲事业心太强,站长兼党支部书记,工作忙,办公室离家不过半里路,他还让家里送饭吃,他哪顾得上替老父亲治病?何况在这偏僻的小火车站上缺医少药,离镇上十多里路,镇上也没个好医院。爷爷的病越拖越重了,父亲决定送他去成都住院,可是父亲却脱不开身陪伴,便让我陪伴爷爷住院。我,十三岁的男孩怎敢一个人在大城市大医院守病人，而且像父亲一样，凡事认真，读书生怕缺课。无奈，爷爷就孤零零留在成都一家大医院了。我好懊悔啊，爷爷最爱我，在他老人家最需要亲人的时候，偏偏没有一个亲人在身边，我不孝，我对不起爷爷！

屋外空场上坐满了大人小孩，吵吵嚷嚷，好热闹；电影队播放广东音乐《紫竹调》《步步高》，好快活。唯独我们一家人陷入深深的痛苦之中。

去成都的客车明天才有，父亲说坐货车走，当夜赶到成都。母亲收拾了一下，我跟父亲到了他的办公桌。父亲眼睛红红的，坐下来却又埋头于他桌上的文件之中。我无聊地呆坐。父亲觉察了，让我先去看电影，车来了叫我。返回家，我坐在门口看电影，原来是《祝福》。看到祥林嫂改嫁贺老六悲悲切切，撞伤额头，刚过好点，丈夫病气而亡，儿子被狼吃了，那惨楚那凄凉，与我心境是如此相符，我不禁热泪长流，其实，我是在哭爷爷啊！

怎能忘记，我小时候家贫，又好吃，爷爷便上山砍柴，换两个小钱，买点冰糖山楂，自己熬冰糖做糖葫芦给我吃；我顽皮又耍赖，爷爷上哪儿我跟到哪儿，一次爷爷买了一袋米扛在肩上，我还硬要爷爷抱，爷爷生气了，一个人在前头走，我哭着在后头追，被一辆马车撞倒了，爷爷大惊失色，把米袋子一丢，跑过来抱我上剃头棚洗我脸上的血……

午夜，父亲带我乘货运列车到了成都东站。列车刚停稳，两位年轻漂亮的姑娘提着信号灯、小手锤登上守车，一边敲敲打打检查，一边跟年轻的运转车长开玩笑。别人的欢乐越发衬托出我的悲苦和不幸。父亲领我步行进城，走在空旷的大街上，静夜里只听得见皮鞋踏地的嚓嚓响声。我又想起了爷爷，有爷爷在，生活再苦，也有个盼头啊。

每当我从小镇放学，沿着沱江边的铁道一步步走回家时，常常又累又饿，有时不得不躺在路基斜坡上歇歇。在一个风雪凄迷的夜晚，我又冷又饿跨进家门，一进屋见爷爷坐在火炉边，炉子上的锅正呼呼冒热气，我揭锅一看，哇，炖牛肉，好香！我拿出一本书，跟爷爷一起围炉而坐，那种温暖，那种满足，这辈子再也不会有了！

来到医院，到处关门闭户。只好找家小旅馆住下。天一亮，父亲领我来到医院太平间。当父亲揭开纱罩时，我看见爷爷睁着眼，我再也忍不住了，但又不好大放悲声，便硬把泪水往肚里吞。爷爷，你是否还在等着看看我，看看你最爱的孙子？

在这一刻，我一下子长大了，我懂得许多十三岁男孩不该懂得的许多事情。从此，我恨死了医生，恨死了医院。我站在医院门口，等候父亲去为爷爷买寿衣和棺材。看着进进出出穿白大褂的人，我眼睛里冒火，把这些白衣人都当成害死爷爷的凶手。

这是1958年的早春时节，我永志难忘。

这种对医生对医院的仇视，一直持续到我妻子分娩的时候。七十年代中期仲春的一个夜晚，我在医院妇产科病房外面徘徊了大半夜，悬心吊胆，为待产的妻子的安危而焦灼不安。凌晨，护士来告诉我，妻生下一个大胖小子，母子平安。这时，我热泪盈眶，说不出的感激和高兴，写了一封热情洋溢的感谢信给医生护士。至此，我对医生医院的偏见开始改变了，白衣人在我心中变得神圣些了。

不料，八十年代初，我的弟弟在调车作业时被火车碾伤，弟弟死在手术台上。这下子，我对医生对医院的仇恨变本加厉，我恨死了那些不学无术的庸医。

命运似乎注定让我与医院结下不解之缘。

独生儿子病倒了，高烧持续不退。爷爷奶奶妈妈都急得茶饭无心，我这当爸爸的故作镇定，强撑着不露声色，日夜守护在儿子病床前。

静谧的病房。儿子在酣睡。黎明前难耐的困倦。我只好离开探视口透进的幽暗的灯光，合上书本，踱到外走廊。我默默地向东北方眺望，透过暗夜，我似乎看见崇丽阁下静静流淌的锦江。黎明悄悄来临了，院子里丛丛竹树依稀显露绿色的倩影。忽然，一个洁白的身影飘进病房，她悄悄撩开蚊帐，给儿子腋下塞上一支体温表，白影子又飘然而逝。我心里一热，不由得有些愧疚。

儿子转到郊外这家专科医院，依然高烧不退，医护人员接连抽血化验。“只知道抽血，抽血!”仇视医生的潜意识又冲动了，我发了火，惊动了值班医生，惊动了护士长，都跑来劝解。一位慈眉善目的老医生却微笑不语，她不像别的医护人员全身披挂，她只披件白大褂，那副悠然安然的神情，仿佛病菌不敢招惹她。她几乎每天都来儿子床前看看。一天午后，儿子烧得满脸通红，直说胡话。老医生亲自动手，用酒精给儿子擦额头、胸腹和四肢。八月西斜的阳光满屋，老医生白大褂后背湿了一大片。望着她斑白的鬓角，我忽然想起儿子的奶奶，在家里，她就是这样为孙子降温的。后来，我才知道这位老医生是科主任……

在这静悄悄的黎明,我忽然想到了老主任,想到她一生最好的年华就像静静流淌的锦江,消逝在这寂寞的事业中。我不禁肃然起敬。我愧疚自己的鲁莽和偏激,医生也是凡人,他们也有凡人的欢乐和苦恼,幸福和不幸,也需要人理解和宽容啊!

最近一年,母亲病,妻子病,父亲病,我马不停蹄地跑医院,那焦灼,那忧伤,局外人难以想象。随着亲人病情的好转,身体的康复,那宽慰,那欣喜,也难以言说。好在我已不是十三岁的男孩,也不是血气方刚的青年,我学会了理解,悲和欢都能泰然处之。

从表面看,医院是痛苦的冷冰冰的地方,其实,在每件白大褂下面,或罩着一颗母亲的心,妻子的心,女儿的心,当然也罩着父亲的心,丈夫的心,儿子的心,这些心是那么善良,又那么柔情,正是有了这些心,多少家庭才驱逐了死神的魔影啊! 向你们致敬,白衣天使!

邓刚

趁爱打劫

全世界的生物都在谈情说爱,正是这种浪漫才能“制造”出一代代更活泼的生命。由于没有人类的智慧,也就没有门户相对,花言巧语,口是心非,故作多情……为此,只要进入了爱情季节,所有精明的、谨慎的、灵巧的和凶猛的动物一律变成了痴呆傻。人类就是摸准了动物们的爱情规律,趁它们激动得忘乎所以之时,在它们约会的地点或半路上设下圈套,有时干脆就守株待兔,也会大有收获。

大海里的海螺,老成持重,身上披挂坚硬的甲壳,甲壳上还变幻着与礁石一样的保护色,死死地扣在礁石上,宛如一块石头,你就是近在咫尺,也很难发现它的踪影。倒霉的是它要谈情说爱,一旦到了爱情的季节,便一反常态,一群群大张旗鼓地喧哗和骚动,几乎将三分之二的嫩肉探出壳外,激动得像个醉鬼。更可笑的是它们竟然有集体结婚的习性,成千上万的海螺在爱情的召唤下,纷纷从四面八方的藏身之处爬出来,聚拢在一起,几十几百几千个海螺紧抱成堆。于是,人类不费吹灰之力地收获着。有时海螺就在船根处的锚尖上堆成一座小山,这真是俯首拾来,囊中取物。如今,海螺成堆的景象,已经像民间传说那样成为人类嘴边上的奇谈了。

那威武雄壮的蟹子,绝对有与人类对打的能力,它们那奇特的火柴棒式的眼睛,会像雷达一样扫描,能洞察任何蛛丝马迹的危险;钢蓝色的坚实蟹壳,就是防弹衣就是护身盔甲就是安全的堡垒。可怜的是它们也要享受爱情,也要男欢女爱,于是一切警惕一切坚硬都在一霎时化成浪漫的柔软。欢喜若狂之时的男蟹张开八条腿,对女蟹进行钢筋铁骨般的拥抱。对人类来说,这是最好捕捉的时机。平日里你费九牛二虎之力也难捉到的蟹子,这时完全像一块卵石任你摆弄。

有着若干条柔软长腿的乌鱼,男鱼女鱼相爱之际会像人类那样跳芭蕾舞,细柔的长腿优美地摆动。可笑的是它们竟然不知天高地厚,也要学着人类那样寻找爱情的洞房。聪慧的人类当然对这一切都了如指掌,他们一面轻蔑地笑着一面将成千上万的空海螺壳用绳索拴在一起,布满海底。头脑简单的乌鱼惊呆了,这简直是天上掉馅饼,那样舒适那样坚固那样整齐犹如新建的住宅小区!它们为之狂欢起舞,纷纷钻进螺壳洞房,做着爱情的甜梦。人类在水面上掐算时间,等到所有的螺壳都装满爱情时,他们便按动电钮,将拴满螺壳的绳索拉出水面,一串串洞房就被拖到甲板上。

爱情简直就像毒品,把男鱼女鱼们弄得迷迷糊糊,有的相爱时唱情歌,有的相爱时急切地拍打水花,有的鱼鳞一下子鲜亮耀眼,鱼鳍鲜花般开放;更有甚者,为了爱情昏了头,撞击船舷,拥抱甲板,亲吻人类捕捉它们的鱼钩，当人类捉住一条鱼时，另一条相好的情鱼就会紧跟而来，自投罗网。鱼类永远不会有人类的智慧，因此它们也就永远傻乎乎地浪漫下去。而人类不但舒舒服服地坐在船上就能通过屏幕看到深深的海底，就能通过电子仪器听到鱼类的悄悄私语，而且还能制造鱼类们的爱情气味，制造鱼类们的情歌曲调。只要一按电钮，所有的鱼类都会充满激情地向死亡进军。

茫茫的大海那样浩大无际，那样神秘莫测，但有了规律，有了经验，她就变得窄小而一目了然；成千上万的海洋生物本来那样神奇精灵，那样腾跳飞跃，但有了爱情，有了浪漫，它们就变得笨拙可笑并软弱可擒。

人类确确实实是这个世界的主人，因为这个世界最终只剩下人类自己了。

千奇百妙说庄河

当我第一次听说庄河这个名字里，就奇妙得两眼放光，因为人家说，庄庄有河才叫庄河，后来听说庄河市共有三百多条河，面对当今日渐干枯的世界，这不仅是奇妙，简直可以说是绝妙。

我第一次当“海碰子”时，手持鱼枪，脚蹬鸭蹼，潜进犬牙交错的海底暗礁里捕捉海参海螺。为了能有更多的收获，我们沿着辽东半岛黄海边，一路北上，来到一个岛屿丛生、海参肥美的宝地。因为我们这些山狼海贼式的海碰子们，都是夜行昼战，所以，当到达这块宝地之时，四周漆黑一片，只有浪涛撞击礁石的轰鸣声。可是当第一缕金色的阳光从海面掠过，雪白的浪花中升腾出奇形怪状的礁石，有的像展翅欲飞的雄鹰，有的像缓缓爬动的巨龟，有的像仙女起舞，有的像狮虎相斗。在晨曦白雾的衬托下，分明是一幅幅写意挥洒的国画、色彩分明的剪影。群岛四周的水下，鱼虾丰富，海参肥美。伙伴们都发了疯般地扎着猛子，我却不断地将脑袋探出水面，欣赏四周涌动的浪花、升腾的雾气、鬼斧神工般的礁石奇景。每次从水下冲出水面，四周的景色都在莫测地变幻，我仿佛置身于人间仙境。

我至今还清晰地记得当时的情景，我在岛屿之间的海湾扎着猛子，突然就发现一条龙状的长形礁石在我面前横卧。摇船的老渔人告诉我们这是瘦龙岛，接着他对我们讲了一个迷人却忧伤的传说：一条蛇妄想成龙，而成龙的唯一条件就是能“过海”——蛇过海才能成龙。然而上天的皇神们绝不会让低贱的蛇成为高级的龙。但这条蛇不服气，它勇敢地挑战不公平的命运，全力飞越大海，但严酷的神道绝不会有一丝疏忽，这条蛇就在即将接近陆岸之时，被上苍派下的“错鱼”斩杀在浪涛中，化为今天这细长的礁石。老百姓同情地称它为“瘦龙”，即今天的瘦龙岛。在老人的讲述中，我想起我当时的“狗崽子”身世，于是我对瘦龙岛肃然起敬，因为我看到瘦龙的脑袋还顽强地朝向陆岸方向，不屈不挠，死不瞑目。后来与庄河人交朋友，发现他们性格几乎普遍都有着种倔强，这真是一方水土养一方人。十多年后我开始写小说，瘦龙岛的传说也成为我写作和奋进的精神动力。我的一篇小说的题目就是《瘦龙岛》。

后来我才知道，瘦龙岛是庄河市海王九岛的一处风景。当今天我再次来到海王九岛时，风光依然，不禁更加心动。

八十年代实，我随作家代表团到日本，一个日本作家对我说，大连庄河有一个“亚洲蚬子（蛤蜊）库”。回国之后，我急切地搭车来到庄河蛤蜊岛，正巧赶上退大潮，大漠一样空阔的沙滩，泛起一缕缕淡淡的烟气，使人想起湮灭的远古。然而，就在这平坦无奇的大漠里，却是一个充满旺盛生命的世界，融着海水的细沙里埋藏着亿万万个蛤蜊——白亮的，油黑的，橙黄的，淡灰的，花纹奇特的，光滑似玉的，仿佛五光十色的珍珠。十里地开外，那咸津津的鲜味儿就扑鼻灌嘴，能鲜得你翻一个筋斗！我什么也不顾了，脱下鞋就飞奔下滩。在奔跑中，我就能感觉到脚丫下踩着圆乎乎的蛤蜊，我立即放慢了脚步，渐渐就小心翼翼，因为我怕踩碎了这些小生命。这就是当今名震世界的蛤蜊滩——退潮八里宽，蛤蜊堆成山。在蛤蜊成熟的季节，一步见方的沙土下面，就能挖出几百斤蛤蜊，最厚的地方，蛤蜊挤成上下两层，甚至三层。

我不仅享受了蛤蜊的美味，还为此收获了一个给我带来美好声誉的海味小说《蛤蜊滩》。文坛上称我为写海的作家，其实我绝大部分写的是庄河海景。

今天的蛤蜊滩有着天翻地覆的变化，大自然的魅力和人工的魅力一齐在这里施展。当年大漠一样的荒滩，人们只能遥望海里的蛤蜊岛遐想：今天却可以驱车直上岛端，放目更远的海景，自然的海鲜味和烤羊肉的香味和谐相融。

然而，上帝对庄河不仅赐予海味景色，还有山珍风光。

如果你想在辽阔的北国欣赏到江南的精巧，如果你想在酷热的夏日寻找一种宜人的清爽，如果你想在闹市的烟尘中渴望呼吸到绿色的新鲜，如果你想在喧嚣和浮躁中求得抚慰心灵的宁静，那你就到著名的景区冰峪沟来吧。这里天空明朗，生命纯净；这里青山碧水，花红叶绿；这里是庄河怀里的明珠，也是北国的骄傲。

如果你是在蛋青色的黎明中来到冰峪沟，你会发现你是走进一幅轻描淡抹的山水画之中：平滑的湖面镀一层银光，玲珑的峰峦飘一缕乳雾，一片黛色的缥缈里，你身轻如燕，飘飘若仙。如果你是在五彩的霞光中来到冰峪沟，你会觉得你置身于一幅润色透明的水彩画里，山林翠翠，水光闪闪，蓝天泛红，绿草染金，所有的空间都在流动着色彩，让你心旷神怡。如果你是在艳阳高照的时刻观看冰峪沟，那分明是站立在一幅巨大而笔墨浓重的油画面前，无论是林木还是山石是湖水是别墅是游艇，全是斑斓的色块组成。那种夸张的明暗对比，那种真实的线条凸现，会令你惊叹不已。然而，最使你感到刺激的是在夜里来到冰峪沟，特别是在伸手不见五指的夜里。黑漆般神秘莫测的湖水，鬼怪样朦胧变幻的山峰，还有忽而飘进耳鼓里的鸟吟虫鸣，让你不时地产生美丽的恐惧和愉快的惊慌。

我第一次去冰峪沟时，正是冰峪沟的初级开发阶段，给我印象最深的是自然流淌的河水，还有略带蛮荒的山间小路。这种没有任何人工雕琢的自然风光固然会给我带来一些情致，但我不因为这就认为是令人流连忘返的景区，也就是说它没有给予我一种强烈地想再度回游的欲望。但我当时还是为之大吃一惊，因为在粗犷的北国大地，你确确实实能看到桂林山水。

一晃十多年过去了，其间越来越多地听到人们对冰峪沟的赞美，然而，我不能想象那条自然流淌的河沟会能美到什么程度。于是，我带着疑惑和好奇，再次来到冰峪沟。这才让我从多年前的大吃一惊到今天的大吃二惊。当年潺潺流淌的小河，一下子变成宽阔的湖面，而且还有无数漂亮的游艇在上面奔驰，我简直就目瞪口呆，这令我一下子就想到“高峡出平湖”的壮观。大自然并没有因这种改变丧失美丽，而是更感到这是人类对自然美的尊重和创造。也许有人否定自然景色的人文概念的参与，但我宁愿更宽宏地理解，因为我到过世界各地的一些风景名胜地区观光过，几乎全部的景区都融进人文的理念，也就是有着人类对自然的关注和理解。中国各大名山，如果没有著名的寺庙和文化建筑，很难有人光顾：一棵松树，一块怪石，没有人类文化的标识，那将永远会被埋没。“冰峪出平湖”的大手笔景观使作家们大为赞叹，这说明人类对自然景色的人文理解和艺术关注是多么的重要。我认定，没有人类美丽心灵的滋润，无论多么美丽的景色也美不到哪里去。

那次重返冰峪沟，给我更深的印象是管理冰峪景区的人，今天已经荣升为副市长的王鹏先生，当时正坐镇在冰峪沟。他亲自为我们当“导游”，如数家珍似的为我们介绍冰峪沟的山山水水。从他的热情的讲述中，我感受到了他的艺术气质。这种艺术气质不仅来自他对艺术的热爱，还来自对冰峪沟景色的感悟。当他在游船上用浪漫的歌喉唱出优美的旋律时，你会觉得他对冰峪沟的爱是骨血相连，灵魂相融。正因为有爱家乡美的庄河人的心血滋润，大自然才突显活灵活现的风光。

艳阳七月的今天，当我陪着人民文学杂志社的作家采风团队伍，又一次来到银石滩、歇马山庄、绿色生态园，我们大饱山珍海味的口福，大饱山清水秀的眼福。

我突然意识到，在这之前，无论春夏秋冬，为什么几乎每隔几个月我都要和朋友们来庄河，有时只是到路边的林间小坐，品味一下庄河的湿润，有时是到海边走走，呼吸一通鲜味的海风，然后再匆匆赶回一百公里远我住的城市？现在我明白了，我到庄河是来吸吮美的能量——这是庄河风光美和庄河人心灵美的共同的硕果。

为母亲“制造”幸福感

我发现老年人很难有幸福感，或者说，他们的幸福感让你不知所措。比如我的母亲，倘若带她去饭店吃龙虾、海参、鲍鱼，她会心疼得要命，说一只鲍鱼的价钱就能买一麻袋粮食，一盘炒三丝就能买一大筐菜，吃一顿饭的钱够我半年的生活费，你们作死呀！……而且这种抱怨一直能延续很长时间，逼得你后来自己去饭店吃顿饭也觉得不对劲儿了。

我的母亲过惯了苦日子，对幸福的认识令人莫名其妙。比如母亲的外孙女旅游时将一件价格昂贵的外套丢失，外孙女急得直哭，我母亲并没怎么当回事儿。可是外孙女不小心将十元钱的盒饭掉到地上，母亲却犹如丢了万千珠宝似的，一面俯向地面用手去捧抓沾满泥土的米饭，一面心疼地埋怨。当外孙女阻止我母亲去捡拾地上的米饭时，她不高兴地斥责说，这是粮食呀，怎么能糟蹋！现在的年轻人哪懂这个，外孙女干脆就与我母亲对着干，用脚去踩踏地上的米饭，决不让母亲再去捡这些脏东西。母亲竟然大发雷霆，要去扇外孙女的脸，并大骂：你这个糟蹋粮食的败家子，你伤天害理，小心老天爷打雷劈了你！……甚至因为这件事，母亲的高血压病又犯了，头痛得厉害。后来吃药、打针、输液，折腾了半个多月才恢复正常。

小弟说，咱妈过去穷怕了，所以老是忧心忡忡，咱只要给她送好吃的、好用的，给她送钱，让她感到很富足，她的心情自然就会好起来。于是，我们兄妹几个决定轮流回家看望母亲，给母亲送这个送那个，当然最主要是送钱。谁知新的麻烦又来了，母亲总要打破砂锅问到底，坚决要弄清我们买这么好的东西花了多少钱。大家一齐说谎，说商店最近搞促销、大减价，总算将母亲糊弄住一阵子，但给钱却不容易，母亲总觉得我们将钱给她后，回去就会过穷日子了，所以她想方设法，借口孙辈过生日、过儿童节、开学等，用红包的形式将钱退还给我们。有时还趁我们不注意，将我们给她的钱再悄悄塞回我们的外衣口袋里，结果我们在路上倒拿着外衣，拍打上面的灰尘时，百元钞票就来个“天女散花”，令我们哭笑不得。我们觉得很无奈，这样下去，我们的做法只能是让母亲处心积虑，很难让母亲有好心情和幸福感。

我毕竟是写小说的，善于观察，终于发现母亲卖空易拉罐和空饮料瓶更有幸福感，她每天都小心翼翼地数着空易拉罐和空瓶子的数目，并从楼上的窗户朝外望，盼着那个收废品的瘦高老头来。其实收废品的老头有好几个，但母亲说瘦高老头大方，而那个瘦高老头总是星期五来，所以每到星期五，母亲就格外精神抖擞，上楼下楼腿脚也轻快。于是，我们开始积攒空瓶子、空易拉罐。

洗衣店的小伙子见我车子的后备厢里有那么多空饮料瓶子，有些吃惊地看着我，他知道我是写小说的作家，可作家怎么会“捡破烂”卖钱？

不久前，母亲离开我们了。我车的后备厢里还有没来得及给她的空饮料瓶子，不知怎么，我却舍不得扔。有时我们兄妹几个坐在一起，大家只要一想到那些空易拉罐、空饮料瓶子，那些还藏匿在我们床底下的“一角二分收购一块”的抹布，就不禁万分伤感。我有时在想，是母亲的老思想老得过时，还是我们的新思想新得变质了呢？

我从来没觉得你是个父亲

在大学做讲座时，有同学幽默地问：至今为止，你经历过最奇妙的事情是什么？我立即回答：二十年前的一个早晨，我的女儿出生。

当我在妇产科的楼道里听到女儿毫无乐感却又响亮的哭声时，从万分惊喜到万分惊讶，感觉人生真是奇妙，我一分钟之前还是儿子，现在却是父亲了！然而，当我真正开始当父亲以后，才知道，在这个世界上，当一个男人不容易，但当一个父亲更不容易。

有许多做父亲的对我说，他们每天都绞尽脑汁地教育孩子，可结果正相反，孩子简直就成了他们的冤家，天天对着干，几乎就要把他们气死了！为此，自从有了女儿，我的心里总是蹦出这样的问号：你会当爹吗？

坦率地说，我们中国父母最愿挂在嘴上的话就是教育，但几乎又绝大部分不懂教育二字的真正意义。一般的父亲对孩子其实就是两个字："管"或"惯"。俗话说"惯子如杀子"，为了让孩子享福，宁肯奴隶一样受苦受累，其实就是在培育“阿斗”。当看到孩子确实成了一个“阿斗”时，心下便涌起怨恨和愤恨，于是就从一个极端又跳到另一个极端，也就是从当宝贝式的“惯”跳到打骂式的“管”，把孩子当囚犯当冤家，而且打死也不解恨。

因为职业的关系，我整天忙得昏头昏脑，对女儿没时间管也不太管，当然也不太惯。没想到这个无意中的“无为而治”，倒使孩子比较正常地成长起来。不过，有一点我和一般的父亲不一样，就是前面说过的，我经常问自己会不会当爹，所以就不太敢当爹，也就从来没把自己当成个爹，反而觉得我也是个孩子。恰恰是这样的“孩子”意识，使我与女儿平起平坐，交成了朋友。

记得女儿读高中时，一个男同学给她打电话，我兴奋地对女儿说，快来接电话，是个男生，看来你挺有魅力呀！妻子生气地斥责我没大没小，太不像个当父亲的样子了！甚至上纲上线地批我是教唆女儿学坏。其实，我这才是真正当爹的智慧。如果你摆出一副正确严肃的当爹样儿，孩子就会对你阳奉阴违。

为了更靠近女儿，我经常给女儿讲一些我小时候犯傻的故事。果然，女儿什么话都敢对我讲。她说一个男同学在她过生日时给她送来一束鲜花。我听后哈哈大笑，假装没当回事儿，但心里却立即感到事态严重。但我并没有像一般父母那样采取严厉的措施，或是对女儿进行严肃的教育。我只是模仿莎士比亚悲剧演员那样，用故意夸张的表演口气对女儿说：啊，我可怜的孩子，那不是鲜花，那是炸弹呀……女儿哈哈大笑起来，并没有感觉到我的紧张和警惕。

我表面上继续不露声色，而对女儿的一举一动默默关注。我发现她还是一个不知道打扮自己的女孩子；另外，我又对送鲜花的男同学“侦察”了一番，发现对方不但学习优秀，而且老老实实从来不调皮打架——这都让我认定事情不会严重。事实证明果真如此。

如今女儿已经是大姑娘了，硕士毕业后进了一家大公司工作，可她还是对我毫无保留地讲她的秘密。夜里，我在电脑前与远在国外的女儿对话时无所不谈，她发牢骚说打工太累，我发牢骚说写作更苦；她说男人最会花言巧语，我说女人更是心机多端。总之，我们像两个年轻人一样说男道女自由自在。有一次，女儿突然笑着说，我从来没觉得你是个父亲。我愣了至少五秒钟，猛然明白，这原来是女儿给予我的最高褒奖。

中国的“情人节”——七夕

每到2月14日便会有无数的短信发来表示“情意”——于我而言也就是个熟人问候,借了“情人节”来做调侃,想起来肚子里时常发笑。洋人们其实是因为太富了,各种玉食都受用了,变生方法来寻找情趣。这个日子不过是个寄托就是了。但我们的年轻人过这个节十分认真的。这不需要复杂的调查,你到花坊看看就会知道了,所有的玫瑰都卖得精光——这就是实证。我常想,这世界第一倒霉的树种当然是枞树,美国人、英国人每逢圣诞就杀它,回去给自己开心,最晦气的花卉是玫瑰吧?人一谈恋爱,或甚稍对人有点爱意,便剪它的花头。尽自这样想,我并没有惋惜的意思。作养供玩的花树,如同畜牧杀用,非常正常。

中国也有情人节,老牌子的,正宗的——牛郎织女七夕会,不过它不叫“情人节”,七夕就是“七夕”。

牛郎织女那段缠绵悱恻的故事,不是父母讲给我的。他们都是职业革命者，不讲这些个。我先是听了同学母亲说，后又看小人书，自己获取了这个知识。天上的牛郎星与织女星遥遥相对，当中隔着浩渺的银河。有几年到农历七月七，我常坐在石头上仰望天空，想看他们“相会”，但总是阴天，黑咕隆咚的，什么也瞧不见。二月河这般傻气，我的读者一定会笑的。其实即便是“情人”，世上有几对能“终成眷属”的？而成眷属照样过情人节过得过瘾！

我一直觉得牛郎织女故事不圆满，王母娘娘吃饱了撑的，管这闲事！但后来明白，不圆满的东西才是最美的。阿佛洛狄德倘无断臂，她失去的那只手臂也许将夺走她顶级绝世的风华。朱丽叶如果真成了贵妇人，谁还替他们掉眼泪？贾宝玉和林黛玉也是一般——战败贾氏宗亲、摒弃薛宝钗、八抬大轿成婚、林黛玉作为“宝二爷夫人”主持家政……什么意思呢？总之，我觉得这故事很有美学追求，高雅，很“现代”的！

现代？其实过去中国人这个节过得是极其认真的。我翻了一下清人笔记，过“七夕”比过八月十五记载要详明十倍。七夕前，六月下旬实际上是这个节已经开始了。点心店开始制作“巧果”，用面和白糖挽成花样油炸了出卖，我们今天叫“甜麻花”，当时的人叫它“苎结”。到正日子这夜，家家户户正厅要摆拜坛，有钱人家是在“露台”上——大约相当于我们今天的阳台？没钱的穷人就在院子里，鲜花、巧果、点心、甜酒都摆上去，燃上香……然后举家望空礼拜。这是有诗为证的：

几多女伴拜前庭，敬祈银河架鹊翎。
巧果堆盘卿负腹，年年乞巧靳双星。

这实在是女人们借机抒发情绪的一个节日。中国女人可怜，自宋以降就没有了恋爱自由。实在话，中国的男人们也没有恋爱自由，都不能说“爱”字，只好“乞巧”。我想那些人跪在庭院中间向牛郎织女喃喃祷祝，虽然都是企盼好运与智慧，他们心里想乞什么，真的是天知道。另有一诗或道出个中玄机：“乞巧谁从贷聘钱，瓜花谷饭献出筵。阿侬采得同心果，不为双星证夙缘。”这是真的，这个节各地过法大致大同小异。巧果有的地方油炸，有的地方则不炸，追求的是它的花样，工巧、玲珑、美观。礼拜程序和祈福内容也是先后不尽一致。有的地方财主们还要请僧尼，聚族筵礼拜，繁复得很。它既然叫“乞巧”，怎么判定神示你是聪明闺女还是笨丫头呢？是这样操作：七夕这夜，盛一碗水，置在拜台上，第二天早晨，受试女孩要向碗里放一根针，十分小心地放在水面上，针如果沉下去，算你笨。水是有张力的，针能浮在水面上呀！你行，聪明。

这些都是旧俗。今天的人当然不会去拜牛郎织女，我看了许多宾馆，摆的都是赵公元帅、关公，除了财神什么也不拜。我以为比之时尚，青年对青春与爱情的向往，比我们老一辈对中国爱神牛郎织女二星的崇敬，显得很猥琐与阴贱。

人们希望七月的喜鹊会带来爱情的幸福。我读金庸的《神雕侠侣》，里头有种植物叫“情花”，生的地方也惊人心魄：绝情谷。爱情的心态犹如中了“情花之毒”，契合如符。极佩服老先生的想象力。

他八十多岁吧，去年还和他在深圳作了一次对话。我思量这情花及绝情谷的形象思维，肯定是他年轻时的奇思妙想，老年人思量不来这意思。

甜蜜+痛苦=爱情。我们先祖就懂这一条。今天中央电视台制一个专题片，请我去嵩阳书院当导游。我说了对程、朱一些不恭之词，他们删掉了。其实他们不该删掉的，客观地说，程、朱的学术还是应当受到尊敬。但他们的理论摧毁性地破坏了“爱”，从观念到思维方式、行动规范。本来就十分脆弱的爱一下子全部扫地出门打入地下，一直到现在也没有完全张舒起来，这个罪过了得！

然而“爱”这种东西岂是一种理论——灭人欲——可以消灭的？人们在过七夕时，其实就是潜意识地召唤爱的灵魂！魂兮，归来，希望碰巧“我能拥有……”

归来，归来，魂兮归来！七夕的灵魂，中国的情人情结在此日熏蒸人间。

花洲情缘

又回母校走了一遭。20 世纪 60 年代初，1962 年 1963 年吧，我在邓州上学。那时这个市名叫邓县，八十七万人口，也就这么一个高中。三万多初中毕业生，也就录取那么不到二百人。一当列队宣布录取名单，我还真有点欣喜若狂那情味：要到一中上学了，一中哪！

邓州一中不是个等闲的学校。这个地方名字就叫得“独秀”：春风阁、百花洲——是范仲淹讲学的地方。范老夫子的《岳阳楼记》也是在百花洲他的书院写成的，而范在写这篇文章时全凭的资料与想象。他还没有去过洞庭湖，见到的只是岳阳楼的图样与相关资料。我想这可能和二月河创作历史小说有相通之处：饮一瓢浆而意拟三千弱水——也还是作者的直接感受，只是综合了彼时彼地的色受禅悟、此时此刻的色想而已。

南阳这地方出了两句名言，恐怕全国有初中以上文凭的人都能随口而出。一句是诸葛亮的“鞠躬尽瘁，死而后已”；再一句便是范仲淹的“先天下之忧而忧，后天下之乐而乐”。我以为诸葛亮的那一句“精神可嘉，境界不大”，不过是对蜀刘小王朝的死忠承诺就是了。而后一句涵盖的人文意义是超前的，它的人民性、公而忘私的主观意识，今天看仍是先进的、积极的，而这一句出自范公之口，写在百花洲上、春风阁前——我的母校一中。

春风阁我读书时没见过，说是在民国战乱年间湮没了的。百花洲那时就有——一个不大的水塘“环墙”，是邓县高高的城墙，水塘中还有一座压水亭子，已是破烂不堪。但那植被是很好的，满城墙的土坡都是绿，百花洲是绿，水塘的水映着柳色与城上茂密的灌木与衰草也是绿。范公祠的许多碑刻都嵌在厚厚的砖墙上，院中几株古柏与乌桕，将这祠堂映衬得深邃、幽静和安谧。我没有更多的历史感悟，我只是觉得这地方神秘，内涵不能透窥。

我一辈子上学没上好，走到哪里都是个臭。高中毕业已是二十一岁的大龄学生，这个年龄很多好学生大学也毕业了，而我还面临上山下乡、找工作，孝敬父母的事更是渺茫。所以参军时我立下了志气，抓住最后一个机会发展起来。就这么，“发展”成了二月河。但其实长期我都不自信，不自信“惯了”——就“写小说”而言，以我的文化知识，在中国文化史里这事长期都不算怎么回事的，甚至算是“丢人事”的时辰也多多有——我始终觉得我这点包括了《奇门遁甲》、《万法归宗》，什么麻衣、柳庄等这些“知识学问”都不算数。当然我也有点“正经”学问的——学问不算学问，或者“不够学问”。项羽说过“富贵不还乡，犹衣锦而夜游”。我有这点不自信，就不愿故地重游——我没有穿新衣服，穷嗖嗖的，羞见江东父老。这不但百花洲、洛阳我上学,陕县我上学——臭学生回来干吗,臭美吗?有了这点子心理障碍,百花洲近在咫尺,也晓得它的重要意义,直到《康》、《雍》、《乾》书成,没有踏进邓县一步。

但后来终于在朋友的动员下成行了。他们的鼓励,使我平白地增强了信心。我也实在是想念这地方。我初中的那个水塘"爱母池",我在人武部夏日露宿的篮球场;春风阁、百花洲——你听听这名字就够你神往。何况我在那里度过了许多饥饿的风花雪月时日。去看了百花洲——它已和邓州一中分体另立,回来还写了一首长短句《谒花洲书院有感》:

蹊径老塘犹存,残城草树相抚。春风阁前明月清新,百花洲上斜阳迟暮。四十载烟尘如昨,八百年游子归路。指点少小新学生,知否,知否?此是范子情断处。

这当然很一般的。但他们还是拿去刻了,还在碑上加了"二月河读书处"题样。我不能拂了朋友一片好意,却也由此悟到许多珍贵文物的原始概念——能引起你久远联想的东西,就叫做文物。

中国的教育其实一开头就是"两条腿走路"。一位三家村老先生,几位家长把蒙童送来。孔子是收芹菜、风干肉的吧,那是"学费"。后来的情况花样很多,有一家办、有几家合办的私塾。收散碎银两、收制钱,以物抵学费的也很多。四书五经、《三字经》、《千家诗》等都是教科书,这说起来能写一本书。简而言之叫私塾,再就是政府、官办的，比如太学、国子监。那是中央一级的“大学”。各地府有府学，县有县学，堂而皇之的名字叫做书院。南阳就有一条街，名叫书院街。还有旁边的三元巷什么的，一听就知道是怎么回事。那里有个南阳第一高中，就是民国“接替”前清府学的址。

书院，在彼时可以说“长城内外，大河上下”到处都有的学堂官称。我见到胡适的一份回忆：说在某国代表北大参加一个会议，北大因建校不足百年，他因而不能列坐主席台上。回思北大前身乃京师大学堂，再前身是前清的……那么着算，窝囊死了——台上那些头矗得葱笔一样的诸公，连北大的孙子辈都算不上。本来坐主席台的，却坐了台下！我们比他们才真是“老牌的”、“正字号”的！然而从实际社会学意义上讲，书院文化真的是老了、朽了、死了。讲四书五经，说八股文，年年代代一成不变永远如此，没有任何新陈代谢。说句极不中听的话，关在密不透风的房子里，呼吸一室几千年同样呼吸的空气包括屁，这人能不死吗？太阳落山就是落山了，死了就是死了，该死就死，循环更生，乃是好事。胡氏想得有点偏了。

整个中国的书院像是一片大竹林，平平的、齐齐的，一色一样：开花了，萎谢了，齐根死了，完了。这与书院自身的反动攸关所在，谁也救不了它。但这片大竹林中稀不棱的也留下了几株大树，岳麓书院、嵩阳书院就是了。那原因也极简单，二程、朱熹、王阳明这些在学术上功业上有所建树的名人进驻过，在这里讲学或著述过，就这么简单。也就是松柏树吧，前后庭院讲堂学所，歇山顶的房子吧。吃喝拉撒睡，不会比别的书院少，也多不出什么去。这些地方因了名人而成名地，你去看看，至今还是游兴甚佳者多多。

我们冷落了百花洲，慢待了春风阁。其实，是不是这样？用范仲淹和上述的几位“名人”作一作比较，以《岳阳楼记》的知名度和人文涵盖衡量，这“冷落慢待”是明摆着的事。这事我想过，竟是这样一个结论：邓州只是个“州级”，书院相当于“县级”而已。就这个小小的原因，就居然敢慢待范公！你去看看湖南的岳阳楼吧，看他们是怎样显摆张扬，《岳阳楼记》不是在岳阳楼上写的，湖南游子把栏杆拍遍也无法改变这个事实。以“县级”而轻慢，以省学而高看，是否有点趋炎附势了？我这当然是批评。批评的是清代直到当代学界、文物界的诸贤长者——所有那些书院，包括岳麓、嵩阳，等等，其实“功能”早已丧失。唯有春风阁，九百余年春风年年应命而至，百花洲岁岁花树如织。由“县学”而“一中”九百余年香烟不断，缭绕豫之西南，洵是人文奇观，这实是范公余德所泽呢。

范公祠、百花洲、春风阁，这几处胜地现在政府已大规模修葺峥嵘，“增其旧制”，花繁树茂、修竹长林渐起。范公修书为《岳阳楼记》的堂奥亦宛然隐于荷塘云树掩映之中。作为一个旧学生，心中实有不能言表的欣慰。

周涛

虫子，爬吧

你说虫子算一个什么东西？虫子有什么了不起？有谁能把虫子放在眼里？可是，虫子在爬着，它在蠕动着、蹦跳着、缓缓飞行或快速移动着……虫子就是这样，它不管你是不是喜欢它，欢迎它，它就出现了。它甚至连看也不看你一眼，自顾自地向着某个方向游移，也不知到底有没有什么正当、合理的目的。

虫子爬得很庄严，很有一点绅士风度，它似乎并不认为自己是这个世界上最渺小最可怜、最让人轻视的生物，看样子它们并没有意识到这一点（它们缺乏起码的、应有的自我批判意识，它们自我感觉良好）。特别是它们竟然毫未感觉到另一种伟大的存在正从 1.80 米的高空威严地俯瞰着它们，是好奇的关怀，也是可怕的威胁，它们丝毫没有感觉到，而且连看也没看一眼。自顾自，它们爬着。有什么好爬的？傻家伙！两座隆起的丘陵之上，是两根巨大的通天柱，柱上是写字楼；写字楼之上，是个似圆非圆的储水罐，罐上有一对黑白相间的圆球在转动,投射下两束含义不明的光(这两束光的名称叫“眼光”,虫子当然不会晓得)。

虫子没有理会这个庞然大物的存在,它依然在爬,而且似乎比较匆忙,反正它不是去幽会就是去觅食,除此之外没有什么别的好忙——这和我们人类大致没什么两样。也许在它心目中,俯察万类的巨物并不是什么生命,而只是一种风景,一座山峰之类的陪衬而已。此刻在世界上唯有它在活动。它并不觉得自己小,它正在地球上爬,正用它的爪子和腹部紧紧拥抱着地球,地球在转动,它在爬行,有什么理由认为它渺小呢?各种虫子爬动的时候,那是姿态万方,各显其能的,看起来令人神往,有时候一不小心是可以使人入迷的。总的来看,虫子爬行的各种姿态比人丰富多彩得多了。

蚂蚁显得有点儿匆忙,但也经常有左顾右盼、犹疑彷徨的时候。它是一个坚定的种类,但勤劳坚定如蚁,也难免有“遇歧路而坐叹”,有团团旋转不知何去何从的时刻。所以,看看蚂蚁对我们人类是有启示意义的,因而也就懂了为什么自古就有“走路怕踩死蚂蚁”的人物。

金龟子会飞也会爬,它像一枚自己在地面上移动的小花桑花伞上有黑斑点,底色深红,这种伞的工艺水平很高,印制雅致,一般出产在苏杭一带。它爬得沉稳,似乎因为它会飞,所以爬得不慌不忙,有闲适派的风格,也难免有一丝炫耀的味道。当然,它是美的,像一枚精致漂亮的图钉。

“图钉”在爬,旁若无人。它的小花伞对它来说是太大了,遮住了全身,只露出碎了的小米粒那般大小的脑袋,还有几根细脚爪。这就使它显得有些“鼠目寸光”了，它看不了多远，只能看到眼前的尺寸之地。可是它仿佛一边爬一边自言自语地说，“我看那么远有什么意思？我很美丽是吧——这就足够了”。高耸于金龟子上空的俯察万类的那两道“眼光”，此时也不得不承认金龟子的自言自语是对的。尺寸有所长，万丈有所短，小小生物，何必强求都练就鹰的锐目呢？因为金龟子美丽，巨物的脚移开了，没有朝它背上踩下去，“眼光”想，让这枚精致的图钉移动吧，它多可爱。

实际上，在这人造的小花园不算太大的地面上，各式各样的小昆虫也不算少，也许它们把这误认为“自然”了。灰色的小蚂蚱爬得慢，跳得快，它显得营养不良，像一些灾区儿童，还像三年自然灾害时期的农村青少年。零星的灰蚂蚱不时从草丛里弹射出来，划出一个漂亮的弧度，固然是有一些“绝唱”或“最后的华尔兹”的意味了。它们已远不如其祖先那样强健雄劲、遮天蔽日了，就像今天的蒙古人已不复有昔时成吉思汗的赫赫神武。跳吧，蚂蚱。可怜的、孱弱的蹦跳族的后裔，如今好比孤零寡群……那么扯着一根线从树枝上突然出现在人脸前的“吊死鬼”呢？它让人讨厌，复又令人哑然生笑。谁教给它这一套鬼把戏的？这个家伙怪模怪样的动作和表情，的确有一种滑稽可笑的样子，它是虫子里的小丑、恶作剧者，也是胆敢向庞然大物的人类挑衅的自不量力之徒。但它是虫子，你能对它怎么样？捏死它，让人恶心；何况它滑稽，还是绕开些走吧——“吊死鬼”胜利了。虫子们顽强地在这个世界上爬着，从不气馁，从不灰心；与人共处，与人相争。它们短暂的生存有什么意义呢？何况它们大部分是丑陋的、蠕动的，于人无益让人恶心的，如能灭绝之，似乎对于这个世界也并不见得少了什么;特别是苍蝇、蚊子、蟑螂之类,灭绝之,世界会显得清爽许多。

可是请问谁又能灭绝了它们呢?造物主既然造了它,就有它生存的理由,也有它爬动的位置和空间。可是,为什么庞大的、凶猛的、美丽的生物反而纷纷消失灭绝呢?答曰:因为大。这时,“眼光”忽然从对虫子的怜悯转而生发出对自身的怜悯,是啊,人类不也是“生年不满百,常怀千岁忧”的么?人类之上,那双俯察芸芸众生的眼光又是谁的呢?在那双眼光里,人不是同样像一些蠕动的、爬行的、蹦跳的虫么?无穷层次的生物组成的链环环相套,一环扣一环,一物克一物,最后,最弱小的反而成了最强大的。恐龙只是体型大的虫子,老虎古人也称之为“大虫”,如此,把这些渺小的虫子们放大再放大,说不定,你就又会看到再现的恐龙了。“缩龙成寸”,斯言信矣。“眼光”这时也不再自觉为俯察万类的、主宰万物的超生物者了,它降低下来,开始以平等的心去认识、观察它们,它甚至想知道它们在想什么……在虫子的世界里同样可以遨游。

“虫子,爬吧”,他低下身来温柔地这样轻轻说着。

二十四片犁铧

拖拉机牵引着的二十四片犁铧宛如一组编钟，远远行进的时候看上去却像一只多脚的黑蜈蚣。它来到了处女地上，它的任务是把游牧者世世代代牧放畜群的草原犁为田亩，耕耘播种上铺到天边的麦子。

拖拉机以坦克那样沉重、不容商量的样子行进着，它的履带的钢齿辗过覆盖了绿草鲜花的草原，像一个性欲强烈的蛮横的男人在少女的胴体上留下的牙印。它是粗暴的、阴郁的，它在某种性欲表象之下执行着一种冷漠的钢铁般的命令。它对草原的强暴里不含有一丝一毫的性成分，没有一点一滴的热情和冲动，更不含有玩弄和欣赏，它是严肃地、一丝不苟地强奸了草原，破坏了巩乃斯草原与牧人之间保持了很久的青梅竹马之情而后仍然保留着的贞操。

这是一次可怕的耕耘和播种，它所含有的性质里隐藏着不易被人意识到的破坏的恐怖。它比烧杀抢掠更阴险蛮横，然而它完全不像烧杀抢掠那么容易判断，它的罪恶感是极其隐秘的。这是一次在耕耘和劳动这种旗帜下的庄严的破坏。

二十四片犁铧降下去了。

二十四片犁铧深深地插入了草原，切割的声响像某种疼痛的撕裂声，尖锐、短促，被压抑着；团团的纠缠于土壤之下的草的根系，像散乱蔓延的湿润长发似的，被切断；犁铧切断每一根草的根须时，都发出一声细微的、脆裂的声响，就像斩断一根神经时那样。

拖拉机猛地顿住了。它遇到了一种从前未曾遇到过的阻力，二十四片犁铧在插进土地之后被紧紧夹住，所有的根系组成土壤里的网状防御体系，抗拒着犁铧的推进。

拖拉机喘息了一阵，重新调整了一下力量，发出猛兽的咆哮声，向前拱动。它不相信有什么能够阻挡住它。

二十四片犁铧前进了。从每一片犁铧倾斜的一侧，升起一股喷泉般翻动的波浪，褐黑色的土壤的波浪。波浪均匀地从二十四片犁铧的角隙间升起，组成一片整齐的舞蹈，起伏跳跃，训练有素，如同正在表演的少女团体操。

看起来是非常优美、非常欢快的呀！

拖拉机顷刻之间沉在草原里，变成了大海当中的一只旧驳船。它深陷着，缓缓移动着，有时候甚至给人以可能沉没的感觉。在它身后，二十四片犁铧拖拽着一个波浪跳跃的方阵……

草原被切割的声音渐次变为有规律的呻吟，而且渐渐将这呻吟转化为一种低声部的合唱。处女地最初的痛苦、疼痛、尖叫和呻吟消失了，在这低声部里，似乎渐渐有了一点舒畅或欢快。

二十四片犁铧组成的垦殖器带有明确的使土地怀孕的目的，在每一叶犁铧切入的部位，都有一个钢管向土壤注入了麦种。麦种是经过挑选的，颗粒饱满、圆润，它们将准确地进入草原的褐色壤层，潜伏下来，在季节的旗语召唤下集体哗变，奇迹般地改变草原的肤色！

二十四片犁铧昼夜兼程，无所顾忌地前进。它们是由一股强大的力量所牵引的，二十四片犁铧是二十四柄开刃的刀斧，锋快而且有力，比任何刽子手都要无情，比历史的车轮还要不管三七二十一，比军队执行命令还要坚决。

对它们来说，一路上剖开大地的肌肤，切断草的根系，有一种快感。对于天然锋利坚硬的东西来说，切断别的东西恰恰正是它的生存价值，是它的用途。正如对于斧斤来说，砍伐是它的使命，对利剑来说，刺杀是它的天性。

二十四片犁铧在草原处女地的肌肤里切断的远远不止于潮湿的土壤和花草的根须，在它们强有力的锋刃前，掀翻了的是整整一厚层牧草掩护下的世界。这是真正淋漓尽致的大颠覆、大屠戮！

草丛中有着不少的大雁、天鹅、叫天子、呱呱鸡之类的各种禽鸟的窝巢，有待孵的鸟蛋和刚刚孵出的雏鸟，这些以后会飞但现在还不能移动的生命，遇到了不可躲避的劫难。二十四片犁铧的锋刃轻易地把它们一劈两半。

还有蛇，它们的身体被腰斩成数段，在翻耕开的波浪中扭动着，痉挛着，每一段都妄图找回另一截接上。它们在这种欲望的驱使下挣扎、移动，寻找自己生命的另一部分。

还有田鼠的一窝肉红色的后裔，还有蚯蚓的庞大家族，还有更多的甲虫、昆虫的逃难者队伍……它们全都面临灾难，如同人类不期而遇地撞上了战争，眼睁睁地看着那二十四片神秘可怖的犁铧迎面辗压过来，把它们苦心经营的乐园一劈两半！

二十四片犁铧如同宿命一般降临，毁灭性的打击如此突然。无从躲避，无从防范，只有任其屠戮。这些小生命在毫无准备的情况下被一个庞大的事物非常偶然地毁灭。深刻的悲剧还不在于此，而在于庞大的事物并不是专门为毁灭它们而降临的。它们完全无辜，但是它们遭到了灭顶之灾。

真正的悲剧正是这样的。

被翻耕过的土壤陈列在犁铧的后面，大块大块、大片大片，像是一整块海面上的凝固的波浪。壤块裸露出来，被切断的根须也暴露在光天化日之下，显示着被宰割后的程序。土壤的秘密暴露无遗，它们躺在阳光下，散发着自身的强烈芬芳的新鲜气味儿，无可奈何。

在这些翻耕过的土块上，各种被切割的小生命，有的像战争后的伤兵那样蠕动着，有的则成为尸体半掩在土块里。

二十四片犁铧继续推进，它不管这些。但是不知是什么时候开始，二十四片犁铧的上空聚集了大批的鸟群。鸟群低低地盘旋、鸣叫，紧紧追随围绕着犁铧，仿佛是海鸟追随船尾组成的护送仪仗队。

鸟群越集越多，乌鸦、大雁、鹳、天鹅，还有成群的白鸥和各种鸟雀，鸣叫并盘旋，飞起复落下。在它们的鸣叫声和动作里，有着兴奋焦急的情绪。

它们是来争食那些翻耕出来的小动物的，也是来翻食那些刚播下的麦种的。翻耕过的土地成了一席摆给鸟群们的盛宴。

日日夜夜，它们飞去又飞来，不知疲倦地追随着犁铧，变得越来越大胆、越来越寡廉鲜耻，越来越不像鸟。尤其是那些外形高雅优美的大鸟，它们穿着那样洁白整齐的羽毛，却啄起一条蛇飞向空中，或者凶相毕露地在壤块间追杀一只伤残的小田鼠。这时候，所有的鸟原形毕露，露出了一个生命凶残贪婪的一面。

唉，生命就是生命，再美丽的生命也有丑陋的那一面。所有的生命在本质上是同等的，美具有欺骗性。

二十四片犁铧依然昼夜兼程，在春天的整整一个月的时间里，它不停顿地推进，从草原的这一头一直犁到了天的尽头。它像一艘沉重缓慢的驳船，老也不停地行驶着，只有鸟群日日夜夜追随着它。

辽阔的草原以及草原上的栖息者们承受了这一划时代的灾难，无声无息。除了马达从远处传出的低沉轰响以外，这里的一切都如过去那样宁静、寂寥。

直到有一天，拖拉机犁遍了周围的草原，使一座哈萨克人的白毡房成为仅存于翻耕土地间的一块礁石、一个孤岛。凶猛的牧羊犬激烈地抗议着，围绕在这只长了二十四只脚的陌生怪兽周围跳跃、咆哮，牧犬的叫声激愤而狂怒，同时含有恐惧。

一个哈萨克老妇人从毡房里出来，她一手拄杖，一手牵着小孙子，在离毡房两米处站定。她一言不发，面色冷峻，她看着眼前发生的这一切，自始至终沉默着，没说一句话。

草原上的风掀起她的白发，露出她的额角上一道道苍老的皱纹。她向二十四片犁铧投过一道目光，那目光里凝缩了七十个冬天的寒冷！

那不是愤怒，而是藐视。

那样一个眼神扫过之后，二十四片犁铧突然不再闪闪发光，它们在一瞬间变得铁锈斑驳了，好像一个指头就能弹碎。二十四片犁铧可以剖开草原的肌肤，劈斩无数种生命，切断草根、土地和顽石，但是它受不了这位老妇人沉默而又寒冷的目光，它受不了这种无言的、高贵的藐视。

游牧者异样的沉默间的一瞥，使二十四片犁铧像二十四颗苍老衰弱的牙齿一样可怜。

余秋雨

都江堰

一

我以为,中国历史上最激动人心的工程不是长城,而是都江堰。

长城当然也非常伟大,不管孟姜女们如何痛哭流涕,站远了看,这个苦难的民族竟用人力在野山荒漠间修了一条万里屏障,为我们生存的星球留下了一种人类意志力的骄傲。长城到了八达岭一带已经没有什么味道,而在甘肃、陕西、山西、内蒙一带,劲厉的寒风在时断时续的颓壁残垣间呼啸,淡淡的夕照、荒凉的旷野溶成一气,让人全身心地投入对历史、对岁月、对民族的巨大惊悸,感觉就深厚得多了。

但是,就在秦始皇下令修长城的数十年前,四川平原上已经完成了一个了不起的工程。它的规模从表面上看远不如长城宏大,却注定要稳稳当当地造福千年。如果说,长城占据辽阔的空间,那么,它却实实在在地占据了邈远的时间。长城的社会功用早已废弛,而它至今还在为无数民众输送汩汩清流。有了它,旱涝无常的四川平原成了天府之国,每当我们民族有了重大灾难,天府之国总是沉着地提供庇护和濡养。因此,可以毫不夸张地说,它永久性地灌溉了中华民族。有了它,才有诸葛亮、刘备的雄才大略,才有李白、杜甫、陆游的川行华章。说得近一点,有了它,抗日战争中的中国才有一个比较安定的后方。

它的水流不像万里长城那样突兀在外,而是细细浸润、节节延伸,延伸的距离并不比长城短。长城的文明是一种僵硬的雕塑,它的文明是一种灵动的生活。长城摆出一副老资格等待人们的修缮,它却卑处一隅,像一位绝不炫耀、毫无所求的乡间母亲,只知贡献。一查履历,长城还只是它的后辈。它,就是都江堰。

二

我去都江堰之前,以为它只是一个水利工程罢了,不会有太大的游观价值。连葛洲坝都看过了,它还能怎么样?只是要去青城山玩,得路过灌县县城,它就在近旁,就乘便看一眼吧。因此,在灌县下车,心绪懒懒的,脚步散散的,在街上胡逛,一心只想看青城山。

七转八弯,从简朴的街市走进了一个草木茂盛的所在。脸面渐觉滋润,眼前愈显清朗,也没有谁指路,只向更滋润、更清朗的去处走。忽然,天地间开始有些异常,一种隐隐然的骚动,一种还不太响却一定是非常响的声音，充斥周际。如地震前兆，如海啸将临，如山崩即至，浑身起一种莫名的紧张，又紧张得急于趋附。不知是自己走去的还是被它吸去的，终于陡然一惊，我已站在伏龙观前，眼前，急流浩荡，大地震颤。即便是站在海边礁石上，也没有像这里强烈地领受到水的魅力。海水是雍容大度的聚会，聚会得太多太深，茫茫一片，让人忘记它是切切实实的水，可掬可捧的水。这里的水却不同，要说多也不算太多，但股股叠叠都精神焕发，合在一起比赛着飞奔的力量，踊跃着喧嚣的生命。这种比赛又极有规矩，奔着奔着，遇到江心的分水堤，刷地一下裁割为二，直窜出去，两股水分别撞到了一道坚坝，立即乖乖地转身改向，再在另一道坚坝上撞一下，于是又根据筑坝者的指令来一番调整……也许水流对自己的驯顺有点恼怒了，突然撒起野来，猛地翻卷咆哮，但越是这样越是显现出一种更壮丽的驯顺。已经咆哮到让人心魄俱夺，也没有一滴水溅错了方位。阴气森森间，延续着一场千年的收伏战。水在这里吃够了苦头也出足了风头，就像一场千年的收伏战。就像一大拨翻越各种障碍的马拉松健儿，把最强悍的生命付之于规整，付之于企盼，付之于众目睽睽。看云看雾看日出各有胜地，要看水，万不可忘了都江堰。

三

这一切，首先要归功于遥远得看不出面影的李冰。

四川有幸，公元前 251 年出现过一项毫不惹人注目的任命：李冰任蜀郡守。

此后中国千年官场的惯例，是把一批批有所执持的学者遴选为无所专攻的官僚，而李冰，却因官位而成了一名实践科学家。这里明显地出现了两种判然不同的政治走向，在李冰看来，政治的含义是浚理，是消灾，是滋润，是濡养，它要实施的事儿，既具体又质朴。他领受了一个连孩童都能领悟的简单道理：既然四川最大的困扰是旱涝，那么四川的统治者必须成为水利学家。

前不久我曾接到一位极有作为的市长的名片，上面的头衔只印了“土木工程师”，我立即追想到了李冰。

没有证据可以说明李冰的政治才能，但因有过他，中国也就有过了一种冰清玉洁的政治纲领。

他是郡守，手握一把长锸，站在滔滔的江边，完成了一个“守”字的原始造型。那把长锸，千年来始终与金杖玉玺、铁戟钢锤反复辩论。他失败了，终究又胜利了。

他开始叫人绘制水系图谱。这图谱，可与今天的裁军数据、登月线路遥相呼应。

他当然没有在哪里学过水利。但是，以使命为学校，死钻几载，他总结出治水三字经“深淘滩，低作堰”、八字真言“遇湾截角，逢正抽心”，直到20世纪仍是水利工程的圭臬。他的这点学问，永远水汽淋漓，而后于他不知多少年的厚厚典籍，却早已风干，松脆得无法翻阅。

他没有料到，他治水的韬略很快被替代成治人的计谋；他没有料到，他想灌溉的沃土将会时时成为战场，沃土上的稻谷将有大半充作军粮。他只知道，这个人要想不灭绝，就必须要有清泉和米粮。

他大愚，又大智。他大拙，又大巧。他以田间老农的思维，进入了最澄彻的人类学的思考。

他未曾留下什么生平资料，只留下硬扎扎的水坝一座，让人们去猜详。人们到这儿一次次纳闷：这是谁呢？死于两千年前，却明明还在指挥水流。站在江心的岗亭前，“你走这边，他走那边”的吆喝声、劝诫声、慰抚声，声声入耳。没有一个人能活得这样长寿。

秦始皇筑长城的指令，雄壮、蛮吓、残忍；他筑堰的指令，智慧、仁慈、透明。

有什么样的起点就会有什么样的延续。长城半是壮胆半是排场，世世代代，大体是这样。直到今天，长城还常常成为排场。都江堰一开始就清朗可鉴，结果，它的历史也总显出超乎寻常的格调。李冰在世时已考虑事业的承续，命令自己的儿子作 3 个石人，镇于江间，测量水位。李冰逝世 400 年后，也许 3 个石人已经损缺，汉代水官重造高及 3 米的“三神石人”测量水位。这“三神石人”其中一尊即是李冰雕像。这位汉代水官一定是承接了李冰的伟大精魂，竟敢于把自己尊敬的祖师，放在江中镇水测量。他懂得李冰的心意，唯有那里才是他最合适的岗位。这个设计竟然没有遭到反对而顺利实施，只能说都江堰为自己流泻出了一个独特的精神世界。

石像终于被岁月的淤泥掩埋，本世纪 70 年代出土时，有一尊石像头部已经残缺，手上还紧握着长锸。有人说，这是李冰的儿子。即使不是，我仍然把他看成是李冰的儿子。一位现代作家见到这尊塑像怦然心动，“没淤泥而蔼然含笑，断颈项而长锸在握”，作家由此而向现代官场衮衮诸公诘问：活着或死了应站在哪里？出土的石像现正在伏龙观里展览。人们在轰鸣如雷的水声中向他们默默祭奠。在这里,我突然产生了对中国历史的某种乐观。只要都江堰不坍,李冰的精魂就不会消散,李冰的儿子会代代繁衍。轰鸣的江水便是至圣至善的遗言。

四

继续往前走,看到了一条横江索桥。桥很高,桥索由麻绳、竹篾编成。跨上去,桥身就猛烈摆动,越犹豫进退,摆动就越大。在这样高的地方偷看桥下会神志慌乱,但这是索桥,到处漏空,由不得你不看。一看之下,先是惊叹。脚下的江流,从那么遥远的地方奔来,一派义无反顾的决绝势头,挟着寒风,吐着白沫,凌厉锐进。我站得这么高还感觉到了它的砭肤冷气,估计它是从雪山赶来的罢。但是,再看桥的另一边,它硬是化作许多亮闪闪的河渠,改恶从善。人对自然力的驯服,干得多么爽利。如果人类干什么事都这么爽利,地球早已是另一副模样。

但是,人类总是缺乏自信,进进退退,走走停停,不断自我耗损,又不断地为耗损而再耗损。结果,仅仅多了一点自信的李冰,倒成了人们心中的神。离索桥东端不远的玉垒山麓,建有一座二王庙,祭祀李冰父子。人们在虔诚膜拜,膜拜自己同类中更像一点人的人。钟鼓钹磬,朝朝暮暮,重一声,轻一声,伴和着江涛轰鸣。

实实在在为民造福的人升格为神,神的世界也就会变得通情达理、平适可亲。中国宗教颇多世俗气息,因此,世俗人情也会染上宗教式的光斑。一来二去，都江堰倒成了连接两界的桥墩。

我到边远地区看傩戏，对许多内容不感兴趣，特别使我愉快的是，傩戏中的水神河伯，换成了灌县李冰。傩戏中的水神李冰比二王庙中的李冰活跃得多，民众围着他狂舞呐喊，祈求有无数个都江堰带来全国的风调雨顺，水土滋润。傩戏本来都以神话开头的，有了一个李冰，神话走向实际，幽深的精神天国，一下子贴近了大地，贴近了苍生。

苏东坡突围

一

住在这远离闹市的半山居所里，安静是有了，但寂寞也来了，有时还来得很凶猛，特别在深更半夜。只得独个儿在屋子里转着圈，拉下窗帘，隔开窗外壁立的悬崖和翻卷的海潮，眼睛时不时地瞟着床边那乳白色的电话。它竟响了，急忙冲过去，是台北《中国时报》社打来的，一位不相识的女记者，说我的《文化苦旅》一书在台湾销售情况很好，因此要作越洋电话采访。问了我许多问题，出身、经历、爱好，无一遗漏。最后一个问题是："在中国文化史上，您最喜欢哪一位文学家？"我回答：苏东坡。她又问："他的作品中，您最喜欢哪几篇？"我回答：在黄州写赤壁的那几篇。记者小姐几乎没有停顿就接口道："您是说《念奴娇·赤壁怀古》和前、后《赤壁赋》？"我说对，心里立即为苏东坡高兴，他的作品是中国文人的通用电码，一点就着，哪怕是半山深夜、海峡阻隔、素昧平生。

放下电话，我脑子中立即出现了黄州赤壁。去年夏天刚去过，印象还很深刻。记得去那儿之前，武汉的一些朋友纷纷来劝阻，理由是著名的赤壁之战并不是在那里打的，苏东坡怀古怀错了地方，现在我们再跑去认真凭吊，说得好听一点是将错就错，说得难听一点是错上加错，天那么热，路那么远，何苦呢？

我知道多数历史学家不相信那里是真的打赤壁之战的地方，他们大多说是在嘉鱼县打的。但最近几年，湖北省的几位中青年历史学家持相反意见，认为苏东坡怀古没怀错地方，黄州赤壁正是当时大战的主战场。对于这个论争我一直兴致勃勃地关心着，不管争论前景如何，黄州我还是想去看看的，不是从历史的角度看古战场的遗址，而是从艺术的角度看苏东坡的情怀。大艺术家即便错，也会错出魅力来。好像王尔德说过，在艺术中只有美丑而无所谓对错。

于是我还是去了。

这便是黄州赤壁。赭红色的陡峭石坡直逼着浩荡东去的大江，坡上有险道可以攀登俯瞰，江面有小船可供荡桨仰望，地方不大，但一俯一仰之间就有了气势，有了伟大与渺小的比照，有了视觉空间的变异和倒错，因此也就有了游观和冥思的价值。客观景物只提供一种审美可能，而不同的游人才使这种可能获得不同程度的实现。苏东坡以自己的精神力量给黄州的自然景物注入了意味，而正是这种意味，使无生命的自然形式变成美。因此不妨说，苏东坡不仅是黄州自然美的发现者，而且也是黄州自然美的确定者和构建者。

但是,事情的复杂性在于,自然美也可倒过来对人进行确定和构建。苏东坡成全了黄州,黄州也成全了苏东坡,这实在是一种相辅相成的有趣关系。苏东坡写于黄州的那些杰作,既宣告着黄州进入了一个新的美学等级,也宣告着苏东坡进入了一个新的人生阶段,两方面一起提升,谁也离不开谁。

苏东坡走过的地方很多,其中不少地方远比黄州美丽,为什么一个僻远的黄州还能给他如此巨大的惊喜和震动呢?他为什么能把如此深厚的历史意味和人生意味投注给黄州呢?黄州为什么能够成为他一生中最重要的人生驿站呢?这一切,决定于他来黄州的原因和心态。

他从监狱里走来,他带着一个极小的官职,实际上以一个流放罪犯的身份走来,他带着官场和文坛泼给他的浑身脏水走来,他满心侥幸又满心绝望地走来。他被人押着,远离自己的家眷,没有资格选择黄州之外的任何一个地方,朝着这个当时还很荒凉的小镇走来。

他很疲倦,他很狼狈,出汴梁、过河南、渡淮河、进湖北、抵黄州,萧条的黄州没有给他预备任何住所,他只得在一所寺庙中住下。他擦一把脸,喘一口气,四周一片静寂,连一个朋友也没有,他闭上眼睛摇了摇头。他不知道,此时此刻,他完成了一次永载史册的文化突围。黄州,注定要与这位伤痕累累的突围者进行一场继往开来的壮丽对话。

二

人们有时也许会傻想,像苏东坡这样让中国人共享千年的大文豪,应该是他所处的时代的无上骄傲,他周围的人一定会小心地珍惜他,虔诚地仰望他,总不愿意去找他的麻烦吧？事实恰恰相反,越是超时代的文化名人,往往越不能相容于他所处的具体时代。中国世俗社会的机制非常奇特,它一方面愿意播扬和轰传一位文化名人的声誉,利用他、榨取他、引诱他,另一方面从本质上却把他视为异类,迟早会排拒他、糟践他、毁坏他。起哄式的传扬,转化为起哄式的贬损,两种起哄都起源于自卑而狡黠的觊觎心态,两种起哄都与健康的文化氛围南辕北辙。

苏东坡到黄州来之前正陷于一个被文学史家称为“乌台诗案”的案件中,这个案件的具体内容是特殊的,但集中反映了文化名人在中国社会中的普遍遭遇,很值得说一说。搞清了这个案件中各种人的面目,才能理解苏东坡到黄州来究竟是突破了一个什么样的包围圈。

为了不使读者把注意力耗费在案件的具体内容上,我们不妨先把案件的底交代出来。即便站在朝廷的立场上,这也完全是一个莫须有的可笑事件。一群大大小小的文化官僚硬说苏东坡在很多诗中流露了对政府的不满和不敬,方法是对他诗中的词句和意象作上纲上线的推断和诠释,搞了半天连神宗皇帝也不太相信,在将信将疑之间几乎不得已地判了苏东坡的罪。

在中国古代的皇帝中,宋神宗绝对是不算坏的,在他内心并没有迫害苏东坡的任何企图,他深知苏东坡的才华,他的祖母光献太皇太后甚至竭力要保护苏东坡,而他又是非常尊重祖母意见的,在这种情况下,苏东坡不是非常安全吗?然而,完全不以神宗皇帝和太皇太后的意志为转移,名震九州、官居太守的苏东坡还是下了大狱。这一股强大而邪恶的力量,就很值得研究了。

这件事说来话长。在专制制度下的统治者也常常会摆出一种重视舆论的姿态,有时甚至还设立专门在各级官员中找岔子、寻毛病的所谓谏官,充当朝廷的耳目和喉舌。乍一看这是一件好事,但实际上弊端甚多。这些具有舆论形象的谏官所说的话,别人无法声辩,也不存在调查机制和仲裁机制,一切都要赖仗于他们的私人品质,但对私人品质的考察机制同样也不具备,因而所谓舆论云云常常成为一种歪曲事实、颠倒是非的社会灾难。这就像现代的报纸如果缺乏足够的职业道德又没有相应的法规制约,信马由缰,随意褒贬,受伤害者无处可以说话,不知情者却误以为白纸黑字是舆论所在,这将会给人们带来多大的混乱!苏东坡早就看出这个问题的严重性,认为这种不受任何制约的所谓舆论和批评,足以改变朝廷决策者的心态,又具有很大的政治杀伤力(“言及乘舆,则天子改容,事关廊庙,则宰相待罪”),必须予以警惕,但神宗皇帝由于自身地位的不同无法意识到这一点,没想到,正是苏东坡自己尝到了他预言过的苦果,而神宗皇帝为了维护自己尊重舆论的形象,当批评苏东坡的言论几乎不约而同地聚合在一起时,他也不能为苏东坡讲什么话了。

那么,批评苏东坡的言论为什么会不约而同地聚合在一起呢?我想最简要的回答是他弟弟苏辙说的那句话:“东坡何罪?独以名太高。”他太出色、太响亮，能把四周的笔墨比得十分寒碜，能把同代的文人比得有点狼狈，引起一部分人酸溜溜的嫉恨，然后你一拳我一脚地糟践，几乎是不可避免的。在这场可耻的围攻中，一些品格低劣的文人充当了急先锋。

例如舒亶。这人可称之为“检举揭发专业户”，在揭发苏东坡的同时他还揭发了另一个人，那人正是以前推荐他做官的大恩人。这位大恩人给他写了一封信，拿了女婿的课业请他提意见、辅导，这本是朋友间非常正常的小事往来，没想到他竟然忘恩负义地给皇帝写了一封莫名其妙的检举揭发信，说我们两人都是官员，我又在舆论领域，他让我辅导他女婿总不大妥当。皇帝看了他的检举揭发，也就降了那个人的职。这简直是东郭先生和狼的故事。就是这么一个让人恶心的人，与何正臣等人相呼应，写文章告诉皇帝，苏东坡到湖州上任后写给皇帝的感谢信中“有讥切时事之言”。苏东坡的这封感谢信皇帝早已看过，没发现问题，舒亶却苦口婆心地一款一款分析给皇帝听，苏东坡正在反您呢，反得可凶呢，而且已经反到了“流俗翕然，争相传诵，忠义之士，无不愤惋”的程度！“愤”是愤苏东坡，“惋”是惋皇上。有多少忠义之士在“愤惋”呢？他说是“无不”，也就是百分之百，无一遗漏。这种数量统计完全无法验证，却能使注重社会名声的神宗皇帝心头一咯噔。

又如李定。这是一个曾因母丧之后不服孝而引起人们唾骂的高官，对苏东坡的攻击最凶。他归纳了苏东坡的许多罪名，但我仔细鉴别后发现，他特别关注的是苏东坡早年的贫寒出身，现今在文化界的地位和社会名声。这些都不能列入犯罪的范畴，但他似乎压抑不住地对这几点表示出最大的愤慨。说苏东坡“起于草野垢贱之余”，“初无学术，滥得时名”，“所为文辞，虽不中理，亦足以鼓动流俗”，等等。苏东坡的出身引起他的不服且不去说它，硬说苏东坡不学无术、文辞不好，实在使我惊讶不已了。但他不这么说也就无法断言苏东坡的社会名声和世俗鼓动力是“滥得”。总而言之，李定的攻击在种种表层动机下显然埋藏着一个最深秘的元素：妒忌。无论如何，诋毁苏东坡的学问和文采毕竟是太愚蠢了，这在当时加不了苏东坡的罪，而在以后却成了千年笑柄。但是妒忌一深就会失控，他只会找自己最痛恨的部位来攻击，已顾不得哪怕是装装样子的可信性和合理性了。

又如王珪。这是一个跋扈和虚伪的老人。他凭着资格和地位自认为文章天下第一，实际上他写诗作文绕来绕去都离不开“金玉锦绣”这些字眼，大家暗暗掩口而笑，他还自我感觉良好。现在，一个后起之秀苏东坡名震文坛，他当然要想尽一切办法来对付。有一次他对皇帝说：“苏东坡对皇上确实有二心。”皇帝问：“何以见得？”他举出苏东坡一首写桧树的诗中有“蛰龙”二字为证，皇帝不解，说：“诗人写桧树，和我有什么关系？”他说：“写到了龙还不是写皇帝吗？”皇帝倒是头脑清醒，反驳道：“未必，人家叫诸葛亮还叫卧龙呢！”这个王珪用心如此低下，文章能好到哪儿去呢？更不必说与苏东坡来较量了。几缕白发有时能够冒充师长、掩饰邪恶，却欺骗不了历史。历史最终也没有因为年龄把他的名字排列在苏东坡的前面。

又如李宜之。这又是另一种特例，做着一个芝麻绿豆小官，在安徽灵璧县听说苏东坡以前为当地一个园林写的一篇园记中有劝人不必热衷于做官的词句，竟也写信给皇帝检举揭发，并分析说这种思想会使人们缺少进取心，也会影响取士。看来这位李宜之除了心术不正之外，智力也大成问题，你看他连诬陷的口子都找得不伦不类。但是，在没有理性法庭的情况下，再愚蠢的指控也能成立，因此对散落全国各地的李宜之们构成了一个鼓励。为什么档次这样低下的人也会挤进来围攻苏东坡？当代苏东坡研究者李一冰先生说得很好："他也来插上一手，无他，一个默默无闻的小官，若能参加一件扳倒名人的大事，足使自己增重。"从某种意义上说，他的这种目的确实也部分地达到了，例如我今天写这篇文章竟然还会写到李宜之这个名字，完全是因为他参与了对苏东坡的围攻，否则他没有任何理由被哪怕是同一时代的人写在印刷品里。我的一些青年朋友根据他们对当今世俗心理的多方位体察，觉得李宜之这样的人未必是为了留名于历史，而是出于一种可称作"砸窗子"的恶作剧心理。晚上，一群孩子站在一座大楼前指指点点，看谁家的窗子亮就捡一块石子扔过去，谈不上什么目的，只图在几个小朋友中间出点风头而已。我觉得我的青年朋友们把李宜之看得过于现代派，也过于城市化了。李宜之的行为主要出于一种政治投机，听说苏东坡有点麻烦，就把麻烦闹得大一点，反正对内不会负道义责任，对外不会负法律责任，乐得投井下石，撑顺风船。这样的人倒是没有胆量像李定、舒亶和王珪那样首先向一位文化名人发难，说不定前两天还在到处吹嘘在什么地方有幸见过苏东坡，硬把苏东坡说成是自己的朋友甚至老师呢。

又如——我真不想写出这个名字，但再一想又没有回避的理由，还是写出来吧：沈括。这位在中国古代科技史上占有不小地位的著名科学家也因忌妒而陷害过苏东坡，用的手法仍然是检举揭发苏东坡的诗中有讥讽政府的倾向。如果他与苏东坡是政敌，那倒也罢了，问题是他们曾是好朋友，他所检举揭发的诗句，正是苏东坡与他分别时手录近作送给他留作纪念的。这实在太不是味道了。历史学家们分析，这大概与皇帝在沈括面前说过苏东坡的好话有关，沈括心中产生了一种默默的对比，不想让苏东坡的文化地位高于自己。另一种可能是他深知王安石与苏东坡政见不同，他投注投到了王安石一边。但王安石毕竟也是一个讲究人品的文化大师，重视过沈括，但最终却得出这是一个不可亲近的小人的结论。当然，在人格人品上的不可亲近，并不影响我们对沈括科学成就的肯定。

围攻者还有一些，我想举出这几个也就差不多了，苏东坡突然陷入困境的原因已经可以大致看清，我们也领略了一组有可能超越时空的"文化群小"的典型。他们中的任何一个人要单独搞倒苏东坡都是很难的，但是在社会上没有一种强大的反诽谤、反诬陷机制的情况下，一个人探头探脑的冒险会很容易地招来一堆凑热闹的人，于是七嘴八舌地组合成一种伪舆论，结果连神宗皇帝也对苏东坡疑惑起来，下旨说查查清楚，而去查的正是李定这些人。

苏东坡开始很不在意。有人偷偷告诉他，他的诗被检举揭发了，他先是一怔，后来还潇洒、幽默地说："今后我的诗不愁皇帝看不到了。"但事态的发展却越来越不潇洒，一〇七九年七月二十八日，朝廷派人到湖州的州衙来逮捕苏东坡，苏东坡事先得知风声，立即不知所措。文人终究是文人，他完全不知道自己犯了什么罪，从气势汹汹的样子看，估计会处死，他害怕了，躲在后屋里不敢出来，朋友说躲着不是办法,人家已在前面等着了,要躲也躲不过。正要出来他又犹豫了,出来该穿什么服装呢?已经犯了罪,还能穿官服吗?朋友说,什么罪还不知道,还是穿官服吧。苏东坡终于穿着官服出来了,朝廷派来的差官装模作样地半天不说话,故意要演一个压得人气都透不过来的场面出来。苏东坡越来越慌张,说:“我大概把朝廷惹恼了,看来总得死,请允许我回家与家人告别。”差官说“还不至于这样”,便叫两个差人用绳子捆扎了苏东坡,像驱赶鸡犬一样上路了。家人赶来,号啕大哭,湖州城的市民也在路边流泪。

长途押解,犹如一路示众,可惜当时几乎没有什么传播媒介,沿途百姓不认识这就是苏东坡。贫瘠而愚昧的国土上,绳子捆扎着一个世界级的伟大诗人,一步步行进。苏东坡在示众,整个民族在丢人。

全部遭遇还不知道半点起因,苏东坡只怕株连亲朋好友,在途经太湖和长江时都想投水自杀,由于看守严密而未成。当然也很可能成,那么,江湖淹没的将是一大截特别明丽的中华文明。文明的脆弱性就在这里,一步之差就会全盘改易,而把文明的代表者逼到这一步之差境地的则是一群小人。一群小人能做成如此大事,只能归功于中国的独特国情。

小人牵着大师,大师牵着历史。小人顺手把绳索重重一抖,于是大师和历史全都成了罪孽的化身。一部中国文化史,有很长时间一直捆押在被告席上,而法官和原告,大多是一群群挤眉弄眼的小人。

究竟是什么罪?审起来看!

怎么审?打!

一位官员曾关在同一监狱里，与苏东坡的牢房只有一墙之隔，他写诗道：

遥怜北户吴兴守，诟辱通宵不忍闻。

通宵侮辱、摧残到了其他犯人也听不下去的地步，而侮辱、摧残的对象竟然就是苏东坡！

请允许我在这里把笔停一下。我相信一切文化良知都会在这里战栗。中国几千年间有几个像苏东坡那样可爱、高贵而有魅力的人呢？但可爱、高贵、魅力之类往往既构不成社会号召力也构不成自我卫护力，真正厉害的是邪恶、低贱、粗暴，它们几乎战无不胜、攻无不克、所向无敌。现在，苏东坡被它们抓在手里搓捏着，越是可爱、高贵、有魅力，搓捏得越起劲。温和柔雅如林间清风、深谷白云的大文豪面对这彻底陌生的语言系统和行为系统，不可能作任何像样的辩驳，他一定变得非常笨拙，无法调动起码的言辞，无法完成简单的逻辑。他在牢房里的应对，绝对比不过一个普通的盗贼。因此审问者们愤怒了也高兴了，原来这么个大名人竟是草包一个，你平日的滔滔文辞被狗吃掉了？看你这副熊样还能写诗作词？纯粹是抄人家的吧！接着就是轮番扑打，诗人用纯银般的嗓子哀号着，哀号到嘶哑。这本是一个只需要哀号的地方，你写那么美丽的诗就已荒唐透顶了，还不该打？打，打得你淡妆浓抹，打得你乘风归去，打得你密州出猎！

开始，苏东坡还试图拿点儿正常逻辑顶几句嘴，审问者咬定他的诗里有讥讽朝廷的意思，他说：“我不敢有此心，不知什么人有此心，造出这种意思来。”一切诬陷者都喜欢把自己打扮成某种“险恶用心”的发现者，苏东坡指出，他们不是发现者而是制造者。那也就是说，诬陷者所推断出来的“险恶用心”，可以看作是他们自己的内心，因此应该由他们自己来承担。我想一切遭受诬陷的人都会或迟或早想到这个简单的道理，如果这个道理能在中国普及，诬陷的事情一定会大大减少。但是，在牢房里，苏东坡的这一思路招来了更凶猛的侮辱和折磨，当诬陷者和办案人完全合成一体、串成一气时，只能这样。终于，苏东坡经受不住了，经受不住日复一日、通宵达旦的连续逼供，他想闭闭眼，喘口气，唯一的办法就是承认。于是，他以前的诗中有“道旁苦李”，是在说自己不被朝廷重视；诗中有“小人”字样，是讽刺当朝大人；特别是苏东坡在杭州做太守时兴冲冲去看钱塘潮，回来写了咏弄潮儿的诗“吴儿生长狎涛渊”，据说竟是在影射皇帝兴修水利！这种大胆联想，连苏东坡这位浪漫诗人都觉得实在不容易跳跃过去，因此在承认时还不容易“一步到位”，审问者有本事耗时间一点点逼过去。案卷记录上经常出现的句子是：“逐次隐讳，不说情实，再勘方招。”苏东坡全招了，同时他也就知道必死无疑了。试想，把皇帝说成“吴儿”，把兴修水利说成玩水，而且在看钱塘潮时竟一心想着写反诗，那还能活？

他一心想着死。他觉得连累了家人，对不起老妻，又特别想念弟弟。他请一位善良的狱卒带了两首诗给苏辙，其中有这样的句子：“是处青山可埋骨，他时夜雨独伤神，与君世世为兄弟，又结来生未了因。”埋骨的地点，他希望是杭州西湖。

不是别的，是诗句，把他推上了死路。我不知道那些天他在铁窗里是否抱怨甚至痛恨诗文。没想到，就在这时，隐隐约约地，一种散落四处的文化良知开始汇集起来了，他的诗文竟然在这危难时分产生了正面回应，他的读者们慢慢抬起了头，要说几句对得起自己内心的话了。很多人不敢说，但毕竟还有勇敢者；他的朋友大多躲避了，但毕竟还有侠义人。

杭州的父老百姓想起他在当地做官时的种种美好行迹，在他入狱后公开做了解厄道场，求告神明保佑他；狱卒梁成知道他是大文豪，在审问人员离开时尽力照顾生活，连每天晚上的洗脚热水都准备了；他在朝中的朋友范镇、张方平不怕受到牵连，写信给皇帝，说他在文学上“实天下之奇才”，希望宽大；他的政敌王安石的弟弟王安礼也仗义执言，对皇帝说：“自古大度之君，不以言语罪人”，如果严厉处罚了苏东坡，“恐后世谓陛下不能容才”。最有趣的是那位我们上文提到过的太皇太后，她病得奄奄一息，神宗皇帝想大赦犯人来为她求寿，她竟说：“用不着去赦免天下的凶犯，放了苏东坡一人就够了！”最直截了当的是当朝左相吴充，有次他与皇帝谈起曹操，皇帝对曹操评价不高，吴充立即接口说：“曹操猜忌心那么重还容得下祢衡，陛下怎么容不下一个苏东坡呢？”

对这些人，不管是狱卒还是太后，我们都要深深感谢。他们比研究者们更懂得苏东坡的价值，就连那盆洗脚水也充满了文化的热度。

据王巩《甲申杂记》记载，那个带头诬陷、调查、审问苏东坡的李定，整日得意扬扬，有一天与满朝官员一起在崇政殿的殿门外等候早朝时向大家叙述审问苏东坡的情况，他说：“苏东坡真是奇才，一二十年前的诗文,审问起来都记得清清楚楚!”他以为,对这么一个轰传朝野的著名大案,一定会有不少官员感兴趣,但奇怪的是,他说了这番引逗别人提问的话之后,没有一个人搭腔,没有一个人提问,崇政殿外一片静默。他有点慌神,故作感慨状,叹息几声,回应他的仍是一片静默。这静默算不得抗争,也算不得舆论,但着实透着点儿高贵。相比之下,历来许多诬陷者周围常常会出现一些不负责任的热闹,以嘈杂助长了诬陷。

就在这种情势下,皇帝释放了苏东坡,贬谪黄州。黄州对苏东坡的重要性,不言而喻。

三

我非常喜欢读林语堂先生的《苏东坡传》,前后读过多少遍都记不清了,但每次总觉得语堂先生把苏东坡在黄州的境遇和心态写得太理想了。语堂先生酷爱苏东坡的黄州诗文,因此由诗文渲染开去,由酷爱渲染开去,渲染得通体风雅、圣洁。其实,就我所知,苏东坡在黄州还是很凄苦的,优美的诗文,是对凄苦的挣扎和超越。

苏东坡在黄州的生活状态,已被他自己写给李端叔的一封信描述得非常清楚。信中说:

得罪以来,深自闭塞,扁舟草履,放浪山水间,与樵渔杂处,往往为醉人所推骂,辄自喜渐不为人识。平生亲友,无一字见及，有书与之亦不答，自幸庶几免矣。

我初读这段话时十分震动，因为谁都知道苏东坡这个乐呵呵的大名人是有很多很多朋友的。日复一日的应酬，连篇累牍的唱和，几乎成了他生活的基本内容，他一半是为朋友们活着。但是，一旦出事，朋友们不仅不来信，而且也不回信了。他们都知道苏东坡是被冤屈的，现在事情大体已经过去，却仍然不愿意写一两句哪怕是问候起居的安慰话。苏东坡那一封封用美妙绝伦、光照中国书法史的笔墨写成的信，千辛万苦地从黄州带出去，却换不回一丁点儿友谊的信息。我相信这些朋友都不是坏人，但正因为不是坏人，更让我深长地叹息。总而言之，原来的世界已在身边轰然消失，于是一代名人也就混迹于樵夫渔民间不被人认识。本来这很可能换来轻松，但他又觉得远处仍有无数双眼睛注视着自己，他暂时还感觉不到这个世界对自己的诗文仍有极温暖的回应，只能在寂寞中惶恐。即便这封无关宏旨的信，他也特别注明不要给别人看。日常生活，在家人接来之前，大多是白天睡觉，晚上一个人出去蹓跶，见到淡淡的土酒也喝一杯，但绝不喝多，怕醉后失言。

他真的害怕了吗？也是也不是。他怕的是麻烦，而绝不怕大义凛然地为道义、为百姓，甚至为朝廷、为皇帝捐躯，他经过“乌台诗案”已经明白，一个人蒙受了诬陷即便是死也死不出一个道理来，你找不到慷慨陈词的目标，你抓不住从容赴死的理由。你想做个义无反顾的英雄，不知怎么一来把你打扮成了小丑；你想做个坚贞不屈的烈士，闹来闹去却成了一个深深忏悔的俘虏。无法洗刷，无处辩解，更不知如何来提出自己的抗议,发表自己的宣言。这确实很接近有的学者提出的“酱缸文化”,一旦跳在里边,怎么也抹不干净。苏东坡怕的是这个,没有哪个高品位的文化人会不怕。但他的内心实在仍有无畏的一面,或者说灾难使他更无畏了。他给李常的信中说:

吾侪虽老且穷,而道理贯心肝,忠义填骨髓,直须谈笑于死生之际。……虽怀坎壈于时,遇事有可尊主泽民者,便忘躯为之,祸福得丧,付与造物。

这么真诚的勇敢,这么洒脱的情怀,出自天真了大半辈子的苏东坡笔下,是完全可以相信的,但是,让他在何处做这篇人生道义的大文章呢?没有地方,没有机会,没有观看者也没有裁决者,只有一个把是非曲直忠奸善恶染成一色的大酱缸。于是,苏东坡刚刚写了上面这几句,支颐一想,又立即加一句:此信看后烧毁。

这是一种真正精神上的孤独无告,对于一个文化人,没有比这更痛苦的了。那阕著名的“卜算子”,用极美的意境道尽了这种精神遭遇:

缺月挂疏桐,漏断人初静。谁见幽人独往来?缥缈孤鸿影。
惊起却回头,有恨无人省。拣尽寒枝不肯栖,寂寞沙洲冷。

正是这种难言的孤独,使他彻底洗去了人生的喧闹,去寻找无言的山水，去寻找远逝的古人。在无法对话的地方寻找对话，于是对话也一定会变得异乎寻常。像苏东坡这样的灵魂竟然寂然无声，那么，迟早总会突然冒出一种宏大的奇迹，让这个世界大吃一惊。

然而，现在他即便写诗作文，也不会追求社会轰动了。他在寂寞中反省过去，觉得自己以前最大的毛病是才华外露，缺少自知之明。一段树木靠着瘿瘤取悦于人，一块石头靠着晕纹取悦于人，其实能拿来取悦于人的地方恰恰正是它们的毛病所在，它们的正当用途绝不在这里。我苏东坡三十余年来想博得别人叫好的地方也大多是我的弱项所在，例如从小为考科举学写政论、策论，后来更是津津乐道于考论历史是非、直言陈谏曲直，做了官以为自己真的很懂得这一套了，洋洋自得地炫耀，其实我又何尝懂呢？直到一下子面临死亡才知道，我是在炫耀无知。三十多年来最大的弊病就在这里。现在终于明白了，到黄州的我是觉悟了的我，与以前的苏东坡是两个人。（参见致李端叔书）

苏东坡的这种自省，不是一种走向乖巧的心理调整，而是一种极其诚恳的自我剖析，目的是想找回一个真正的自己。他在无情地剥除自己身上每一点异己的成分，哪怕这些成分曾为他带来过官职、荣誉和名声。他渐渐回归于清纯和空灵，在这一过程中，佛教帮了他大忙，使他习惯于淡泊和静定。艰苦的物质生活，又使他不得不亲自垦荒种地，体味着自然和生命的原始意味。

这一切，使苏东坡经历了一次整体意义上的脱胎换骨，也使他的艺术才情获得了一次蒸馏和升华，他，真正地成熟了——与古往今来许多大家一样，成熟于一场灾难之后，成熟于灭寂后的再生，成熟于穷乡僻壤，成熟于几乎没有人在他身边的时刻。幸好，他还不年老，他在黄州期间，是四十四岁至四十八岁，对一个男人来说，正是最重要的年月，今后还大有可为。中国历史上，许多人觉悟在过于苍老的暮年，换言之，成熟在过了季节的年岁，刚要享用成熟所带来的恩惠，脚步却已踉跄蹒跚；与他们相比，苏东坡真是好命。

成熟是一种明亮而不刺眼的光辉，一种圆润而不腻耳的音响，一种不再需要对别人察颜言色的从容，一种终于停止向周围申诉求告的大气，一种不理会哄闹的微笑，一种洗刷了偏激的淡漠，一种无须声张的厚实，一种并不陡峭的高度。勃郁的豪情发过了酵，尖厉的山风收住了劲，湍急的细流汇成了湖，结果——

引导千古杰作的前奏已经鸣响，一道神秘的天光射向黄州，《念奴娇·赤壁怀古》和前、后《赤壁赋》马上就要产生。

阳关雪

今天,我冲着王维的那首《渭城曲》,去寻阳关了。出发前曾在下榻的县城向老者打听,回答是:“路又远,也没什么好看的,倒是有一些文人辛辛苦苦找去。”老者抬头看天,又说“这雪一时下不停,别去受这个苦了”。我向他鞠了一躬 ,转身钻进雪里。一走出小小的县城,便是沙漠。慢慢远处已有树影,急步赶去,树下有水流,沙地也有了高低斜坡。登上一个坡,猛一抬头,看见不远的山峰上有荒落的土墩一座,我凭直觉确信,这便是阳关了。

这是一个俯瞰四野的制高点。西北风浩荡万里,直扑而来,踉跄几步,方才站住。脚是站住了,却分明听到自己牙齿打战的声音,鼻子一定是立即冻红了。呵一口热气到手掌,捂住双耳用力蹦跳几下,才定下心来睁眼。这儿的雪没有化,当然不会化。所谓古址,已经没有什么故迹,只有近处的烽火台还在,这就是刚才在下面看到的土墩。土墩已坍了大半,可以看见一层层泥沙,一层层苇草,苇草飘扬出来，在千年之后的寒风中抖动。眼下是西北的群山，都积着雪，层层叠叠，直伸天际。任何站立在这儿的人，都会感觉到自己是站在大海边的礁石上，那些山，全是冰海冻浪。

王维实在是温厚到了极点。对于这么一个阳关，他的笔下仍然不露凌厉惊骇之色，而只是缠绵淡雅地写道："劝君更尽一杯酒，西出阳关无故人。"他瞟了一眼渭城客舍窗外青青的柳色，看了看友人已打点好的行囊，微笑着举起了酒壶。再来一杯吧，阳关之外，就找不到可以这样对饮畅谈的老朋友了。这杯酒，友人一定是毫不推却，一饮而尽的。

这便是唐人风范。他们多半不会洒泪悲叹，执袂劝阻。他们的目光放得很远，他们的人生道路铺展得很广。告别是经常的，步履是放达的。这种风范，在李白、高适、岑参那里，焕发得越加豪迈。在南北各地的古代造像中，唐人造像一看便可识认，形体那么健美，目光那么平静，神采那么自信。在欧洲看蒙娜丽莎的微笑，你立即就能感受，这种恬然的自信只属于那些真正从中世纪的梦魇中苏醒、对前途挺有把握的艺术家们。唐人造像中的微笑，只会更沉着、更安详。

在欧洲，这些艺术家们翻天覆地地闹腾了好一阵子，固执地要把微笑输送进历史的魂魄。谁都能计算，他们的事情发生在唐代之后多少年。而唐代，却没有把它的属于艺术家的自信延续久远。阳关的风雪，竟愈见凄迷。

王维诗画皆称一绝，莱辛等西方哲人反复讨论过的诗与画的界线，在他是可以随脚出入的。但是，长安的宫殿，只为艺术家们开了一个狭小的边门，允许他们以卑怯侍从的身份躬身而入，去制造一点娱乐。历史老人凛然肃然，扭过头去，颤巍巍地重又迈向三皇五帝的宗谱。这里，不需要艺术闹出太大的局面，不需要对美有太深的寄托。

于是，九州的画风随之黯然。阳关，再也难于享用温醇的诗句。西出阳关的文人还是有的，只是大多成了谪官逐臣。

即便是土墩、是石城，也受不住这么多叹息的吹拂，阳关坍弛了，坍弛在一个民族的精神疆域中。它终成废墟，终成荒原。身后，沙坟如潮，身前，寒峰如浪。谁也不能想象，这儿，一千多年之前，曾经验证过人生的壮美，艺术情怀的弘广。

这儿应该有几声胡笳和羌笛的，音色极美，与自然浑和，夺人心魄。可惜它们后来都成了兵士们心头的哀音。既然一个民族都不忍听闻，它们也就消失在朔风之中。

回去罢，时间已经不早，怕还要下雪。

一个王朝的背影

壹

承德的避暑山庄是清代皇家园林，又称热河行宫、承德离宫，虽然闻名史册，但久为禁苑，又地处塞外，历来光顾的人不多，直到这几年才被旅游者搅得有点热闹。承德避暑山庄背后有一黑黝黝的山岭，这山岭便是避暑山庄北部的最后屏障，就像一张罗圈椅的椅背。在这张罗圈椅上，休息过一个疲惫的王朝。奇怪的是，整个中华版图都已归属了这个王朝，为什么还要把这张休息的罗圈椅放到长城之外呢？清代的帝王们在这张椅子上面南而坐的时候在想一些什么呢？

北京的故宫把几个不同的朝代混杂在一起，谁的形象也看不真切，而在承德，远远的、静静的、纯纯的、悄悄的，躲开了中原王气，藏下了一个不羼杂的清代。

承德避暑山庄很大，比颐和园还大整整一倍，据说装下八九个北海公园是没有问题的。山庄外面还有一圈被称之为“外八庙”的寺庙群，这暂不去说它，光说山庄里面，除了前半部有层层叠叠的宫殿外，主要是开阔的湖区、平原区和山区。尤其是山区，几乎占了整个山庄的八成左右，这让游惯了别的园林的人很不习惯。园林是用来休闲的，何况是皇家园林大多追求方便平适，有的也会堆几座小山装点一下，哪有像这儿的，硬是圈进莽莽苍苍一大片真正的山岭来消遣？这个格局，包含着一种需要我们抬头仰望、低头思索的审美观念和人生观念。

山庄里有很多楹联和石碑，上面的文字大多由皇帝们亲自撰写，他们当然想不到多少年后会有我们这些陌生人闯入他们的私家园林，来读这些文字，这些文字是写给他们后辈继承人看的。

首先是康熙，山庄正宫午门上悬挂着的“避暑山庄”四个字就是他写的，这四个汉字写得很好，撇捺间透露出一个胜利者的从容和安详，可以想见他首次踏进山庄时的步履也是这样的他一定会这样，因为他是走了一条艰难而又成功的长途才走进山庄的，到这里来喘口气，应该。

他一生的艰难都是自找的。他的父辈本来已经给他打下了一个很完整的华夏江山，他八岁即位，十四岁亲政，年轻轻一个孩子，坐享其成就是了，能在如此辽阔的疆土、如此兴盛的运势前做些什么呢？他稚气未脱的眼睛，竟然疑惑地盯上了两个庞然大物，一个是朝廷中最有权势的辅政大臣鳌拜，一个自恃当初做汉奸领清兵入关有功、拥兵自重于南方的吴三桂。平心而论，对于这样与自己的祖辈、父辈都有密切关系的重要政治势力，即便是德高望重的一代雄主也未免下得了决心去动手，但康熙却向他们、也向自己挑战了，十六岁时干脆利落地除了鳌拜集团，二十岁开始向吴三桂开战，花了八年时间的征战取得彻底胜利。他等于把到手的江山重新打理了一遍，使自己从一个继承者变成了创业者。他成熟了，眼前几乎已经找不到什么对手，但他还是经常骑着马，在中国北方山林草泽间徘徊，这是他祖辈崛起的所在，他在寻找着自己的生命和事业的依托点。

他每次都要经过长城，长城多年失修，已经破败。对着这堵受到历代帝王切切关心的城墙，他想了很多。他的祖辈是破长城进来的，没有吴三桂也绝对进得了，那么长城究竟有什么用呢？堂堂一个朝廷，难道就靠这些砖块去保卫？但是如果没有长城，我们的防线又在哪里呢？他思考的结果，可以从 1691 年他的一份上谕中看出个大概。那年五月，古北口总兵官蔡元向朝廷提出，他所管辖的那一带长城“倾塌甚多，请行修筑”，康熙竟然完全不同意，他的上谕是：

秦筑长城以来，汉、唐、宋亦常修理，其时岂无边患？明末我太祖统大兵长驱直入，诸路瓦解，皆莫能当。可见守国之道，惟在修得民心。民心悦则邦本得，而边境自固，所谓“众志成城”者是也。如古北、喜峰口一带，朕皆巡阅，概多损坏，今欲修之，兴工劳役，岂能无害百姓？且长城延袤数千里，养兵几何方能分守？

说得实在是很有道理。由于康熙这样说，清代成了中国古代基本上不修长城的一个朝代。

康熙希望能筑起一座无形的长城。“修得安民”云云说得过于堂皇而蹈空，实际上他有硬的一手和软的一手。硬的一手是在长城外设立“木兰围场”，每年秋天，由皇帝亲自率领王公大臣、各级官兵一万余人去进行大规模的“围猎”，实际上是一种声势浩大的军事演习，这既可以使王公大臣们保持住勇猛、强悍的人生风范，又可顺便对北方边境起一个威慑作用。“木兰围场”既然设在长城之外的边远地带，离北京就很有一点距离，如此众多的朝廷要员前去秋猎，当然要建造一些大大小小的行宫，而热河行宫，就是其中最大的一座；软的一手是与北方边疆的各少数民族建立起一种常来常往的友好关系，他们的首领不必长途进京也有与清廷彼此交谊的机会和场所，而且还为他们准备了各自的宗教场所，这也就需要有热河行宫和它周围的寺庙群了。总之，软硬两手最后都汇集到这一座行宫、这一个山庄里来了，说是避暑，说是休息，意义却又远远不止于此。把复杂的政治目的和军事意义转化为一片幽静闲适的园林，一圈香火缭绕的寺庙，这不能不说是康熙的大本事。然而，眼前又是道道地地的园林和寺庙，道道地地的休息和祈祷，军事和政治，消解得那样烟水葱茏、慈眉善目，如果不是那些石碑提醒，我们甚至连可以疑惑的痕迹都找不到。

避暑山庄是康熙的“长城”，与蜿蜒千里的秦始皇长城相比，哪个更高明些呢？

康熙几乎每年立秋之后都要到“木兰围场”参加一次为期二十天

的秋猎，一生参加了四十八次。每次围猎，情景都极为壮观。先由康熙选定逐年轮换的狩猎区域，然后就搭建一百七十多座大帐篷为“内城”，二百五十多座大帐篷为“外城”，城外再设警卫。第二天拂晓，八旗官兵在皇帝的统一督导下集结围拢，在上万官兵齐声呐喊下，康熙首先一马当先，引弓射猎，每有所中便引来一片欢呼，然后扈从大臣和各级将士也紧随康熙射猎。康熙身强力壮，骑术高明，围猎时智勇双全，弓箭上的功夫更让王公大臣由衷惊服，因而他本人的猎获就很多。晚上，营地上篝火处处，肉香飘荡，人笑马嘶，而康熙还必须回帐篷里批阅每天疾驰送来的奏章文书。康熙一生身先士卒打过许多著名的仗，但在晚年，他最得意的还是自己打猎的成绩，因为这纯粹是他个人生命力的验证。1719 年康熙自“木兰围场”行猎后返回避暑山庄时曾兴致勃勃地告谕御前侍卫：

朕自幼至今已用鸟枪弓矢获虎一百五十三只，熊十二只，豹二十五只，猞二十只，麋鹿十四只，狼九十六只，野猪一百三十三头，哨获之鹿已数百，其余围场内随便射获诸兽不胜记矣。朕于一日内射兔三百一十八只，若庸常人毕世亦不能及此一日之数也。

这笔流水账，他说得很得意，我们读得也很高兴。身体的强健和精神的强健往往是连在一起的，须知中国历史上多的是有气无力病恹恹的皇帝，他们即便再“内秀”，也难以面对如此庞大的国家。

由于强健，他有足够的精力处理复杂的西藏事务和蒙古事务，解决治理黄河、淮河和疏通漕支等大问题，而且大多很有成效，功泽后世。由于强健，他还愿意勤奋地学习，结果不仅武功一流，“内秀”也十分了得，成为中国历代皇帝中特别有学问、也特别重视学问的一位。

谁能想得到呢，这位清朝帝王竟然比明代历朝皇帝更热爱和精通汉族传统文化！大凡经、史、子、集、诗、书、音律，他都下过一番功夫，其中对朱熹哲学钻研最深。他亲自批点《资治通鉴纲目大全》，与一批著名的理学家进行水平不低的学术探讨，并命他们编纂了《朱子大全》、《理性精义》等著作。他下令访求遗散在民间的善本珍籍加以整理，并且大规模地组织人力编辑出版了卷帙浩繁的《古今图书集成》、《康熙字典》、《佩文韵府》、《大清会典》，文化气魄铺地盖天，直到今天，我们研究中国古代文化还离不开这些极其重要的工具书。他派人通过对全国土地的实际测量，编成了全国地图《皇舆全览图》。在他倡导的文化气氛下，涌现了一大批在整个中国文化史上都可以称得上第一流大师的人文科学家，在这一点上，几乎很少有朝代能与康熙王朝相比肩。

贰

乾隆，靠着人才济济的智力优势，靠着康熙、雍正给他奠定的丰厚基业，也靠着他本人的韬略雄才，做起了中国历史上福气最好的大皇帝。承德避暑山庄，他来得最多，总共逗留的时间很长，因此他的踪迹更是随处可见。乾隆也经常参加“木兰秋猎”，亲自射获的猎物也极为可观,但他的主要心思却放在边疆征战上,避暑山庄和周围的外八庙内,记载这种征战成果的碑文极多。这种征战与汉族的利益没有冲突,反而弘扬了中国的国威,连汉族知识界也引以为荣,甚至可以把乾隆看成是华夏圣君了,但多数边境战争的必要性深可怀疑。需要打得这么大吗?需要反复那么多次吗?需要这样强横地来对待邻居们吗?需要杀得如此残酷吗?

好大喜功的乾隆把他的所谓“十全武功”镌刻在避暑山庄里乐滋滋地自我品尝,这使山庄回荡出一些燥热而又不祥的气氛。在满、汉文化对峙基本上结束之后,这里洋溢着的中华帝国的自得情绪。江南塞北的风景名胜在这里聚会,上天的唯一骄子在这里安驻,再下令编一部综览全部典籍的《四库全书》在这里存放,几乎什么也不缺了。乾隆不断地写诗,说避暑山庄里的意境已远远超过唐宋诗词里的描绘,而他则一直等着到时间卸任成为“林下人”,在此间度过余生。在山庄内松云峡的同一座石碑上,乾隆一生竟先后刻下了六首御诗表述这种自得情怀。

是的,乾隆一朝确实不算窝囊,但须知这已是十八世纪,十九世纪已经迎面而来,世界发生了多大的变化!乾隆打了那么多仗,耗资该有多少?事实上,清朝乃至中国的整体历史悲剧,就在乾隆这个貌似全盛期的皇帝身上,在山水宜人的避暑山庄内,已经酿就。但此时的避暑山庄,还完全沉湎在中华帝国的梦幻中,而全国的文化良知,也都在这个梦幻边沿或陶醉,或喑哑。

1793 年 9 月 14 日,一个英国使团来到避暑山庄,乾隆以盛宴欢迎,还在山庄的万树园内以大型歌舞和焰火晚会招待,避暑山庄一片

早春

张淳大宝

2011 年

80cm×60cm

布面油画

热闹。英方的目的是希望乾隆同意他们派使臣常驻北京，在北京设立洋行，希望中国开放天津、宁波、舟山为贸易口岸，在广州附近拨一些地方让英商居住，又希望英国货物在广州至澳门的内河流通时能获免税和减税的优惠。本来，这是可以谈判的事，但对居住在避暑山庄、一生喜欢用武力炫耀华夏威仪的乾隆来说却不存在任何谈判的可能。他给英国国王写了信，信的标题是《赐英吉利国王敕书》，信内对一切要求全部拒绝，说“天朝尺土俱归版籍，疆址森然，即使岛屿沙洲，亦必划界分疆各有专属”，“从无外人等在北京城开设货行之事”，“此与天朝体制不合，断不可行！”本来康熙早在1684年就已开放海禁，在广东、福建、浙江、江苏分设四个海关欢迎外商来贸易，过了七十多年乾隆反而关闭其他海关只许外商在广州贸易，外商在广州也有许多可笑的限制，例如不准学说中国话、买中国书，不许坐轿，更不许把妇女带来等等。我们闭目就能想象朝廷对外国人的这些限制是出于何种心理规定出来的。康熙向传教士学西方自然科学，关系不错，而乾隆却把天主教给禁了。自高自大，无视外部世界，满脑天朝意识，这与以后的受辱挨打有着必然的逻辑联系。乾隆在避暑山庄训斥外国帝王的朗声言词，就连历史老人也会听得不太顺耳。这座园林，已羼杂进某种凶兆。

叁

在山庄松云峡乾隆写了六首诗在石碑上，在石碑的西侧又有他儿子嘉庆的一首。嘉庆继位后经过这里，读了父亲那些得意扬扬的诗后不禁长叹一声:父亲的诗真是深奥,而我这个做儿子的却实在觉得肩上的担子太重了!(“瞻题蕴精奥,守位重仔肩”)嘉庆为人比较懦弱宽厚,在父亲留下的这副担子前不知如何是好,他一生都在面对内忧外患,最后不明不白地死在避暑山庄。

道光皇帝继嘉庆之位时已四十来岁,没有什么才能,只知艰苦朴素,穿的裤子还打过补丁。这对一国元首来说可不是什么佳话。朝中大臣竞相模仿,穿了破旧衣服上朝,一眼看去,这个朝廷已经没有多少气数了。父亲死在避暑山庄,畏怯的道光也就不愿意去那里了,让它空关了几十年,他有时想想也该像祖宗一样去打一次猎,打听能不能不经过避暑山庄就可以到“木兰围场”,回答说没有别的道路,他也就不去打猎了。像他这么个可怜巴巴的皇帝,似乎本来就与山庄和打猎没有缘分的,鸦片战争已经爆发,他忧愁的目光只能一直注视着南方。

避暑山庄一直关到 1860 年 9 月,突然接到命令,咸丰皇帝要来,赶快打扫。咸丰这次来时带的银两特别多,原来是来逃难的,英法联军正威胁着北京。咸丰这一来就不走了,东走走西看看,庆幸祖辈留下这么个好地方让他躲避。他在这里又批准了好几份丧权辱国的条约,但签约后还是不走,直到 1861 年 8 月 22 日死在这儿,差不多住了近一年。

咸丰一死,避暑山庄热闹了好些天,各种政治势力围着遗体进行着明明暗暗的较量。一场被历史学家称之为“辛酉政变”的行动方案在山庄的几间屋子里制定,然后,咸丰的棺木向北京启运了,刚继位的小皇帝也出发了,浩浩荡荡。避暑山庄的大门又一次紧紧地关住了，而就在这支浩浩荡荡的队伍中间，很快站出来一个二十七岁的青年女子，她将统治中国数十年。

她就是慈禧，离开了山庄后再也没有回来。不久又下了一道命令，说热河避暑山庄已经几十年不用，殿亭各宫多已倾塌，只是咸丰皇帝去时稍稍修治了一下，现在咸丰已逝，众人已走，“所有热河一切工程，著即停止。”

这个命令，与康熙不修长城的谕旨前后辉映。康熙的“长城”也终于倾塌了，荒草凄迷，暮鸦回翔，旧墙斑剥，霉苔处处，而大门却紧紧地关着。关住了那些宫殿房舍倒也罢了，还关住了那么些苍郁的山，那么些晶亮的水。在康熙看来，这儿就是他心目中的清代，但清代把它丢弃了，于是自己也就成了一个丧魂落魄的朝代。慈禧在北京修了一个颐和园，与避暑山庄对抗，塞外溯北的园林不会再有对抗的能力和兴趣，它似乎已属于另外一个时代。康熙连同他的园林一起失败了，败在一个没有读过什么书，没有建立过什么功业的女人手里。热河的雄风早已吹散，清朝从此阴气重重、劣迹斑斑。

李存葆

祖　槐

一

在中国两千多个县份中，知名度最高的恐要数山西洪洞了。洪洞所以芳名远播，首先是因了一位天姿掩蔼的青楼女子那段凄婉哀凉的吟唱："苏三离了洪洞县……"京剧是国粹，喜好者兴发时自会哼几句《玉堂春》，不好者偶尔打开电视机、收音机，眼睛或耳朵里说不定也会蹦进个苏三来，于是"洪洞"便深嵌在国人记忆的屏幕上。改革开放后，中外文化交流频繁，好奇的洋人竟也学唱京剧，《玉堂春》遂成了他们的首选剧目。前些年，我飞越太平洋参加中美作家对话会时，曾在几个大都市里聆听过洋小姐清唱的苏三唱段。金发碧眼的女郎们启动的虽不是樱桃小口，唱起来也不会字正腔圆，对戴枷苏三的心境更不可能有真正的体味，但通过她们那湿润丰腴的红唇，却使“洪洞”这个县名,在异邦传扬流播。

这是文化特有的魔力。华夏的禅山佛寺何其多,张继的一首《枫桥夜泊》,竟使姑苏城外寒山寺的盛名历千载而不衰。九州的楼阁亭榭何其众,范仲淹的一篇《岳阳楼记》,却使一座平平凡凡的楼阁,成了自北宋以降游人不绝于途的胜迹,即使当今高楼广厦拔地而起,岳阳楼也没有失重,它永远是我们这个民族的“精神楼”。

我乃山东五莲人氏,儿时,却不知有五莲而先知洪洞。在村里,李姓只有近支三家,属外来户。在我牙牙学语时,祖母就曾一遍又一遍地教我哼唱这样一首歌谣:

问咱老家在何处,
山西洪洞大槐树。
祖先故居叫什么,
大槐树下老鸹窝。

黑黑的老鸹又名乌鸦,在乡人眼中,向为不祥之鸟。先祖怎会住在名叫老鸹窝的地方呢?我幼小的心灵迷瞪不解。年长后,我曾多次问父亲老家究竟在哪里,父亲总是以不容置疑的口吻说,老家就在洪洞县的老槐树下,是洪武年间迁来的。

投锄从军后,烹文煮字的生涯使我有了遍游鲁豫燕赵的机会。不论是在宋江的家乡郓城、墨子的故里滕州,还是在沂蒙大山皱褶里的小村落、中原腹地里的开封府,谈及先祖何处,不管耄耋老叟、垂髫少年，还是田夫村姑、文人雅士，大都说他们的先祖也在洪洞。前些年，我浏览过不少鲁北豫东农村的族谱、牒文、墓铭，大多记载其先祖是明初从洪洞老槐树下迁来的。后来我又发现，那首“大槐树下老鸹窝”的歌谣，竟流行于大半个中国。

那么多的百姓，以洪洞一县为发祥地，以老槐一树为遗爱品，实为千古之奇。这使我憬悟到：洪洞名重神州，苏三之唱仅有些许作用，而主要是因了明初的农民大迁徙。

怀恋是人类通有的情愫。姓氏与故里，对中国人来说，永远是座斑驳陆离的大迷宫。对故里的沿波讨源，对姓氏的探赜索隐，是国人天性使然。

1998 年暮秋，友人邀我小住临汾，观看壶口瀑布。知洪洞乃临汾所辖，乘车只需半小时。对祖槐，我心仪已久，在洪洞县城新建的“大槐树公园”里，方夙愿得偿。我托友人寻来洪洞县志和文史资料，细读后惊异地发现，不论是县志中，还是明清文人咏述古槐的诗文里，“老鸹窝”统为“老鹳窝”。县志及明清墨客的咏述肯定无虞，而那传流甚广的民谣，怎都将“鹳”变异为“鸹”呢？

老鸹老鹳，判若黑白；一字之易，天差地远。一个难以拉直的、僵硬的问号，在我脑中定格。因来去匆匆，我为没能解开“是鸹是鹳”的疑团而大憾。

1999 年 3 月下旬，我二进临汾，再做历史与现实的探访。

二

临汾,地处晋南,古称平阳。在进入临汾市区东西南北的大道上,各矗立着一座崇宏轩昂的牌坊。牌坊的门楣上,皆嵌有赫然醒目的五个镏金大字:“天下第一都”。这绝非临汾人的自我夸示。究览那万签插架的史乘典籍,人们会感到,临汾冠以“天下第一都”名下无虚。

上苍造就了晋南这片风土吉壤,这里曾是华夏先民的洞天福地。

1954 年,考古学家在临汾地区的丁村,发掘出“丁村人”遗址。这发现,在古人类考古学上占有极重要位置。在此之前,从 50 万年前的蓝田猿人、周口店猿人到 1 万多年前的北京山顶洞人之间,我国尚缺少一道旧石器时代中期人类化石和文化遗存的链环。于是有洋人便妄下雌黄:中国人的祖先是由欧美迁徙而来的,中国人是外域人的变种。丁村遗址里发掘的 10 万年前的 3 颗古人类牙齿化石,齿为铲形,而铲形门齿恰是黄种人的重要特征,完全有别于门齿为勺形的白色人种。3 颗牙齿出土,石破天惊,丁村的文化分量仅此就显得有些超重。在遗址里,人们还挖掘出旧石器时代之中、晚期的大批石器和上百件刮削器、琢背刀、雕刻器、锥钻等细石具。丁村文化遗存还告诉人们,2 万 6 千多年前,丁村人就已会驯养动物,并学会了种植,初步结束了长期的迁徙狩猎,开始了半定居和定居的生活。在丁村遗址陈列室里,还摆放着披毛犀、大角鹿、转角羚羊等 28 种哺乳动物、5 种鱼类及一批软体动物的化石。其中,那 2.6 米长的古象门牙,使今人不难想象，当时的大象躺下是一堵坝，立起是一座峰；那 1 米长的青鱼、鲤鱼的脊骨，如果将其还原，简直像一艘艘耕涛犁浪的飞舟；那脸盆般大的蚌壳，也可让今人猜度出它的肉体是何其丰厚……

近年来，考古学者又在丁村附近的陶寺，发掘出中国最古老的鼓，鼓身乃树桩镂空，鼓面为鳄鱼皮所制……

是丁村人最早将文明的种子播入沃土，让民族的智慧不断勃发；是丁村人的后裔最早把喜怒哀乐糅进鼓点，奏响了华夏民族的第一乐章！

尽管《史记》称"尧都平阳"，尽管《山西通志》上说平阳乃"圣贤之渊薮，帝王之旧都"，尽管晋代临汾就有了规模壮观的尧庙，尽管山一样的尧陵就矗立在临汾的浮山之旁，但据我所知，河北唐县、山东定陶、山西沁水和翼城也都炫示为尧都。人们在剖析、判断、推理、考究历史风物真伪时，往往会忽略一些看来与事物缺少关联却具有特别意义的细节。"丁村人"的三颗牙齿、陶寺的鳄鱼皮鼓，都在佐证着尧在临汾建都的可能性、可行性、可信性。

最能显证太史公"尧都平阳"断语的，莫过于古称"神圣之邦"的洪洞了。在洪洞这片土地上，每一条溪流，每一块山岩，每一座村落，每一个姓氏，都会向人们诉说历史的神秘和苍老。南京大学历史系编纂的《中国历代名人词典》中，远古人物列有 26 位，能在洪洞找到他们的活动传说及文化遗存的竟达半数以上。

量子论的创始人波尔，对远古东方哲学纫佩叹服，在他接受勋章时，选择了伏羲的太极图为图案。《洪洞县志》记载，伏羲演八卦就在该县的卦底村。卦底村现存伏羲庙，庙后有伏羲冢，村中设画卦台。

卦底村周围有八村环绕，且距卦底均为八里，呈太极图状。八个以各自姓氏为名的村庄分别代表八卦中的乾坎震巽离坤兑艮，依次标志着天水雷风火地泽山。卦底村旧时还有两座梳妆楼，象征日月两仪。两仪生四象，四象生八卦，八卦生六十四卦。全国存有伏羲庙、墓的地方尚有数处，但像洪洞这样配套成龙者，仅此而已。

有伏羲必有女娲。正如“勺形齿”人的始祖双亲是亚当和夏娃，我们“铲形齿”人的尊翁太君是伏羲与女娲。在洪洞侯村，有中国最早的女娲庙、女娲陵。陵庙左近，有一高大土堆，土堆里埋有形态各异的彩石，传说是女娲炼石补天的净虚界。女娲庙的旧址上，曾有古柏一百零八株，现有三株仍龙干虬枝，相传是周柏。其一猴头柏，树身达八围……

国人向称炎黄子孙。炎黄之一的黄帝，姓公孙，名轩辕。《洪洞县志》载，黄帝生于该县公孙堡村，村名就是以黄帝姓氏命名的。继黄帝之位的是黄帝的孙子颛顼，关于颛顼，《洪洞县志》虽无记载，但对颛顼的七子皋陶却多有胪列。皋陶生于洪洞皋陶村，至今村中祭祀皋陶的香火仍缕缕袅袅。既然皋陶生于洪洞，其父王焉能不留行迹。承颛顼帝业的为帝喾，帝喾是黄帝的曾孙。继帝喾大位的是帝喾之子唐尧，尧生于临汾伊土，后迁居洪洞羊獬。唐尧禅位于虞舜，虞舜生在洪洞诸冯……至此，“三皇”之首的伏羲，以及史称的“五帝”，全都在洪洞留下了各自的行踪刻痕。

至于故里为洪洞的两位古代大隐士巢父、许由的传说，也在洪洞百姓中代代流播，耳熟能详。

洪洞羊獬村是尧的小女儿女英的出生地。游览村旁那占地近百亩的姑姑庙，人们会看到一副值得玩味的对联：“姐皇后妹皇后姐妹皇后，父帝王夫帝王父夫帝王。”这对联平白如话，却概括了亘古称誉的“尧天舜日”的史前清世。唐尧晚年，急于禅让，为考察他选定的继位人虞舜，将大女娥皇、二女女英嫁给了舜。舜其时躬耕洪洞历山，乃一介农人。舜继大位后，娥皇、女英姐妹俩皆为皇后，父亲丈夫皆当过帝王……

在全国，关于舜耕历山的传说地，有21处之多，这与舜年轻时遭后母及名叫象的异母弟的虐待，迫使舜四处漂泊有一定关系；但更主要的是，舜继位后，德泽黎庶，恩被百姓，声誉日隆，人们出于钦敬，都希冀舜曾在自己居住的一方水土上劳作过……然而，舜到底躬耕于哪座历山不牵强附会，洪洞一桩赓续了四千多年的习俗，会让人们觉得舜耕于洪洞历山，更合乎情理。

自娥皇、女英嫁到70里外的洪洞历山后，羊獬人与历山人便结成了姻亲。羊獬人称娥皇、女英为姑姑，历山人叫娥皇、女英是娘娘。每年三月三，羊獬人要到历山接姑姑回娘家祭祖，待到四月二十八尧的生日这天，历山人便来羊獬把娘娘迎回。这接姑姑迎娘娘的活动，历四千余年承传今日而不衰。

每年农历的三月三，羊獬村的男女老少都彩服盛装，以接皇后的礼仪，组成千余人的銮驾去接姑姑。人们或擎执事，或护风辇，或扬万民伞，或秉金瓜、斧钺、朝天蹬，或举金锤、银锤、方天戟，或抬着猪羊，或担着美酒，浩浩荡荡，迤逦向70里外的历山走去……

最令人荡魄摇魂的是那由数百人组成的威风锣鼓队伍了。这些陶寺鳄鱼皮鼓发明者的后裔们，统着杏黄色的短服，齐刷刷，劲抖抖，唐唐哉，威威哉。但闻锣钹击节，金鼓奏响，起落有序。鼓手们时而跳打，时而搓打，时而举打，时而骑打，鼓声如惊雷滚地，似银瓶乍裂，若壶口瀑布泻来，敲醉了山，敲酥了水……

相传，鼓手们敲打的曲牌中，有五种为尧舜亲作。

接姑姑的队伍到达历山下的七个自然村后，七村父老倒屣相迎，暖炕新被，陈醪佳肴，奉若贵宾……

每年的农历四月二十八，在娘家住了一个多月的娥皇、女英就要回历山参加夏收了，历山七村的乡亲又以同样的规模，同样的礼仪，来羊獬村迎娘娘。在接姑姑迎娘娘的活动中，所经村落无不虚门掩户，跪拜接驾，街中村头，水果食品满盘盈桌，供迎送队伍吃得齿颊留香。这种接送活动，在“文革”中也未中断。百姓不能大张旗鼓地搞，便自发地组织起来，三五成群，怀揣馍馍，掬一把艾茎为香，汲几瓶泉水当酒，去虔诚地完成心的祭奠。

一种习俗，在两个相距70多里的村落里，竟延续了四千多年，这在我国历史上恐是绝无仅有。它说明尧舜的盛德，在洪洞民间的刻痕是何等沦肌浃髓！

……

在尧都临汾，在“神圣之邦”洪洞，华夏民族的始祖、先祖们，曾展示过壮士的抱负，曾尝试过英雄的果敢，曾进行过文明的征服。虽然传说的氤氲为始祖先祖们披上了层层神秘的袈裟，虽然后人想象中的宫阙殿宇早已坍塌，但他们神圣的灵光不会消散，因为一切曾憧憬过、寻找过的灵魂，总会涌动在后来人的血脉中……

洪洞，华夏的大半部古文明史在你这里浓缩；

临汾,你是抓一把泥土就能攥出古老文明液汁的地方。

三

我并没有忘记二进临汾和洪洞的主要目的:摭拾老槐树下所发生的故事,解开那“是老鹳还是老鸹”的谜团。

行前,我查阅了《辞海》,关于鹳的条目是这样写的:鹳,鸟纲,鹳科各种类的通称。大型涉禽。形似鹤亦似鹭;嘴长而直。翼长大而尾圆短,飞翔轻快。常活动于水边,夜宿高树。主食鱼、虾、蛙和甲壳类。羽毛灰色、白色或黑色。黑鹳体长约一米,白鹳较黑鹳为大。我国北方常见白鹳……

邀我来的友人年过半百,是药品管理界的全国劳模。谈及药事,他如数家珍。我问临汾、洪洞一带是否曾有鹳鸟,他诧为异事,摇头说没有,并一再安排我参观名胜古迹,仿佛只有这样才能迎合所谓文化人的雅趣。每到一地,陪同我的大都是三十上下的青年人,问及鹳事,他们纳罕惊怪,对我这京都来客,以《辞海》中定义按图索“鹳”,大惑不解。仿佛那白色的大鸟,与他们历来无缘。

数日访寻,难觅鹳踪,我不禁怅怅悻悻,忧忧悒悒,煎煎急急。友人终于窥晓我的心思,速为我搬来两位“文化书记”。一是年过古稀的王德贵,二为岁过花甲的刘郁瑞。80 年代初,王、刘分任洪洞县委正、副书记。“大槐树公园”就是靠他俩运筹兴建的。王、刘曾在临汾多地为官,所到之处,大法小廉,不饮盗泉,且忙里偷闲,不废咏吟,忧世感时,偶得清词丽句。赋闲后,两人皆情系大槐树,醉心尧文化。

堪可一提的是，刘郁瑞是纪实文学《天网》的主人公。《天网》搬上影屏后，主人公仍是真名真姓，国人曾争相一睹，刘氏遂作为清官形象兀立民间。

临汾、洪洞的古迹名胜大都备有宣传册页，一经文字蒸馏，挥发了岁月蕴含的原汁，消褪了历史的底色，读来乏味。王、刘都是啜饮汾河水长大的，讲起洪洞旧事情夺神飞，钩沉稽往，尘影梦痕历历如绘……

先民辄是逐水草而居，文明常常与大河联姻。三晋文明来自汾河。纵贯三晋长达七百余公里的汾河，无疑是山西的命脉和象征。汾水从宁武县管涔山雷鸣寺流出，披珠戴玉，逶迤南下，经古交山峡，出兰村峡口，斜贯太原盆地，再穿灵霍山峡，且歌且舞，直奔临汾……汾河两岸，名泉层见叠出，既像一枚枚偌大的玉珮装饰着汾水，也以汩汩不息的洁流为汾河增添着豪迈。洪洞县最北端有个村子名叫石止，意为汾水湍行到此已步入没有坡度的平川，水中再没有石子滚动。汾河在洪洞顿显其壮阔汗漫，它像一匹铺地蓝缎，温柔多情。山有水而媚，土得水而沃，汾河使洪洞民阜财丰。明《洪洞县志》称："洪洞背霍山面涧水，箕山东峙，汾水西绕，山川形胜，草木夭乔，甲诸三晋，固一方之雄也。"《平阳府志》艺文卷中，载有元人郭嗣兴的一首五言百韵诗，把时处元朝的晋南描绘为安常处顺的乐境："……形胜开千载，舆图壮一方。城池殊屏蔽，廨宇式轩昂。制锦掀高榭，鸣琴敞后堂……贩蔬盈市井，樗槐荫路旁……苜蓿青供茹，葡萄紫厌浆。鼠肥偏喜食，鱼美鲜求尝。罗雁来秋渚，呼鹳向晓冈……"元朝上演过中国历史上最黑暗的一幕，而郭氏笔下的晋南竟连肥鼠都挑拣食物吃。但通观全诗，郭氏意在状摹故土风情，未见一句向蒙元统治者谄媚之词。

倘若说斗方名士郭氏在咏吟故土时难免有夸耀成分，且元朝距我们毕竟悠远，今人很难走进郭氏用音韵营造的风俗画中。而王、刘两位“文化书记”，则用他们的亲览亲睇、亲聆亲闻、亲历亲察，为我们写真出一幅 50 年代人与自然的和谐图。

洪洞，人称“水包座子莲花城”。汾河两岸，曾是花的原野。当剪剪春风吹皱了汾水，沥沥春雨洗涤了冬的岑寂，柳枝儿便谢黄抽绿。蒲公英、车前子、苜蓿、牵牛次第绽蕾，杏、桃、梨、榴树、海棠、秋菊应时开放，从桃花红到芦花白，从孟春到暮秋，五彩纷呈，花事不败。洪洞人尤爱荷。洪洞大地上的塘堰水湾、沟洫毛渠里，遍植莲花。最能迷乱人们双瞳的要数洪洞护城河中的芙蕖了。宽漫的护城河曾绕古城一周，“水包城座”组成了莲花的长廊。盛夏时节，芙蓉出水，肥叶硕花，攒攒挤挤，比肩争头。白荷如雪如玉，纤尘不染，红莲似火似焰，舞姿蹁跹，鸭戏清波，鹅鸣花丛，人至河畔，衣薄风香，新凉涤暑……

在洪洞，汤汤汾河及由其派生出的溪湾沟汊，曾是鱼虾贝藻自在蕃孳的领水属地。昔日汾河中的鱼虾密度之大，会令当今端坐鱼塘的钓者舌挢不下。由于鱼多虾丰，长于洪洞，齿为铲形的“丁村人”的后裔们，在食鱼方面显得特别挑剔。汾河曾盛产鲶鱼，大者十余斤，小者三五两。当今鲶鱼烩豆腐已成为星级宾馆的一道腾贵佳肴，但昔日洪洞人不管鲶鱼大小，都不屑一食。原因是鲶鱼喜啖腐烂之物，洪洞人嫌其不洁。汾水多甲鱼，夏日里小伙们嬉水河中，只要用脚踩踩,即可从泥沙里抠出几只老鳖来。当今甲鱼已成为养生者的大补上品,而昔年的洪洞人竟拒不铺啜。理由是甲鱼长于紫泥而不净,且眼小如秤星,五官局促,其丑陋之状令洪洞人厌恶。直到80年代初,肥肥的甲鱼五角钱一斤也无人问津。《天网》的主人公刘郁瑞,50年代中期曾执教于汾河岸边一中学。这天是星期日,他因备课未归家,时及中午,正愁无菜佐饭,有学生自告奋勇去汾河捉鱼,说罢拎起抄网撒腿河边,半小时许,便携六尾金鲤而归。又半小时,半锅红烧鲤鱼端上书桌,师生两人遂尽兴饕餮。从刘郁瑞温馨而甜蜜的回忆中,我似乎悟到一种传递信号:昔年人们去汾河捉鱼,如同农人至菜畦割韭,村妇到瓜棚摘豆,可俯拾仰取,任割任摘。年近七旬的"文化书记"王德贵,孩提时曾是捕鱼捞虾高手,其子亦不乏猎鱼基因。1970年盛夏,一场豪雨过后,汾河陡涨,水中氧稀,金鲤、白鲢、青鱼,纷纷探出水面,密密匝匝,脊脊济济。德贵之子,荡一小舟,轻驶河汊,手举10万年前"丁村人"就会使用的木棒,照鱼群劈头盖脸击去,仅一小时,便猎鱼百余斤……看来,元人郭氏"鱼美鲜求尝"句绝非夸大其词。

远在秦汉隋唐,晋南就是皇家的布帛库米粮仓。建国后,晋南一带种起水稻,水如碧罗带,稻若绿绒毯,使晋南一度成为真正的北国江南。我问及解放前此地农家的生活境况,曾主编过《临汾农村合作化史》的王德贵告知我,解放前晋南一带农民若不遇上灾荒战乱,从不吃粗粮。王德贵系一介寒子,1946年他读高小时,按校方规定,月供白面45斤,豆油1斤半,菜金2.5元,他的下中农成分的家庭竟能应付裕如。斯时农家学子的生活标准,即使在当今的希望小学里,也显得有些奢侈。王德贵最依恋合作化初期，那时节，晋南百姓穰穰满家，笑鼓柴扉。王德贵最难忘1956，那年大有，年谷顺成。夏麦登场，千村百屯，麦垛连云，农家囤溢缸满，金黄色的尤物堆积场边，竟分不下去；秋棉绽桃，金铃吊挂，白絮如雪，收购站里，棉满为患。有个叫甘亭的高级社，动用三台拖拉机往收购站运棉，车轮飞转，不舍昼夜，运了整整一个冬天……

“汾河流水哗啦啦，阳春三月开杏花，待到五月杏儿熟，大麦小麦又扬花……”50年代，生于汾河岸边的郭兰英，曾以一曲《汾水长流》，唱沸了神州。此刻，我才真正体味到歌唱家那黄莺出谷、声动梁尘的神韵。

大河与沃野是一对情深意笃的情侣，花香鸟语是水土交媾的结晶。没有花香的土地是无望的土地，没有鸟鸣的世界是死寂的世界。汾河两岸也曾是百鸟来仪的乐园。柳枝上曾有黄鹂啼啭，莲池里曾有鸳鸯交颈，新梁上曾有春燕垒窝，树桠上曾有喜鹊筑巢，稼穑里曾有群鸟呷呷，屋脊上曾有信鸽勾勾，苇丛里曾有翠鸟翻飞，长空中曾有苍鹰行进，秋渚上曾见群雁栖息，冬堤上也曾留雪泥鸿爪……吉鸟亲吻过汾河两岸花的芳唇，良禽拥抱过洪洞的青枝绿叶，使得曩时洪洞的山水草木，分外清润迷人。

我终于从王、刘那醉人的回忆里，觅到了鹳的踪迹。

两位“文化书记”都是鹳的目击者。50年代初，洪洞县境内的汾河滩头，水草丛中，举目可见成群的白鹳。至60年代末，还偶有三三两两的鹳鸟沿河鼓翼而飞……

现为山西省作协会员的刘郁瑞，儿时为写一篇“观鹳”的作文，在盛夏曾数度匿身芦苇荡中，细观过鹳的形貌举止。鹳是百鸟中的荦荦大者，更是娇娇美者。鹳颈纤而修，身高而挺，足癯而节高，那洁白的翎毛，素之一丝则嫌白，黛之一忽则嫌黑，那流线型的身体结构，增之一分则嫌长，减之一厘则嫌短；鹳擎头举喙漫步浅滩时，更显风姿绰约，仙韵飘逸。郁瑞观鹳如瞧美姝丽媛，那白色的精灵美得令人心颤。一次，郁瑞见一老鹳携两只幼鹳在浅滩戏耍，老鹳一改平时那高亢悠长的鸣叫，喁喁同幼鹳低语。幼鹳振翮扑水，老鹳用喙尖为幼鹳轻轻梳理羽毛。时见老鹳的长喙在水中捣动，不时有青蛙、小鱼跃出水草，老鹳迅捷用喙接住后，再送进幼鹳口中。鹳鸟这般母子之爱，宛如人间舐犊之情……

黑老鸹以啄谷吞虫维系生存，这与端庄高雅的鹳的生活习性大相径庭。我蓦地想起唐人王之涣那二十字的千古绝唱——《登鹳雀楼》："白日依山尽，黄河入海流……""鹳雀楼"就在运城的汾河旁，那里是汾河汇入黄河的交界处。运城曾为临汾所辖。倘若无鹳可观，那就大大有悖于古人建楼的初衷。假若是座"老鸹楼"，"乌鸦楼"，王之涣定会兴味索然，失却了吟咏的雅兴。

谜团终于解开，祖槐上的鸟巢，定是鹳窝无疑。

四

我又来到位于洪洞县城北端的大槐树公园。这里距汾河仅百米之遥，汾河大堤就在眼前。

据文献记载，明代这里有座广济寺，系唐贞观二年所建；寺旁有株汉朝古槐，“树身数围，荫蔽数亩”。汉槐唐寺，于明初农民大迁徙后，皆毁于汾河大水。从完好仅存的霞石砌筑的经塔上，人们不难想象出昔年广济寺的形貌：院落轩敞宽展，殿宇魁岸崔嵬，亭阁纷华丽靡，寺内僧众举袂成幕，香客摩肩川流不息。唐宋时，汉槐旁就建有驿站，我也不难猜度当时的那种炽盛和喧阗：古槐下的阳关驿道上，必是官差心急，马蹄声碎；汾水的河槽里，定是舟楫穿梭，桨声欸乃。

走进十几年前建成的大槐树公园，我直奔古槐遗址，呈示在我眼前的是一座清末民建立的碑亭，碑亭飞檐斗拱。碑上镌有的“古大槐树处”五个大字，将多少代人的辛酸、委屈、悱恻、凄切与思念都凝固在这里。距古槐遗址几米远的石砌的高崖上，是汉槐之根蘖生的“二代古槐”，她于 1974 年被飓风击倒，人们将她扶直后，那钢铁一样的躯体仍挺立着不朽的灵魂。这失去母体的生命，早已执著地将基因传递给“三代槐树”，复苏着她逝去的绿色。傍母而立，“三代槐树”已粗壮过围，蓊蓊郁郁。她继续弹拨着生命的琴弦，又根生出一片大大小小的新槐，老槐新槐在大槐树公园里，同吟着一曲倔强的生命进行曲。

跨越时间的长河与空间大海，我心中的那点灵犀早已与祖槐相通。承蒙历史之神的诏谕，驱将我探求寻觅先祖们大迁徙的确证，爬罗剔抉先祖们求生存的真实。

关于明初洪洞大移民的原由，在豫鲁民间，传播面最广的是胡大海的复仇。元末，河南一带流浪着一个乞丐，其人五大三粗，相貌丑陋，带片披襟，蓬头垢面，体壮如牛却游手好闲，为乡亲们所不齿，人们避之如恶煞厉鬼，即使有残羹剩饭也不施舍。他一出现，家家便关门闭户。一日,他猝然闯而进一土财主家,伸出毛茸茸的黑手讨要,老妪为羞辱他,将一张大油饼为孙儿揩腚后,扔狗吞食,并喝狗将其咬出门外。这乞丐就是胡大海。胡深感中原人心太坏,遂暗暗立誓,有朝一日发迹后,定来此雪恨复仇。后来,胡大海弃讨投伍至朱元璋麾下。胡膂力过人,嗜杀成性。疆场上,呵佛骂祖,虎口拔牙,因战功卓著,一介乞丐白日升天,成了朱明王朝的开国元勋。朱洪武于南京君临天下,大赏功臣。胡大海拒金银财宝田宅奴仆而不受,当朝奏明复仇事。朱洪武知胡乃杀人魔王,踌躇再三,只恩准胡"杀一箭之地"。胡率兵至河南境内,恰有一雁当空飞来,胡心中暗喜,弯弓发箭,箭着雁尾,雁带箭南飞,飞过河南,又掉头飞向山东,胡统兵随雁杀去,直杀得豫鲁两省"白骨露于野,千里无鸡鸣"……

关于胡大海的传说,版本多种。"雁带箭而飞",一听便知是天方夜谭。胡大海确有其人。《明史·胡大海传》中载,胡勇武过人,是一耿介仁德之士。其虽为赳赳武夫,却以"不乱杀人,不抢掠妇女,不烧房屋"当作框范行为的准则。

在旧中国,每当巨祸大难普降善良的茅屋无辜的村落时,听天由命囿于一隅的平民,不晓事物的来因去迹,处于一种脆弱的文化心理,便你加一枝我添一叶地演绎出一些传说,来慰藉呻吟的灵魂。

这些民间传说,虽诡谲乖张,却往往蕴含着历史本质的真实。

战乱频仍,水旱蝗疫是明初大移民的真正原因。

元朝末年,黄河两岸流传着一首歌谣:"石头人,一只眼,挑动黄河天下反。"历史告诉我们,类似这种带有策反性的民谣,往往出现在改朝换代的前夜,它既凝聚着百姓对统治阶级的切齿仇根,又往往是农民起义军揭竿前预谋并借重的谶语。元统治者统一中国后，对汉人进行野蛮的征服，凶残的践踏，加上黄河淮河多次决口泛滥，中原大地的百姓，流离失所，啼饥号寒。至正十一年（1351 年），黄河溃堤冲垮了山东的盐场，使国库收入锐减，对黄泛从不过问的元统治者，不得不强令汴梁、大名等十三路民工疏浚黄河。四月的一天，民夫们在兰考县的河道里，挖出一个独眼石人，石人背后刻字两行："莫道石人一只眼，此物一出天下反。"当石刻的谶语与民谣相吻合之时，正是农民起义军兴兵之日。在这之前，方国珍在浙江台州首义，篝火狐鸣；石人挖出后，红巾包头的白莲教传人韩山童、刘福通在颍州举事，鼓角连营；徐寿辉在蕲州揭竿，济河焚舟；翌年郭子兴、朱元璋在濠州举义，矢石如雨；接着张士诚也在江苏泰州造反，攻城略地……元政府调其精锐官军与各路义军在中原大地展开了殊死相搏。元军凶横酷虐，杀人如麻。至正十二年九月，元丞相脱脱，"破徐州，遂屠其城"。至正十八年十一月，元军刘起祖部死守顺德，"粮绝，劫民财，掠牛马，民强者令充军，弱者杀而食之"。当时，一些地主武装为维护本阶级利益，也同元军沆瀣一气，山西的王保保（扩廓帖木儿）父子，陕西的李思齐，也出兵豫陕鲁和两淮。元军及地主武装，对农民军所据之地，多是"拔其地，屠其城"。使豫鲁苏北皖北的百姓十亡七八。《明太祖实录》中记载，名城扬州被元军攻克后，杀得仅存十八户，《开州志》中记录元军席卷濮阳县后，"居民仅存七姓，丁不满千"。温县牛洼村《牛氏族谱》中也载，元军"兵戮河南，赤地千里……"

在冷兵器时代，战乱往往像一个偌大的绞肉机，它将千百万黎庶和士兵的躯体绞成齑粉，榨出的成百吨的浆血，才能染红一个新王朝的皇冠。刘福通的红巾军被元统治者镇压后，朱元璋出兵江淮，进取山东，收复河南，北定京都，追逼元帝出亡漠北，长达十六年的战乱方才告终。

战乱与灾荒，往往是历史之树上同时并生的两只恶瘤。元末战乱时，水旱蝗疫也顷时而注。从至正元年到二十六年，黄、淮河频频溃堤，几乎岁岁都有洪水泛滥，中原大地“漂没田庐无算，死亡百姓无数，村庄城邑多为荒墟”，“禾不入土，人相食”……

朱洪武于石头城易地更天，饱经兵燹、灾荒巨创的百姓喘息甫定，又发生了令读史人心折骨惊的“靖难之役”。朱洪武殡天后，其孙朱允炆继位。这建文帝生性软弱，致使王室蠢蠢，天下汹汹。朱允炆为巩固权力，采取“削藩”措施，一下惹恼了他的叔父燕王朱棣。朱棣以入京诛奸为由，从北京直逼南京，在冀鲁豫皖同政府军展开了长达四年的拉锯战。朱棣后来虽是位有为之君，但在与侄儿争夺九五之尊的皇位时，却凶狠残暴。《明史·成祖本纪》载：“燕军掠真定、顺德、广平、大名”，在真定，“斩首三万级”，白沟河一役，燕王“乘风纵火奋击，斩首数万，溺死者十余万人”。企盼安居乐业的中原百姓，愚忠思想根深蒂固，自发帮助政府军抵御燕军。朱棣气急败坏，对政府军和百姓一例诛戮。燕军打到冀豫交界处时，遭到地方武装“十八村联谊会”的拼死抵抗。燕王无奈转路攻取南京后，立即派兵把这一带百姓杀得仅存两户。山东临清县肖寒村《李氏族谱》记载：“盖燕王靖难兵起，在建文时南北构兵……或杀，或剐，或逃，东西六七百里，南北近千里，几为丘墟焉。”……

当一幕幕惨绝人寰的悲剧在燕赵鲁豫轮番上演时，东有太行为屏藩,西有吕梁做遮挡的三晋大地,却是另番景象。这里日升月恒,风调雨顺,稼穑葳蕤,万姓胪欢。元人钟迪在《河中府(蒲州)修城记》中写道:“当今天下劫火燎空,洪河(黄河)南北噍类无遗(指吃东西的生灵荡然无存),而河东(晋南)一方居民丛杂,仰有所事,俯有所育。”最能说明问题的是人口数量,洪武十四年(1381 年),河南人口为 189.1 万,河北人口为 189.3 万,而山西却达 403.4 万人,比冀豫两省人口的总和还要多。

当中华大地人口的天平严重失衡时,素有雄才大略的朱元璋和继承者朱棣,必然把目光瞄定山西,投向晋南,大移民不可避免地要在这里发生了。

于是,这广济寺旁、汾河岸畔的那棵并不超群出众的汉槐,便以无与伦比的身姿,走进了历史的风雨,走进了岁月的沧桑,走进了一个民族的记忆。

五

我们这个民族前行的路,总是泥泞而沉重,每行进一步,总要伴随着苦涩的泪、惨重的血。

洪武元年,朱元璋面对破碎的山河,发出这样的感慨:“今丧乱之后,中原草莽,人民稀少”,“中原诸州,元季战争,受祸最惨,积骸成丘,居民鲜少,所谓田野辟,户口增,此正中原之急务”。大臣们也纷纷上疏,奏说迁民事。督府左断事高巍奏称:“臣观河南、山东、北平数千里沃壤之上,自兵燹以来,尽化为蓁莽之墟,土著之民,流离军伍，不存十一，地广民稀，开辟无方。”实际上，励精图治的朱元璋此时心中很明白，就连他的故里安徽凤阳，虽已置县，但却是“地瘠民稀，萧萧数楹，仅同村落”。置县不过是大臣们为阿附他而已。户部郎中刘九皋献策：“……山西之民，自入国朝，生齿日繁，宜令分丁徙居宽闲之地，开种田亩。”从放牛娃、贫僧到南面百城称孤道寡的朱元璋，雄心随岁月而膨胀，抱负伴龙墩而扩张，为圆龙腾云涌万世一系的美梦，也必然会做出顺乎历史潮流的抉择。在移民的举措中，除遣返、军屯、商屯之外，最难实施最牵动人心的，则是平民百姓的大迁徙。

《明实录》记载，明初山西辖五府、三直隶州、十六散州，共七十九县。移民主要来自辽州、沁州、泽州、潞安州、汾州府和平阳府，这些地区共有五十一县，而平阳府就辖二十八县。可见迁民最多的是当今临汾，而洪洞当时人口最稠，作为一个县份来说，移民最多自在情理之中。但遍布大半个中国的晋民后代修葺的谱牒里，几乎都记载先祖来自洪洞，这颇令人费解。但稍一留意有关史乘方志，便疑团顿释。因当时之洪洞，凭借古驿道，北通幽燕，东连齐鲁，南达秦蜀，西抵河陇，加之广济寺院落宽展，易于政府设局驻员，集结移民，发放川资凭照。于是，汉槐旁的驿站，便成了大移民的派遣站和出发地……

长期浸泡于农业文明中的“丁村人”的后裔，虽有劳作之苦，但不乏桑麻之乐。此时的流动与迁移，早就不是逐水曲，狩猎歌，游牧吟，而成了农民悲剧的代名词。

鸟恋旧林，鱼思故渊，狗记八百里，猫认三千途，老马识归道，狐死必首丘……中国古老文化以动物习性创造的这些依恋故园的词汇，实际上是安土重迁的中国农民心理的折光。围绕这次迁徙，迁徙者及其后人编纂出了种种听来令人百脉沸涌，低回唏嘘的故事。

最为普遍的传说是，大迁徙所以能够成功，是因了朱明统治者设下的一个弥天骗局。迁徙伊始，明政府颁告示于三晋："不愿迁徙者，到洪洞大槐树下集合，限三天赶到。愿迁徙者可在家等候。"消息不胫而走，不翼而飞，晋北、晋中、晋南的人拖家带口，携儿将女簇拥而来，三日之内，老槐树下呼啦啦集结了十万之众。这时，大队官兵，蜂拥而至，把手无寸铁的百姓裹了个严严实实，一官员高声宣布："大明皇帝敕命，凡来大槐树下者，一律迁走！"说罢，官兵恶狠狠地先将青壮年带铐上枷，遂强行登记，强发凭照，一家一户，根绳相拴，如串蚂蚱，十万百姓在刀逼棒喝下，吞声饮恨，踏上了迁徙的路途……

围绕这次大迁徙，关于"解手"一词的来历及"小脚趾复形"的原因，也曾在冀鲁豫一带门道户说，妇孺皆知。

大迁徙中，移民双手被绑，在官兵的押送下上路，凡大小便，均要向解差报告："老爷，请解开手，我要小便。"长途跋涉，大、小便次数多了，口干舌燥的移民，便将这种口头请求趋于简化。只要说声"老爷，解手"，彼此便心照不宣。于是，"解手"便成了大小便的同义语。

山东有民谣云："谁的小脚趾甲两瓣瓣，谁就是大槐树底下的孩。"我在大槐树公园的祭祖堂里，看到两副楹联，一为"举目鹳窝今何在，坐叙桑梓骈甲情"，二是"谁是古槐底下人，双足小趾验甲形"，楹联与民谣，一雅一俗，说的都是足小趾两瓣的事。传说官兵包围百姓后，怕人逃跑，将每人的小脚趾砍上一刀，以做识记。后来，移民的后代脚小趾甲便成了复形。

关于大移民中明王朝设圈套诱骗百姓的传说，有一定的史实依据，蒙骗群众向为封建统治者的惯用伎俩。“解手”一词的来历，听来也能自圆其说。至于“脚小趾甲复形”一说，则于情于理于科学都解释不通。明王朝移民旨在扩大农耕，移民长途跋涉全靠双脚，为防逃跑可在人体其他的部位黥记，大可不必在脚上动刀。国内我天南海北的朋友，凡问及者，脚小趾甲都是复形，而友人们的先祖不可能全部出自三晋。后天绝不可能改变遗传。……

历史的经经纬纬里，通常交织着神秘的丝线。然而，拂去这些民间传说扑朔迷离的浓雾，我们还是能筛簸出明初农民大迁徙那惨烈的真实。

有人从《明史》、《明太祖实录》、《明成祖实录》等典籍中，从散乱的明代档案里，索章摘句，缀辑编录，笺注出从洪武六年至永乐十五年的近50年里，在洪洞大槐树下共移民18次（洪武年间10次，永乐年间8次）。移民分别迁至京、冀、鲁、豫、皖、苏、鄂、陕、甘、宁等地。大迁徙触动了三晋百姓最敏感的神经，明统治者只得定出移民条律，按“四口之家留一，六口之家留二，八口之家留三”的比例迁移。吴晗先生在《朱元璋传》中这样写道：“迁令初颁，民怨即沸，至于率吁众蹙。惧之以戒，胁之以劓刑。”这说明，当时的移民，完全是在强权政治的胁迫下进行的。

大迁徙无疑是朱明王朝富国强兵的得意之作，但对一家一户却是莫大的悲哀，大迁徙无情摧残着放逐者的心灵，所造成的精神创伤，甚至几代人都难以平复。

我们不难想象晋南迁徙者背井离乡时的情景。

就要告别“尧天舜日”时即耕耘过的丰腴土地了，就要告别先人们“接姑姑迎娘娘”时即敲打过的那令人心醉的威风锣鼓了，就要告别那碧波盈盈灿若锦缎般的汾水了，就要告别唐代诗翁王之涣即观赏过的令人神迷的鹳鸟了，大批扶老携幼的迁徙者怎能不五内俱焚、寸心如割！乡土的一涧一溪，一寺一庙，一坟一松，一谷一黍，一房一槐，一莲一蓬，一鲫一鲤，一草一卉，一鸟一虫，早已化为迁徙者生命的血肉，像文身的花纹附着在躯体之上。迁徙者们怎能不恋恋依依，声泪俱下！当他们一步一回首，三步一徘徊，一寸寸、一尺尺、一丈丈，挪挪蹭蹭，渐远乡井的时候，他们泪眼中最后看到的是那棵高大的老槐树，是那老槐枝桠间的一簇簇鹳窝……于是，老槐树和鹳窝便成了迁徙者们诀离故土时的最后的标识……

迁徙者们的新辟之地，抑或难觅鹳鸟，抑或乌鸦常见，抑或“鹳”、“鸹”两字声母相同，韵母也相近，经几代人的舌传口播，老鹳窝便成了老鸹窝了。

风尘逆旅，给迁徙者心中留下许多刀刻般的伤痕。山东曹县一刘姓的族谱里，记载着他们的先祖是“独耳爷爷”，独耳爷爷就是因为在迁徙途中多次逃跑，被官兵割掉一只耳朵的。明移民条律中还规定，凡同姓同宗者不能同迁一地。“行不改名，坐不更姓”是中国文化崇尚的一种人格风骨，这明律就迫使一些同宗兄弟为生活在一起，不得不更姓易名。如河南黄县就有魏姓与马姓，陈姓与邵姓，周姓与单姓，都是异姓同宗。类似这种情况，在河北、山东也不胜枚举。在豫东和鲁北，关于“打锅牛”的传说，也广为流散。相传，洪洞县有牛氏五兄弟，在集结于大槐树下后，方知同姓不能同迁一地。五兄弟深知自此要劳燕分飞，天各一方，便匆忙将一口大锅砸成五瓣，各执一片，以备将来作为续祖寻亲的标记。时间是弥合心灵创伤的最好药剂。但在历经六百年风雨后的当今，豫鲁某些农村牛姓素不相识的长者们，见面后还要问“打锅不打锅”，如双方都说“打锅”，便认作同宗一家……

如无根的浮萍，像风吹四散的蒲公英，迁徙者一下被抛进大劫后的荒凉。然而，为了生存，他们没有资格在噩梦里彷徨，他们很快摈弃了人类常有的空虚和绝望，在迁徙炼狱中煎熬过的人，更能踏平生活道路上的坎坷。移民以老槐腾游时空的气魄和根植泥土的不屈韧性，在他乡异地开始了筚路蓝缕的创业，不辞劳瘁的耕耘。明政府采用“计民授田”的方法，给移民人均荒田 17 亩，免租三年，并诏令山东、北平等地的布政使司：“民间田地，许尽力开垦，有司毋得起科。”……迁移者们将凝重的汗珠，结实地撒落在陌生的原野，以强韧的筋骨撑起了另一方蓝天，很快便拓展出一片片生机勃勃的生命空间。至洪武二十六年，全国土地总数由洪武十四年的 366 万顷骤增至 850 万顷，全国岁入税粮也比元代增加了两倍。《明史》曾这样描绘过大移民后的生产发展的状况：“是时宇内富庶，赋入盈羡，米粟自输京师数百万，府仓库蓄积甚丰，至红腐不可食。”洪武二十八年九月，户部尚书郁新奏称：“山东济南府广储、广斗二仓粮七十五万七千石有奇……二仓积蓄既多，岁岁红腐……其今年秋宜折棉布，以备给赐。”……

大迁徙给明初社会带来了经济繁荣，但比这一时的经济繁荣更为珍贵的是，它合理地分布了人口生存的空间，移民与当地土著在文化上、心理上、习俗上经过长期的掺和、交糅、渗透，地域文明必然会相互关照，培育着新的文明的种子。

统治者为国家大局而实施的强权措施，往往能推动历史大步前进。文明要付出代价，文明有时会来自野蛮。文明的分娩，常常要挣脱粗暴的捆绑，残忍的枷锁，要洒很多很多的泪，流很多很多的血……

六

1987年夏，我到山东广饶县大王镇采访时，曾听到一个令人思绪绵长的故事。

大王镇一带的百姓，大都是明初从洪洞迁来的。大王镇有村曰刘集。刘集名噪山东乃至引起全国研究中共党史专家的极大关注，是因为刘集不仅珍存着全国惟一的一本陈望道首译的《共产党宣言》，而且还是中国第一个农村党支部的诞生地。村中有个因与毛泽东同年同月生而引为自豪的老党员，名叫刘世厚。世厚老人为保存那稀世孤本《共产党宣言》，曾倾注了一生的全部挚爱。战争年代，为躲避敌人那鹰隼般的搜寻，老人时而将孤本装入漆匣，藏于地窖；时而又盛入竹筒，匿于屋山墙的雀洞……在刘集村，同时还藏着带有家族牒谱意义的一帧《百岁图》，此图乃乾隆年间所绘，图高二点三米，宽五点四米，上面画有百穗葡萄。因刘集刘姓祖宗是从洪洞大槐树迁来，故画面上的葡萄须儿皆朝西方。“百穗”是“百岁”的谐音。此图象征刘氏家族本固枝荣，绵绵瓜瓞。村中族人珍藏《百岁图》，像世厚老人保存《共产党宣言》孤本一样虔诚。《百岁图》请进后，代代传人都将斯图安放于一特制的红漆樟木箱内，上系铜锁三把，由几位族长分掌，不容任何人亵渎。每逢大年三十，三把钥匙同开，取出斯图与族谱同悬高堂，大年初一凌晨，刘氏家族大小人等，一齐心香祈祝，三拜九叩……我在此采访时，正值商品大潮初涌大王镇，从广东来了几个文物贩子，出高价欲购刘集《百岁图》，村中年轻人因办企业短资，心有所动，村中老人们闻讯手执菜刀护卫红漆箱，怒斥小辈："刘集就是穷死，也不能卖了祖宗！"一桩交易告吹……

《共产党宣言》与《百岁图》同存共珍偕行旅进的现象，诠释着中国特色。莱茵河畔一代伟人试图用先进思想武装人类，而我们祖槐的枝叶在承接外来文化雨露的同时，却仍固执地将自己绵连的根须牢牢地深植于华夏的土壤。

血缘关系是宗族的天然纽带，但要维系一个姓氏宗族不至侈离，仅靠血缘关系还远远不够。于是，聪明的祖先创造了族谱和祠堂。在旧中国什么都难以统一，但却真正做到了"家必有谱，族必有祠"。如孔孟颜曾四姓，族谱九州一统，辈分用字全国相同。开国后，祠堂虽渐次消失，但宗族与乡土观念，仍是人们难以释稀掉的情结。明初古槐下的移民，曾分布全国十几个省市，冀鲁豫一带半数以上的村庄是明初移民建立的，这些移民的后代不少又随着岁月而萍飘蓬转。明末吴三桂降清后，封为平西王，他率军转战陕川云贵，部下士卒多为冀鲁豫槐裔，他们不愿附依叛臣逆贼吴三桂，散佚云贵川落地生根者甚众。清建元后，旗民多编入军籍，关外空虚，土地荒芜，清政府鼓励由关内向关外移民。《古今图书集成·赋役考》中载："顺治十年，议准辽东招民开垦，有能招一百名者，文授知县，武授守备……招民数多者，每百名加一级。”这政策贯彻了几十年，对官迷心窍者极具诱惑力。古槐移民的后人，有相当一部分转迁东北。清末，战乱迭兴，灾荒频起，山东人一断炊就闯关东，沿海人一逢难就飘南洋，加之近百年来出国华工不下千万人，为新兴资本主义国家开金矿，筑铁路，种橡胶园，这些人中间，当然也不乏槐裔。有人做过推算，遍及海内外的槐裔现已逾亿。因此，我们可以说，洪洞祖槐的根须很长很长，不仅蔓延中华大地，而且绵连外洋异域，足可绕地球九匝，随卫星上天……

最早发现古槐有着神奇凝聚力的是洪洞贾村人景大启。清末，景大启在山东曹州任散厅官吏，景善交游，聊城、济南均相稔熟，所到之处，上至官吏下至平民，当知景是洪洞人时，便让梨推枣，斯抬斯敬，三茶六饭，洁樽款待。是时，洪洞人刘广林在山东长山任官吏，也深感移民后代对古槐的一往情深。景、刘相商，起议筹建古槐遗址，很快在曹州和长山募得纹银三百九十余两，寄回洪洞托人筹建。这便有了可供寻根人前来凭吊的刻有“古大槐树处”的碑亭一座，也有了供游子品茗怀乡的茶室三间。

恰在这时，又发生古槐庇荫洪洞百姓的事件，顿使洪洞黎庶对古槐遗址奉若神明。辛亥革命爆发后，赵城县人张煌率兵杀死了山西巡抚陆钟琦，接着袁世凯派新巡抚张锡銮率卢永祥部，进逼山西革命军。卢率军沿古驿道南下进攻临汾，所到之处，烧杀掳掠，张煌故里赵城县受害最甚。赵城名士张瑞玑上书袁世凯及新巡抚张锡銮时，叙述了卢军的残暴：“无贫富贵贱，一律被抢，不余一家，不遗一物，冰雹猛雨，无比遍及……三日后，终载而南去也，车四百辆，骆驼三百头，马数千蹄，负包担囊，相属于道……”卢军洗劫后的赵城，“城无市，邻无炊烟，鸡犬无声，家无门户窗，籍笥无遗缕，盘盖无完缶，书籍图画无整幅，墙壁倾圮，地深三尺……”卢率军进入洪洞，仍下达“半天不点名”之令，暗示仍可抢掠。然军中士卒来到古槐碑亭前，便下马罗拜，长跪不起，并将一路抢掳之财供于“二代古槐”树下。原来卢军士卒多为冀鲁豫籍，这些古槐移民的后代互相叮嘱，古槐树下如再行伤天害理之事，愧对祖宗。士卒中的他籍人，见军中槐裔势众，也不敢造次……

乡土情结真是一种连哲人也难剖析的复杂情感。此刻，这些野蛮的生命，竟在乡土面前收敛起荒唐的灵魂，乡土唤醒了他们并没有泯灭殆尽的良知！

故土如同胎记，深嵌在国人的肌肤上。故里与游子，往往如同洪洞霍山上那与山体相连的山岩，不管光阴之波如何强劲，总也不能将故乡从游子记忆的深土中拔掉。大槐移民已逾六百载，当初的移民及其后代，早已有了他们的第二、第三乃至更多更多的故乡。虽然大槐移民的哭声早已云散，眼泪也早已化做新的悲欢，但大槐移民历史记忆的磷光，仍穿越悠邈的时间，在辽阔的空间里忽明忽灭地闪烁。

民国时，景大启募银建起的古槐遗址，因兵荒马乱烟火稀少。解放后，当地政府在这里建一烈士祠堂，与古槐碑亭望衡对宇。烈士为国捐躯，理应受到后人瞻仰。洪洞多锦山绣水，英灵应择一幽雅处安息。将祖槐魂魄与近代英灵同置一处，在长幼有序的国度里，祖槐和英灵会两不相安；让香火与花圈并存，不能不说是一种文化上的倒置和错乱。“文革”中，造反派虽慑于洪洞百姓对古槐的敬奉，未敢将古槐碑亭砸掉，但“认宗续谱”却被当作“四旧”，狂遭口诛笔伐。古槐遗址真正受到重视，是近二十年来的事情。

王德贵、刘郁瑞两位“文化书记”向我讲述了辟建大槐树公园的情景。

70年代末，王德贵赴无锡参加一次全国性的乡镇企业会议，当他自报家门来自临汾时，无锡人的表情如常；可当他说到自己是洪洞县委书记时，接待人员的眼睛里顿时透出热情神色，因他们多为古槐后裔，王德贵遂受到清末人景大启在山东曹州为吏时的礼遇。与会者不少也是槐裔，纷纷叩门而进，共话桑梓之情。“反右”、“四清”、“文革”，人际关系曾像那时的社论一样，硬硬邦邦，冰冰凉凉。当社会顺乎历史走向，步入正常轨道时，囚禁多年的大槐情愫，必会重发新枝重绽新蕾……

回到洪洞，王德贵将所见所闻所思所想，与刘郁瑞交流，两人一拍即合：建一大槐树公园，以慰天下槐裔拳拳之心。建槐园不能仅筑祖堂亭榭，应有深邃的文化内涵。80年代初，洪洞财政吃紧，政府囊中羞涩。刘郁瑞亲拟了三百言的征集古槐资料广告，刊于《参考消息》中缝，谁知仅过两月，便收到海内外槐裔寄来的族谱、牒文、碑拓、佚事珍闻凡四百余件，建园资金也很快筹措到位。在广济寺遗址上，大槐树公园卒底于成。槐园遂同丁村遗址、尧庙、舜祠、霍山之麓的广胜寺、羊獬村旁的娥皇女英姑姑庙一样，成为晋南的一大人文景观……

古槐是洪洞县的一张四海通行的“大名片”。

当韶山冲的平民借助伟人声望，办起毛家饭店、毛家酒楼、润之红烧肉菜馆时，洪洞的有识之士，也从古槐厚重的文化含量里，窥见商品经济的活跃因子。于是,在这洪洞古城里,出现了槐荫大街、槐都大厦、槐乡酒楼、槐家铺子、槐香发屋……国槐已遍栽街头巷尾,有人还动议,将全国各地槐种汇聚拢来,使这昔日的"水包座子莲花城",变为真正的槐都。

近些年来,中国的经济字典里又增添了一个新词汇,叫做"文化搭台,经济唱戏"。洪洞自 1991 年始,年年于清明节前后举办祭祖节。应该说,这节日如同祭陕西黄帝陵一样,是庄重严肃的。它不仅使洪洞经济有望腾飞,对民族向心力的凝聚也是一大贡献。

祭祖节期间,洪洞城里,披红挂彩,阖城祝颂,童稚折柳,翁妪献芹,笙乐喧天,锣鼓威风。十几万游子,来自祖国各地,来自港澳台,来自大洋彼岸。西服革履与红装绿裳摩肩接踵,八方土语与五洲洋音交汇撞合。最动人心弦的是祭祖节首日,在肃穆的气氛里,槐裔们款款走进大槐树公园,次第谒拜祭祖堂。祭祖堂里摆有姓氏牌位,共三百姓氏。从普通员司到各业大王,从巨贾豪翁到翰苑名流,在各自的姓氏牌位前,无不俯身屈膝,叩首展拜。人们的故土情愫,并不决定于地理位置的远近,有时离故土愈远情丝愈长。故乡对于海外游子来说,虽然只是一种符号概念,但却又是一部用怀恋氛围酿造的常忆常新的朦胧诗卷。我看到,白发盈顶的海外槐裔携子领孙,长跪在"二代古槐"下,老泪纵横,涕泗滂沱……我不须询问置身槐园的台湾同胞,此刻他们一定会深深体味"兄弟阋于墙外御其侮"的古训,决不容任何人萁豆相煎……

明初大移民在中国移民史上是空前绝后的。令人痛惜的是,在图书馆里竟找不到一部有关这段移民史的专著。美国有个犹太学会，收藏我国家谱方志五千余种，用以研究我先民姓氏来源、迁徙发展及体质寿限，作为历史学、优生学的依据。走进我们的书店书摊，写帝王帝后、宫娥彩女、阉人名妓、强梁坤伶的书林林总总，至于教人如何发财如何行骗如何占卜如何壮阳的垃圾文字，更是形形色色……

黄卷青灯的治史者历来清苦，但清苦里蕴含着高尚。维护高尚必须付出应有的代价，我们不能愧对祖槐。

七

在物质世界中踉跄蹒跚的人类，一直在寻求精神的华殿。哲学家以逻辑思维为人类设计了那么多的航灯路标，文学家用形象描绘为人类营造了那么多的诗化乐土；庙宇中的祭奠，教堂间的牧歌，禅房内的经声，道观里的诵诫……这些或高尚或有趣或无奈或乏味的精神建构和活动，都试图安顿人类那扯碎了的梦中惊魂，人们也想从中觅索一方精神的守望之地。

改革开放以来，中国悄悄兴起的“寻根热”，也是人们在冲破思想禁锢后的一种精神上的寻求。然而，寻根祭祖既可构筑一座开放型的思想殿堂，也可打造一个封闭式的精神堡垒。寻根不能像某些文人那样，把压缩在泥土中的血腥历史爬剔出来，去极度舒展人的原始野性与蒙昧；祭祖，也不能像某些凡夫俗子那样，默念祷词，频频熏香，祈求祖宗保佑升官发财，一路福星；寻根祭祖更不能像某些农村那样，借大修家谱去扩张宗族势力，去重筑带有封建釉彩的狭隘的围墙……

“在山泉水清，出山泉水浊。”在临汾，在洪洞，当我潜心走进滥觞中华文明的尧文化中，顿感一股澄澈、晶莹的源头之水，洗濯着我蒙垢的心田。

临汾市东北五里处，有村曰康庄。村东有一古老的石碑，上书“击壤处”。地以人显，人以事彰。“鼓腹击壤”的成语就由此而得。晋人皇甫谧《高士传》中载：“帝尧之世，天下大治，百姓无事，壤父年八十余而击壤于道中。”“鼓腹”意即饱食，“击壤”乃古代一种投掷游戏。相传尧帝常到民间私访，一日来至康庄，见一银髯飘拂、孩子般天真的老叟，于道中击壤，观者发出“大哉帝之德也”的感慨。而击壤的老叟却曰：“吾日出而作，日入而息，凿井而饮，耕田而食，帝何德于我哉！”这便是自庄子以降，被诸多文人雅士所乐道和援引的“击壤歌”。

当尧的随臣将壤父所言报告了尧，尧非但未因壤父没有颂赞他的盛德而不悦，反以老叟能直言不讳而欣慰。为使自己能听到真话，尧当场拜壤父为师。这个简单的故事，说明古人是何等淳真，还不懂得溜须拍马。纵观尧舜以后的历史，阿谀奉承之辈不绝如缕，胁肩谄笑之徒子嗣难断，吮疽舐痔之流此消彼生。壤父的品格，更与当今某些对下如无尾恶狗般刁悍，对上如无势阉人般谦卑的嘴脸，形成了鲜明的对照。古代的壤父，为越来越精明老滑的人类社会，呈示出一个永恒的童话。

尧舜禅让，向被视为亘古美谈。尧有九子，长子名丹朱。丹朱骄奢侈糜，为人暴虐。洪水泛滥时，百姓忧心如焚，丹朱无动于衷，甚至到水中泛舟取乐。洪水过后，他竟让黎庶堆沙推船，名曰“陆上行舟”。太史公在《五帝本纪》中写道：“尧知子丹朱不肖，不足授天下，于是乃传授舜。授舜，则天下得其利而丹朱病；授丹朱，则天下病而丹朱得其利。尧曰‘终不以天下之病而利一人’。”……

尧以天下为公的胸襟，开始了艰难的访贤跋涉。于是，又引出两位大隐士巢父、许由。他俩共同创造了一桩千古佳话：许由洗耳的故事。

尧在考察继位人时，十分注重接班人的群众基础。尧听说阳城（即当今洪洞）的巢父、许由是大贤者，便前去拜访。初见巢父，巢父不受；继访许由，许由也不接受禅让，且遁耕于洪洞的九箕山中。尧执意让位，紧追不舍，再次寻见许由时，恳求许由做九州长。许由觉得王位固且不受，岂有再当九州长之理，顿感蒙受大辱，遂奔至溪边，清洗听脏了的耳朵。《史记》注引皇甫谧《高士传》时，记述了许由洗耳的情景：“时有巢父牵犊欲饮之，见许由洗耳，问其故。对曰，‘尧欲召我为九州长，恶闻其声，是故洗耳。’巢父曰，‘子若处高岸深谷，人道不通，谁能见子？子故浮游，盛欲求其名，污吾犊口，牵犊上流饮之。’”……许由自视高洁，然巢父更胜许由一筹：你许由不接受王位，隐遁起来不吭声则罢了，还大谈洗耳原由，是另一种沽名钓誉。我下游饮牛，你上游洗耳，岂不有意脏我牛口？

许由洗耳的另一说是在河南颍水，但洪洞九箕山下有许由洗耳泉和巢父弃瓢地遗址。这故事发生在哪道溪涧并不重要，重要的是说明了中华文明的源头之水是何等明澈、洁净！正是这清泚的文明之波，溉泽了中国文化的精神森林。巢父、许由这两位洪洞的隐君子，虽未登帝位没有作为，但却以六根除净的仙风道骨惊天地泣鬼神，被历代高人吉士、贤达俊哲高山仰止，景行行止。巢父、许由身上氤氲着一种至美至洁的文化气韵，这两面远年的标帜，几乎可以成为一个民族的人格坐标。

当今，在人们把权力当做美酒疯狂啜饮时，在一片后庭花与卡拉OK的谑浪笑傲中，是无法置身许由洗耳故事中的。人类面对商品经济的负面冲击已显得脆弱无力，精神上的矮化也使人们没有那份心境和教养走近巢父、许由了。

唐尧未得许由，四方人士皆推荐虞舜，舜于20岁以孝闻名天下。《洪洞县志》载，尧于访贤途中，在洪洞历山下遇到躬耕垅亩的舜，见舜用的犁辕上拴有簸箕，便问其由。舜说，牛走得慢了，需要鞭策，但牛拉犁已经够辛苦，再鞭抽于心不忍，所以拴个簸箕，不管哪个牛走得慢了，就敲敲簸箕，这样黄牛误认为打黑牛，黑牛错觉是抽黄牛，两个牛都走快了，何必鞭打呢。尧帝听后，不胜感佩：舜对牲畜尚能如此爱怜体恤，让其承以帝业，定会爱民如子。然而，唐尧深悉，一国之君，身系天下，一时一事还不能完全证明舜的才德。于是，尧将娥皇、女英两女嫁舜，以观察舜的治家本领；又让九个不成器的儿子与舜一道生活，以考验舜的教化才能。

舜此时年逾三十，娶尧帝两女为妻，方结束了独身生活。但舜并没有因为成了尧帝的女婿而孤高骄矜，仍谦挹虚己，不露圭角，对虐待过他的父亲、后母及同父异母的弟弟象，仍不记旧怨，恪守孝悌。娥皇、女英也不因身份高贵怠慢公婆，尧的九个儿子也变得通情达理。司马迁在《五帝本纪》中这样记述了舜的人格力量：“……舜……内行弥谨，尧二女不敢以贵骄事舜亲戚，甚有妇道。尧九男皆益笃。舜耕历山，历山之人皆让畔（互让地界）；渔雷泽，雷泽上人皆让居（互让居所）；陶河滨，河滨器皆不苦窳（制作的陶器没有粗糙破损的）。一年而所居成聚（一年后舜住的地方成了村庄），二年成邑，三年成都……于是尧乃试舜五典、百官，皆治。”……

舜代尧行使政事后，勤政爱民，一秉大公，注重教化，仁爱为本。经常置身民间的舜，仍担心自己见闻有限，决策失误，便在自己门前设立了“敢谏之鼓”和“诽谤之木”。所谓敢谏之鼓，就是于门前设一大鼓，无论何人，想荐贤士能臣，欲献治国良策，均可击鼓进言；所谓诽谤之木，即是在门前立一木柱，不管是谁，发现舜有过失，皆可立在木前，对舜月旦臧否，品藻评说，有书记员记录下来后，再转告给舜……

喜听颂歌是人类的一大“爱好”。颂歌盈耳，神仙听了也乐不可支；忠言逆听，圣哲闻多了也会腻歪。君不见古今中外，唱颂歌者，常是高官得坐，骏马得骑；灌逆言者，辄会蛟龙失水，虎落平阳。而远古时的舜，竟如此广开言路，闻过则喜，因此他方能继“尧天”之后，创造出“舜日”的辉煌。

通过“敢谏之鼓”和“诽谤之木”，舜得知颛顼和帝喾的子孙们，世代贤德，山高水长，恩施百姓，便一一委以重任；舜又得知帝鸿氏、少皋氏、缙云氏的后代们或怙恶不悛，包庇奸邪，或利欲熏心，搜刮民膏，或行若狐鼠，散播恶语，便将这些簪缨之族的贵胄子弟，一一发配边荒之地。舜知人善任，见鲧治水无方，便将之革职，起用鲧之子禹，最终又将帝位禅让给禹……

“尧天舜日”的远古盛世告诉人们，古代国家初创之时，权力机构简单，官少，事简，赋轻，国无暴敛之征，民无苛政之忧，帝王顺天（自然）而治，百姓其乐融融。有学者总结尧文化时，曾概括出六点：一“俭”，崇尚俭朴；二“让”，蔑视争权夺利；三“谋”，提倡深谋远虑，谨防决策失误；四“和”，主张和睦相处；五“戒”，防范人为的灾难；六“安”，融入大自然，生活安闲愉快。我以为尧文化中特别值得称道的是权力的和平交接。唐尧禅让虞舜，虞舜让位夏禹，不像嗣后史不绝书的那样；为争得最高权力，播野种而移花木者有之，假狸猫而换太子者有之，弑父兄而动刀戟者有之，除心患而赐鸩酒者亦有之……为戴上那顶皇冠，人类灵魂中那最丑恶的一隅，袒露得淋漓尽致。无论从哪个角度评说，“尧天舜日”里的禅让，都堪称人类文明史上最洁净的一章！

尧舜牵着洪洞、牵着临汾，洪洞、临汾牵着历史。历史老人把手中的绳索重重一抖，尧舜便离我们很远很远了。在自我奢化中充满“世纪末相”的人们，面对生存危机虽睁圆了惊恐的眼睛，怀揣着悬孤不定的心，但却再也不愿去亲近尧舜了。人们宁愿相信古老的土地里埋葬过的野蛮与荒唐，却不愿从曾给祖槐以充足水脉和养分的厚厚土层里，去筛选文明的因子。然而，古老的华夏文明里，永远含纳着不泯的青春……

八

流动是人类的基本命运。

当伊甸园的美梦破灭后，亚当、夏娃的后裔诺亚携妻带子，乘坐自造的方舟冲出滔天洪水，他的子子孙孙们便开始了向爱琴海岸，向欧洲大陆迁徙的历程；在古老的华夏，伏羲、女娲的传人们也曾沿着大江大河，在迁徙中一刻不停地弹奏着求生存的凄凉绝唱……

迁徙谱写了人类的文明史。

工业文明的勃兴，加速了人类迁徙的步伐。以现代工业和高科技傲视环球、称霸世界的美国，二百年前还是蛮荒之地，欲细查当今美国居民户口，土著占不到百分之二，余者都是各洲来客；南太平洋的经济大国澳大利亚，也刚刚庆祝了它建国二百周年的华诞，上苍在缔造这片乐土时，并没播下白人的种子，如今它百分之九十九的居民是蓝眼隆鼻的外来户。中国沿海开放城市青岛，百年前仅有几幢茅舍、六户渔家，是洋人的坚船利炮使它沦为德租界，是胶济铁路碾碎了它的袅袅渔歌，是成千上万的移民，用民族屈辱的石块构筑了这座被称为东方威尼斯的城市；改革开放的亮丽窗口深圳，在二十年前还仅是一蕞尔小镇，世纪伟人邓小平在南国地图上轻轻画了个小圆圈后，潮水般从祖国四面八方涌来了新居民，于是，文明在荒野里萌发，高楼在泥淖中分娩，一座仍散发着岁月清新的现代化城市，与近代移民中崛起的国际都会香港，交相辉映……

古今中外，缓解人口与生存空间矛盾的主要手段是移民。明洪武十四年，全国人口不足六千万。时光半是缄默半是呐喊地走了仅仅六百年，中国人口陡增了二十倍！城中食指浩繁，履舄交错，乡下也地难养丁，人满为患……

栖息于钢筋和水泥组成的方块里的人们，因空间狭窄连呼吸都感到窘迫。然而,重要的还不是一国一域,一城一郭,一族一家的生存空间的大小;要命的是生态环境的急剧恶化,它不仅使白、黄、黑各色人等正在同受其害,也给人类这个物种的“类前途”、“类未来”笼罩上道道极难排遣的阴影。

久居闹市的我,因看惯了水泥大道,双眼缺少绿的滋润,不免常觉干涩。来到先祖曾居住过的晋南,我本想贪婪地享受一遭田园风光,谁知,我的这种“企图”竟成了一种奢望。

到临汾,应先看看梦中的汾河。然而,当我走至绕城西向南流的汾河畔时,心中顿生茫茫然无限空虚的感觉。战国时代,秦晋曾在汾河上风樯阵橹,展开过殊死的水上鏖战;强汉时期,汉武帝也曾从太原乘龙舟扬帆巡游晋南……解放初期,汾河两岸的村落中仍然有不少舟子以船为业。可眼下,这地处下游的汾水竟变成几步即可跨越的臭水沟。这被称为大河的“水沟”里,漂满煤灰,泛着黄泡白沫,散发出一股刺鼻的怪味,惟有两岸那坚固的大堤和堤内那宽阔龟坼的河床,仍在证明着汾水昔日的浩淼。

在洪洞,“水包座子莲花城”的景象,早已不复存在,我只能从历代文人咏洪洞的诗文中,去体味昔年的清碧美妙……我驱车北上太原,刚出临汾地界,就见汾水断流。山间的汾河河床里,触目皆是曾被水冲刷过的怪石……汾河,已完全沦为一条季节河。

王德贵、刘郁瑞陪同我在晋南盆地的几个县份里采风。山西多煤,吕梁山中有铁,晋南的泥土易陶。所经之途,一座座小炼焦炉、小炼铁炉、小陶窑、小瓷窑林立,炉火熊熊,烟尘滔滔,运煤车辆往来穿梭,马路上煤尘厚积,车轮飞转,搅起的灰帘尘幕,模糊了我的视线。

我们三人虽都有吸烟的嗜好，但不敢开窗透气，一旦开窗，浓度很高的烟尘会直逼肺腑。年轻的司机告诉我："这里的空气污染程度，一点也不比你们大城市差，我一天不洗头，枕头上会染一层灰。"……在临汾市中心，有一座全国最高最大的鼓楼，乃北魏所建，它是平阳的象征。世传民谚曰："平阳府有座大鼓楼，半截子插在天里头。"退休的王德贵书记告诉我，他祖居的村庄距临汾 20 华里，儿时逢晴天朗日，举目便能看见大鼓楼的身影，而眼下，即使天气响晴，在正对着鼓楼的南北大道上，两华里之外，亦难睹大鼓楼的雄姿，烟尘已包裹了它的古老与华美……

在洪洞的大槐树公园里，"三代槐树"虽携其子孙蔚然成林，竟未引得一只鸦鹊来卜居。昔年鹳窝的壮观，只能到将时空凝固的县志里寻找。我想，此时，哪怕有几只乌鸦来垒窝筑巢，也会令我这寻根者无比珍爱。羊羔跪乳，慈乌反哺，在羊羔与乌鸦身上，也存有某些不肖子孙难以企及的美德。我穿行在晋南盆地的几个县份里，也听不到一声乌啼、看不到一个鹊巢。究其原由，刘郁瑞告诉我，农作物上的昆虫是乌鸦、喜鹊的主要食源。晋南多植棉，一旦发生棉铃虫害，人们便使用剧毒农药，乌鸦、喜鹊吃了被毒死的棉铃虫，便在二度中毒后登上鬼录……鹳窝不再，道理十分浅显：作为鸟类中的"贵族"——鹳，更难承受生命之轻，汾河污染断流，鱼虾无存，使它失去了生命必需的佳肴珍馐；再说，它那圣洁的羽毛，需要清波碧泉去洗濯，需要蓝天白云来梳理，鹳美在晋南的条件失却了，它毅然辞乡，琵琶别抱也便是理所当然了……

在吃食上，特别挑剔的鸟类贵族鹳偶尔啖之的青蛙，在晋南也因汾河污染而所剩无几。王德贵回忆说，建国初期，每届夏时，汾河两岸的蛙声鼓个不停，尤其是大雨过后，鸣禽啼啭，逗得蛙声如鼓，咯咯，果果，呱呱，此起彼伏，组成一阕和谐动人的大合唱。如今单一的蛙声偶有，叫人如闻宇外仙曲……雨季到来时，水质检测员经常在汾河化验水质状况，王德贵曾戏谑地对检测员们说："这化验，那化验，都不如蛙叫声灵验，只要群蛙合唱，汾河水就达标了！"

田园风光难觅，唐宋诗家感悟的那种"漠漠水田飞白鹭，阴阴夏木啭黄鹂"、"野旷天低树，江青月近人"、"稻花香里说丰年，听取蛙声一片"的意境，当今诗人恐难捕捉了。

作为一个寻根者，来到先祖曾居住过的土地，我不忍心对晋南的环保问题说三道四，也无意苛求当地的领导者们。放眼今日中国，哪条江河川流没被污染，哪座城邑市镇，还敢称净土？黄河断流，举世瞩目，淮河污染，国人震惊……

当人类乘着商品经济的超速列车呼啸疾进，前面是蓬岛琼阁还是危崖深渊，却不被及时行乐的人们所关切。地球已被人类"文身"得砢碜寝陋。掌握了高科技的现代人，对上苍恩赐人类的资源大凿、乱钻、超伐、狂采、滥垦，"丁村人"时期的地球原性态、原生态早已消弭散除，面目全非；农业文明时代的人与自然的和谐图，也被今人撕扯得七零八碎。

人类的生存史、发展史、文明史，首先是根据地球上的淡水分布图而写的。当今，全世界每天排放的工业污水达 2 至 3 立方千米，按此速度推算，到下个世纪中叶，人类将无洁水可汲。

在生命世界的整体中，任何单一的物种都是这生物链中不可或缺的一环。当今,地球上每天要有百余种生物归于灭绝,照此速度下去,人类这个物种的“类前途”、“类命运”如何,则不难卜知……

人类对一切异类设下天网,最后被网罗的将是人类自身。

人类是其他一切生灵的猎者,但猎者最终却将枪口对准了自己。

地球已无人类迁徙的空间,迄今人类尚未发现有其他星球可供人类居住。人类惟一的途径是更换思维方式,进行一场思想迁徙,抑或回归大自然方能找到一条人类通向未来的生命通道……

生态恶化是整个人类面对的极为严峻的头号课题。从洪洞祖槐树下走出的槐裔们,靠家谱赖族谱绝对破解不了;即使一国一域共修一个“国谱”,也难以破释,这需要“地球村”的人类,共修一个“球谱”。

《圣经·创世纪》中,有个著名的“巴比塔”的故事。其中讲到人类想齐心戮力造一座通天塔,以通往理想天国。上帝惟恐危及他的权威,闻听后大为震怒。他变乱了人类的语言,使人们语言不通,互不理解,互争互斗,终使建塔梦想破灭。这个故事寓意深刻。当今世界,电脑已将小小环球制成一个“村落图”,语言早已不是人类相互沟通的障碍。然而,人类能够造出一座起人类沉疴于霍然,挽地球生态于艰厄的“通天塔”吗?

九

念情依依,别意悠悠。祖槐,我就要拜别你了。从太始之初那最早的一瞬间,到刚刚逝去的一刹那,都包容在你根系的泥土里,你是剪裁春秋的历史老人,你是亿万槐裔的灵魂。在你伟岸的身躯面前,我只不过是个幼稚的孩子。来前，我那在你枝桠上筑巢的“是鹄还是鹳”的小问号，虽然已经拉直，但一连串的更沉重更僵硬的问号又涌向我的脑际。祖槐，在你慈爱仁厚的怀抱里，请允我仰天发问——

我拜问“三皇”之首的伏羲：

你结绳织网，你演绎八卦，你是华夏大地的开山鼻祖，你是聪明睿智的化身，你画下的太极图，使操纵电脑的现代人都难以破译，但你能点拨一下天下硋民的未来吗？你能勾勒出人类命运的“终极图”吗？

我叩问炎黄子孙的始祖女娲：

你是英雄母亲的象征，你是果敢坚毅的女神！当“四极废，九州裂，天不兼覆，地不周载”的大难之际，你炼五彩之石，以补苍天，挽救了天下生灵！当今，你的传人们头顶的昊天上，果真出现了两个偌大的黑洞，足以使一切生命面临灭顶之祸，你炼的那些美丽的五彩石，还能缀补得了吗？

我恭问天下为公的唐尧、虞舜：

你们曾创造过“尧天舜日”的朗朗乾坤，清平世界，使八十老叟鼓腹击壤，使生齿兆庶安和宁靖，面对当今那“玩的就是心跳”、“过把瘾就死”，只顾“潇洒走一回”的人流，面对愈来愈奢华的物欲世界，你们会用何种方法开顽启蒙，施以教化？

我敬问冰肌雪骨兰心蕙性的巢父、许由：

你们的清高几近不食人间烟火，这与当代人的追求判若云泥。你们视王位如草芥，观名利如浮云，重操守如泰山，谨修身以自洁。倘若你们再世，面对物化的浮嚣之气，你们能耳不杂听，目不旁骛吗？

你们该到哪里去寻找一条澄明清亮的流溪，去清洗那听脏了的耳朵，去涤净那牧犊口角上的浊水？

……

我还要顺便问一声歌唱家郭兰英大姐：

汾河水滋润出你黄莺般纯美的歌喉。你歌唱祖国，以大河的波涛，沃野的稻香，去陶冶人们爱国的心灵；你歌唱汾水，用汾河的澄波，阳春的杏花，去唤起人们对美好家乡的挚爱。然而，面对污染断流的汾河，你还能吟唱出“人心就像汾河水，你看那滚滚长流日夜向前无牵挂”吗？

……

别意悠悠，念情依依。就要辞别洪洞，就要辞别临汾了。友人要陪我一道去登临汾市中的大鼓楼，并援引民谚说：“不登大鼓楼，白来平阳游。”我知道，这全国最大的鼓楼上，有巨钟一口，重达5000斤，游人均以击钟为福。我忆起济南千佛山门楣上那副楹联：“晨钟暮鼓唤醒人间名利客，经声佛号惊回宦海梦迷人。”有多少香客游人，曾在这楹联前伫留沉思，然而，“以物喜，以己悲”的人群依旧。我想，即使再大的警钟，恐亦难使“名利客”、“梦迷人”返璞归真。对眼前这大鼓楼，不登也罢。

列车驶出临汾，隆隆北上，眼看就要离开先祖们曾居住过的这片皇天后土了。我深知，区区如我，声音是那般微弱乏力；然而，我仍在心中默默呼唤：

归去来兮，我曾厌恶过却懂得“报孝”的乌鸦；

归去来兮，那洁白如雪的精灵——我梦中寻觅的大鸟……

绿色天书

上苍是最富想象力和创造力的魔幻大师，它从袖口里轻轻抖出的每件东西，都会让人惊讶得说不出话来。

西双版纳的热带雨林，就是上苍从袖口里撒落在华夏版图上的一卷翠得让人眼亮、美得叫人心颤、神秘得令人窒息的“绿色天书”。

甲申年初夏，我在云南部队一熟悉版纳风物的文友的陪同下，探访了早就心仪已久的热带雨林。

这天清晨，我们从景洪市出发，沿着澜沧江边的公路，直奔版纳东南方的雨林谷。车在行进间，忽有淡淡薄雾飘来。冥冥的雾气，游移着，升腾着，像片片轻柔的纱巾，披在了江两岸的翠峰碧嶂上，流瀑飞泉间。“睇雾始疑空，瞻空复如有”，雾霭濡染下的山水，显得格外妩媚。越往前走，缥缥缈缈的雾越汇越厚，越积越浓，像涌动的乳白色奶汁，仿佛能把车子飘浮起来。车抵近雨林谷时，弥天大雾简直变成了一幅偌大的撕不开、扯不断的白色丝缎。

上午十时许，太阳的万条金线才穿透了雾幕。我急不可待地闯进谷下的林中，奇异的现象出现了：在我目所能及的范围内，但见各种树木的叶轴、叶柄、叶脉、叶鞘上，都凝着一层晶亮的水珠，正滴滴答答地下落，如同脉脉春雨，瞬间便打湿了我的衣衫。

陪同的文友告诉我，“热带雨林”一词，是根据“雾能化雨”的意思，从英文翻译过来的。“雾雨”是热带雨林的显著特征。

时近中午，浓雾才全部散尽。在湛蓝如洗的天空下，我站在雨林谷对面一傣寨竹楼上，引颈仰望，终于窥到这“绿色天书”的封面。它阔茫茫，气滔滔，是那样的辽远、恢宏、幽邃、渊深。凝目细观，我惊异这“天书”的封面不仅构架宏伟，且跌宕崛奇。它大抵由四层植物群落组成。最上层是五十到六十米高的巨树，那碧森森的树冠直薄蓝天；巨树之下为蓊蓊郁郁的大树，它们阴鬓交叠，像是给雨林搭起了密不透风的天棚；“天棚”之下由棕榈和其它高约二十米的乔木组成，它们身壮叶肥，昂扬茁拔；最下层是由中小乔木和灌木结成的绿色方阵，它们堆青叠翠，在微风中，闪动着绿色涟漪。由四层植物群落构成的雨林谷，无不绿意盎然。墨绿、黛绿、深绿、碧绿、石绿、翠绿、葱绿、油绿、青绿、豆绿、水绿、嫩绿，人世间的绿有多少种，都能在这里觅到它们的色彩，即使世界顶尖级的油画大师梵高再世，也绝不可能调配出这太多太多的绿色！

目睹这“绿色天书”的封面，已使我心醉神迷；浏览它的“内文”，更令我荡魂摇魄。

沿着世界自然基金会主席菲利浦亲王在一九八六年来此考察时辟出的小道，我进入雨林群落的最底层。在这里，一步一景，三步一奇，千木万卉，快绿怡红，各有各的精神，各有各的光影和色彩。

首先跃入我眼帘的是，一片野芭蕉旁的几株海芋。这形似北方芋头的植物，叶阔若轮，径长达米，有植物学者誉之为“雨林牌雨伞”。大雨袭来，游人可蹲踞其下避雨；烈日当头，过客也可折一柄遮阳。海芋近旁是簇簇香茅草，在雨林中它虽属于无名之辈，但内涵却不同凡俗。乍闻其无味，用手摇之则淡香四溢，愈摇香味愈浓。此草晾干后，香气经久不散。傣家少女常多采撷，或插入瓶中，或掖于枕下，使竹楼中的闺房，变为兰麝之室。在一灌木丛下，我窥到几株形状怪异的猪笼花儿，此花呈淡黄色，状若长形小竹笼，笼口有一铜钱大小的笼盖，可自然开合。笼盖开时，笼中的芳香会诱得虫依蝶偎。当虫蝶身陷笼中，花蕊分泌的粘液，将它们牢牢胶住后，笼盖遂闭合。当“猎物”的残躯化作此花的养料后，笼盖复又开启，再诱虫蝶……

“民间有遗贤，草中有灵芝”，在这雨林底层的腐叶里，树根旁，到处生满连植物学家也不能完全说出名字的各种菌菇。它们或状若耳轮，或形似小伞，或单株栖息，或结群麇集。其色彩更是五彩缤纷：赤赤者似玛瑙，灿灿者如金盘，蓝蓝者像宝石，皎皎者若冰玉。如果用审美的眼光，来观赏这些各臻其妙的菌菇，当中自然不乏艳品、珍品、逸品和神品。我有幸目睹了它们中的“仙品”：在一株自然枯朽倒伏在地的树干上，生长着三只刺杯菇，其形状大小酷肖喝葡萄酒用的高脚杯，颜色艳红，通体透亮，纤尘不染。周围有草类植物的数片绿叶作为衬景，益发显示出这三只“红杯盏”玉蕴山辉般的光莹。我低头细观，头午的雾雨，还给它们各自斟上了半杯琼浆。抑或是欲将杯中之物自饮自啜，抑或是惧怕入侵者玷污了其美艳与高洁，它们的“杯体”上，竟生满了细长的玉刺儿，“乾坤有精物，至宝无文章”，面对这三只美绝的“红杯盏”，任何语言的表述，也只能是刻鹤类鹜。

在这雨林底层生长的草类植物们、菌菇生物们，虽是这雨林中的芸芸众生，但它们和大树们一样，同样疯狂地眷恋着雨林的大地，同样疯狂地挚爱着这里的雾雨和清泉，它们的心灵同样都连着明月和星辰，也同样追求着生命的丰富和完美。

走进雨林“第二群落”，亚热带常见的棕榈科植物，呈现在我的面前。它们娇姿临风，亭亭玉立。一棵贝叶棕首先攫住我的目光。古籍记载，贝叶棕的叶子从柄算起，长达三丈余，需数人合力方能扛起。眼前这株贝叶棕，那扇圆形的叶片虽仅有两米长，但仍能令我叹为观止。贝叶棕所以被版纳傣族极为推重，是因傣家所信奉的小乘经文及民族历史，皆靠它的叶片得以承传。昔年的佛教徒采来贝叶，按规格裁成叶条，打捆放于锅中加酸角、柠檬煮之，洗净、晒干、压平，即可成为贝叶纸。刻经、写史的文士们，先在叶纸上用墨线弹出行间，再用刀刻字于上，涂以墨汁，用布擦抹，残墨留在刻痕内，便可显出清晰字迹。用这种毫无污染制出的天然纸张，镌刻并装订的经文或史籍，防腐、防潮、防蛀，可保存百载而不损……

热带雨林中的许多植物，是那样意外的怪异。在这里，还生长着一种树干中能够“蓄粮”的橦棕。橦棕的嫩茎可作菜蔬，其味鲜醇，不让甜笋。俟幼株长成大树，棕的茎干便开始暗自生产“粮食”，囤积于树心内。随着“蓄备粮”的累积，树干便现出滚圆的肚儿，那臃肿的样子颇像身怀六甲的少妇；观其常青不凋的羽翎状巨叶，很易令人联想到昔年那“囤中有粮，心中不慌”的富裕中农。人们将橦棕干内的树心刨取后，经浸泡沉淀，便成“面粉”，用之做糕制饼，其香馥馥；东南亚一些国家，还将之加工成大米，打进国际市场……

徘徊，盘旋，踯躅，躞蹀，低首弯腰，折来踅去，在向导的带领下，我们好不容易才钻出了这雨林的第二层植物群落。正当树阻藤拦疑无路时，忽见一倚在古榕下的木梯竖在眼前。拾级而上，我们登上了一长五十余丈的空中走廊。此廊以藤绳为“桥”，古榕为“柱”，每隔八九米，便依树设一仅容一人驻足的瞭望点。此廊也是菲利浦亲王来考察时所铺架。我蹑足其上，一步一摇，三步一晃，终于站在了第一个瞭望点上。

如果不是身临这热带雨林，我怎么也想象不出，世界上竟还有这等由藤萝编织出的壮观。在古树与巨树之间，有长藤若巨龙凌空斜插，难见首尾；有巨藤像大蟒曲盘，闪鳞亮甲；有粗藤扭结成风车形挂诸高树；有细藤弯曲成吊环状系于枝桠，它们千变万化，组成了各种各样的几何图案……

在第三个瞭望点上，我看到一株四薮木的枝叶下，缀挂着十余只状若锦囊的精美物体。一群身披黑褐色羽毛、尾部闪着白亮点的鸟儿，从“锦囊”中飞出飞进。我想这该是织袋鸟了，那袋状的巢穴，是织袋鸟用各种叶丝精编而成。“花随玉指添春色，鸟逐金针长羽毛”，织袋鸟虽无一双巧手，但它们那灵动的小嘴，却毫不亚于绣花女的纤纤玉指。

我站在这位于雨林群落第三层的空中走廊上，见谷两旁有望不断的古树，有数不清的佳木，有看不尽的名杉。昂首上观，雨林第四群落的伟岸乔木，仍是高难企及，我仅能从它们亲吻蓝天的树冠的缝隙中，偶见几抹金亮的光束，如探照灯般地投射进来。低头下望，雨林第二群落的树木，尽收眼底。它们青幢碧盖，浓绿生云。谷下有清溪湍湍，叮叮咚咚；耳畔有幽禽唱和，婉转清扬……置身此等仙境，我焉能不顿生“偶然临险地，不信在人间”的感觉！

直到上世纪七十年代中期，国外的植物学者们还纷纷断言，中国根本不可能有热带雨林。应当说，海外权威们的推论并不出格离谱。这是因为热带雨林的生成，应有必备的条件：年平均温度，必须高于二十四度；最冷月份的均温，也不得低于十八度；且必须是海拔低的热带湿地。若以此“戒律”框之，版纳位于北回归线热带边缘，其山地海拔姑且不论，即使河谷盆地的平均海拔也高达五百米。版纳年均温度及最冷月份的均温，皆比能生成热带雨林的温度低二至三度。纵观整个地球，与版纳处在同一纬度上的中亚、西亚、北非、西南非，除少数地带是稀树草原外，多为干旱沙漠。然而，只有共性而无个性，大自然的神秘与伟大就不存在了。上苍似乎特别恩宠版纳，遗赠了版纳诸多可以生成热带雨林的“硬件”和“软件”。上苍曾轻手一拨，便使得古南大陆和古北大陆发生过掀天揭地的融合；因了它的格外垂青，处在两个古大陆结合部的版纳，躲过了那场生物史上罕有的浩劫。上苍也曾重足一跺，使整个地球发生了造山运动，隆起的世界屋脊喜马拉雅山和云贵高原，作为远近的两道屏障，为版纳挡住了来自西伯利亚的寒流罡风。上苍还让版纳的地形由北至南徐徐倾斜，使得这片风土吉壤敞襟亮怀，去随时拥抱来自太平洋和印度洋的暖风湿流……

判定一个地带的森林，是否为热带雨林，除了具有若干标识性的树种外，还应有特异的生态景象，诸如“绞杀现象”、“独木成林”、“板根奇观”、“老茎生花”、“空中花园”等等。这一切的一切，在版纳这卷“绿色天书”里，都有重笔浓彩，尽态极妍的展示。

匆匆如走马观花般探访雨林谷后，我深知对雨林的了解，还仅是一鳞半爪。在以后的十余天中，我又先后参观了版纳葫芦岛热带植物园，走进了补蚌、绿石林、广南里等几处雨林保护区。我不辞劳顿地在林海里穿行，贪婪地读着“绿色天书”中的每个标点，每行文字，每一段落，力图凭暂短去感知漫长，以有限去领悟无限。

在补蚌自然保护区内，我看到了一株最能展示雨林“板根奇观”的树——四薮木。这棵版纳雨林中最大的板根树，太壮阔，太磅礴了。我刚抵近它，便感到它生命发出的光波是那样强烈、巨大和顽强。这棵有着十五层楼高的参天大树，最能摇撼人心灵的是它的根基部分。十四块像用厚厚钢板雕成的飞机机翼样的板根，呈辐射状分布于树下的四周，最高者达八米，最长者达十五米，其整体根块，占地亩余。这板翼与板翼间形成的空间，似深壑，像幽洞，若庭院，可容百人在其间小憩。我不知这些深插入地的板根，为使那粗大的树体能镇定地屹立于雨林，曾经受过多少风抽雨袭，电击雷劈……

崇高是大自然喷射出的壮美，崇高也是对渺小的一种艺术征服。雨林中若没有崇高的望天树巍然耸立，这“雨林”便名不副实。过去，“热带雨林”的桂冠所以没有戴上版纳那高昂的头颅，是因当时还没觅到望天树这一最关键的“要件”。从开国之初，以蔡希陶为领军人物的植物学家们，在版纳的雨林里，胼手胝足，风鬟雨鬓，寻寻觅觅，终在一九七四年于勐腊的广南里发现一株高达八十八米的望天树。

继而,在这补蚌保护区内,又有大片的望天树显出了神姿。“隐士托山林,遁世以保真”,望天树这版纳雨林中最大的“隐士”,一旦露出庐山真面,便石破天惊。世界上所有植物学家的目光,都惊异地投向了版纳。为便于域外学者的考察,版纳人在这补蚌望天树的族群里,凌空架起一道离地面五十米高的“藤桥”。当美、英等国专事研究热带雨林的博士们来此考察后,连连赞叹:“雨林,这是典型的热带雨林。”

我攀援上架在望天树树干间的“藤桥”,顿感自己被具有崇高品格的生命所燃亮,所溶解,也深感人的生命渺小和暂短。望天树那笔直的树干,直插天际,仿佛从来不知世上还有“卑躬屈膝”之谓。它们光洁的树干上,没有枝杈,没有斑痕,没有寄生物,身同金玉质,伟岸超人寰。在这热带雨林里,望天树无疑是“拔剑平四海,横戈却万夫”的最高统帅,也无疑是这“绿色天书”中的头号主人公!

中国传统山水画的构图,历来是“丈山、尺树、寸马、豆人”,人在画幅中的比例所以如此之小,我想那该是古时的画子们,因敬畏自然所产生的情愫使然。热带雨林应是人类精神的“疗养院”,看一看这崇高的望天树,至少可以缓解当代人惯常患有的藐视及虐待大自然的“狂傲症”!

齐整、单调是平庸者的趣味,参差、丰富才是造物主的美学。在雨林里,每种草木都是独特的,没有哪种形象去重复另一种形象。

初进版纳时,雨林谷中那愈摇愈香的香茅草,那能诱虫蝶入笼的猪笼花,那能产粮、“蓄粮”的槿棕,曾让我击节称奇;继而,葫芦岛植物园中,那随着人的歌声和琴声能蹁跹起舞的跳舞草,碧池中王莲的那可让稚童站、卧其上而不沉的硕大荷叶，也令我扼腕嗟讶；而嗣后在另几处热带雨林中的所见所闻，则更叫我惊异得瞠目结舌。

雨林中，有会“流血”的草，其名为血苋，搓揉其茎叶，可有如血的汁液溢出；也有会“流血”的藤，学名老鸦花，其碗口粗的藤体稍有破损，殷红的“血液”便流淌不止。我还不时能碰上会“流血”的树，这种名叫龙血树的躯体内，饱含着血色的树脂。龙血树寿高龄遐，无树可与之比肩。美国的巨红杉、非洲的波巴布树，能活到五千岁，已被宣称为生命史上的奇迹，但它们与龙血树相较，仅能称作小弟。龙血树寿长可达八千余岁，用“万寿无疆”来赞誉它，倒也名至实归。

在“绿色天书”中，花儿们仅是主角和配角们的小小点缀，但它们无不竭尽绵帛，尽显造化之功。

版纳雨林中有多种变色花：使君子花初绽为白，又开粉红，再放大红，使得同一花序三色兼备：嘉兰花乍绽呈淡绿，隔夜为鹅黄，越数日，鹅黄遂成金黄，继而，金黄又化为橙红和鲜红。在这里，还有许多按时准点开放的花：时钟花总是晨开暮谢，日日放，夜夜凋，一年四季，花朵常闹枝头；油瓜花总是于子夜怒绽，花开速度之快，仅在十秒之间，绽放全过程，用摄像机能清晰抓拍。更令人百思不解的是，在这些雨林中，还有一种在同一时辰，同时开放的花树。这种人称大树鱼藤的树木，在雨季时的某一天，无论其身居雨林的哪个角落，也无论相隔多远，它们总像接到上苍的密令一样，会在同一个时辰，将雪白的花朵，同时扑棱棱地披满枝头。

穿行于版纳雨林，我还深深感受到，万物之诡谲乖张，充盈于天地之间。在这里，到处有能“流油”的猪油瓜，触目可见号称“世界产油大王”的油棕果。这里，还生长着木材中比例最重的树——黄黑檀，它材质坚硬，入水即沉，纹理堪与黑色大理石媲美，是制作名贵家具、高档乐器、精美工艺品的绝佳材料。在这里，我不时还能碰上高大粗壮的箭毒木，它是雨林中最毒的树种。倘若将其洁净的躯体戳破，会流出含有剧毒的白色液体。昔年的猎人，常将之涂于箭镞，虎豹鹿麂，一旦中的，会当即毙命……

在版纳热带雨林里，万千生命中的每种生命，都能找到各自的生存位置。它们都有充分的权利谋求生机与繁荣。雨林下那仁慈的地母，对它们不分高低粗细，不分长短宽窄，不分三六九等，不分嫡生庶出，毫无取舍、毫无嫌弃地全部容纳了它们。孕育着它们的“生”，滋乳着它们的“长”，展示着它们的“茂”，欢呼着它们的“美”。

秩序是造物主的第一铁律；保持良好的秩序，是它创造万物万有的初衷。版纳雨林这卷“天书”，看似那样盘根错节，目迷五色，莫可名状，但这里所有的物种，皆各自负载着生命的密码，在地母的怀抱里，有秩序去完成各自的荣枯和死生。

雨林中的“绞杀现象”，往往是“独木成林”的成因。“独木成林”，是“绿色天书”中最富巨匠气象的插图。绞杀者多为榕树类中的大青树。大青树上结有串串珍珠般的小果实，果内米粒般小的种子，其壳坚硬。鸟儿们啜食果实时，常将消化不掉的种子，遗于大树枝桠。千万粒种子中，总能有一幸运者，借助枝杈间腐叶中的养分，破壳发芽。幼芽很快喷射出许多蚕丝一样下垂的气生根。气生根饱吮着空气中的水分、养分，渐次变粗变长，直插入地，先将被绞杀的树干紧紧包住。越数载，长成的大青树的嫩枝上，又喷射出若干气生根。这些气生根不久也插进大地，渐渐生成小桦树树干样的根柱。绞杀者经过韬光养晦，此时已变得雄心勃勃。于是，它便以锐不可挡之势，向被绞杀者展开全方位进攻。下端，它那插入大地的排排气生根，果断地与被绞杀者，争抢着土中的水分和养分；上端，它那刚刚形成的树冠，也机敏地与被绞杀者争夺着空间和阳光。被绞杀者节节溃退，元气尽失，变得枝枯叶焦。其残躯朽干，也成了绞杀者慢慢享用的“补贴粮”……就这样，一颗小小的种子，突破、勃发、抗争、挺进，经过一番番的“攻城略地”，终于壮大成了绿光四射的庞然大物。就这样，那蚕丝般细的气生根，经过一次次的“盛食厉兵”，它们不仅支撑着母体，使之衍变成洋洋大观的“独木成林”，且每根深嵌于地的气生根，也成为这“林”中自豪的一员。

在版纳绿石林雨林一悬崖之下，我看见了一株屹立在石壁之上的古榕。它有着企图笼罩大地的浓阴，也有着妄图吞没白云的豪迈。树的主干下，有二百余根气生根根柱，远远望去，像一片挺立在峭崖上的“桦林”。抵近崖下细观，那根根粗大的气生根柱上，又垂下了一大片绵长细密的气生根丝，飘飘悠悠，挂诸石壁，宛若波浪起伏的“瀑布”，顺悬崖倾泻而下……

不少探奇者著文，将会绞杀的树咒为“恶魔”。实则它们是上苍为雨林不断更新派遣的使者。正如雨林中那一生只在岁暮开一次花便寿终正寝的翠竹和贝叶棕一样，死并非是生的对立面，悲壮的死总是赓续着壮丽的生。正是有了绞杀树在履行着它的天职，才使得雨林永远高吟着铁流似的生命进行曲。

热带雨林虽有着植物生存的激烈竞争，但每种生命却从不违背上苍设定的生存法则。

油瓜花所以定时在夤夜快速开放，是为适应一种仅在夜间出飞的虫蛾，为之传花授粉；“扁担藤”所以蓄水，是因它的藤体只有爬上三四十米高的乔木枝头，方能开花结果，这就需要有足够的“蓄备水”，不断地向顶端输送……在版纳雨林，探奇者随处都能看到，老茎生花，树干结果，这是因为在遮天蔽日的森林里，仅有十几米或二十余米高的木奶果、木瓜榕等，若在枝头开花，显然不易招蜂引蝶，且它们的果实大都成团成堆地生长，树枝必难承重；木菠萝的硕大果实，有的重达二三十公斤，若不挂果于树干，无疑更会轻重失宜……

大自然无处不充满智慧。上苍创造热带雨林时，在给望天树、四薮木、大榕树、毒箭木巨大生存空间的同时，也仿佛周密地考虑到雨林绿色群落间，那些空闲着的地方。在雨林随处可见的“空中花园”，便是上苍点燃起的智慧的火焰。

在巨树的枝桠间形成的空中花园，多由造型奇特、终年常青的鹿角蕨、鸟巢蕨等附生蕨，和应时开放的各种附生花卉，共同构筑。与绞杀树有所不同的是，这些附生的蕨类与花类，仅靠着像海绵一样吸水能力极强的气生根，去吸收空气中的水分、养分生存。它们不仅丝毫无碍于大树的生长，反而会给大树缀上美的佩环，绕上亮的玉带，插上靓的金钗，益发使得巨树雅望异常。

“春兰似美人，不采羞自献”，在广南里雨林深处，我与一株粗壮的毛紫薇树邂逅，目睹了由兰花组成的“空中兰园”。这大树上，到处缀满各种兰花，它们萃成束，结成团，或串串下垂于树干，或簇簇上蹿于枝桠。蝶兰紫红，吊兰紫中镶着黄边，鸟舌兰呈玫瑰之色，羽唇兰黄绿相间，密花石斛美靥如月，重唇石斛灿若佳人红唇……它们幽生林樾，闹绿酣红，香胜麝檀……若没有上苍赐予这百兰生长的最佳统一性和规定性，在一株大树上，焉能有这么多匪夷所思的绚丽色彩！

我在雨林的绿色波涛里，浮浮沉沉，仿佛走近了一座美轮美奂的绿色圣殿。但总感到这圣殿的大门，对我紧紧关闭着。我知道，这高贵的圣殿里一定珍藏着“天书”中最深奥的智慧，最纯净的思想。我既无法靠近它，也根本不可能读懂它。

上世纪中叶，西方国家的雨林专家曾做过计算，占世界陆地面积仅百分之七的雨林，却生长着全球一半以上的植物品种。有植物学家，在美洲哥斯达黎加雨林中一百平方米的小小地块上，竟查数出二百三十三种同时生长的植物。这是用达尔文“优胜劣汰”的进化论，很难诠释的现象。版纳的面积，仅为全国的五百分之一，而植物种类却占百分之六，其中已知的五千余种植物中，有千种可作药材；全国香料植物拢共五百种，云南占三分之二以上，其中不少名贵品种分布在版纳。

在版纳雨林中，也曾有过植物和动物无比严格、无比美妙的生命连结。它们在冲突中形成的和谐，曾像那邈远无垠的夜空中万点星光的交织。雨林的翠峰碧溪中，那爬行的、飞翔的、潜游的、攀援的、呼啸的、奔驰的林林总总的动物们，都曾各按固有的节奏与旋律，风貌与英姿，沸腾着生的冲动，啼唱着生的欢乐，翔舞着生命的彩练，呼啸着生命的旋风。它们曾是这“绿色天书”中，最汪洋恣肆、神定气足的华章。版纳的雨林，曾是亚洲象的家园，小鼷鹿的故乡，大野牛的乐土，支那虎的洞天福地，白颊长臂猿的世外桃源……因这些哺乳动物在雨林中已寥若晨星，现均登上了国家一级保护动物的名录。

西双版纳是我国天然的药材库、香料库、生命基因库。云南一向被誉为华夏的“动植物王国”，而版纳热带雨林，就是这“王国宝库”中的和氏之璧，隋侯之珠。

自从筑巢于树的原始人走出森林后，自然界渐次留下了被人类“征服”的印记。

公元十六至十七世纪，当欧洲的探险者在亚马逊河流域惊异地发现热带雨林不久，人类也成为达尔文进化“彩票”中的头号中彩者。谁知，这头号“中彩者”竟成了热带雨林真正的“绞杀者”。

人的本性中有着一种永不餍足的贪婪。现代工业文明的发展，使人的欲望又有了前所未有的膨胀。自十九世纪始，勃兴的西方列强无不把攫取的目光投向热带雨林。它们先是在雨林中砍伐佳树名檀，斫斩香木香草，杀戮奇禽异兽，满足和装点贵族们的奢侈和高贵，用以炫示大亨们的身价和派头。继而，它们又与虽拥有雨林、经济却不发达的国家联手，将大片大片的雨林像剃光头一样，刮净削尽，化为可赚取大量英镑和美钞的经济林场……因了人类对热带雨林这种一次性、彻底性的“绞杀”，使得不可悉数的独有动植物品种香消玉殒，永远从地球上消失，也使得大量罕见物种处于濒危状态。

到目前为止，雨林在美洲、亚洲、非洲的总存有量，仅为区区八万平方公里。上苍创造的多卷体的“绿色天书”，早已被人类撕扯得七零八碎，仅剩下些断章残页……

直到上个世纪五十年代初，版纳的雨林还基本完好。但由于“大跃进”年代的狂热，和十载“文革”的浩劫，又加之人口的急剧增加，版纳雨林也曾遭到空前破坏。雨林有的被辟为橡胶园，有的被夷为“大寨田”。幸有将森林作为图腾来供奉和敬畏的傣族父老的精心呵护，方使版纳在今天仍有一百余万亩的雨林和三百万亩次生林，耸立于滇西南边陲。

我雨林之行的最后一站，是距版纳首府景洪市仅有八公里之遥的原始森林公园。在这公园内，热带雨林应有的“要件”及“配件”，一应俱全。与版纳其他几片雨林保护区不同的是，在其山门前，有一座人工圈定的孔雀园。园内饲养着千只绿孔雀，供游人观赏。孔雀是鸟类中最典雅端庄的“公主”，它如今也载入国家一级保护鸟类的花名册。孔雀是美丽和善良的象征，向被傣族视为吉祥物。因昔年景洪一带的雨林中，孔雀成群翩飞，傣家也把景洪称作“孔雀之城”。眼下这孔雀园内，只只绿孔雀像美人似的拖着金翠色长裙，不时向游人开屏。那光彩四溢的雀屏上，颗颗眼状的斑点，若蓝宝石似绿翡翠，闪闪灼灼，分外艳丽迷人。但我觉得，园内这人工孵化饲养的孔雀群，美则美矣，但因失却了那游哉悠哉的雨林故乡，似乎少了些原有的灵性和自由翔舞时的韵致……

我举目望着眼前这仍是有着四层植物群落的雨林，思绪绵绵。人类的悲哀在于：在应该珍惜的年代里不懂得珍惜，而在懂得珍惜的时候，却失去了珍惜的机会。在商品经济的列车已失去了人文理性驾驭的时代，我们不能不担忧，上苍这最富想象力的魔幻大师，从袖口里抖搂出的“绿色天书”，还在人们对它的深奥去粗浅解读的时候，它却悄悄地从我们身边消失了，飘去了……

梁衡

武侯祠：一千七百年的沉思

中国历史上有无数个名人，但没有谁能像诸葛亮这样引起人们长久不衰的怀念；中国大地上有无数座祠堂，没有哪一座能像成都武侯祠这样，让人生出无限的崇敬，无尽的思考和深深的遗憾。这座带有传奇色彩的建筑，令海内外所有的崇拜者一提起它就生出一种神秘的向往。

武侯祠坐落在成都市区略偏南的闹市。两棵古榕为屏，一对石狮拱卫，当街一座朱红飞檐的庙门。你只要往门口一站，一种尘世暂离，而圣地在即的庄严肃穆之感便油然而生。进门是一庭院，满院绿树披道，杂花映目，一条五十米长的甬道直达二门，路两侧各有唐代、明代的古碑一座。这绿荫的清凉和古碑的幽远先叫你有一种感情的准备，我们将去造访一位一千七百年前的哲人。进二门又一座四合庭院，约五十米深，刘备殿飞檐翘角，雄踞正中，左右两廊分别供着二十八位文臣武将。过刘备殿，下十一阶，穿过庭，又一四合院，东西南三面以回廊相通，正北是诸葛亮殿。由诸葛亮殿沿一红墙和翠竹夹道就到了祠的西部——惠陵，这是刘备的墓，夕阳抹过古冢老松，叫人想起遥远的汉魏。由诸葛亮殿向东有门通向一片偌大的园林。这些树、殿、陵都被一线红墙环绕，墙外车马喧，墙内柏森森。诸葛亮能在一千七百年后享此祀地，并前配天子庙，右依先帝陵，千百年来香火不绝，这气象也真绝无仅有了。

公元二三四年，诸葛亮在进行他一生的最后一次对魏作战时病死军中。一时国倾梁柱，民失父相，举国上下莫不痛悲，百姓请建祠庙，但朝廷以礼不合，不许建祠。于是每年清明时节，百姓就于野外对天设祭，举国痛呼魂兮归来。这样过了三十年，民心难违，朝廷才允许在诸葛亮殉职的定军山建第一座祠，不想此例一开，全国武侯祠林立。成都最早建祠是在西晋，以后多有变迁。先是武侯祠与刘备庙毗邻，诸葛亮祠前香火旺，刘备庙前车马稀。明朝初年，帝室之胄朱椿来拜，心中很不是滋味，下令废武侯祠，只在刘备殿旁附带供诸葛亮。不想事与愿违，百姓反把整座庙称武侯祠，香火更甚。到清康熙年间，为解决这个矛盾，干脆改建为君臣合庙，刘备在前，诸葛在后，以后朝廷又多次重申，这祠的正名为昭烈庙（刘备谥号昭烈帝），并在大门上悬以巨匾。但是朝朝代代，人们总是称它为武侯祠，直到今天。“文化大革命”，曾经疯狂地破坏了多少文物古迹，但武侯祠却片瓦未损，至今每年还有二百万人来拜访。这是一处供人感怀、抒情的所在，一个借古证今的地方。

我穿过一座又一座的院落，悄悄地向诸葛亮殿走去。这殿不像一般佛殿那样深暗，它为丞相治事之地，殿柱矗立，贯天地正气，殿门前敞，容万民之情。诸葛亮端坐在正中的龛台上，头戴纶巾，手持羽扇，正凝神沉思。往事越千年，历史的风尘不能掩遮他聪慧的目光，墙外车马的喧闹也不能把他从沉思中唤醒。他的左右是其子诸葛瞻，其孙诸葛尚。瞻与尚在诸葛亮死后都为蜀汉政权战死沙场。殿后有铜鼓三面，为丞相当初治军之用，已绿锈斑驳，却余威尚存。我默对良久，隐隐如闻金戈铁马声。殿的左右两壁书着他的两篇名文，左为《隆中对》，条分缕析，预知数十年后天下事；右为《出师表》，慷慨陈词，痛表一颗忧国忧民的心。我透过他深沉的目光，努力想从中发现这位东方“思想家”的过去。我看到他在国乱家丧之时，布衣粗茶，耕读山中；我看到他初出茅庐，羽扇轻轻一挥，八十万曹兵灰飞烟灭；我看到他在斩马谡时那一滴难言的混浊泪；我看到他在向后主自报家产时那一颗坦然无私的心。记得小时读《三国演义》，总希望蜀国能赢，那实在不是为了刘备，而是为了诸葛亮。这样一位才比天高，德昭宇宙的人不赢，真是天理不容。但他还是输了，上帝为中国历史安排了一出最雄壮的悲剧。

假如他生在古周、盛唐，他会成为周公、魏征；假如上天再给他十年时间（活到六十三岁不算老吧），他也许会再造一个盛汉；假如他少一点愚忠，真按刘备的遗言，将阿斗取而代之，也许会又建一个什么新朝。我心中翻腾着这许多的“假如”，抬头一看，诸葛亮还是那样安静地坐着，目光更加明静，手中的羽扇像刚刚轻挥过一下。我不觉可笑自己的胡思乱想。我知道他已这样静坐默想了一千七百年，他知道天命不可违，英雄无法造一个时势。

一千七百年前，诸葛亮输给了曹魏，但他却赢得了从此以后所有人的心。我从大殿上走下，沿着回廊在院中漫步。这个天井式的院落像一个历史的隧道，我们随手可翻检到唐宋遗物，甚至还可驻足廊下与古人、故人聊上几句。杜甫是到这祠里做客最多的。他的名句“出师未捷身先死，长使英雄泪满襟”，唱出了这个悲剧的主调。院东有一块唐碑，正面、背面、两侧或文或诗，密密麻麻，都在与杜甫作着悲壮的酬唱。唐人的碑文说：“若天假之年，则继大汉之祀，成先生之志，不难矣。”元人的一首诗叹道：“正统不渐传千古，莫将成败论三分”，明人的一首诗简直恨历史不能重写了：“托孤未付先君望，恨入岷江昼夜流。”南面东西两廊的墙上嵌着岳飞草书的前后《出师表》，笔走龙蛇，倒海翻江，黑底白字在幽暗的廊中如长夜闪电，我默读着“临表涕泣，不知所云”，读着“汉贼不两立，王业不偏安”，看那墨痕如涕如泪，笔锋如枪如戟，我听到了这两位忠臣良将遥隔九百年的灵魂共鸣。这座天井式的祠院一千七百年来就这样始终为诸葛亮的英气所笼罩，并慢慢积聚而成为一种民族魂。我看到一个个的后来者，他们在这里扼腕叹息、仰天长呼或沉思默想。他们中有诗人，有将军，有朝廷的大臣，有封疆大吏，甚至还有割据巴蜀的草头王。但不管什么人，不管来自什么出身，负有什么使命，只要在这个天井小院里一站，就受到一种庄严的召唤。人人都为他的凛然正气所感召，都为他的忠义之举而激动，都为他的淡泊之志所净化，都为他的聪明才智所倾倒。人有才不难，历史上如秦桧那样的大奸也有歪才；有德也不难，天下与人为善者不乏其人，难得是德才兼备，有才又肯为天下人兴利，有功又不自傲。

历史早已过去，我们现在追溯旧事，也未必对“曹贼”那样仇恨，但对诸葛亮却更觉亲切。这说明诸葛亮在那场历史斗争中并不单纯地为克曹灭魏，他不过是要实现自己的治国理想，是在实践自己的做人规范，他在试着把聪明才智发挥到极限，蜀、魏、吴之争不过是这三种实验的一个载体。他借此实现了作为一个人，一个历史伟人的价值。史载公元三四七年，“桓温征蜀，犹见武侯时小吏，年百余岁。温问曰：‘诸葛丞相今谁与比？’答曰：‘诸葛在时，亦不觉异，自公没后，不见其比。’”此事未必可信，但诸葛亮确实实现了超时空的存在。古往今来有两种人，一种人为现在而活，拼命享受，死而后已；一种人为理想而生，鞠躬尽瘁，死而后已。一个人不管他的官位多大，总要还原为人；不管他的寿命多长，总要变为鬼；而只有极少数人才有幸被百姓筛选，历史擢拔而为神，享四时之祀，得到永恒。

我在祠中盘桓半日，临别时又在武侯像前伫立一会儿，他还是那样，目光泉水般的明净，手中的羽扇轻轻抬起，一动也不动。

一九九〇年十二月

青州说寿：一个永恒的范仲淹

山东青州为中国最古老的行政区之一。当年大禹治水后将中国分为九州，即有青州，禹贡图上有记。现在人们到青州来，主要是两件事，一是上山“拜寿”，二是到城里凭吊范仲淹。

出青州城南五里，有一山名云门山。自山脚下遥望山顶，崖上隐隐有一寿字，这就是人们要来看的奇迹。一条石阶小路折转而上，两边一色翠柏，枝枝蔓蔓，撒满沟沟壑壑。树并不很粗，却坚劲挺拔，都生在石上。树根缘石壁而行，如闪电裂空；树干破石而出，如大纛迎风。偶有一、二株树直挡路中，那是修路时不忍斫损，特意留下的，树皮已被游人摸得油光。环视四周，让人感到往日岁月的细密。片刻我们爬到半山望寿阁，在这里小憩，山顶石壁上的大红寿字已历历在目。回望山下，街市远退，田园如织。再鼓余勇，直迫山顶，这时再仰观那寿字犹如一艘多桅巨船，挟云裹雾，好像就要压到头上。同行的一个小伙子贴身字上，还没有寿下“寸”字的一竖高。这是世界上最大的寿字，是书法的精品、极品，日本的书道专家还常渡海西来顶礼膜拜呢。这是明代嘉靖三十九年，青州衡王为自己祝寿时所刻，距今已四百多年。山上残雪未消，我在料峭春风中，细细端详这个奇迹。这字高七点五米，宽三点七米，也不知当初怎样写上去、刻出来，却又这样不失间架结构，点画笔意。这衡王创造了奇迹，但他当时的目的并不为艺术，正如古墓中出土的魏碑，今天我们看作书法精品，当年不过是死者身边一块普通的石头。衡王刻字希冀自己长寿百岁，同时也向老百姓摆摆皇族的威风。但是数代之后衡王府就被抄家，命不能永存，威风也早风吹雨打去。倒是这个有艺术价值的寿字，寿到如今。从寿字前左行，进一洞，洞如城门。回望门外云气蒸腾，这是云门山的由来。由门折上山巅，如鲤鱼之背，稍平，上有石阶，有亭，有庙，有佛窟。扶栏远眺，海风东来，云霭茫茫，山川河流，远城近乡，都渺渺如画。遥想当年大禹治水，从这里东去导流入海，天下才得从漫漫洪水中解救出来，有此青州。从此，人们在这里男耕女织，一代一代地繁衍作息。范仲淹曾来这里为官，李清照曾在这里隐居，衡王在这里治自己的小天地。人们在这石山上摩崖刻字，凿窟造像，喊喊喳喳，忙忙碌碌。唯有这山默默无言。我想当年云门山神看着那个花钱刻字，顶礼求寿的衡王肯定轻蔑地哼了一声便继续打坐入定了。我环山走着，看着这些从唐至明的遗迹，看着山下缭绕的云雾，真为云门山而骄傲，它蔑风雨而抗雷电，渺四野而越千年。林则徐说山："壁立千仞，无欲则刚。"它无求无欲，永存于世。

从山上下来，到青州城西去谒范公祠。这祠是人们为纪念北宋名臣范仲淹所修，千年来香火不绝。这祠并不大，大约就是两个篮球场大的院子。院心有一井，名范公井，传为范仲淹所修。这井水也不一般，清冽有加，传范仲淹公余用此水调成一种“青州白丸药”，治民痼疾，颇有奇效。如同情人的信物，这井成了后人怀念范公的依托。宋人有诗云：“甘清汲取无穷已，好似希文昔日心。”（范仲淹字希文）现在这井还水清如镜。正东有祠堂，有范公像及其生平壁画。祠堂左右供欧阳修和富弼，他们都是当年推行庆历新政时的主持。院南有竹林一片，千竿翠竹，蔚然秀地灵之气。竹后有碑廊，廊中刻有范公的名文《岳阳楼记》。院心有古木三株，为唐楸宋槐，可知这祠的久远。树之北有冯玉祥将军的隶书碑联：“兵甲富胸中，纵教他虏骑横飞，也怕那范小老子；忧乐观天下，愿今人砥砺振奋，都学这秀才先生。”这两句话准确地概括了范公的一生。范仲淹从小丧父，家境贫寒。他发愤读书，早起煮一小盆粥，粥凉后划为四块，这就是他一天的饭食。以后他科举得官，授龙图阁大学士，为政清廉，且力图革新。后来，西夏频频入侵，朝中无军事人才，他以文官身份统兵戍边，大败敌寇。西夏人惊呼“他胸中自有雄兵百万”，边民尊称为“龙图老子”。连皇帝都按着地图说：“有仲淹在，朕就不愁了。”后又调回朝中主持庆历新政的改革，大刀阔斧地除旧图新，又频繁调各地任职，亲自推行地方政治的革新。无论在边防，在朝中，在地方，他总是“进亦忧，退亦忧”。其忧国忧民之心如炽如焰。范仲淹是一个诸葛亮、周恩来式的政治家，一生主要是实践，他按自己认定的处世治国之道，鞠躬尽瘁地去做，将全部才华都投身到处理具体政务、军务中去，并不着意为文。不是没有文才，是没有时间。皇祐三年（一〇五一年）范仲淹到青州任知府，这是他的官宦生涯也是人生旅途的最后一站。第二年即病逝了。《岳阳楼记》是他去世前七年，因病从前线调内地任职时所作。正如《出师表》一样，这是一个伟人后期的作品，也是他一生思想的结晶。我能想见，一个老人在这小院中，在井亭下、竹林中是怎样地焦躁徘徊，自责自求，忧国忧民。他回忆着“人不寐，将军白发征夫泪”的戍边生活；回忆着“居庙堂之上”，伴君勤政的艰辛；回忆赈灾放粮，所见到的平民水火之苦，他总历代先贤和自己一生的政治阅历，终于长叹一声：“先天下之忧而忧，后天下之乐而乐。”这声大彻大悟的慨叹如名刹大庙里的钟声浑厚沉远，震悟大千。这一声长叹悠悠千年，激励着多少志士仁人，匡正了多少仕人官宦。《岳阳楼记》并不在岳阳楼上所作，洞庭湖之大观当时也不在先生眼前。可以说这是一篇借题发挥之作。范公将他对人生、社会的理解，将他一生经历的政治波涛，将他胸中起伏的思潮，一起借洞庭湖的万千气象，倾泻而出，然后又顿然一收，总成这句名言，化为彩虹，横跨天际，光照千秋。

春风拂动唐楸宋槐的新枝，翠竹摆动着嫩绿的叶片，这古祠在岁月长河中又迈入新的一年。范公端坐祠内，默默享受这满院春光。我在院中徘徊，面对范公、欧阳公和富公的神位，默想千年古史中，如他们这样职位的官员有多少，如他们这样勤勉治事的人又有多少，但为什么只有范仲淹才教人千年永记，时时不忘呢？我想一个人只有辛苦的实践，诚实的牺牲还不行，这些只能随寿而终，只能被同时代的人理解。更重要的是，他要能创造一种精神，能提炼出一种符合民心，符合历史规律的思想。是那句“先天下之忧而忧，后天下之乐而乐”的名言，是这种进步的忧乐观使范仲淹得到了永恒。

走出范公祠,上车出城。路边闪过两个高大的石牌楼,突兀兀地在寒风中寂寞。人说这是当年衡王府的旧址,多么威风的皇族,现在只剩下这路边的牌楼和山上的寿字。遥望云门,雾霭中翠柏披拂,奇峰傲立。在山上刻字的人终究留不住,留下的是这默默无言的山;把门楼修得很高的人还是存不住,长存的是那些曾用生命去揎动历史车轮的人。

一九九一年四月二十七日

觅渡，觅渡，渡何处？

常州城里那座不大的瞿秋白的纪念馆我已经去过三次。从第一次看到那个黑旧的房舍，我就想写篇文章。但是六个年头过去了，还是没有写出。瞿秋白实在是一个谜，他太博大深邃，让你看不清摸不透，无从写起但又放不下笔。去年我第三次访秋白故居时正值他牺牲六十周年，地方上和北京都在筹备关于他的讨论会。他就义时才三十六岁，可人们已经纪念了他六十年，而且还会永远纪念下去。是因为他当过中国共产党的领袖？是因为他的文学成就？是因为他的才气？是，但不全是。他短短的一生就像一幅永远读不完的名画。

我第一次到纪念馆是一九九〇年。纪念馆本是一间瞿家的旧祠堂，祠堂前原有一条河，叫觅渡河。一听这名字我就心中一惊，觅渡，觅渡，渡在何处？瞿秋白是以职业革命家自诩的，但从这个渡口出发并没有让他走出一条路。“八七会议”他受命于白色恐怖之中，以一副柔弱的书生之肩，挑起了统帅全党的重担，发出了武装斗争的吼声。但是他随即被王明，被自己的人一巴掌打倒，永不重用。后来在长征时又借口他有病，不带他北上。而比他年纪大身体弱的徐特立、谢觉哉等都安然到达陕北，活到了建国。他其实不是被国民党杀的，是为“左倾”路线所杀。是自己的人按住了他的脖子，好让敌人的屠刀来砍。而他先是仔细地独白，然后就去从容就义。

如果秋白是一个李逵式的人物，大喊一声：“你朝爷爷砍吧，二十年后又是一条好汉。”也许人们早已把他忘掉。他是一个书生啊，一个典型的中国知识分子，你看他的照片，一副多么秀气但又有几分苍白的面容。他一开始就不是舞枪弄刀的人。他在黄埔军校讲课，在上海大学讲课，他的才华熠熠闪光，听课的人挤满礼堂，爬上窗台，甚至连学校的老师也挤进来听。后来成为大作家的丁玲，这时也在台下瞪着一双稚气的大眼睛。瞿秋白的文才曾是怎样折服了一代人。后来成为文化史专家、新中国文化部副部长的郑振铎，当时准备结婚，想求秋白刻一对印，秋白开的润格是五十元，郑付不起转而求茅盾。婚礼那天，秋白手提一手绢小包，说来送金五十，郑不胜惶恐，打开一看却是两方石印。可想他当时的治印水平。秋白被排挤离开党的领导岗位之后，转而为文，短短几年他的译著竟有五百万字。鲁迅与他之间的敬重和友谊，就像马克思与恩格斯一样的完美。秋白夫妇到上海住鲁迅家中，鲁迅和许广平睡地板，而将床铺让给他们。秋白被捕后鲁迅立即组织营救，他就义后鲁迅又亲自为他编文集，装帧和用料在当时都是第一流的。秋白与鲁迅、茅盾、郑振铎这些现代文化史上的高峰，也是齐肩至顶的啊，他应该知道自己身躯内所含的文化价值，应该到书斋里去实现这个价值。但是他没有，他目睹人民沉浮于水火，目睹党濒于灭顶，他振臂一呼，跃向黑暗。只要能为社会的前进照亮一步之路，他就毅然举身而自燃。他的俄文水平在当时的中国是数一数二了，他曾发宏愿，要将俄国文学名著介绍到中国来，他牺牲后鲁迅感叹说，本来《死魂灵》由秋白来译是最合适的。这使我想起另一件事。和秋白同时代的有一个人叫梁实秋，在抗日高潮中仍大写悠闲文字，被左翼作家批评为“抗战无关论”。他自我辩解说：“人在情急时固然可以操起菜刀杀人，但杀人毕竟不是菜刀的使命”。他还是一直弄他的纯文学，后来确实也成就很高，一人独立译完了《莎士比亚全集》。现在，当我们很大度地承认梁实秋的贡献时，更不该忘记秋白这样的，情急用菜刀去救国救民，甚至连自己的珠玉之身也扑上去的人。如果他不这样做，留把菜刀作后用，留得青山来养柴，在文坛上他也会成为一个、甚至十个梁实秋。但是他没有。

如果秋白的骨头像他的身体一样柔弱，他一被捕就招供认罪，那么历史也早就忘了他。革命史上有多少英雄就有多少叛徒。曾是共产党总书记的向忠发、政治局委员的顾顺章，都有一个工人阶级的好出身，但是一被逮捕，就立即招供。至于陈公博、周佛海、张国焘等高干，还可以举出不少。而秋白偏偏以柔弱之躯演出了一场泰山崩于前而不动的英雄戏。他刚被捕时敌人并不明他的身份，他自称是一名医生，在狱中读书写字，连监狱长也求他开方看病。其实，他实实在在是一个书生、画家、医生，除了名字是假的，这些身份对他来说一个都不假。这时上海的鲁迅等正在设法营救他。但是一个听过他讲课的叛徒终于认出了他。特务乘其不备突然大喊一声：“瞿秋白！”他却木然无应。敌人无法只好把叛徒拉出当面对质。这时他却淡淡一笑说:“既然你们已认出了我,我就是瞿秋白。过去我写的那份供词就权当小说去读吧。”蒋介石听说抓到了瞿秋白,急电宋希濂去处理此事,宋在黄埔时听过他的课,执学生礼,想以师生之情劝其降,并派军医为之治病。他死意已决,说:“减轻一点痛苦是可以的,要治好病就大可不必了。”当一个人从道理上明白了生死大义之后,他就获得了最大的坚强和最大的从容。这是靠肉体的耐力和感情的倾注所无法达到的,理性的力量就像轨道的延伸一样坚定。一个真正的知识分子向来是以理行事,所谓士可杀而不可辱。文天祥被捕,跳水、撞墙,唯求一死。鲁迅受到恐吓,出门都不带钥匙,以示不归之志。毛泽东赞扬朱自清宁饿死也不吃美国的救济粉。秋白正是这样一个典型的已达到自由阶段的知识分子。蒋介石威胁利诱实在不能使之屈服,遂下令枪决。刑前,秋白唱《国际歌》,唱红军歌曲,泰然自行至刑场,高呼“中国共产党万岁”,盘腿席地而坐,令敌开枪。从被捕到就义,这里没有一点死的畏惧。

如果秋白就这样高呼口号为革命献身,人们也许还不会这样长久地怀念他研究他。他偏偏在临死前又抢着写了一篇《多余的话》,这在一般人看来真是多余。我们看他短短的一生斗争何等坚决,他在国共合作中对国民党右派的批驳、在党内对陈独秀右倾路线的批判何等犀利,他主持“八七”会议,决定武装斗争,永远功彪史册,他在监狱中从容斗敌,最后英勇就义,泣天地恸鬼神。这是一个多么完整的句号。但是他不肯,他觉得自己实在渺小,实在愧对党的领袖这个称号,于是用解剖刀,将自己的灵魂仔仔细细地剖析了一遍。别人看到的他是一个光明的结论,他在这里却非要说一说这光明之前的暗淡,或者光明后面的阴影。这又是一种惊人的平静。就像敌人要给他治病时,他说:不必了。他将生命看得很淡。现在,为了做人,他又将虚名看得很淡。他认为自己是从绅士家庭,从旧文人走向革命的,他在新与旧的斗争中受着煎熬,在文学爱好与政治责任的抉择中受着煎熬。他说以后旧文人将再不会有了,他要将这个典型,这个痛苦的改造过程如实地录下,献给后人。他说过:“光明和火焰从地心里钻出来的时候,难免要经过好几次的尝试,试探自己的道路,锻炼自己的力量。”他不但解剖了自己的灵魂,在这《多余的话》里还嘱咐死后请解剖他的尸体,因为他是一个得了多年肺病的人。这又是他的伟大,他的无私。我们可以对比一下,世上有多少人都在涂脂抹粉,挖空心思地打扮自己的历史,极力隐恶扬善。特别是一些地位越高的人越爱这样做,别人也帮他这样做,所谓为尊者讳。而他却不肯。作为领袖,人们希望他内外都是彻底的鲜红,而他却固执地说:不,我是一个多重色彩的人。在一般人是把人生投入革命,在他是把革命投入人生,革命是他人生实验的一部分。当我们只看他的事业,看他从容赴死时,他是一座平原上的高山,令人崇敬;当我们再看他对自己的解剖时,他更是一座下临深谷的高峰,风鸣林吼,奇绝险峻,给人更多的思考。他是一个内心既纵横交错,又坦荡如一张白纸的人。

我在这间旧祠堂里,一年年地来去,一次次地徘徊,我想象着当年门前的小河,河上来往觅渡的小舟。秋白就是从这里出发,到上海办学,去会鲁迅;到广州参与国共合作,去会孙中山;到苏俄去当记者,去参加共产国际会议;到汉口去主持“八七会议”,发起武装斗争;

到江西苏区去,主持教育工作。他生命短促,行色匆匆。他出门登舟之时一定想到“野渡无人舟自横”,想到“轻解罗裙,独上兰舟”。那是一种多么悠闲的生活,多么美的诗句,是一个多么宁静的港湾。他在《多余的话》里一再表达他对文学的热爱。他多么想靠上那个码头。但他没有,直到临死的前一刻他还在探究生命的归宿。他一生都在觅渡,可是到最后也没有傍到一个好的码头,这实在是一个悲剧。但正是这悲剧的遗憾,人们才这样以其生命的一倍、两倍、十倍的岁月去纪念他。如果他一开始就不闹什么革命,只要随便拔下身上的一根汗毛,悉心培植,他也会成为著名的作家、翻译家、金石家、书法家或者名医。梁实秋、徐志摩现在不是尚享后人之飨吗?如果他革命之后,又拨转船头,退而治学呢,仍然可以成为一个文坛泰斗。与他同时代的陈望道,本来是和陈独秀一起筹建共产党的,后来退而研究修辞,著《修辞学发凡》,成了中国修辞第一人,人们也记住了他。可是秋白没有这样做。就像一个美女偏不肯去演戏,像一个高个儿男子偏不肯去打球。他另有所求,但又求而无获,甚至被人误会。一个人无才也就罢了,或者有一分才干成了一件事也罢了。最可惜的是他有十分才只干成了一件事,甚而一件也没有干成,这才叫后人惋惜。你看岳飞的诗词写得多好,他是有文才的,但世人只记住了他的武功。辛弃疾是有武才的,他年轻时率一万义军反金投宋,但南宋政府不用他,他只能“醉里挑灯看剑,梦里吹角连营”,后人也只知他的诗才。瞿秋白以文人为政,又因政事之败而反观人生。如果他只是慷慨就义再不说什么,也许他早已没入历史的年轮。但是他又说了一些看似多余的话,他觉得探索比到达更可贵。当年项羽兵败,虽前有渡船,却拒不渡河。项羽如果为刘邦所杀,或者他失败后再渡乌江,都不如临江自刎这样留给历史永远的回味。项羽面对生的希望却举起了一把自刎的剑,秋白在将要英名流芳时却举起了一把解剖刀,他们都把行将定格的生命的价值又推上了一层,哲人者,宁肯舍其事而成其心。

秋白不朽。

一九九六年八月

韩作荣

缅怀艾青

艾青走了。他静静地卧在花丛之中，面对我们的，仍是那充盈着智慧的硕大的头颅，和由于出生的艰难而突起的额角。那常浮现在脸上的艾青的微笑已经消失，紧闭的口唇再也不会发出幽默的声音。他留下的是真正的宁静，由于大师的逝去而无法弥补的空寂与清冷。当我对着遗容深深地三鞠躬之后，泪眼迷离的我顿感眼前的一切都已模糊不清，眼泪的背后已没有了世界，只留下深深的哀痛和瞬间的虚无。

艾青的微笑是哪一天消失的呢？似乎有好几年了。当他跌了一跤，断臂后住进医院，此后他便断断续续地在病房进进出出。每次住院后我去看他，都感到那种萧索与落寞，其间虽有精神好转的时候，但面容已趋于平板，不言不语，似乎说话都没有了气力。看到他坐在客厅的椅子上，一张小木桌横在胸前，用手抓食着儿童食品，并用手示意请客人食用的时候，我曾心酸地慨叹：再伟大的人物，也会有风烛残年的日子。

晚年的艾青是孤独且寂寞的。有时他一天一天地坐在写字台前，看那置于窗沿上的几尊雕塑，偶尔有了机缘，他会断续地说出关于雕塑的奇思异想。他渴望真正的朋友去看他，说他有几个朋友，死也打不散这样至情至性的话语，可他也厌恶应酬，当一批人一个一个地握他的手说着老话告别，后来的握手已经变成了推挡，并发出“嗷嗷”的声音，从他的眼睛里我已看出了愤怒。

还在前年，听说他又一次住院，我便去协和医院探望。在床边静静地坐了半小时，等候他醒来。看着老人花白稀疏的头发，瘦弱的四肢，只有肚腹臃肿地隆起，我的心里很不是滋味。及至艾老醒来，他握住了我的手，便一直没有放开，且抓得很紧，无言的我也只能以手的紧握表达尊敬与亲近。老人以缓慢而低沉的声音和我说：“常来看看我。等我好了，再去看你。”听着艾老这样的话，我感到了心灵的震颤，这是何等的孤独与寂寞才会说出的话啊。于是，在两只手长久的紧握之后，离开医院，见到艾老熟悉的人我便往医院轰，让艾老常常看到熟悉的面孔，会是一种安慰，虽然这时有人去看他，他也会装作不认识地说：“你是谁呀？”

我也常常在想，假如那个冬夜，如果有两个身强力壮的人在侧，有一台封闭良好的轿车，不只是高瑛大姐和一位保姆拼力抬着轮椅上的艾老，在深夜只能拦一辆车窗残破、八面透风的面的去医院导尿，艾老便不会得肺炎，或许还能多活几年。可命运如此，为此懊悔也无济于事了。在他 86 岁生日那天，我因编辑部要退校样，早早便同徐刚赶到了艾宅，见到的却是高瑛大姐疲惫不堪、面带伤痛的神情

冬景

朱贤巍

2014 年

210cm×140cm

布面丙烯

和艾丹熬得红红的眼睛，并得知，刚入医院的艾老一口痰憋住，窒息了近十分钟，经千方百计抢救，电击四次，才缓缓有了跳动的心音。当时，我们和艾丹还说，大难不死，说不定还能恢复如昨，平平稳稳地再过几年的。可命运却是那么无情，在持续的昏睡期间，除偶尔睁开了眼睛，看一眼这最后的世界，他竟一直没有醒来，终在 1996 年 5 月 5 日淅沥的雨中，在凌晨逝去了。

今天，我在写下这些文字的时候，首先想到的是人们经常引用的艾青的诗句——“为什么我的眼里常含着泪水，因为我对这土地爱得深沉。”“假如我是一只鸟，我也应该用嘶哑的喉咙歌唱……然后，我死了，连羽毛也腐烂在土地里面。”今天，当艾青已与土地凝结为一体的时候，我想到了英国作家乔治·吉星的话：“我深愿每个国土都能钟爱它自己的诗人，因为诗人就是这些国土本身，是它的全部伟大与芳馨之所寄，是那里一切人们生死与共的不可言传的国宝。”是的，谁能说雨果不是法兰西的国宝，歌德不是德意志的国宝，普希金不是俄罗斯的国宝呢？且不必讲《荷马史诗》、《吠陀经》、《万叶集》、《诗经》这些伟大的诗歌对不同民族灵魂的塑造，这宗教、哲学的来源了。

说起来惭愧，我真正认真而系统地读艾青的诗，是在 20 世纪 70 年代后期。一个听惯了直着嗓子喊，看惯了政治性、社会性的文字替代诗歌的所谓“诗”之后，惊喜地发现，原来中国的诗人也可以这样写诗。由于对艾青诗的喜爱与尊崇，我便常常与几个年轻朋友去看他。那时，诗人刚刚从新疆回到北京，暂住在北纬饭店，离我当时工作的单位诗刊社很近。初时见艾青的我是拘谨的，随着见面次数的增多，看着他总是带着微笑的面容，谈吐得随意不拘，听着他机智幽默的话语，我的拘谨也不知不觉地消失了。记得当时也曾为艾青祝寿，诗刊社的一些同志齐聚在饭店他的下榻处，由荻帆用英文朗诵国外来的贺电，最后大家均在一张贺卡上签名留念，分食蛋糕。艾青在这期间写出了《在浪尖上》这首献给“四五运动”的诗，诗在上千人聚集的朗诵会上朗诵，曾引来雷鸣般经久不息的掌声，获得极大的轰动。

20 世纪 70 年代末与 80 年代初，是艾青复出后诗如泉涌的几年，这些被后来收到《归来的歌》集中的篇什，如《光的赞歌》、《占罗马大斗技场》、《莱茵河流过的地方》、《鱼化石》、《盆景》等作品，刚发表的时候就引来纷纷的赞誉，读之令人爱不释手，其产量之丰，质量之高，在艾青的创作史上也并不多见。

1981 年春天，我曾做了一件令艾青大为恼火的事。这一年 2 月我从《诗刊》调到《人民文学》任诗歌编辑，想到第一件事便是要发艾青的诗，于是，我便悄悄地从高瑛大姐处拿走了艾老未定稿的一组短章，发表在《人民文学》上。对此，艾青第一次和我发了脾气，令我十分懊悔。后来我知道，艾青的诗都是反复斟酌，择其优者拿出来发表的，有的作品和一些断章写得不理想便毁弃，他的创作态度十分严肃。作为一个诗人，他在 20 世纪 80 年代末便已完成了其历史使命。十多年来，除了多年前在《诗刊》读到他发表的《我的思念是圆的》这最后一首短章外，我再也没有看到他的新作。这正如他在 80 年代末接受记者的采访时所言：“写诗需要灵感。我现在没有灵感了，不写了。”这是一位真正诗人的选择，他没有糟蹋诗坛，更没有糟蹋自己，而这样不再写诗的艾青，却令人更加敬重。

与艾青交往多年，从北纬饭店、史家胡同、丰收胡同到东四十三条，他的居处是几个朋友常去打扰的地方，艾老和高瑛大姐也常常留我们吃饭。爱喝一杯加饭酒、爱吃烧得烂烂的烧肉的艾青，即使在住院的时候，有时也要和高瑛讲要请朋友吃饭。我们常称艾老为“老艾”，见了面几乎无话不谈。诉说着喜悦、欢快的艾青，经常面带微笑的艾青，有时也诉说着痛苦、忧伤与无奈，和难以言传的一切……

但他更多的时候是轻松、豁达的，像个大孩子。十多年前，艾青和高瑛大姐、徐刚一家，我一家和姜德明曾一起在兴城海滨住过一周，每日朝夕相处，颇为轻松、愉快。当时艾青住在二楼，看着他缓慢地费力蹬着楼梯，我则说：“咱们应当换换房间，可一楼没有洗澡间。”艾青却说：“我就不愿意洗澡，身上有泥土也不愿意洗。”说到这里，姜德明打趣说：“艾老身上的泥土都会长出诗来。”可艾青又说：“身上泥真能长出诗来就好了。”听着这样的话，我则想起艾老在广州的事情，一家饭店的经理请艾老题一首诗，艾老却挥笔写下“饭好吃，诗不好作”这样几个字。在我看来，这样的题词比装腔作势的诗行要好上百倍，同时，也说明了艾老对诗的敬重，他并不轻易写诗的。

在兴城海滨，艾老经常坐在二楼的窗前凝视海洋，让我想起此前他在《人民文学》上发表的《面向海洋》的长诗。是的，从戴着枷锁的时钟和芦笛，至覆雪的大堰河草盖的坟墓；从骆驼峰瘤上褐黄的沙尘、战马的蹄窝贮着的汪汪血水，到手推车唯一的轮子那使阴暗的天穹痉挛的尖音；携带着叛乱的书籍和狂热画幅的诗人，曾以气流摩擦号角的铜皮，歌唱着：“若火轮飞旋于沙丘之上，太阳向我滚来。”艾青是个以火发音的诗人，是太阳的歌者，那些既发射着光芒又蕴含着热力的诗行，曾给我以温暖和光明。而当时，他在海边望着日出，让我想起他的《在智利的海岬上》。艾青说过，初到智利访问时，人家以为他是个商人，待他写出这首诗时，人们惊叹了。而陪同他在海边行走的聂鲁达，弯腰在海滨捡起一枚石子，用笔在石子上画了一只眼睛，送给了艾青。在诗人面前，一切都是有生命的，不仅石头能睁开眼睛，海豚能划破大海，甚至墨水都能够痛哭。

作为一位在世界上有影响的诗人，他去意大利访问，当地报纸竟将他的签名“艾青”两个拳头大的字印倒了，看来让人发笑。聂鲁达称他为“中国的诗坛泰斗”；而另一位诺贝尔文学奖获得者，1990 年获奖的奥克塔维奥·帕斯，曾在他的名作《持续》的标题之下，摘引了艾青的诗句——“雷与风，持续不停”，来统率全篇，写出“你睡在我的血液里/我在你的额上醒来”这样的佳句。

前些年的一天，我曾应邀在法国大使宅邸，参加大使代表法国总统授予艾青最高勋章的仪式和酒会。在大厅内，众人站立着交谈，品着鸡尾酒，而艾青坐在一张椅子上，仍旧那么平常，所穿的中山服上衣甚至未经熨烫，有些皱巴巴的。老人在接受勋章时也只是随意说了几句话，无非是感谢和两国人民的友谊之类。这种对荣誉的淡然与稳重，确表现了一位诗人的风范。记得王蒙当时曾和我说：“我就喜欢老头这个样子。”

1991 年 8 月，“艾青作品国际研讨会”在京召开。来自世界 14 个国家和地区的汉学家、艾青研究者与国内百余位诗人、诗评家聚在一起探讨艾青的作品。作为代表，我没有写出论文，却写了一首 150 余行的诗《赞颂：太阳的歌者》献给大会，后来发表在《诗刊》上。在这次讨论会上，艾老依然只有个简短的发言，只是表示了感谢，并说自已老了，不再写诗了，中国的诗歌寄希望于青年诗人。

今天，当我写这篇文章的时候，浮现在我眼前的，仍是那艾青式的微笑和那幽默的话语。我想起那沾在他下巴上的饭粒，提醒他时，他笑着说："留着下顿吃的。"想起我们一起出门，请他先走时，他讲的笑话："一对双胞胎在母亲的肚子里谦让，谁也不肯先出生，等到生下来，两个人都长出了胡子……"如今，有再好的饭他也吃不上了，从出生到逝世，在始与终之间存在的生命已消失，可他留下的诗是不朽的。写到此，我想起了艾青的一则故事：在离开金华的列车上，当车轮滚动，一位青年边随着列车奔跑边呼唤——"给我火把！给我火把！"艾青则说："大白天，要什么火把。"是的，纵然火把熄灭了，可它变成了声音，诗，不会毁灭。因为，"要毁灭艺术，先得毁灭人心。"

如果说，在那黑暗的年代，所谓"只有顶着风，鸟儿才飞得出色"，艾青是一位"有翅的诗神"；而他从新疆归来，再次复出，其后期诗作《归来的歌》，则是与人心、大地凝于一体，凝重、深厚，透出丰饶的诗意与智慧，成为坚实、神圣的诗的里程碑。

对于艾青，我只有尊崇与深深的缅怀。他原名蒋海澄，据说"艾青"的笔名，系其不愿意姓蒋，于是在草字头下面打个"×"：可我揣度，"艾青"与"爱情"谐音，或许，那种博大、深厚的爱才是他笔名的本义。对于诗人评价，我是难以概括的，或许用雨果的话来说明是恰切的——"在两次骚乱中保持写诗权力的诗人，是一个伟人，一个天才。"

烟鬼的自白

朋友来访，知我者一到走廊便知道鄙人在与不在，那是烟透露的消息。倘若踏上楼梯便有冲人的烟草味，继而看到门缝渗出淡青的丝缕，就会逮着我这个冒烟起火的人。

从老屋搬到新居室已经六年，一间十平方米的书房，是我读书、写作，也是我独自吸烟的所在。来访者常常说这书房的壁纸有一种高贵、古朴的象牙色，问我从哪里购置而来。我只好苦笑着掀开一册挂历，露出一块与挂历相等的纯白色壁墙，然后再猛吸一口烟，有时竟惹得朋友哈哈大笑。

烟色就这样固执地留在屋子里，即使我这个烟鬼入得门来，扑鼻的也是烟的气味。妻子洗窗帘的时候，泡着淡灰色窗帘的水成了浓茶的颜色，我看着也吃惊。有人发现我烟吸得很快，重重地一口吸过，烟草和烟灰之间的一圈红火便迅速地前移一截。看来，用一支烟的工夫来量时间的长短误差过大了，我吸一支烟的时间就比别人短得多。有时一支吸过,随手又拈一支,对上火,再把烟蒂熄灭。周而复始,可连续吸上五六支。对此有人大惑不解,我也只是笑着说,一个吝啬的人,为的是节省几根火柴。

烟吸到这个份上,已没有优雅和享受可言。烟火常常燎得嘴唇生疼,这时候要是吃川菜就不得了,平日旁若无人的我会忸怩作态、吃相极为雅致斯文。这嘴唇的疼痛不但耽误吃,自然也有损唇的其他功能。睡眠前洗面净牙,满口泡沫使得喉咙总有要呕吐的感觉,而那牙照例是刷不净的,一天刷上两次,也绝不会明如编贝,口腔内整个一个黑暗的旧社会。

屈指数来,我的烟龄已有二十六年,想肺叶已经熏得和煤焦油一样了。妻子曾劝过我戒烟,我发火说一生就这么点儿爱好,戒了,活着还有什么意思！其实说起来我也不想吸这么多,早年最长的戒烟史只有三天,最少的半天时间。烟不戒还好,戒过之后变本加厉,以后则吸得更多,之后我便再也不谈戒烟的事。节制自己,尽量少吸的时候也是有的,可我这个人不能同时做两件事,整天只想着少吸烟,把手伸向烟盒时还是能缩回来,可一旦看稿、写作,便又一支接一支地吸起来。这时我会想起毛泽东的话:天要下雨,娘要嫁人,随他去吧。

染上不良嗜好是可恶的。在人群聚集的地方吞云吐雾,女士为之掩鼻、皱眉,这让人厌恶的事会让吸烟者尴尬。可心管不住嘴的时候,烟鬼也顾不了那么多了。说一支烟中的尼古丁可以杀死一只白鼠,人吸一支烟要少活十几秒钟。或许是人吸烟之后仍好好地活着,吸烟的危害要过二十几年才能看出来的缘故,人们照吸不误,且烟民大有逐日增多之势。我诧异于人体对毒素的承受力，第一次怀着好奇心吸烟，只吸了半根，我便头晕目眩，倒在床上便昏睡过去。现在每天吸几十根烟，既不因吸烟而昏睡，也不因吸烟过多而失眠，只是一张铁青的脸，满面烟色，嘴唇黑紫，恐怕主要是吸烟过多所致。

对吸烟感到惬意，是我会吸烟但吸得很少的时候。当兵时下苦力的劳作后感到疲乏，坐在石头上点一支烟，狠狠地吸几口，是休息，那软软的暖暖的烟也实在是一种抚慰，是对生活的调节。在半明半昧的灯光下听音乐，点一支烟，让烟缕以淡青色的姿态踩着灰烬舞蹈，你会感到袅袅的烟雾已和乐音融合，随着烟缕的升腾，躯体也轻了起来，耳聪目明，感觉的触角似乎无处不在。这种情境下的烟，吸的只是一种情调。

人最需要烟的时候是没有灯光的暗夜，孤寂、清冷，这情形才是火的去处。将火柴擦亮，照亮一小片昏暗。寂灭。这时只有烟头是生动的，烟已无法拒绝燃烧，只需要嘴唇与火苗的接引，一闪一闪的红火随着呼吸明亮或黯淡。将巨大的夜晚烧出一个小小的孔洞，也是在将时间一段一段烧毁。

烟吸得多的时候，大抵是兴奋抑或苦痛、心情动荡不安的时候。记得第一次将烟头丢了满地，是毕业后决定命运的时刻，坐卧不宁的漫长等待的几天。有时挚友对坐、泡一杯绿茶，胡侃一通，不知不觉间几盒烟便燃尽了。没有什么比半夜非常想吸烟时，只能面对空烟盒更懊丧的了，或者有烟，最后一根火柴却在擦破的磷面闪烁一下即告熄灭，会感到那颗随着火柴悬起的心也灭了一下。

其实吸烟和饮酒一样，每个人都有自己情有所钟的一种，只是这个，不是那个，那种口味的嗜好是不可替代的。给我留下不可磨灭印象的烟草之最，是玉溪卷烟厂出产的没有过滤嘴的“红山茶”。一柱亭亭玉立，手感松软而柔韧。烟点燃，灰塔长长的却不坠落，吸上一口烟在口腔之内拢成一团并不轻易流散，让人感到一种圆满的占有，品味的则是烟本身纯正的香气。此烟浓而不烈、软而不浮，一种恰到好处的温柔一种深入肺腑的微辣一种全身心的浸透。面对这样的烟，我这吸烟无度的烟鬼也肃然起敬，如同节日。可谓美味不可多用，最少要隔半小时才吸上一根。对于我来说，这时的吝啬才是真的吝啬，即使是亲朋好友，不懂烟的奥妙者我也绝不会请他吸上一根。说起来这已是过去的事情了，据讲这种没有过滤嘴的“红山茶”，烟厂已不再生产。烟已绝迹，则更让人可想而不可即。如今玉溪产的名牌香烟，只有“红塔山”可聊补缺憾，然而售价过高，偶尔为之尚可，以我这种连珠炮似的吸法，也只能可望而不可即。

嗜烟成癖却不吸带过滤嘴的香烟，在别人看来好怪。过滤嘴香烟我也吸过，或许是吸得过多所致，吸后感到左胸部像被细绳子勒紧一样疼痛，不带嘴的香烟吸得再多也没有这种感觉。还有一个重要的原因是，烟一经过滤便失去了原有的味觉，我总感到那是被隔了一层的假烟，吸起来一点儿烟味也没有，故吸烟时我便精心地将过滤嘴掰去。对此，朋友常拿我的一首小诗《过滤嘴香烟》取笑我。诗曰：“为了避免上当受骗/少女在接吻的时候安了一个假嘴。”诗原本是诗，其实口里衔着烟时，绝不会有接吻的感觉。

烟一根一根在烟盒里排列，有很美的形式感，吸去几根，也会留下一种残缺美。可最后剩下一根时便会令我感到孤独，甚至有一种惶恐的惊觉。烟是宁静的，纤秀而文弱，其性格却火爆灼人，不解其味的人最好不要惹它。可一旦将烟点燃，就不要将其熄灭。我非常讨厌“掐”这个动词，听人说“把烟掐死”，身上似乎都感到被扼制的疼痛和接近窒息的气闷。烟点燃了就是一个活泼的生命，人不要妨碍它的燃烧。

还能说些什么呢？当我感到我已不成其为我，甚至别人也感到我不过是一个竹筒中吹出的一股烟，只有那种引人的热辣却捕捉不住的时候，我也为自己感到悲哀。过度的吸烟已经不是在吸烟，那是一种下滑的惯性。惯性是可怕的，一个身不由己的人不假思索做着的事，绝不会是美妙的。把一支烟一分为二，烟灰和烟蒂丢在烟缸里，把毒素留在体内，其实人还不如这只可以洗净的烟缸。人是不洁的，脏的，一个吸烟的人被污染，他无法纯洁。当我给远方的朋友捎去一条烟时，我该想到，我是在友好地谋杀他的生命啊！

我想起了蔡希陶，是他将美国的“大金元”烟草引进云南栽种，自此，云烟才誉满天下。说起来，我对云烟的垂青、入迷，根子还在蔡希陶，他乃“烟魁祸首”也。可话又说回来，他并没有让我吸这么多的烟啊！

肖复兴

光就是从那儿来的

艺术从来都是痛苦的结晶，或是身世，或是精神的痛苦，才使得艺术在心灵的磨砺淘洗中得以升华而变得神圣、高贵而高尚。

我们爱说高尚，不爱说高贵，以为高贵是资产阶级或者贵族的专利。其实，没有精神上的高贵和境界上的神圣，人是高尚不起来的。

《弥赛亚》，是亨德尔历经苦难之后倾注全部热情创作的一部清唱剧。这部作品的第二部“哈利路亚大合唱”，表现的是耶稣遭受的苦难和复活。这里融入了亨德尔自己的情感和经历的影子。亨德尔在这之前曾经破产贫穷如洗、病倒半身不遂；在这之后更有双目失明的悲惨境遇。

我没有听过《弥赛亚》的全剧，只听过其中的“广板”，真是百听不厌。那种清澈动人的旋律，让人感到只有来自深山未被污染的清泉，或者来自上帝手中为我们洗礼的圣水，才会这样的透明纯洁，能把我们尘埋网封的心滤就得明朗一些。有的音乐是一种发泄，有的音乐是一种自言自语，有的音乐是一种浅吟低唱，有的音乐是一种搔首弄姿，有的音乐是一种卖弄风情……亨德尔的这一段“广板”是来自天国的音乐，是来自心灵的音乐，她可以让人的心灵美好崇高，她可以让人面对躁动、喧嚣和污染保持一份清明纯净。

据说，《弥赛亚》在伦敦上演，当演唱到第二部“哈利路亚大合唱”的时候，在场的乔治二世深受感动，禁不住肃然起立，躬身倾听，带动得在场所有的观众都站立起来恭听，从此，形成了规矩，在世界各国演出只要演到这里时，观众们都莫不如此肃然起立。亨德尔的音乐和整个音乐大厅连带周围的世界，都充满神圣而庄严的气氛。

我很难想象这种情景，我们现在还能够出现这种情景吗？会有一种音乐，或者其他的一种艺术，能够让我们怀有如此圣洁、如此神往的心情和心地自觉而虔诚地肃然起立，去聆听、去拜谒吗？

我们的心和我们的艺术，都难以滤就得如此水晶般澄净空明，宗教般虔诚景仰了。看看我们周围，当丑角变成了人生的主角，当小品成了舞台上的中心，当肥皂剧占据了人们的视线，当浅薄的二三流歌星膨胀为音乐家……我们就知道亨德尔的时代已经无可奈何地离我们远去了；亨德尔时代艺术所拥有的那种高贵神圣的感觉已经无可奈何地离我们远去了。现在，我们的剧场、音乐厅可以越盖越高级，我们还创造出来了更为方便而现代的电视、音响、CD、VCD……我们可以躺在被窝里，依偎在鸳鸯座里，嚼着泡泡糖，豪饮着冰啤酒，去听去看这些所谓的艺术，怎么可能会再自觉自愿一往情深地肃然起立，去聆听、去拜谒亨德尔的《弥赛亚》呢？

知道亨德尔的人不会太多，而知道亨得利的人却一定很多。把心和艺术商品化、时装化、世俗化、市侩化，化妆成五彩斑斓的调色盘，腌造成八宝甜粥九制陈梅的太多了。

满街连商店里都安上了高音喇叭，轰鸣起震天响的音乐，真正的音乐已经离我们而去；所有人的口中都唱着流行的爱的小调，真正的爱已经变成人们嘴里肆意咀嚼的泡泡糖。

也许，亨德尔的音乐和时代，都离我们太遥远、太古典。现代人已经没有了这种情感、庄严和信仰。我们的情感和信仰都已经稀释得缺少了浓度，单薄得比不上一只风筝，自然只会随风飘摇；庄严和神圣，当然就只成为我们唇上的一层变色口红，或者我们西服上的镀金领带夹。

我却为那种遥远、古典的情景和情怀而感动，并对此充满着向往。人类之所以创造出了音乐和其他艺术，不就是为了让我们庸常的人生中能够涌现出这样的时刻吗？不就是能够让我们看到天空并不尽是污染，而存在着水洗般的蔚蓝、天使般的星辰和金碧辉煌的太阳吗？它们就辉耀在我们的头顶并审视着我们的心灵，让我们的心得以伸展而不至于萎缩成风化的鱼干；让我们的精神知道还有美好的彼岸而不至于搁浅在尔虞我诈、物欲横流的泥沼。人只有在艺术的世界里才能超越自身的局限和龌龊，创造出至善至美的神圣境界。

亨德尔的《弥赛亚》，为我们创造出了这样神圣而美好的境界。并不是所有的音乐、所有的艺术，都能够创造出来这种境界的。难怪亨德尔对《弥赛亚》格外钟爱，在临终前八天，抱着病危的残躯，仍然坚持参加《弥赛亚》的演出，出任管风琴演奏。《弥赛亚》中，有亨德尔的心血，更有他的信仰。让蚯蚓般青筋暴露并颤抖的手指弹奏管风琴,看全场的观众肃立起庄严闪烁的目光和他交融相碰,那是一种什么样感人的情景呀!

晚年的海顿,在伦敦听到《弥赛亚》时,禁不住老泪纵横,洒满脸颊。他由衷地赞叹:“这是多么伟大、神圣的音乐!”他由此发誓:“我的一生中一定也要创作出这样一部音乐!”

看来,海顿的心和亨德尔是相通的。海顿从伦敦回到维也纳,开始创作他的《创世纪》。每天写这部音乐之前,海顿都要虔诚地跪拜在神像面前,把心袒露给上苍。我们现在对自己的艺术还会有这样的虔诚吗?我们不必跪拜在神像面前,我们只要求将手洗得干净一些、将尘埋网封的心抖擞得明亮一些,将我们过早长出的老年斑去掉几颗,每天能够做得到吗?

《创世纪》在维也纳演出的时候,海顿已经病卧在床,但坐在安乐椅上,他依然来到音乐会上。当听到全剧的高潮,“天上要有星光”一曲响起的时候,七十七岁的海顿,竟然不顾苍迈病重,神奇般从安乐椅上一下子站起来,情不自禁地指着上天高声叫道:“光就是从那儿来的!”说罢,他就倒下再未醒来。

第一次在书中读到这里时,我被感动得湿润了眼角。以后,每逢想到这里时,都让我的心里泛起激动的涟漪。我的耳边似乎总响起海顿这苍老而激动人心的声音:“光就是从那儿来的!”

光到底是从哪儿来的?我们现在知道吗?我们现在还关心光到底是从哪儿来的这样的问题吗?我们还能够像海顿一样即使到死之前也要抬起老迈的头颅去寻找光是从哪儿来的吗?

每逢想到这里,我为自己和我们这个越发物化的世界而惭愧。

我便情不自禁地问自己也问这个世界：现在还会出现这种情景吗？莫非我们以为我们是站在了光明灿烂的中心已经不再需要寻找光的照耀了？莫非它真只是一道遥远而过时的古典情景，只可远看，不可走近，难以重返现代人的心中？

是海顿和亨德尔在我们的眼里变得越来越疯疯癫癫有些傻，还是我们的艺术包括我们自身已经变得俗不可耐，越来越实际实用实惠，退化得失去了这种庄严神圣撼人心魄的力量？

我们的视力已经无可奈何地减退，看不到“天上要有星光”，更看不清光到底是从哪里而来射在我们的头顶。我们便无法将那束庄严而神圣的光收进我们的心中。

亨德尔活着的时候曾经说过这样的话：“假如我的音乐只能使人们愉快，那我很遗憾；我的音乐的目的是使人们高尚起来。”

我们应该让我们自身和我们的艺术高尚起来。谁，哪一束光，或者什么力量可以帮助我们高尚起来呢？

一九九六年六月北京

山之精魂

在我看来，山顶没有终年积雪的山，算不上真正伟岸的山。会有许多秀气婀娜、四季花开不断、布满亭台楼阁的山，“明月松间照，清泉石上流”，方砖铺就了山阴道……那是女人的山。只有终年闪烁着皑皑不化白雪的山，冷气逼人，凛然逼人，才是男子汉的山。

第一次见到终年积雪不化的山，是祁连山。那一年，我从中央戏剧学院毕业。学院的院长是金山先生，开明得很，毕业实习地点由我们任意挑选，只要不出国界，全国哪里都行。我选择了柴达木，进盆地之前，首先撞见的便是祁连山。

我想起日本当代最负盛名的画家东山魁夷，进入美术学院一年级时，沿着木曾川度过整整十天露营的餐风饮露生活，第一次登上御岳山峰的情景。那严冬积雪覆盖的孤寂而又坚韧的山，给了他多么大的刺激和激动。他与自己孩提时代所见惯的神户平坦世界做对比说道：“我痛切地感到那里缺少甲信的群山那种庄严、深邃的风貌。

对于由少年时代进入青年时代的我来说，这是人生的醒悟、自然的发现。”

祁连山，正是这样一座给我人生的醒悟、自然的发现。

十月金秋，北京正值枫叶如火、菊花似金的季节，祁连山山头却已一片白雪茫茫，宛若山过于明亮的眼睛，向你不停地眨动、呼唤。越过山头几百里纵深处，是一片我从来未见过的山峦风光。我敢说世界上任何一座名山都无法与之相比，更不用说公园里假山石堆砌的小摆设了。没有一株草，没有一棵树，不挂一丝云，不沾一星水，只是赤裸裸袒露着黑褐色的胸膛，犹如古希腊裸体却庄严而威武的大力神像。每座山峰各具神态，雄浑苍劲；一扫脂粉气，一扫女儿态。它们剑一样拔地而起；火一样喷薄蒸腾；虎踞龙盘一样啸然生风、呼之欲出；天兵天将一样遒劲威武、伺机而动……绵绵延延，铺铺展展，一直到天尽头。只有风在它们身上刻下形态，只有岁月在它们身上留下痕迹，只有上天在它们身上注入不动声色却至为深邃的情感……

搞地质的朋友告诉我，几亿年前这里是一片汪洋大海，由于地壳的运动，才发生了沧桑之变，变成眼前这一亘古奇观，地质学称之为雅丹地貌。很少有人到这里观风景，这里委实太荒凉了。

然而，这才是大自然馈赠我们的真正风景。“风景是什么？我们所认识的风景是通过每人的观察并感知于心灵的东西。”东山魁夷讲得没错。这样的风景屹立在那里若干年，也同时早屹立在我们心中若干年，自然的山和心中的山只有在那一瞬间契合，才能成为真正的风景。于是，那风景才如你寻觅太久的爱人一样无法再从你心头抹去。

在这里，我感受到山的本色。山无须化妆，无须遮掩，树的绿、云的白、花的姹紫嫣红、亭台楼阁的金碧辉煌、笙歌弦乐的热闹、彩灯霓虹的闪烁……都装点不了山。而只累赘了山。只有女人才捧着脂粉匣和化妆盒不放，男子汉从不怕皱纹的纵横、皮肤的苍黑。男子汉只需要自身力量的雄浑，生命本色的辉煌。山最美丽的色彩，就是山的本色，正如雪的美丽在于白，绝不在于把雪涂成七彩虹的模样。

从这里往西走，枕着尕斯库勒湖，面朝祁连山，有一座令人敬仰的墓地。里面埋葬着第一位翻越祁连山的英雄木买努斯依沙阿吉老人。早在一九一四年，他便朝圣般向积雪的祁连山走来，怀揣着一套读得熟透的古兰经和一身万难不屈的豪气，翻过祁连山和阿尔金山，徒步走向麦加圣地拜谒。山寂寞，他寂寞，他与山相对时，山与他便都不再寂寞。风沙弥天或大雪漫卷的时刻，都是山陪伴着他，无论走出多么漫长、崎岖而干渴的道路，都走不出山的怀抱。山给他温情与力量，也给他智慧和启迪。他带领大军追剿乌斯满匪帮，又带领勘探队寻找石油宝藏……正要带领人们进巴海吐海之际，突然脑溢血跌下马。那时，山正在他的前面，他正要向山走去。积雪的祁连山峰辉映着晶莹的明眸，看清这一切，铭记这一切。他死在山的怀抱里。

我永远不会忘记寻找阿吉老人墓地的情景。他的女儿柴达木罕那时正在西北民族学院读书，是他儿子买买提阿明陪伴我来到老人的墓地。那一刻，我发现祁连山、阿尔金山、昆仑山似乎环抱在一起，那样深邃、浩大，如同巍巍挺立的巨人。我发现世界只有两种奇迹非人工所造而充满神奇：一是海，一是山。只有世上神奇的英雄人物，才配得上如此三座积雪山峰的紧紧拥抱与注视。

一个残阳如血的黄昏，我沿着祁连山向南走去。一天晚霞无遮无拦流泻在每一座山峰的峰顶。前面一片山脉和荒漠相连处，唤做南八仙。这是个奇怪的地名，却令我徘徊长吟。五十年代，八位女地质队员到这里勘探，闯进这片只有风沙的山，只愿前进。不愿后退。结果，风沙残酷地吞噬了八位来自祖国大江南北的姑娘。她们为这里的山写下最为悲壮的一页。人称这里南八仙，是总以为八位年轻的姑娘并没有死，而不过是羽化成仙，随风沙席卷祁连山深处。或许哪一个月白风清的夜晚，还能魂归故里，站在这里的山头向人们招手致意……

没有她们，没有阿吉老人，没有成千上万为柴达木献身的人们，祁连山只是一座普通的山。他们是山的精魂。没有登过山的人难成真正的人；没有人登过的山难称其为真正的山。站在南八仙的群峰之中，面对苍苍祁连山猎猎山风、深沉夜色，我再一次领悟到这一真谛。

没有月亮。星星跳上来，显得格外小，纽扣一样钉在漠漠夜空。群山如涛，隐没于大西北苍凉得令人心禁不住一阵阵发紧发痛的夜色之中。我和山相对无语，彼此却肯定听到澎湃的心潮。

一九九四年九月四日于北京

水之经典

余秋雨先生在他的颇有名气的《文化苦旅》一书中说:“看云看雾看日出各有胜地,要看水,万不可忘了都江堰。”

我要再加上一名:也不要忘记了九寨沟。

世上丽水秀水晶莹之水清澈之水恢宏之水浩瀚之水,多得是。在我看来,最有性格,最值得一看的是这两处:都江堰和九寨沟。

余秋雨先生曾将都江堰与长城做比较:“我以为,中国最激动人心的工程不是长城,而是都江堰。”“如果说,长城占据了辽阔的空间,那么,它却实实在在地占据了邈远的时间。长城的社会功能早已废弛,而它至今还在为无数民众输送汩汩清流。有了它,旱涝无常的四川平原成了天府之国……因此,可以毫不夸张地说,它永久性地灌溉了中华民族。”

这样对都江堰的评价,是绝无仅有的,却也是精当渊深的。

在我看来,看都江堰的水,看的是强悍奔腾的水如何层层叠叠化为生命的涓涓细流。飞奔如兽、桀骜暴戾的岷江水，经过都江堰，立刻将仰天长啸变为喃喃细吟，将浪涛如山变为珍珠四溢，将凶猛如火变为柔情万缕……出宝瓶口流入内江，立刻呈现一派水光潋滟的情景，让人叹为观止，看到水的柔韧、可塑和万难不屈、常流不懈的生命活力。那是一种将绚烂归于平淡，将刚劲寓于柔和，将一时融于永恒的生命。都江堰看水，看的是水如何从天上流入人间，如何从神话流入现实，如何将自己化为一种哺育人类、灌溉家园的生命。

都江堰的水，是一种人世的现实的水。

李冰的都江堰名垂千古，功劳在于他知道水可载舟亦可覆舟这浅显的道理。水的两重性，比之人的多重性，他认得要透彻深刻。他或许对付不了人的多变纷杂的世界，一辈子只当个小小蜀中郡守。他却对付了水，把疯狂的水引入现实，一直绵绵流淌了两千多年，花开花落不间断，春来春去不相关。

去年秋天，我曾在成都体育场看国际熊猫节开幕式的五千人雄壮的演出，演李冰父子治水一幕，满场旌旗飘扬、战鼓如雷、黄尘翻滚、刀光剑影，让李冰父子率领众人杀败龙王恶神。实在不以为然。这种善恶之斗，人鬼之争的简单演绎，把李冰父子的形象搞成了神。而李冰父子恰恰是将水从不可治理不可理喻的神，化为世俗芸芸众生一样在现实浇灌着农田平凡土地存活的生命。

九寨沟看水，看的是宁静的恬淡的水，如何凝聚成生命的湖泊。镜海、长海、珍珠滩……每一个湖泊都是那样清澄透明、纤尘不染。孔雀蓝的蓝色，蓝得让人心醉，让人如同看到教堂里洗礼的圣洁露水，如同听到教堂里管风琴演奏的圣母颂，而不敢有丝毫杂念俗念，懂得并真真地看到人世间居然会有纯洁美好真诚和透澈明净，就在这里远避尘嚣而静静存在。

那水几乎一动不动，任外面的世界如何纷繁变幻，将污染、噪音、连同人心泛起的种种污浊的泡沫一起抛向天空和大地，它独自坚持着自己的贞操，不动丝毫涟漪，不染丝毫尘俗，将水底的虬枝沉木、水藻水锦，将天上的薄云丽日、山岚清风，将身旁的雪峰幽谷、古树老藤……一一映在自己的怀中，映得那么明净、幽深、清冽。因为有它的洗涤，所有这一切，都显出比本身还要美的清纯与洁净，宛若脱胎换骨一般，玉洁冰清，重新塑了自己一番。尘世沾惹的市侩庸俗、风骚矫情、浪声虚名，欲火利海……起码不敢在这里抖擞，而被这水洗却大半。

九寨沟看水，看的是水如何从人间流向天上，如何从现实流向童话，如何将自己化为一种启迪人类、净化心灵的艺术。

日本黑田孝高在《水五则》中的第一则说："自己活动，并能推动到人的，是水。"第四则说："以自己的清洁，洗净他人的污浊，有容清纳浊的宽大度量的，是水。"前则，可以送给都江堰的水；后则，可以送给九寨沟的水。

如果说都江堰的水是男人，那么，九寨沟的水是女人。如果说都江堰的水是母亲，九寨沟的水是爱人。如果说都江堰的水是爱人，九寨沟的水是情人。

看都江堰和看九寨沟的水，给人以完全不同的感觉。在现实中找不准自己的位置，便会蹉跎生命；沉靡现实而背弃心灵，抛掷精神；亵渎纯洁、逃避崇高、出卖操守，不懂得一点点现实脑满肠肥酒绿灯红中永远不会给予，而只有艺术才能焕发、唤回和激起的浪漫与童话的情怀，便会麻木了生命而只剩下一个蝉蜕一样的空壳。心，因缺少你的滋润，更会成为一片荒芜的沙漠。

在现实与艺术之间，在物质与精神之间，人总是矛盾着、跌撞着，狗熊掰棒子一样，顾此失彼而永远寻找不到一条连接两者之间的直线与弧线。大概这正是人永远苦恼困惑的永恒命题。都江堰和九寨沟的水，分别给予人类一面镜子。

我们谁也无法离开水。纵使我们可以离开摩天大楼、汽车电话、电影电视以及各式食品各式服装和各种欲望，我们无法离开水。古希腊科学家兼哲学家泰勒斯两千多年前就告诉我们：万物皆生于水，又复归于水，人也概莫能外。关键是我们属于一种什么样的水，我们需要的又究竟是什么样的水。我们选择着水，水也在选择着我们。我们身旁喧嚣、嘈杂，泛滥着污泥，飘浮着落叶，禁不住一阵风吹就会抖擞波纹的水太多了。要不就是人工制造的湖水、喷泉水、蒸馏水、矿泉水、添加香料糖精的汽水可乐太多了。我们身旁浅吟低唱、矫揉造作、流行时尚、浮华奢靡、转瞬即逝的水太多了……

都江堰和九寨沟，却是那种旷世稀有属于我们生命核心与灵魂深处之水。它们才是我们的水之经典。

只是我不明白，为什么九寨沟和都江堰的水都出自四川？

一九九四年元月十二日于北京

王本道

大山深处的似水柔情

滇西北这片刚柔相济的土地呵,“我悔我把握你的太迟,离别你的太速”,那大山深处的似水柔情将是我心灵底片中永久的定格!

几年前,应文友之约,曾在一次音乐会上听过“纳西古乐”的演奏,乐手多属年逾花甲的长者,他们一个个正襟危坐,表情肃穆而虔诚。随着手臂张弛有致的舞动,一曲曲雄浑苍凉、昂扬委婉的古乐在剧场四周回旋。凭着有限且浅薄的想象力,我眼前出现了耸峙的雪山,幽幽的峡谷,雄关鸟道,牦牛的低哞……想象中的滇西“纳西古国”,一定是个山高林密、气宇轩昂的去处,人们狩猎耕织,衣食无忧,表达情感的方式也一定是粗犷而又率真的。

说来也巧,这次与文友赴七彩云南采风,在滇西北丽江行程的第一个项目便是重走茶马古道。茶马古道自唐代以来,就是滇藏乃至印度之间贸易的重要通道,南起云南普洱,经下关、丽江,西进西藏,又越喜马拉雅山进入印度,与历史上的古丝绸之路齐名。如今,作为一条旅游线路的“茶马古道”，充其量只能属当年古道的“沧海之一粟”了。在丽江市近郊的一处马场，导游为我们每人备了一匹马，三人一组，由一位马夫引领便骑马上路了。平生第一次骑马，有些忐忑，但时值滇西的浓春，启程之后，看高远的蓝天白云悠悠，蓝天之下起伏的山丘之上，橙黄的油菜花，粉红的桃花，青青的豌豆苗相间有致，加上文友们骑在马上相互嬉戏着，一颗心也渐渐放松了。开始的一段山路还是平坦起伏的，半小时行程后，山路渐陡峭起来，周围的山势也愈加险峻，山间的树林越来越稠密，气氛渐渐萧森起来。耳畔不期然回响起纳西古乐那雄浑苍凉的旋律，这时，马夫时时靠拢我们的马队，用他那不很熟稔的普通话为我们讲解：“这里走过的是当年的原始森林，号称‘一线天’，历史上常有盗匪出没。不过现在大家可以放心，此地早已经是太平盛世了。”文友们不约而同仰望头顶，果然是重峦叠嶂，荫翳蔽日，凉风吹来，周身上下竟有了畏缩之感。尽管山路陡峭，而我们坐骑之下，恭顺的马儿们依然一字排开，一步一个脚印昂扬而稳健地攀登着。我暗自思忖，在滇西北这崇山峻岭和深谷高峡中默默延伸的茶马古道之上，自古曾负载过多少人的希望和期盼，更有多少人和骡马在这古道之上默默倒下，把自己的肉体自己的灵魂与古道融为了一体……

翻过一道险峻的山岭，视野逐渐开朗，山路也显得开阔起来。马夫向我们宣布说：“我们刚刚走过的山，海拔差不多 3000 米，属玉龙雪山的第 12 道峰，是这次行程中最高的一座山了。前面是永胜县，也就是‘他留山’所在地。”接着，他娓娓地给我们讲起了他留山上的“他留人”独特的窜“青春棚”和“过七关”的婚姻习俗。根据他留人的婚姻习惯,他留少女十四岁以后,举行过成年仪式,她将住进父母为她所设的“青春棚”里单独居住。在那里,她先后要单独与七个小伙子连续睡上七个晚上。此间,必须每天晚上都有不同的小伙子与她共度良宵,七个晚上就算过了“七关”,然后才有谈婚论嫁的资格。当然,他留少女也不是来者不拒的,“青春棚”里,可以同时窜进几个小伙子,但睿智的少女先是以眉目传情,相中其中的一个,再互送信物示爱,然后才关门熄灯的。马夫讲的故事,让我和文友们唏嘘不已:想不到这重峦叠嶂的大山深处,他留人竟会有这般似水的柔情!这则故事,让我不禁想起同样是发生在这片美丽的土地上泸沽湖畔摩梭人走婚的习俗。泸沽湖畔是人类母系氏族在地球上最后的遗迹了,这块土地上养育出的摩梭儿女,每一个都那么美丽、勤劳、善良,而且情真意切,她们在属于自己的闺房里编织着花季少女的梦想,渴望着属于自己的至真至诚的爱情。自己中意的“阿夏”(亲密伴侣)夜晚到女子的“华楼”留宿,天刚蒙蒙亮时,便匆匆离去。这样暮来晨往,只在女方家过夜,所生子女一律由女方抚养。“阿夏”走婚以情为主,结合自由,离散随意。在摩梭人的生活中,并没有任何限制爱情的条条框框,他们把自己的幸福牢牢掌握在自己手中。当我问及马夫这则故事的可信度时,那马夫立刻眉飞色舞地讲道:“事实上,摩梭人走婚的习俗比起你听到的传说要更生动呢!”原来,这位马夫是纳西族人,年轻时也曾有过走婚的经历。当问及结果时,他忸怩地微笑着说:“因为当时自家父母身体都不好,结果自己成了‘负心郎’,又另娶妻生子,现在已经有两个儿子,大儿子在上海交通大学读书,二儿子也正在读高中。以往的故事就永远珍藏在心中了。”说着话，他望着眼前的青山碧水，放开喉咙，高声唱了起来：“说什么王权富贵，怕什么清规戒律？只愿天长地久，与我意中人儿紧相随……”伴随幽幽歌声，那位马夫眉眼渐渐舒展开来，脸上慢慢绽开了笑容。

我们共和国的56个民族，在这片土地上繁衍生息着26个兄弟，其中最多的纳西族就有3万人之多。这是一个完全自由的家园，自由得让外乡人感到有些不知所措，在这里可以不再去理会世俗的纷繁复杂和人心不古，可以活得真实，活得真正属于自己。

薄暮时分，我们来到了蜚声海内外的滇西重镇——丽江古城。这是一座群山环抱中的城市，始建于南宋末年，明末阖城才有上千户人家。徐霞客在《滇游日记》中曾写道“民房群落，瓦屋栉比”。古城的模样确实古色古香，但却不因此而显得富丽华贵。阁楼式的二层建筑在街道两旁相互掩映，朱漆的门户，青石铺就的街道。发源于城北象山脚下的玉泉河水分三股流入城后，又分成无数支流，穿街绕巷，流布全城。主街傍河，小巷临渠，三百多座古石桥与河水、绿树、古巷、老屋相依相映，“户户朝阳，家家流水”，被称为“高原姑苏”。古城的店铺总是一片繁荣景象，但无论怎样的摩肩接踵，却不显得喧闹，行进其间，仿佛走进一个封闭的空间，一种殊于任何城市的氛围，让人似乎与世俗的生活脱节，进进出出的人们都在尽情地呼吸着这里弥漫着的宁静与典雅。当夜色悄悄弥漫开时，古街之上更显得温情脉脉，潺潺的流水载着满天的星斗连同街道两旁大红灯笼的倒影流淌着欢乐。各色酒吧之中，有人把酒临风，欣赏着空气中流淌着的《白沙细乐》和《丽江古乐》，享受着自在和悠然；有人邀三两知己，侃侃而谈，品评着这里的名山大川、风情民俗和悠久的历史。不知什么时候，从二楼的酒吧之中，忽然传来一阵欢快嘹亮的男高音，立刻有临近的酒吧传出清脆甜美的女高音与之遥遥相对，紧接着一间间酒吧乃至整个一条街，悦耳的歌声顷刻连成一片，此起彼伏，间有灵动的口弦与之搭配，有唱有对，并夹杂着阵阵喝彩。纳西人的喝彩语言只浓缩成“亚瑟”两个字，众多的游客虽然难以参与对歌，但很快融入了喝彩的队伍。随着对歌的此起彼伏，喝彩声也随之形成了欢呼的声浪。

在滇西北的旅程之中，纳西古乐的旋律始终像背景音乐在我耳畔回响。我时常反问自己，这古乐的主旋律究竟是雄浑高昂，还是温婉缠绵呢？返程的前夜，我有幸在巍峨秀丽的丽江歌舞剧院观看了大型歌舞《丽水金沙》，26 个少数民族的歌舞盛会，让我对纳西古乐乃至哺育出这艺术珍品的家园有了新的感悟。由于母系氏族的传统遗风生生不息地熏陶，使这片土地以及这片土地上繁衍着的生民和艺术，具有了既缠绵温婉又雄浑高昂的双重性格。是女人哺育了这里所有的男人和女人，女人的似水柔情让这片土地充溢着灵秀之气，氤氲着湖光山色，清流不断。而这里的千岩竞秀、万壑争流，又赋予了这里的儿女们不达不休的刚毅果敢，使这里的男人和女人们兼有“丽水”般既柔且刚的秉性。

这次采风的行程中，总有一位容貌清纯秀美，举止端庄大方的纳西族导游姑娘如影随形地陪伴着我们，并时而为我们拍照留念。每当举起相机时，为了引逗我们的笑容，她总是轻声叫道：“阿鹏哥哥（对客人的总称）看着我，丽江美不美？西瓜甜不甜？”那燕语般的呢喃至今在我耳边萦绕。滇西北这片刚柔相济的土地呵,“我悔我把握你的太迟,离别你的太速”,那大山深处的似水柔情将是我心灵底片中永久的定格!

梅花几度梦里寻

中国的梅花之盛，莫过于江南。江南的春梅，还在腊月时，就早生萌意，含苞吐蕊，一进正月便繁华满树，似烟似雪，暗香浮动了。

有生之年，曾去过几处江南的赏梅胜地充当梅客。上海的梅花展每年都搞得花枝招展，热闹非凡。淀山湖畔大观园内，四千多株红梅、绿梅、白梅争奇斗艳地向人们传递着春的信息。在冷香亭前的珍稀老梅“银红台阁”前流连，更让人浮想联翩，顿生沧桑之感。杭州西湖岸边灵峰梅园里，朱砂梅如胭脂占珠，绿萼梅蕾若碧玉，龙游梅铁骨虬枝，垂枝梅疏影横斜。在素有“十里梅花香雪海”之称的超山，至今还存活着一株唐梅和一株宋梅。地处广东肇庆的梅庵，据说是北宋至道年间智元和尚所建，因禅宗六祖惠能在此“插梅”而得名。那梅庵枕北岭，附西江，势压九派，气贯一脉，在大片梅树的掩映之下，既热情奔放又带几分庄严肃穆的气氛。遥想当年，那惠能和尚云游至此，以他那独具的慧眼，定是看出这地方与佛家投缘，遂插梅为记，作为日后建庙的选址。梅庵的南梅虽比不得北梅傲雪凌霜的冷艳，但花事纷繁，热闹火爆，所以当地男女新婚，有双双到梅庵插梅的习俗，即所谓“双插梅”。古往今来，那环庵而植的梅林，不知氤氲着多少美丽而动人的爱情故事呢！

最近的一次赏梅是今年初春，在南京中山陵的梅花山。对于梅花山，本来是心仪已久的，这里古称孙陵岗，每年冬末春初，山上的梅花便次第开放，加上周围遍布著名的墓地遗陵，可谓是一片风水宝地了。春节刚过，元宵节前，来梅花山赏梅的人还甚为寥寥。我和朋友刚刚踏上梅花山的小径，整个人的身心都被馥郁的幽香吞没了。放眼四顾，漫山遍野红蕾碧萼缀满枝头，远处，那薄薄雾霭中横斜的疏影和片片花蕾，真让人不禁产生天女散花的幻觉。站在一株高大的朱砂梅树前，仔细端详着满树或含苞，或绽放着的每一颗花蕾，我感到，那无数的小生灵都处于极亢奋的状态，尽情地吸收着阳光，拼命地生长着。正由于这不计其数多姿多彩的生命的光合作用，使得偌大的梅花山饱含充沛的空气负离子，让人步履轻捷，活力倍增。

中国人对于梅花普遍怀有一种特殊的爱恋之情。应该说，没有哪一种花像梅花这样享受着众口一词的好评。其实，就梅的形象看，若是在花中“选美”，她是无论如何难当花魁的。那薄如蝉翼的花瓣，稀疏的花蕊，淡淡的清香，在众香国里，绝对难以招人眼目。历览前贤崇尚梅的缘由，加之几次充当梅客的感悟，我想，千百年来，梅之所以让人欣赏、赞誉、咏叹，多半是源于她的品格。因此，“品逸如梅”常常被用作是对一个人品行的赞誉抑或是自励的标准。宋代林和靖老先生生性奇俊，超凡脱俗，终生不愿做官，也不娶妻生子，一直在杭州孤山过着隐居生活，平生植梅放鹤，人称“梅妻鹤子”，也历来被传为佳话。

梅花在中国文化中得宠，说来说去，还是文人的笔力所致。中国的文人往往自诩为以天下为己任，而文人们的际遇又千差万别，各不相同，特别是那些刚正耿直的正人君子和贤达官宦，往往怀才不遇，或是屡遭贬谪，尽尝阶下之苦。而梅花的韵致高格，清雅幽香便往往被他们寄寓远大的志向，比拟自己的意志和胸怀。如陆游的诗：“向来冰雪凝严地，力斡春回竟是谁？”王冕也有诗云：“不要人夸好颜色，只留清气满乾坤。”正是这些古仁人的生花妙笔，给梅赋予了淡泊迷人又孤高桀骜的个性且广为传播。

从拟人的角度看，造物也实在是委屈了梅的。二十四番花信风，梅信属第一，节气恰恰是在“苦寒”之时。尽管生不逢时，命运不济，而梅却我行我素，不屈不挠，在苦寒之中“寂寞开无主”，显现着既勇敢叛逆又悲壮凄楚的色彩。正是梅的这种秉性，才使她在物竞天择优胜劣汰的大千世界中非但未被挤出局，反而被文人们升华到“岁寒三友”，花中“四君子”的位置。作为一名忠诚的“梅客”，我委实在梅的品行中，汲取了太多太多的教益。每次赏梅归来，时常夙夜忧叹：苦寒之于梅，确属命运的不公，世道的不公。而梅呢，却无怨无悔地傲雪凌霜，凄切着，幽怨着，年年岁岁按季奉献出自己的幽香。常常是在遇到了挫折，遭到了磨难，碰到了不公之时，我常在梦乡里看到那千树万树的梅花。

佛家曾有“一切有情，众生平等”之说。其实人生一世与世上其他生灵的一生就其过程来讲，并无二致。人若托生是国色天香，魏紫姚黄,时时遭人羡慕当然是大好事。但世事往往不尽如人意,在这个世界之上,高官厚禄的幸运者终归是极少数,多数人不论从事什么职业,努力的结果充其量只是小康而已。我当然不喜欢贫穷,现今社会,一个终生怀有衣食之忧的人是很难成就事业的。但是我也从不企盼锦衣玉食,大富大贵。凭组织的培养,个人的努力,能有一份自己力所能及又喜欢做的事情,并在生活上衣食无忧就已足矣。想那冷峻的梅,若真的给她换一个温室环境,怕还真是难以承受呢。梅是在苦寒的背景之下,扎根,生长,开花的,也恰恰是这苦寒,才使她蓄满了成长的动力。苦寒之于梅,何尝不是一份财富呢?人的一生也同样,心想事成,万事顺遂,只是一种美好的愿望而已,苦难同样是人生的必含内容。一个人通过承受苦难而获得的精神价值,同样是一笔特殊的财富,它来之不易,自然也不会轻易丧失。

今年初春的梅花山之行更让我备受启迪。地处南京近郊的梅花山空灵恬淡,纤尘不染,满山的梅花蓓蕾初绽,令人目迷五色,神驰心醉。著名的中山陵就在梅花山的上峰,在暗香浮动之中,遥望中山陵的蓝瓦白墙,我想,伟大的爱国者、民主革命先行者孙中山先生临终前亲口选址,要在此处长眠,实属高见。中山先生毕生追求独立、民主、富强,以致他最终也没能看到民主革命的胜利。若说“品逸如梅”,中山先生实在是当之无愧:“无意苦争春,一任群芳妒。零落成泥碾作尘,只有香如故。”

边玲玲

额尔齐斯，个性之美

为寻求文学艺术的沃土与灵魂，我向你走来。你，额尔齐斯河，一种人类精神的象征与化身。

我告别了对于我母亲般亲切地怀有养育之恩的黑土地，穿越戈壁滩，没有邀请，不是约会，只有一路苦行和内心一种可感知而不可言破的冥冥的召唤相伴随和呼应着。

我迎着未知的前程，不知道那是新的家园呢，还是驿站？在旅途孤苦劳累的时候，不用回头，理智和感情都向我讲述着这样的事实：留在身后的是女儿、丈夫这现实意义的家和日常饮食起居已经习惯了的生活。而我的奔波，寻找的是一种灵魂相守。那么这违背常规的追求，算不算是真实的生活呢？

我由东向西，背离着海的方向，波涛汹涌的大海，人们说那是世纪风潮，蓝色的海路通向人类繁华、世界商战、物质文明、现代潮流，通向港币和美元。而我一个生命可跨越纪元的女性，在沿着额尔齐斯河床追溯着一种人间难寻的唯有自然界里才有的深远意境时，做的是背时的旅行呢，还是体现了一种人类未来主义的新观念？

与你初识在布尔津城外。这一段河宽不足百米，你水波不惊，浪花不起，无语自流。这里没有人工的护堤，水流冲刷着戈壁，形成两岸天然的缓坡，上面堆满鹅卵石，一路陪伴着你。这里常年焦土干渴，只能存活胡杨柳、骆驼草，像穷困瘦削的女人，绕膝一群衣裳褴褛的孩子。你奇迹般地出现了，出现在阿尔泰山和荒凉大漠之间，出其不意地像是从天而降，你捧出一湾流水。雪水情浓如乳，你被誉为哈萨克母亲河。是自然的，也就是天意的；是天意的，也就是神授的。你神灵一般地教我悟出了一个朴素而又深奥的道理：直露其表的浮华，往往透着虚伪；朴实平淡的简历里，含蓄着的是惊心动魄的往事。面对眼前你展现给我的一段贫瘠的河床，我想象着你的起源与归宿，想象着你是怎样用你纤长的手臂，连接起北极和阿尔泰冰峰两个冰雪世界的。水流是资源，是物质，我却被一种精神之美感动着。面对大漠孤烟，曲水独吟，掂量着我消瘦的肩头一只干瘪的行囊，我感觉到我比那些下南洋闯西洋的人都富有。

河水是蓝灰色的，冷淡得像凝固了一层油彩的面具。我不知道你是在拒绝别人，还是在守护自己。当我面对你，额尔齐斯河，看着那源于雪峰山涧的水流孤傲地北折，我知道那是一个苦难民族心灵的历史。我垂下了头。我收敛了锋芒，虚心得像一个考试不及格的小学生。我攀登上陡峭的山石险路，逆着水流溯源而上。当我抬头远眺时，看见在雪峰之巅那地球第四纪冰川的化石缝隙间，掩藏着大河的灵魂，我把我的旅途叫做“心灵的探险”。这就是1992年夏末秋初，我的阿尔泰山之行。不是登山旺季，又是女人独行，我的冒险计划处处被人阻拦。在阿尔泰山脚下的哈巴河县城里，一位喝山间雪水长大的哈萨克女青年告诉我，她从未敢进到山里去过。我为我自己而惊讶了。我俯身向下，让喀纳斯湖水从我的指间划过。湖面空旷，峡谷幽深，一个无人之境，一个饱尝苦难因而思想深邃之境。我依偎在你的源头，看见了你那些为世人的平庸轻浮所难见的隐秘和侧面。作为女人，有这样的机缘，我是幸福的。

江河，是自然现象，也是生命现象；是水流，也是血脉。黑格尔被尼罗河、密西西比河、幼发拉底河印证了，他又一次地被额尔齐斯河印证了。那么什么是额尔齐斯文明呢？你并不是无路可走，你本可以由高向低，顺势而去，去追求东海的温柔与富贵。而你却被阿尔泰山冰峰高高地扬起，凭藉一股强大的势能，你扑向了一片不毛的大地。因为大地堑的作用，你没有向南流入准噶尔盆地，你在汇合了布尔津河、哈巴河之后，来了一个 90 度大转弯，骤然折向西北而去，亮出了你人生性格中最辉煌的一刻。专家们品评说，那是地壳变迁所致，而我说，那更是血性，是气质，是激情，是叛逆性格，是天生的艺术感和创造精神，是天才。

你征途不卜，前不见古人；你西出阳关，后没有故人。就连你养育的哈萨克子孙们也说不清楚，你在那俄罗斯异乡的国土上，是怎样冲积出一个西西伯利亚大平原的；是怎样在汉特—曼西斯克城西部，交汇姊妹的鄂毕河，又一起流向北极圈的；怎样在萨列哈尔德城近处注入北冰洋，带着大陆热土的体温，去拥抱那片冰冷的极地的。你是中国境内唯一的北冰洋水系河流。你用热血生命创造着的，不仅仅是一片土地，还是一个凝聚着思想光华的艺术世界。

近年来，我走遍十亿神州，东至黑龙江抚远，西至新疆喀什，南至西沙群岛，北至漠河北极村。领略了高山气派，江河风采，海屿奇观。注意到了一种现象，内地一些所谓的名川名山名贵苑林，往往有名不副实者，他们人工雕饰，气度狭小，不过是因讨得一些帝王权者学士名流的美誉而坐享虚荣。就算他们显赫一时或名噪千古，而我悄悄地回避了。我在绝境般的大戈壁一角，独识了一个灵魂之后，为我的偏得，不禁油然地生出几分得意。那一天，我的班车在布尔津县城里停车40分钟，让旅客吃早饭。40分钟，路上往返10分钟，我只在河边呆了30分钟。30分钟结下了终生的缘分，这难道就是命？你默默地掩饰，无声地流淌，等待着的是我吗？那一天我来不及吃早饭，我把40分钟给了你，我饿着肚子和吃饱了烤馕拉面的哈萨克们继续颠簸，我感到胃里充实。当心中莫名地涌出许多感慨时，我开始咀嚼希伯来人的伟大思想：对于人的血肉之躯，还有着比面包和盐更珍贵的东西。

你，额尔齐斯文明，她是一种与自然共存的人类精神。

你逆向漂泊；你孤注一掷；你不问前程；你不计得失。你源于冰雪而来，又融于冰雪而去，你洁来洁去，让世人生畏或疏远。如今世风铜臭，地球污染，说你质本纯洁，人们反而不信。我想象着，那北极地带也和这眼前的生活一样严酷。冰封海面，冰块儿堆积成山，一片失血的银白色世界里，寒冷镇压着生命的活力。生命短瞬如流。你明明知道，你纵然有着疯狂燃烧般的热情，你也融化不了北极的积雪和冰川，你也带不去阿尔泰山牧场的春天。你明明知道，那冰雪的冷色是在替人类诉说绝望，在北极圈以内永无绿色。而今天的人类，贪欲不可遏止，他们破坏物质又强奸灵魂。你却偏执一极，自毁般地救世奔波，也许徒劳。有多少人会体量你用心的高洁呢？我由此明白了什么是艺术。艺术不仅仅是怎么歌怎么舞怎么写怎么画，她更是歌者舞者写者画者怎么活着。我追随千里而来时，不知不觉地承担起一个人生命题，这难道不是一次创作？

年华似水，逝者如斯。这是生命无情的规律，也是自然界冷酷的法则。可不可以说，悲剧，因此而使艺术永恒呢？美好不能常驻，永恒又存残缺。它使多少脆弱者更加脆弱，又使多少坚强者更加坚强。而我要对你说的，生命的唯一出路就是：珍惜今天。

这恰恰是你教我的道理呢。那一天，我在岸上注视你时，我失口感叹：江河易衰，更何况女人！班车出发的前一天，乌鲁木齐的一位年轻哈萨克，向我讲述了他在额尔齐斯河边度过的童年。给他印象最深的就是河岸两边的草地和森林，他和小伙伴躺在浓浓的绿荫底下听鸟叫。他能一一叫出名字的那些鸟，他的儿子连见都没见过。人的童年正是河的壮年。以前我并不知道，你，额尔齐斯河曾有过怎样的青春年华和鼎盛岁月。那是你昔日的辉煌了。听当地人讲，四五十年代这里是一条宽阔的水上航道，布尔津是一个热闹繁忙的港口，从邻国的哈萨克斯坦到布尔津，各色的客轮货轮往来穿梭不断。仅仅半个世纪，你被毁了容一般地不见了林木的绿色，大片牧草森林被破坏，消瘦的河床，斑秃裸露，河水流量一年年减少。轮船的汽笛和鸟鸣，真的都变成童话了。你我无言相对时，互为参照：水波如皱，不见昔日光华，就像我被时光驱赶着，悄悄爬上乌鬓的白发丝。也许这比失败更残酷!

你的征程望不见尽头,我的探险将难有归期。不废江河,万古长流,是人类永世的梦想。在自然界的真实面前,梦着的想着的,都成破灭。人类至今不知道自己在宇宙间是神是人还是动物。归去来兮,是诗兴大发时无可奈何的咏叹。人在理智时便做出黑格尔式的判断:生命与水流同源。怪不得人类用他们有限的目光,满太空里搜寻同类时,先要找水,有水的星球才能有大气层。我迢迢千里寻你而来,明明知道生命似水,都是过客。你像浸饱墨汁的巨斗,被自然的神力悬腕高空,洋洋洒洒泼墨而下,把泥土当纸张,书写着你迥然于内地那些名士风流的独特人生。河床渐窄枯瘦干瘪处,使人联想起,水源将尽命有终老,都如墨迹风干处断断续续的苍老手笔,越是墨尽纸白,越显笔力遒劲。越过生命的尽头是什么呢?请不要顾忌死亡。纵然有一天,河水化做蒸汽的颗粒,跃入宇宙太空,再次伴随暴风雨中的雷电霹雳,降淋大地时,这难道不是艺术的升华与生命的再造?这就是为什么我们说,米开朗基罗、雨果、贝多芬……一直没有死。曹雪芹至今还在养活着一批又一批的红学专家。你,拥有那90度的辉煌,你便永远为我而活着。我呢,30分钟,我找到了我的人生坐标:既为知己,那么我就是与江水灵魂相依的泥土,你的满坡青草残存的护堤。当后世的人们,把各色的目光(为艺术的为金钱的),全都盯住昔日悲惨命运,而今天大红大紫的《向日葵》时,我始终对一个人崇敬着,他被众多的沙龙和拍卖行忽视了,而我不喜欢闹剧。他就是天才画家的弟弟提奥。没有护堤不成其为河流,没有提奥还会有那个吃土豆的人吗?我所有的,不过是一腔女人的心情,唯女人才有的沉静和持久。我要用唯你才能体会的温柔，筑起你心灵的护堤。脂粉气的男人们，说我不像女人呢。你一瞬间把我还原成了女人，真正的男子汉的女人。

林贤治

故乡

我不只一次为世代的城里人感到遗憾。他们没有故乡。

故乡的一切:田野,林木,农舍,饲养和吆喝牲畜的语言,是人类的摇篮。大批的文化学者,诗人,故以各种猜测和想象,讴歌不辍;哲学家也不惜使用华美的语词,把哲学定义为“乡愁”,说是游子背着包袱寻找精神家园。

距离可以使任何事物变得优美起来,况复故乡呢。我来大都市将近十年,故乡犹自温柔着,在暗暗老去的心中……

我思念月亮。月亮是城里所没有的。它无声地泻落乌黑的屋瓦,霉墙,石子路,清凉如水。池塘是别一种风味。磷光如萤火,而萤火又是别一种风味。月夜的笛声是好的,难怪帕斯卡尔因吹笛而赞美了人的脆弱。还有潇潇春雨夜,满枕蛙声,客人有约不来不也很好吗?我思念我的小屋子,以及那棕色的小木门。傍晚,父亲常常走出大屋巷口,高声叫唤着乳名催我吃饭,见我迟迟不归,就会径直过来,手扶小木门,静静地看我读书和写字……

现在,父亲走远了,几经改制的小木门也没有了,谁倚门等我?

故乡!那里像土地一样浑厚,牛一样勤劳,野草一样生生不已的人们,是我所怀念的。在父亲被打成“反革命”以后的一段艰难的日子里,唯有他们和书中孤独而高傲的灵魂给我以慰藉。记得是早晨,我扛着犁杖踽踽行走在山间小路上,前头有一位老者,一面摇响牛鞭一面回首看我,这时,歌声遂从鞭梢悠悠地飘了过来。那是一首带有劝世性质的山歌。大意是:耐心等待吧,不要难过,世界轮番转哩……多好的老人呵!不知今日还健在否?而那时,他的腰背就已经佝偻得可怕了……

这些年来,我一直生活在甜蜜的乡愁之中。诗意的回忆使人沉醉。有时,我觉得自己是一匹“荒原狼”,但却又十分适意地消受着都市文明:单元房间,办公大楼,洁白的卫生间,奇妙无比的日本彩电,立体声录音机,冰箱,煤气与自来水,剧院,酒吧,的士,多余的会议和壁灯,各种访问,言不由衷的谈话……以致在自欺,自慰,自满,自足中忘失了人生的一个重要情节:假使怀乡病真可以算作一种病,那么,当年为什么要逃一般地离开呢?

一天,看大学生朋友的诗稿,其中有一首叫《石马河》的,简直电击般地使我受伤,使我于长久的麻痹状态中惊觉:——

……/你的存在竟是那样伟大/以至有无数如我的青春/企图逃避你都无法得逞/徘徊于异地的河畔/我总想忘记你,

可就是你/始终流淌在眼前，泪水涟涟地/感动我无动于衷的年龄/石马河，你简直是天罗地网/残酷无情地围困我/……/石马河，总有一日/我会头也不回地走了/像奴隶偷越古堡/不再称你为祖父

石马河是他的母亲河。那河水，该沉淀着多少美好的少年时光？然而，人刚刚长成，且是第一次与故乡作别，便表现了如此决绝的态度，永远不愿回还！正是纯洁多情的年龄，竟说“无动于衷”，他从哪里获得这样一种逆子的情绪呢？

但接着，就又收到乡间的一个小亲戚的信。在信中，她诉说着临近毕业的紧张状况，设想进不了大学，何去何从，便不胜惶恐。她引了流行歌星齐秦的两句歌词“外面的世界很精彩，外面的世界很无奈”，接着说：这歌声唱出了她，还有众多农村青年的心声！齐秦的歌，我也曾听过，如风过耳罢了，不意在穷乡僻壤，竟触发了如此强大的情绪流！情绪是不容忽视的。情绪是一个时代。

两个青年：一个已经出走，一个作不得已的羁留。但都是同一种急于摆脱故土的心情，抗拒着同一种命运。

所有关于乡村的诗意的描摹都是现代的谎言。粗陋的居所、饮食、衣着，沉重的农具及其操作程式，巫医，文盲，野蛮的婚嫁和各种古老的风俗，这些早已经死去的历史时代的遗产，是我们必须承受而又必要放弃的。我不知道，鼓噪“文化寻根”的才子们，到底要寻找些什么？洋鬼子卢梭尼采辈反对现代工业文明，都因为他们身在都市，且以文化人的身份备受文化人打击的缘故。有诗人叶赛宁，唯恐“钢

铁客人”闯入乡村，惊扰幽雅的风景，也到底因为他是一个以诗为业的人，不是农民。把他称之为俄罗斯乡村诗人，纯粹是一种误解。他是大自然的儿子，他以漂亮的诗句背叛了农民的子孙。

乡村太穷了！由于贫穷，才源源不断地繁殖着愚昧、疾病和迷信，才有了一代又一代无法根绝的荒凉……

屈指算来，十年的时间不算太短，当故乡的父老兄弟同中国乡村的广大人群一起，从凝聚于某一个意志的大集体中轰然走散，便各自回到一个似曾相识的田园世界中去。为我所熟悉的土地，多少年来渴望着农机、化肥、优良的管理，偶尔回乡，却见阡陌纵横，界标林立，若抹去几根电线杆子，直是走在陶渊明和范成大的诗行里了。笔直的机耕道固然不可得见，连十几年前铺就的石板路也日见颓废，运河桥原有的两道护栏，因为少许的钢筋被盗，已是彻彻底底地坍没了。未来的管理人员，成批地中辍了读书的机会，而提前进入庞大的劳动队伍之中。这里的童工是受保护的。可惊喜的是，在低矮的农舍中间，每年都有数幢楼房崛起。人们告诉我，那是乡干部和包工头的宅第，只有少数几幢是屠户或外出做工的人兴建的。殷实的庄稼人，收入唯靠出售有限的粮食和鸡豕。有的人家，甚至连半条牛腿也没有，每到农忙，只好以人力代换畜力，幸好庄稼依然茁壮，——神农的后裔呵！

都市，富足和享乐的象征。芸芸众生，充满人性的弱点，怎么可能抵御现代都市文明的巨大诱惑？我们又有什么理由要求他们留守家园？如果有可容劳作和享受的地方，何处不可以成为故乡呢？与其为故乡贫困地活着，不如抛弃故乡而赢得自由、幸福的生存！

我不禁暗自吃惊于这个结论，然而，不管如何深爱着故乡，也无法推翻生活本身固有的逻辑。好在农民们都是生活的忠实儿女，无须恪守任何教条，只要周围有一个缺口，他们就会充满幻想充满活力，邀呼着聚集着喧哗着从故乡出发，向陌生的都市。他们所到之处，旋即形成“盲流”，形成“丐帮”，形成建筑大军，形成保姆市场……其情势之可观，致使喜好编写所谓“纪实文学”者流竞相以“大”称之。——数千年来第一次劳动力廉价大拍卖！此等常识，无须从古典到现代的任何政治经济学教科书的指导，在农民看来是天经地义的。只有自以为正统或新潮的理论家才为此喋喋不休。

看一眼矗立乡野的大风车，或是盘挂悬崖的行人道，可以知道农人所具有的非凡的想象和冒险精神。所谓“保守”、“狭隘”之说，实际上是历代的治者用了各种绳索将他们束缚以后所加的结论。他们何尝安分守己呢？而知识者却往往以“安贫乐道”称指“小农”的文化心理。殊不知，这正是封建时代知识者自身在分得权门一杯羹以后，对劳力者的道德说教，与挣扎着生活的农民是不相干的。农民即使“安贫”，乃系不得已；“乐道”也是自嘲。在他们的名字中，除了阿狗阿猫，尚有不少叫作阿福阿运阿改阿变之类，便可窥知他们意欲扭转命运而不能的世代相传的痛苦情结。

此刻，农民以和平的方式改变命运的历史性尝试已经开始。这实在很可以鼓舞祝祷的。然而，我们所见的是：农民潮水般地涌向城市，最后仍不免潮水般地退返乡村，在不断的潮汐往返之间，劳动者角色遂时时得以替换，且得继续替换下去。乡村以最精锐的力量，最强壮的血液补给城市，由是，城市永远年轻。

为什么农民不可以一次性地选择城市呢？为什么出发点总是成为终点？我不禁想起英国历史上的“圈地运动”，如何设法减少或避免原始资本积累的残酷性，大家不就可以不分彼此高高兴兴地变“羊”吗？现代牧场不是近代英国式所可比拟的，它应当宽广和平到没有边际……

说到牧场，文章就该收梢了。纠缠的社会问题，如何是我可以数说明白的呢？以我的能力，实在是只配弄风月一类文字的。比如故乡，便是很好的题材，只是即今写来，笔底总得沾带一些耳目所及的不如意的事情，不复有“静夜思”般的清怨。我已经自觉，精神还乡是一种奢侈；而同情离乡，也不过“忏悔贵族”的心情罢了。除了这些近乎无聊的话，我不知道，到底还能说些什么。

清明

因为一群亡魂的唤引，我同众兄弟，故以一年一度，重逢在坟冢累累的荒原之上。

其实，春节过后几天，我便想起了扫墓的事情，并因此时时忆及故去十年的父亲，等到在故乡的山道上辗转，看见两旁丛集的土丘，坟前瑟瑟的白纸，红烛，飞扬的纸灰，满耳毕毕剥剥的爆竹的钝响，许多往事飘降眼前，心情乃不胜其沉坠。少时，父亲教我念过唐人的清明诗，如今雨是依旧纷纷地下，即使有酒，也只好浇给黄土了。祭扫完毕，我倚着松树，对着父亲生前多次盘坐过的一块空地凝望良久。芳草萋萋，哪儿可以寻见父亲的足印？当年的宿草已枯，眼前的新叶，他又何由触得呢！

我不能不以春天的滋荣为残酷。

原想，清明时节，当是通过强制性记忆，让生者从形而上的死亡形态中感知逝者的存在；然而，周围的人们并不见任何伤逝的表示。

满山遍野，男男女女，如同赶墟一般，一路喧呼。上坟于他们已然成为一种程式。当我在寻找着体味着这个传统节日的原始的意义时，他们却是借了纪念的形式，注入与自己当下的生活息息相关的内容了。

翻过一个土坡，不远处，望见一对夫妇模样的人在坟前摆弄香烛；那妇人背着一个孩子，脚下还有两个小儿女在蹲着玩。

——噢，你是士东么？

当我努力记起那男子的名字时，一时兴奋，几乎喊了起来。

——是呀！

——狗锁呢？他没有回来么？

——他不在快一年了……

往下我什么也听不见，只有心跳得蓬蓬的响声。

狗锁住村北，我住村南，因为曾经在桥梁工地上一块抬过石头，所以偶有来往。他自小失了父母，兄弟三人相依为活。大哥阿晓，不满四十岁病殁，一生没有结婚。因为长得丑，连村里的小姑娘也常常拿他取笑，互相奚落时便说："你嫁阿晓！"狗锁排行第二，为人和善，聪明，笑起来带几分狡黠。他十多岁就跟别人学会了饲养牲口的行当，因此渐渐有点小积蓄，终于可以像人家一样娶妻生子了。前年清明恰巧碰见他，他说他近些年到外地打工去了，收入还不错，算是老天爷赏脸。说完便笑，至今我还能真切地记得他那笑时故意把嘴角翘起来的夸张样子。怎么想得到，一个如此强韧而活泼的人，会突然在这世上消失了。

堂兄告诉我说，狗锁死时，妻子正当孕期。村里的长者动了恻隐之心,都上门劝说士东跟嫂子凑合过夫妻日子。他们说,一旦让嫂子携了侄儿改嫁出外,他家的香火就要断了!

士东还没有长成呢——

然而,士东依从了。

人生如此险恶,村人哪里来的余裕,可供他们沉溺于过往的缅怀?被知识者指为迷信的种种,例如清明的祭拜,其实多是出于对温饱的祈求,离幸福还差得远。

我们村子穷,不像城市或侨乡那样,把墓田修葺得像公园一般;但是,由长者出面,用了摊派的手段,居然也集资建得一座颇气派的庙堂。用自己的双手打倒了菩萨,几十年后,再用自己的双手把它们扶将起来。道路废弛,桥梁坍毁,全村连一间像样的公厕也没有,怎么会为几个泥塑木雕而大兴土木呢?对此,我不只一次感叹村人的愚昧。然而今日,我惟有无言。

每年归来,必闻说一批老人故世。走在村前的大路上,忆及从此不复出现的许多熟悉的身影,直如梦寐一般。村头的一棵老榕,屡遭虫蛀雷殛而不雕,年前终于倒了下来,仿佛执意跟随一代老人隐去似的。塘前的竹林已毁,再也听不到栖居的黄鹤的嘎嘎的唳鸣。旁边,原来长着一株苦楝树,在悠长的年月里,一直为我装点门前的风景,而今竟也不见了。我多么想念那开了满树的淡紫色小花,苦涩的芳香,南风来时便盈满了小土屋。华年似水。转眼间,我们便都苍老了。当日的玩伴,除了鳏夫,大多做了四五个孩子的父亲。他们把成年和未成年的儿女打发出了远门,出卖多余的力气,留自己看守贫困的田园和年迈的父母。他们渴望获取,然而更害怕失去。只两年,小小村子,就有三个外出的少年死于车祸。除了一个索要了几千元的赔金,其余两个就像野狗子一般就地给埋了,见面时,我同众兄弟忘情地呼着小名,彼此抓住双手用力拉拽,扳过胳膊端详……一张张脸上,刀刻一般的皱纹,常常在眼前幻成一片密网,教我看得惊惧!村里买来的年青媳妇,自然一个也不认得,更不消说儿童了。遇见我回来,或者围拢过来,或者远远地站定,他们必定拿了诧异的眼光看我。这时,我不禁想,我在演着唐人用带韵的语言写就的离家的谐谑剧呢!

傍晚。雨依旧纷纷地下,天色愈加阴晦。我在家里备了酒菜,特意邀了四五个当日的伙伴前来聚首。这些中年汉子,嘴唇沾了酒气,话就多了起来了。可是,不管说得如何粗鲁、快活、风趣,话里总有一种深隐的忧愁。有谁说着说着,泪水便无声地流了下来。没有酒的清明不是清明。酒是神圣之物,它把人强压在心底的东西都给翻了出来,让人暂且减去许多苦痛。我不善饮,我只能一个一个地轮番给他们倒酒,听他们动情地说话……

在城里,什么时候有过如此倾心的言说与聆听?这个地方!一代一代,生生死死,艰难养育了这许多生命!然而,你却成了背弃者!

无论言说或聆听,于大地的背弃者有什么意义呢?

我突然感觉无比的孤独。在故乡,在众兄弟中间,我不过是一个寻梦者,一个过客,一个完完全全的陌路人。

1995 年 5 月 1 日

叶广芩

离家时候

一九六八年的一个早晨，我要离家了。

黎明的光淡淡地笼罩着城东这座古老的院落，残旧的游廊带着大字报的印痕在晨光中显得黯淡沮丧，正如人的心境。老榆树在院中是一动不动的静，它是我儿时的伙伴，我在它的身上荡过秋千，捋过榆钱儿，那粗壮的枝干里收藏了我数不清的童趣和这个家族太多的故事。我抚摸着树干，默默地向它告别，老树枯干的枝，伞一样地伸张着，似乎在做着最后的努力，力图把我罩护在无叶的荫庇下。透过稀疏的枝，我看见了清冷的天空和那弯即将落下的残月。

一想到这棵树，这个家，这座城市已不属于我，内心便涌起一阵悲哀和颤栗。户口是前天注销的，派出所的民警将注销的蓝印平静而冷漠地朝我的名字盖下去的时候，我脑海里竟是一片空白，不知自己是否存在着了。盖这样的蓝章，在那个年代于那个年轻的民警可能已司空见惯，在当时，居民死亡，地富反坏右迁返，知青上山下乡，用的都是同一个蓝章，没有丝毫区别，小小的章子决定了多少人的命运不得而知，这对上千万人口的大城市来说实在太正常，太微不足道，然而对我则意味着怀揣着这张巴掌大的户口卡片要离开生活了十几年的故乡，只身奔向大西北，奔向那片陌生的土地，在那里扎根。这是命运的安排，除此以外，我别无选择。

启程便在今日。

母亲还没有起床，她在自己的房里躺着，其实起与不起对她已无实际意义，重病在身的她已经双目失明，连白天和晚上也分不清了。我六岁丧父，母亲系一家庭妇女，除了一颗疼爱儿女的心别无所长。为生计所难，早早白了头，更由于“文革”，亲戚们都断了往来，家中只有我和妹妹与母亲相依为命，艰难度日。还有一个在地质勘探队工作的哥哥，长年在外，也顾不上家。一九六七年的冬天，母亲忽感不适，我陪母亲去医院看病，医生放过母亲却拦住我，他们说我的母亲得了亚急性播散型红斑狼疮，生日已为数不多，一切需早做打算。巨大的打击令我喘不上气来，面色苍白地坐在医院的长椅上，说不出一句话。我努力使自己的眼圈不发红，那种令人窒息的忍耐超出了一个十几岁孩子的承受能力，但我一点办法也没有，在当时的家中，我是老大，我没有任何人可以依赖，甚至于连倾诉的对象也找不到。我心里发颤，迈不动步子，我说：“妈，咱们歇一歇。”母亲说：“歇歇也好。”她便在我身边坐着，静静地攥着我的手，什么也没问。那情景整个儿颠倒了，好像我是病人，她是家属。

从医院回来的下午，我在胡同口堵住了下学回家的妹妹，把她拉到空旷地方，将实情相告，小孩子一下吓傻了，睁着惊恐的大眼睛，眼巴巴地望着我，竟没有一丝泪花。半天她才回过神来，哇的一声哭起来，大声地问：“怎么办哪？姐，咱们怎么办哪！”我也哭了，憋了大半天的泪终于肆无忌惮地流下来……是的，怎么办呢，唯有隐瞒。我告诫妹妹，要哭，在外面哭够，回家再不许掉眼泪。一进家门，妹妹率先强装笑脸，哄着母亲说她得的是风湿，开春就会转好的。我佩服妹妹的干练与早熟，生活已将这个十四岁的孩子推到了没有退路的地步，我这一走，更沉重的担子便全由她来承担了，她那稚嫩的肩担得动么！

回到屋里，看见桌上的半杯残茶，一夜工夫，茶水似乎变浓变酽，泛着深重的褐色。堂屋的地上，堆放着昨天晚上打好的行李，行李卷和木箱都用粗绳结结实实地捆着，仿佛它们一路要承受多少摔打，经历多少劫难似的。行李是哥哥捆的，家里只有他一个男的，所以这活儿非他莫属。本来，他应随地质队出发去赣南，为了“捆行李”，他特意晚走两天。行李捆得很地道，不愧出自地质队员之手，随着大绳子吃吃地勒紧，他那为兄为长的一颗心也勒得紧紧的了。妹妹已经起来了，她说今天要送我去车站。我让她别送，她说不。我心里一阵酸涩，想掉泪，脸上却平静地交代由火车站回家的路线，塞给她两毛钱嘱咐她回来一定要坐车，千万别走丢了。我还想让她照顾身患绝症的母亲，话到嘴边却说不出口。把重病的母亲交给一个未成年的孩子，实在太残酷了。

哥哥去推平板三轮车，那也是昨天晚上借好的。他和妹妹把行李一件件往门口的车上抬。我来到母亲床前，站了许久才说：“妈，我走了。”母亲动了一下，脸依旧朝墙躺着，没有说话，我想母亲会说点什么,哪怕一声轻轻的啜泣,对我也是莫大的安慰啊……我等着,等着,母亲一直没有声响,我迟迟迈不动脚步,心几乎碎了。听不到母亲的最后嘱咐,我如何走出家门,如何迈开人生的第一步……

哥哥说:“走吧,时间来不及了。”被妹妹拖着,我向外走去,出门的时候我最后看了一眼古旧衰老的家,看了一眼母亲躺着的单薄背影,将这一切永远深深印在心底。

走出大门,妹妹悄悄对我说,她刚才关门时,母亲让她告诉我:出门在外要好好儿的……我真想跑回去,跪在母亲床前,大哭一场。

赶到火车站,天已大亮,哥哥将我的行李搬到车上就走了,说是三轮车的主人要赶着上班,不能耽搁了。下车时,他没拿正眼看我,我看见他的眼圈有些红,大约是不愿让我看见的缘故。

捆行李的绳头由行李架上垂下来,妹妹站在椅子上把它们塞了塞,我看见了外套下面她烂旧的小褂。我对她说:“你周三要带妈去医院验血,匣子底下我偷偷压了十块钱,是抓药用的。”妹妹说知道,又说那十块钱昨晚妈让哥哥打在我的行李了,妈说出门在外,难保不遇上为难的事,总得有个支应才好。我怪她为什么不早说,她说妈不让,妈还说,让你放心走,别老惦记家。你那不服软的脾气也得改一改,要不吃亏。在那边要多干活,少说话,千万别写什么诗啊的,写东西最容易出事儿,这点是妈最不放心的,让你一定要答应……

我说我记着了,她说这些是妈今天早晨你还没起时就让我告诉你的。我的嗓子哽咽发涩,像堵了一块棉花,半句话也说不出来。知女莫如其母,后来的事实证明了母亲担忧的正确,参加工作只有半年的我,终于因为“诗的问题”被抓了辫子。打入另册以后我才体味到母亲那颗亲子爱子的心,但为时已晚,无法补救了。

我至今不写诗,一句也不写,怕的是触动那再不愿提及的伤痛。为此我愧对母亲。

那天,在火车里,由于不断上人,车厢内变得很拥挤,妹妹突然说该给我买两个烧饼,路上当午饭。没容我拦,她已挤出车厢跑上站台。直奔卖烧饼的小车。我从车窗里看她摸了半天,掏出钱来,那钱正是我早晨给她的车钱。我大声阻止她,她没听见。这时车开动了,妹妹抬起头,先是惊愕地朝着移动的车窗观望,继而大叫一声,举着烧饼向我这边狂奔。我听到了她的哭声,也看到了她满面的泪痕……

再也支撑不住,我趴在小桌上放声大哭起来。火车载着我和我那毫无掩饰的哭声,驶过卢沟桥,驶过保定离家越来越远了……

在我离家的当天下午,哥哥去了赣南。

半年后,妹妹插队去了陕北。

母亲去世了。

家乡一别二十七年。

母亲的辉煌

去年清明,我们兄弟姐妹将父母的骨灰安葬在北京香山东麓法海寺旁的阳坡上。墓地周围是桃林,漫山的树,枝叶未绿,粉艳的桃花已将半山遮严,透过花丛,可以看见秀美的玉泉山古塔和亮丽的昆明湖湖水。这片山紫水明,景致绝佳的处所是父亲生前所喜爱的,他在一九二四年的一篇笔记中,详尽地描述过这个地方。当然,在他留滞于法海寺,陶醉于香山“春云如粉,春雨如丝”的绚丽时,绝没有想到这里会成为他永眠的墓地。他的另外两位妻子,我们的另外两位母亲大概也知道这里,甚至有可能随父亲来过,家中保存的大量他们游览西山的旧照证实了这种可能。来过也罢,没来过也罢,都已无关紧要,重要的是她们的骨殖并未葬在这里,而早已随着祖坟的失去荡然无存,在此与父亲合葬的则是另一个女人。这或许是后人难以接受的事实,也是父亲子女间不能和睦相处,乃至老死誓不往来的原因之一。

在那个温暖的春日上午，我们将父母的骨灰轻轻放入穴中，与他们做最后的告别。墓穴渐渐封严，透过越来越小的缝隙，我向穴中望了最后一眼，母亲在父亲身后站立着，已昏暗得看不清所以然。

我听到一声重重的叹息。它来自母亲。

母亲一生怯怯，未能伸展。

谁都有过人生的辉煌，在这鲜花环绕的墓地，我试图寻找到母亲的辉煌——一个在叶氏家族中的被呼为“南营房穷丫头”的辉煌。

这似乎很难。

母亲活着时，我曾与她谈论过辉煌的话题，以她的看法，她的定亲与出嫁当是生涯中最鲜亮的一笔了。

北京人结婚，堪称繁文缛节的时期是清末到民国的几十年。古语有“六礼已成，尚未合卺”一说，“六礼”所含“纳采”、“问名”、“请期”等等难以一一说清，仅母亲所说的“放定”便是两次。先放小定，后又放大定，亲事才算定妥。放大定时，叶家一切依照满族宅门府第的规矩，派媒人与家中掌事主妇来到了朝阳门外南营房的母亲家中。随媒人而来的还有二十四个抬盒，那些抬盒都是红漆描金，由穿红吉服的抬夫们抬着的，二十四抬，摆了半条胡同，自然也红了半条胡同，很是惹眼的。南营房乃穷杂之地，明代是驻军的兵营，房屋矮小拥挤，街坊邻居多是没见过世面的穷人，见了这隆重、这排场都以为陈家搁置多年的姑娘许了什么大人物，其实那排场都是华而不实的摆设，是专为让人看的。我问过抬盒的内容，母亲说，有染了红胭脂的活鹅一对，以代替古礼聘娶用的雁，花雕一坛，绸缎四匹，如意一个，戒指、手镯各一对，龙凤喜饼一双，干鲜果品四碟……这些东西中，最重要的莫过于“过礼大帖”了。关于这个“大帖”，不久前我在北京收拾旧物时竟意外翻出，可惜已被蠹鱼侵蚀大半，断句残文，甚难辨识，今聊将可识者录之如次，以为当时风俗之证。

天地合卺坐帐交□冠带□□面向喜神正东迎之大吉

宜娶送亲人堂客用土木命大吉

宜娶送亲人忌猪马牛三相大吉

宜新人上下轿用辰时大吉

宜忌产孕孀妇毛女不用大吉

一路逢井庙孤坟用红毡遮之大吉

……

说来也是天意，连遇井庙孤坟都要用红毡遮挡的花轿偏偏忘了遮挡警察，而且是日伪时期的伪警察。民国二十八年夏日，母亲身着海水江牙的大红礼服坐在花轿中颤悠悠经过朝阳门时竟被警察拦住，说要检查。官事无人敢拗，只好由人去查，所幸检看花轿内部时请出来一位女巡警，女巡警打开轿帘伸进头，将母亲的盖头掀开，惊诧地说：“新娘子是个美人儿啊！”站在轿左的送亲太太说：“当然是美人儿，叶家四爷的眼光能错？”

母亲向我描述这些的时候已经五十有五，五十五岁的母亲早已退出了美人儿的行列，然而她那喜形于色的表情再现了彼时的辉煌，仍与美人儿无异。我不能与母亲同乐，自然也不承认那个虚假的辉煌，母亲被恭维作美人儿的前提是送亲太太偷偷向掀轿帘的女巡警塞了四块大洋。母亲容貌再姣好，出嫁时也已三十二岁，三十二岁的女人已是半残的花儿，值不得警察大惊小怪。

母亲的盖头不是被父亲揭开而是被警察揭开，这点令我不满意，我视此为不祥。从过礼大帖上看，设计得周密严谨的婚礼，当是十二分的圆满与和谐，但事实是，花轿一进门，母亲便知道了：属兔的，比她大六岁的丈夫并非如庚帖所写“山林之兔，五行属金”，而是“蟾宫之兔，五行属木”。看起来，天上的兔子比山野的兔子高贵了不少，但这一更改，竟又长了一轮，也就是说父亲比母亲整整大了十八，而且还有前房的儿子……这些事先都是瞒了的。母亲当下如五雷轰顶，变得木讷呆傻；欲哭无泪，连步子也不会迈了。

事情并没有结束，母亲新服刚刚换下，我父亲第二位妻子的长子便离家出走了，说是去“抗日”，实则是不愿接纳这个陌生的“娘”。他走了，再没有回来，离去得坚决又彻底，直至这次安葬父母他也没有出现。可怜了初为人妇的母亲，她不得不跟着众人到前门火车站去堵截那个执拗的长子。抹着新嫁的脂粉，背着“一进门就赶走前妻儿子”的黑锅，踟蹰在车站站台上，其难堪可想而知。后来又有话传出，说那大儿子是在她眼皮底下，大摇大摆上了火车的，这便将母亲推向了更加难以辩白的窘境……事实是否如人所云，时至今日我也无机会向这位异母兄长问个明白，其实问如同不问，这些远年故事经过时间的磨砺，早已如风一样地散了。

这便是母亲谓之辉煌的婚礼。老夫少妻，白发红颜，不足相当；豪门小舍，深院陋屋，贫富悬殊。如果说婚礼是一出悲苦戏紧锣密鼓的开场，那以后的日子该是愁烦绵长的二黄慢板了。

母亲在叶家敛眉就食，俯首觅衣，妯娌们不是前清内务府要员的格格就是巨商的千金，大宅院里没有母亲的位置，名为太太，实为仆人，连饭也是与佣人在一起吃的。吃不饱饭，饿了的时候就抓把生米放在嘴里嚼，这情景，我记事时还看见过。

母亲所生的我们，在家中虽也并不太招人待见，但比母亲终归是好多了。不管怎么说，我们也姓叶。我们常跟着母亲回南营房的娘家去，去了也是坐坐就走，不是母亲不愿呆，是我们不愿留，长在叶家，与其相入相化而不觉，在孩提时代的小心眼儿里竟也有了嫌贫爱富的心思。我们嫌姥姥家破，嫌房里气味不好闻，嫌院子脏，嫌街门太小又没有红漆，嫌那一帮小表弟没规矩，是野孩子……母亲为此而伤心，但我们不理解。有一回刚进门便吵闹着要走，那固执的性情如出走的哥哥一样坚决而不妥协，气得姥姥站在房门口指着我们破口大骂，说我们是一群狼崽子。

狼崽子们在骂声中面面相视，龇牙咧嘴，狼相十足。

而父亲，在我的印象中，压根儿就没到姥姥家去过。

父亲在国立北平艺术专科学校任教，那是一所在北京很有名声的老学校，校长是徐悲鸿。齐白石、徐燕荪等也都是该校教师，著名画家王雪涛、李苦禅等均毕业于此。父亲的文化艺术修养极高，这与母亲在欣赏层次上拉开了明显的距离。母亲只看小人书，也看唱本，她会的小曲多是街头的嘣嘣戏。比如“小老妈儿在上房打扫尘土”之类，所以我也唱“小老妈儿在上房打扫尘土”，这遭到格格出身的大伯母的严厉训斥，认为不堪入耳，是野调无腔。训斥我无异于训斥母亲,从此我再没见母亲张过嘴。

姥姥常来,舅妈也常来,来了都是悄悄的,见了我父亲便杌陧不安地赔着笑。她们来多是为了向母亲要些钱,所以老直不起腰,眼皮也不敢往上抬。这使我很为姥姥难为情,也为母亲难为情。当然,我也很快就为自己难为情了。

那是一个初夏的傍晚,我在外面疯跑够了回家,母亲见我第一句话就是:“你父亲殁了。”说罢用手绢捂了眼睛。原来年近七旬的父亲,明知有病,尚去外地,不意到河北未及数月,因突发心脏病卒于彭城,噩耗传来,叶家人竟然瞒着母亲,母亲得到消息已是数日之后了。这于情理相悖的做法我至今想不明白是为了什么,其结果是因无血亲奔丧,由当地一位堂兄主持,将父亲的棺木丘封在峰峰矿区滏阳河岸,一封就是二十年。当时毫无主见的母亲只知掩面哭泣,身边环绕着她的四个子女,长者十四,幼者三周,平日混沌未开的我此时似被人猛击一掌,头脑立时变得清醒而冷静,深切感到肩上担子的分量,感到了母亲的瘦弱与孤单。

自此,家中靠典卖以维持生计,先是父亲的文物字画,后是母亲的衣物首饰……母亲不忍与旧物相别,打点完东西就让我提着小包袱与商家去讨价还价。我回来将钱交给母亲,母亲颤着手接过,脸也变得苍白无色。我的古玩知识是通过卖自家物件而获得的,其学费便是难与人言的酸涩、无奈和感伤。母亲对我说,“你长在贫困之家,要争气,此时咬得菜根,即他年得志,亦不能为绮丽纷华所动。”我将母亲的话深深刻印在心底,至今不敢忘记。

一次去出售一乾隆年间的套料鼻烟壶,为是山东博山料器还是云南滇南料器与人发生争执,商家论不过,便出言羞辱,我奔回家来将实情相告。母亲听了刷地红了眼圈儿,走进里屋再没出来……我当时毕竟年少,不知世事,将那些脏话带回家来,使正处烦恼之境的母亲心曲徒乱。

混账之极!

然而我做出的更混账的事还在后面。

一九六二年困难时期,有邻居为母亲介绍了"一个人",只是提起,并未见面。我以绝食来表明我的反对态度。我一言不发,坐在北房的廊下眯着眼晒太阳,那表情简直像个正寻吃人的夜叉。母亲几次着人叫我去吃饭,我均不睬,我心里装满了愤懑,我不能管父亲以外的任何男人叫爸爸,也不允许毫不相干的人进入这个家庭充任父亲的角色,我的爸爸不是谁想当就能当的。绝食第三天,已无力在廊下呈夜叉状,母亲捧了一碗豆粥来到我床前,将粥放在桌子上,搓着手却并不离开,明显地她想说什么。我将身子调过去,把后背冷冷地摔给了母亲。半天,才听到母亲声音低低地说:"……那事儿,我给回了……"泪水由我的眼中涌出,依着我的本意,该是抱住母亲大哭一场,但我有意不回过头去,以继续显示我的冷淡,显示对她的不屑,让她做进一步的反思……

恶毒之极!

如果说媒人的哄骗使母亲落入陷阱,那么我后来的这一举动则如同落井下石,是我,将母亲生活中最后一点希望也给掐断了。男女不杂坐,叔嫂不通问,寡妇不夜哭,母亲在沉默中"以礼自防",这一切都是做给女儿看的,女儿已经"懂事"了。

愁苦憔悴的母亲病从心起,病贫交加,更无可诉之人,每于灯昏漏转之时一人独坐,生命在油尽灯枯的摇曳中苦熬。其情之悲,令我至今难以回首。

心血耗尽的母亲在弥留之际保存着最后一口气,等待着我,这口气足足拖延了三天,那是一种什么样的等待,什么样的毅力啊,世间大约只有母亲才会这样了。当我风尘仆仆由陕西赶回京城,扑在母亲床前时,母亲眼角淌下一行清冷的泪,一语未发便溘然而去了。一直守在病榻前的七兄告诉我,母亲生前所念,唯有妹妹和我这两个未出阁的女儿,她反复叮咛,将来择婿,一定要门当户对,一定要年龄相当……

为此吃尽一生苦头的母亲是怕了。

随着岁月迁延,年龄增长,我内心负疚愈来愈深,母亲三十二岁出嫁,四十七岁守寡,六十六岁故去,一生坎坷颠踬,艰辛备尝,何曾有过舒心?何曾有过辉煌?

在墓地,与母亲最终的维系被冰冷的石板隔开,连那有限的昏暗也看不到了。母亲在青山绿水中安然睡去,不再为人情冷暖揪心,不再为红盐白米犯愁,她得到了永久的安宁。

我在墓前站立许久,说:"妈,我走了。"

正待转身,大风忽起,山林呼啸,花雨突兀纷飞如雪,远观近望,湖光山色尽在扑朔迷离之中。风将石桌前的鲜花供品吹乱,风将祭文与无数花瓣高高扬上天空。

山大恸,人亦大恸。

母亲好辉煌!

叶延滨

荒野无灯

不知是不是每个人都会有这么一段经历,在记忆中留下一段对黑暗很深的难以忘怀的感触,我把这种感触叫做:“荒野无灯”。小时候怕黑,怕一个人呆在家里,怕窗外那些与神怪故事相连的响动。这种恐惧不是对黑暗本身,而是对藏在黑夜里的鬼怪的敬长。长大了,常走夜路,在乡间,在大山里,一次又一次地强化了我对黑暗的印象。天地浑然于漆黑的夜幕中,天上无星无月,有时飘洒一些无端的雨丝,黑影幢幢,或是浓云或是山影或是树荫,黑暗在你面前悄然分开,又在你背后迅速合拢,只有路面上的水洼是亮的。这时候,我往往疾走如飞,目光朝着前方茫然地摸索,直至一盏灯像萤飞进心田,猛地点燃温暖全身的火——一种热爱和感激之情。

人生之旅,总会经常穿行于荒野无灯的境界,如火车会钻进漆黑的隧洞。当列车在长长的隧洞中穿行时,虽然身处险境,但作为乘车人,我们处之泰然,泰然处之是因为一种信任感和依赖感。是的,我们处于这个闹哄哄的世界，常常身处黑暗而不惊，有时来自一种盲目依赖和盲目信任。我读高中正值“文革”，学校发生严重武斗，我和几十个同学被对面火力包围封锁，困在学校实验大楼近三个月。一群学生娃，背着几支破步枪，“坚守”大楼，该吃照吃，想笑照笑。深夜值班站岗，四周万籁俱静，心头还是害怕的，但回头看一眼同伙的眼睛，便相信这两个小时不会出事。现在回想起来，那是极端危险的一段黑暗日子，因为无知，反而坦然地生活于黑暗中，哪管死神正盯着自己。

孤绝是一种人生境界，它对我们所产生的影响，远远超过了独行夜路所给我们的刺激。有时我身处闹市，四周是熙熙攘攘的人群，两旁是红红绿绿的彩灯，而我却如处荒野，心里啸叫着凄冷的风。谁都可能产生这种体验，你明明被这个世界紧紧搂着，然而内心却感到自己是无人理睬的弃儿。不仅在闹市里，甚至在熟悉的人群中，也会有这种孤绝感。那些熟悉的脸一下子变得陌生了，没有一张嘴向你说真话，没有一双眼睛使你感到温暖，无靠无助的感觉紧紧攥住你的心，从环境到心境，都真是：荒野无灯。沉沦往往从这一刻开始，酗酒是常用的方式，借以逃出这片荒野。乞助和寻求怜悯是常被人采取的解脱方法，可惜这种解脱是以出卖（或出让）尊严与自信为代价的。

人生之旅常常有一段难以摆脱的黑暗，它对每个人都同样严酷。这种黑暗也许是一个大时代的国家民族的浩劫，个人只分担了其中的一份；这种黑暗也许只是个人命运中的小插曲，诸如失恋、被诬、疾痛等等，对其他人而言是微不足道的琐事。然而每个人在通过这段黑暗时所产生的心境是不同的，解脱的方式也会各异。

说到这里，我以为可以认为人是有灵魂的，因为我们平素看不到的内心世界，在这个时候往往会显影，会左右我们的言行。柳宗元的《江雪》一诗，应该是孤绝心境的最美描绘。千山鸟飞绝，万径人踪灭——在此绝灭之境，能心平气和地垂钓，是一境界；能够不与人伍的独钓又是一境界；而能在绝灭孤独之中钓寒江之雪，乃是最高境界。以前老师讲课总说这是诗人失意心态的写照，其实，人难免不失意，失意时不失人格，不失风骨，不失高洁——才可独居寒冷的江峡中，成为这高天银雪世界的唯一自持者。假如你在那蓑笠翁的位置，会如何呢？

我曾问自己。我说，我不如他，我不会怕冷，却会怕这荒野没有一盏唤我归去的灯……

老树的魅力

近来逛了一些风景园林，所到之处总让人有缺点什么的感觉。缺什么呢？缺一种真实的分量。新修的“贾府”、“大观园”不用说了——无论怎样追求观赏效果，那些鲜亮的油漆和水泥之类的材料均是“细部失真”，由于是平地起景，四周的大环境（诸如高压线塔和大烟囱之类建筑）很难使人进入小环境规定的情调。老风景区也往往会失真——例如长城有个别景区，完全是一色的新砖勾白线，实在大煞风景。所以，我认为劫后残存的圆明园极富魅力，用残存的无言石柱向人们倾诉不尽的遗恨。在那荒颓的残垣久久盘桓之后，我突然感叹：“这些石柱长出绿叶该多好啊！”于是我突然有了一个答案：原来我感到园林缺少古树——缺少巨大树冠的撑持，缺少粗壮树干的挺立。

北京天坛的那片柏树林曾经让我十分沉醉，那些百年老树骄傲地向人们展示了古老京城的风采。岱庙位于泰山脚下，它给人的庄重感则来自那些古松古柏,那些几乎只有苍虬的枝干。到了黄帝陵,我完全被古树征服了,有数人难以围抱的"黄帝手植柏",更有一座桥山的苍郁墨绿。在满目黄土的高原,这浓得化不开的葱茏让我从心底激动,为它所具有的象征意义——华夏民族永远旺盛丰茂的生命力而感奋。老树长在这些著名的园林里,不是一处景物,而是一团直逼心灵的威仪。

这就是美,是一种我们生疏甚至遗忘了的美。美是什么?这些年不少人的审美趣味已被电视悄然改变了。电视并不坏,它告诉我们新闻又娱乐我们的夜晚,但电视广告总是把一股"柔、娇、滑、腻、轻、浮"的美学趣味灌输给人们。当我们面对这些傲然于天地间的老树时,我们才感到那些矫揉造作的东西犹如泡沫般可笑。

苍劲之美,庄重之美,是干瘪的树皮和憔悴的叶片所不能抹掉的,也许正是这些苍老龟裂的树皮才显示出了苍劲和庄重。这些老树栉风沐雨,饱经沧桑,在傲然挺立中显示出生命成熟后的高格:大度、沉静、宽厚。所以,在生活中我们看到一些老人总想到树的美德。

老树是沉默的,甚至不再结果了,在向这个世界奉献出一切之后,它还在继续奉献它的沉默。在沉默的挺立之中,它给我们的启迪和告诫,都是岁月所证明了的真谛。

在我们的风景园林中,那些为数不多的老树,是苍天和大地用漫长的时间共同雕塑的纪念碑。当我们以虔诚的心去探寻这些纪念碑的意义时,我们就会发现一个平凡而惊人的真理:所有的老树都互不相像,都是"这一个"!

图书在版编目（CIP）数据

新中国散文典藏 . 第 8 卷 / 王景科主编 . -- 济南 : 山东友谊出版社 , 2015.3
ISBN 978-7-5516-0784-1

Ⅰ . ①新… Ⅱ . ①王… Ⅲ . ①散文集—中国—当代 Ⅳ . ① I267

中国版本图书馆 CIP 数据核字 (2015) 第 047498 号

封　面　图：田忠泉
责任编辑：王　谦　陈　菁
艺术设计：姜海涛

主　　管：山东出版传媒股份有限公司
集团网址：www.sdpress.com.cn
出版发行：山东友谊出版社
地　　址：济南市英雄山路 189 号　邮政编码：250002
电　　话：出版管理部（0531）82098756
　　　　　市场营销部（0531）82098035（传真）
印　　刷：山东临沂新华印刷物流集团有限责任公司
版　　次：2015 年 4 月第 1 版
印　　次：2015 年 4 月第 1 次印刷
规　　格：640mm × 960mm　1/16
插　　页：5
印　　张：26.5
字　　数：289 千字
定　　价：75.00 元